徳間文庫

噛む犬

K・S・P

香納諒一

徳間書店

目次

主な登場人物

K・S・P　歌舞伎町特別分署。
沖幹次郎　特捜部刑事。警部補。スキンヘッドの強面。落語鑑賞が趣味。
村井貴里子　特捜部部長。深沢前署長時代は深沢の秘書も務めた。中国語と英語に堪能。
円谷太一　総務部預かりの内勤。通称マル。K・S・P元特捜部刑事。
柏木隼人　特捜部刑事。通称カシワ。前任はK・S・P二課長で、当時から沖と犬猿の仲。
平松慎也　特捜部刑事。通称ヒラ。優男だが荒事もこなす。
柴原浩　特捜部刑事。通称ヒロ。まだ新米。
広瀬壮吾　署長。前任は一課と二課を束ねる刑事官だったため、当時の部下たちを重用し、特捜部を軽視する傾向がある。

警視庁
島村幸平　K・S・Pを管轄する第四方面本部長。
溝端悠衣　捜査二課刑事。かつて貴里子の教育係を務める。

尾美脩三　捜査二課管理官。
門倉基治　捜査二課刑事。
深沢達基　警務部人事二課長。Ｋ・Ｓ・Ｐ前署長。沖と対立する。

江草徹平　助川組の組員。轢き逃げ事件で死亡。
江草綾子　徹平の母親。
野口志穂　徹平の元婚約者で、生命保険金の受取人。
神尾瑠奈　江草徹平の元の彼女。
中町彬也　東京地検特捜部検事。
牧島健介　毎朝日報記者。
室田光雄　日本東西建設社長。
灰原大輔　国会議員。元外務大臣。
石森恒志郎　元警察官僚の大物国会議員。
田山貴明　向島警察署刑事課一係の刑事。

神竜会　新宿で最大勢力を誇る暴力団。
西江一成　前筆頭幹部。中国マフィア五虎界との抗争で爆殺される（『毒のある街』参照）。
枝沢英二　筆頭幹部。

助川組　浅草界隈を縄張りとする暴力団。
助川岳之　僧侶。元助川組組長。
花輪剛毅　助川組の現組長。

五虎界（ウーフジエ）　中国マフィア。

朱徐季（チュー・スーチー）　五虎界のドンとして君臨するが、西江の差し向けた中国人少女スナイパーに射殺される（『孤独なき地』参照）。

朱栄志（チュー・ロンジー）　朱徐季の連絡役を務め、朱徐季の死後、頭角を現す。朱向紅らとともに円谷の妻子を爆殺し、海外に逃亡。

朱向紅（チュー・シアンホン）　朱徐季の孫娘。妻子を爆殺された円谷により射殺される（『毒のある街』参照）。

一章　転落

1

　新宿駅西口から地下道を抜けた先には、都庁、ホテル、各企業のオフィスビルなど、地上数十階のビル群が連なる。新宿副都心の表の顔と呼ぶべきエリアで、毎日数万人の人間が行き来する。

　朝十時、そういったエリアに聳《そび》えるビルの足下から白骨化した死体が見つかったとの連絡を受けた沖幹次郎《おきみきじろう》たち特捜部の面々は、半信半疑で現場へと向かった。

　地下通路の先に立つあるビルの正面で、パトロール警官が待ち受けていた。車を降りると、春一番がビルを駆け下りており、目も開けていられないほどだった。一緒に車に乗ってきた上司の村井貴里子《むらいきりこ》とまだ若手警官である柴原浩《しばはらひろし》のふたりが風に巻き上げられた前髪を手で押さえ、沖はそれに釣られてスキンヘッドをごしごしとやった。

「報告をくれたのは、あなたね」

規則通りに警察手帳を呈示しつつ貴里子が確かめ、制服警官が「はい」と頷《うなず》く。

「白骨体と聞いたんだが、それは確かなのか？」

沖がすぐにそう質問を重ねると、警官は隣に立つもうひとりの男と目を見交わした。ふたり揃《そろ》って、自分たちだって信じかねるといった顔つきをしていた。

「間違いありません。こちらが発見者です」

と、一緒にいる男を紹介しそうになるのを、貴里子がとめた。

「話はすぐあとで聞くわ。まずは現場を見せてください」

「ああ、そうですね。とにかく御覧になってください」

警官は早口で答えて沖たちを案内した。

そこは正面のエントランスから見て右、東側の側面に当たり、午前中の太陽が照りつけ、上空へと連なる窓ガラスがどれも眩《まぶ》しく輝いていた。ビルが風の流れを遮り、温かな日溜《ひだ》まりとなっている。

警官はそんなビル側面の植え込みまで沖たちをいざなうと、中腰になり、「ここです」と植え込みの中を指差した。

上司である貴里子に気を遣いつつ、その横から植え込みの枝の隙間《すきま》へと顔を寄せた沖は、すぐに「これは……」と呟《つぶや》いた。

貴里子と顔を見合わせたのは、目の錯覚を疑ったわけではなかった。

日射《ひざ》しを浴びた頭蓋骨《ずがいこつ》が、驚くほどに白かった。それが犬や猫ではなく人間のものであることは、形からして間違いがなかった。

だが、信じられなかったのだ。なぜ、こんなところに白骨体が……。

「そこなのか？　間違いないのかよ」

署から別の車に分乗してきた同僚の柏木隼人《かしわぎはやと》が、背後から声をかけてきた。去年までは二課にいた男で、沖とは今でも犬猿の仲だ。平松慎也《ひらまつしんや》も一緒だった。この男とは逆にツーカーの仲だった。

これが現在のK・S・P特捜の全メンバーだ。最古参である円谷太一《つぶらやたいち》は、去年の秋、チャイニーズマフィアの朱栄志《チュー・ロンジー》たちに妻と長女を爆殺され、長期の休暇を取った。今年の初めから職場に復帰はしたものの、その心理状態を気遣った上層部の決定により、現在は総務部預かりの内勤なのだ。

「見てみろよ」と沖は柏木に場所を譲ったあと、

「この隙間は、おまえが開いたのか？」

と制服警官に確かめた。

一カ所だけ不自然に枝が払われ、植え込みの中が覗《のぞ》けるようになっている。

「ええ、まさかと思い、きちんと確認したかったものですから。――まずかったでしょうか？」

「いや、いいんだ」

死んでから一定以上の長い時間が経《た》っている。現場保存云々《うんぬん》を、神経質に言う段階じゃない。

「植え込みが死体を完全に被《おお》ってる。どうして死んだにしろ、枝と葉がこんなに伸びるまでの間ずっと、ここに横たわっていたわけね」

貴里子はたった今沖が思ったことを指摘した。

そうなのだ。いったいどれだけの時間が経過したのか……。死体の腐敗は、空気中に晒《さら》されている場合が最も速く進行し、およそ水中の倍、土に埋められた場合と比べれば約八倍と言われる。土中の成人死体が白骨化するには五年ほどかかるが、空気中ではせいぜい数週間、真夏ならば蠅《はえ》や蛆《うじ》、その他の昆虫に食い荒らされることもあり、せいぜい二、三週間で白骨体となる。

植え込みがこうして完全に死体を被うには、どれぐらいの時間がかかるのだろう。冬の間にここで死んだのだろうか。十二月や一月からだとすれば、三、四ヶ月が経過している。白骨化には充分な時間だ。

しかし、やはりどうにも解《げ》せなかった。ここは人気《ひとけ》のない山中じゃないのだ。それどころか、副都心のオフィスビルが最も集まったエリアであり、この高層ビル自体にも、毎日無数の人間が出入りしている。そんなビルの植え込みに死体が横たわっていることに、何ヶ月もの間、誰も気づかずにいるなどあり得るのか。

「落ちたのかな」

平松が呟くように言い、どこか誇らしげに光り輝くビルを見上げた。

他の刑事たちも釣られて上を見る。春の穏やかな雲の塊がひとつ、風に流され、ビルの天辺《てっぺん》から少しずつ姿を現しているところだった。

「カシワさんとヒラさん、ビルの管理事務所に行って協力を頼み、ビルの屋上とこちら側の窓の様子を確認してください」

「それから、ここの植え込みの管理の具合ですな」

と、柏木が心得顔で頷く。

「ビル清掃についても知りたいわ。清掃業者が、この植え込みの付近だって清掃しているはずよ」

「了解」

と言い置き、柏木と平松がエントランスの方向へと走る。

沖は貴里子たちのやりとりを耳にしながら、ひとり周囲を改めて見渡していた。近くにビルの地下室か駐車場からのものと思われるエアの噴き出し口がある。近づいてみて手を翳《かざ》すと、かなりの勢いで空気が噴き出しているのを感じた。ここからのエアが、死体の腐敗臭を紛らしたのか。

ビルのこちら側面には通用口が見当たらなかった。この高層ビル街はどこも、南北の道が東西の道を跨《また》ぐ形で上を走っている。そういった南北の道の一本が少し先に見えるが、そこに上り下りする階段はここにはない。つまり、このビルの側面へと回って来るのは、ビルの裏手に用事がある人間だけということか。

だが、ビル側面には植え込みが伸びるだけだが、その対面、すなわち南北に走る架橋の足下には、飛び飛びにベンチが置かれている。ホームレスが横たわらないようにと間に仕切りが入れられたものだ。昼休み、あそこで弁当を食べたりお喋《しゃべ》りに興じるOLなどがいそうではないか。

そう思いかけ、沖はここがビルの東側であることに思い至った。昼食時にはちょうど日陰になる。冬の寒さの中、好きこのんであのベンチに坐《すわ》る人間はいないだろう。

――それにしたって、都会の真ん中で、ひとりの人間が亡くなって白骨化するまで、一冬丸まる誰にも気づかれないなどあり得るのだろうか。

そんな問いの底辺には、何か言うに言われぬ寒々とした気分があった。

「ねえ、数ヶ月で衣服があんなになるのかしら」

貴里子から小声で意見を求められ、沖は植え込みの隙間へと顔を戻した。

俯《うつぶ》せに倒れた白骨体は、地味なグレーのスーツを着ていた。それがぼろぼろになっている。確かに、そうだ。三、四ヶ月であんなになりはしないことを、沖の経験が告げている。

だが、それならば一冬よりももっと長い期間、この死体はここにあったのだろうか……。

胸の中でそう問いかける途中で、別のことに注意が向いた。ぼろぼろになったスーツの仕立てと模様から、これが女物であることに気づいたのだ。

「女……」

「ええ、そうね。この白骨体は、女だわ」

貴里子はとっくにそれを見て取っていたようだ。

「沖さん、ちょっと幹さん」

植え込みの隙間に改めて顔を近づけた貴里子が沖を呼ぶ声には、今度はただならぬ調子が籠《こ》もっていた。

「どうしたんです?」

「あれを見てちょうだい。死体の胸の辺よ」

ぼろぼろになったスーツの胸辺りから、ちらっと手帳が覗いている。その外革が煤《すす》けてはいるが見慣れたチョコレート色をしていることに気づいた沖は、息を呑《の》み、両目に力を込めた。さらに僅《わず》かにではあるが、金属製の記章らしきものまで見える。

「まさか、あれは警察手帳……」

別の場所から若い柴原が呟いた。植え込みの反対側に回っている。位置的には、柴原のほうが死体に近いぐらいだった。

貴里子はちらっと沖に事問いたげな目を向けたが、すぐに自分で決断を下して柴原に訊《き》いた。

「なるべく死体や衣服に触らないようにして、そっちから取れる？」

鑑識の到着を待たず、とにかく最大の関心事だけは確認することにしたのだ。

「はい、やってみます」

柴原は植え込みの中に右腕を突っ込もうとし、「馬鹿《ばか》野郎、手袋だ」と沖に怒鳴りつけられた。

慌てて塡《は》め、改めて手の先をそろりそろりと死体に近づけた。スーツの端から摘《つま》み上げて抜き出す。

――なんということだ。

それがやはり警察手帳だったことを知り、沖は細く息を吐き出した。警察官がひとり、ひっそりと亡くなり、誰にも気づかれることのないまま新宿の植え込みの中で白骨体となっていたのだ。

植え込みの周囲を回ってきた柴原が、警察手帳を貴里子に差し出す。

受け取って身分証明書部分に目を落とした彼女は、冷水にでも突き落とされたように身震いし、「ひゃ」と小さく妙な声を漏らした。

「まさか、知っている警官ですか？」

その態度から察した沖が訊いてもなお、貼付《ちょうふ》された写真と印刷された氏名、所属、階級をじっと見つめ、視線を動かそうとはしなかった。

やがて顔を上げて沖のほうを向いたが、その目は沖を素通りし、背後のどこか一点に焦点を結んでいるように見えた。

「知っているわ。よく知っている――」

貴里子は呟くような声で言ってから、

「私に警察官のイロハを教えてくれた先輩よ」

今度は一語一語自分に確かめるようにそうはっきりと続けた。

2

女の氏名は溝端悠衣《みぞはたゆい》、階級は警部補であり、所属は警視庁捜査二課。――貴里子が携帯で署に報告を入れる間、沖はそう確認したのち、手帳に貼付された写真の顔をじっと凝視した。

頬《ほお》に無駄な肉のないすっきりとした顔とショートカットの髪が活動的な印象を与える女だった。引き結ばれた唇に意志の強さを感じる。それに、一言でいえば、多くの男が一見して美しいと思うような顔だった。

　年齢は今年三十八歳。沖より一歳年上だ。警部補という階級はもちろんのこと、警視庁二課という配属先も、この女がかなりの努力と実績を重ねてきたことを表している。さっき貴里子は先輩という言い方をしたが、溝端悠衣という女は沖たちと同じノンキャリアのはずなのだ。キャリアなら、当然もっと出世している。

「すぐに飛んでくるそうよ」

　貴里子が携帯を切って沖に言った。

　その声には冷ややかな響きがあった。電話の相手は、署長の広瀬《ひろせ》だったのだ。

　前署長の深沢達基《ふかさわたつき》は、この年明けに警視庁へと異動になり、後任の席にはそれまで刑事官だった広瀬壮吾《そうご》が就いた。結局、深沢は昨年の夏に着任し、僅か半年にして異動したことになる。キャリア警察官が一カ所に留《とど》まる期間は、平均して二年から三年ほどだ。そうやって各警察署を渡り歩きながら出世していくのが彼らの慣わしだが、いくら何でも半年は短い。

　初代の署長が停年で退いたあと、深沢は歌舞伎町特別分署《KSP》の二代目署長として赴任した。出世街道を狙《ねら》うキャリアにとって、必ずしも有利な配属先だったとは言えなかったはずだ。だから裏で何か手を回し、早々に警視庁へと移ったのだというのが、署内のもっぱらの噂《うわさ》だった。

だが、一旦《いったん》赴任した先を、自分の息のかかった人間で固めることは忘れなかった。現署長の広瀬は、深沢が去年の秋に警視庁から引っ張り、K・S・Pの一課と二課を束ねる刑事官の職に就けた男だった。それが僅か二ヶ月ちょっとで、深沢の後釜《あとがま》に坐っている。深沢が画策した人事であることは、火を見るよりも明らかだ。

——しかし、そんなことはどうでもよかった。キャリアが手前勝手な人事を行うのは、何も今に始まったことじゃない。沖たちノンキャリの警察官にとっては、むしろ別世界の出来事だ。

問題は、広瀬という男だった。

着任して一ヶ月と経たない間に、この男が深沢の腰巾着《こしぎんちゃく》に過ぎないことは明らかになった。ゴマをする相手である深沢が署からいなくなってからは、今度は何かにつけて自分が深沢と同じように振る舞いたがるようになった。事細かな報告を強《し》い、自らすぐに現場に出たがるのなどがいい例だ。しかし、広瀬には深沢のような頭の切れはなく、むしろ何かする度にもめ事のタネを作って回り、そのことが今年になってからじわじわと分署全体の雰囲気を刺々《とげとげ》しいものに変えていた。

さらにはもうひとつ。特に特捜部にとってこの新署長が疫病神に思える理由がある。広瀬は自分が刑事官をしていた時の部下を偏重しているのが明らかで、重要事件の捜査は彼らに振り、特捜部には中途半端なヤマしか回そうとしないのだ。ビルの植え込みから白骨死体が見つかったという通報に対して特捜部が動いたのも、深沢の頃までならば考えられないことだった。

——もっとも、その白骨体が警察官のものと知り、これから慌てて駆けつけて来るわけだが。

貴里子も沖と同じような気持ちでいることが、態度でわかる。

「発見者に話を聞きましょう」

と沖たちを促し、通報を寄越《よこ》した警官のほうへと向かった。面倒な新署長が姿を現す前に、できるだけ捜査を進めておきたい。

通報を寄越した警官の隣にいるのは、三十歳ぐらいの男だった。黒のポロシャツにグレーのラフなジャケット、ジーンズといった出《い》で立ちは、普通のサラリーマンではない雰囲気だ。

「死体を見つけた時のお話を聞かせていただきたいのですが」

貴里子が言うのを隣で聞くとともに、沖は男が酒臭いことに気がついた。朝っぱらからいい気なものだ。

「わかりました。ただ、その前にちょっと刑事さんにお願いがあるのですが、こっちの制服のおまわりさんに、さっきのは見なかったことに、と言って貰《もら》えませんか？」

「さっきの、って？」

貴里子が訝《いぶか》しげに問い返すと、男も制服警官も揃ってきまり悪そうな顔つきをした。

それで悟った沖が、「お名前は？」と、質問を引き取った。

「猪瀬《いのせ》です」

「猪瀬さんは、ちょっとやってますな？」

この匂《にお》いからすると、「ちょっと」という量ではないはずだと思いつつ訊くと、案の定、

「ええ、昨夜から」とのことだった。

「明け方に仕事が終わりましてね。仲間内でちょっと飲み出して、気がつくとこんな時間になっとりました。コーヒーでも飲むかと思い、散歩がてら歩いているうちに、ついその、体が冷えてきまして」

「それで催しちまった――？」

「ええ、まあ。そういうことです」

と男は頭を掻《か》いた。

「ビルに入ればトイレがあるでしょ」

制服警官が呆《あき》れ顔をする。

「いや、そこまで頭が回らなかった。しかし、僕の気まぐれのおかげで、こんな都会の真ん中でずっと誰にも見つけられずにいたあの孤独な白骨体が見つかったんだ。ね、そうでしょ」

しゃあしゃあと言ってのける猪瀬という男に、沖は苦笑せざるを得なかった。

「わかりました。その件は、今回は大目に見ましょう。いいな」と制服警官に念を押し、

「では、あの白骨を見つけた時の話を」と促した。

「用を足し終わってふっと背後を振り返ると、足下の茂みの中に白いものが見えたんですよ。僕は画家なんです。色には敏感で、いったい何があんなに白いんだろうと興味が動いたんです。おまわりさんが駆けてきたのは、ちょうどその時で、僕が変なものが植え込みの中にあると言ったのに、最初はどうにも取り合ってくれなくて」

酔いのせいだろう、猪瀬は訊かれもしないことまで勝手にべらべらと喋り続けた。

終わって背後を振り返ったということは、植え込みとビルとの狭い隙間へと入り、ビルの壁のほうを向いて用を足したということらしい。最初から白骨体に向いていたわけではなかったことを、沖は死者のために喜んだ。酔っぱらいの小便をかけられて見つかったというのでは浮かばれまい。

「死体には触れていませんね」

貴里子が型通りの確認をする。

「もちろんですよ」

「死体以外に何か気になったものは？」

「いえ、ありません。びっくりして、他のものは目に入らなかったです。あのう、刑事さ

ん。あの白骨は警察官なんですか?」

　さっき警察手帳を見つけ出した時の様子を、遠目に見ていたのだ。

「そうした質問はご勘弁ください。捜査に関して、何もお話しすることはできません」

　そう答える貴里子は、口調こそ丁寧なものの、酔った画家をはっと黙らせるほどに強い何かを発していた。

　世話になった先輩警察官が、こんなところで白骨化していたとわかってから、まだ十分と経っていないのだ。胸の中は、未だにぐちゃぐちゃの感情で満たされているはずだ。しかし、それは押し殺すしかない。いや、押し殺して捜査を進めることのほうが、立ち止まってそういった感情に直面するよりもむしろ救われることを、デカならば誰もがどこかの時点で悟ることになる。

　鑑識課員たちが現れるのが見え、貴里子は若手の柴原に命じて彼らを植え込みへと案内させた。

　それと入れ替わるようにして、ビルの裏手の方角から、柏木と平松のふたりが戻ってきた。

「協力に感謝します」

　貴里子はそう言って猪瀬との話を切り上げ、連絡先を訊いてあることを制服警官に確かめた上で解放した。

「こちら側の窓はどれも開きませんが、屋上から落ちた可能性はありますね。このビルは何年か前から屋上緑化を行い、朝九時から夜八時までは誰でも自由に出入りができるそうです」

柏木が言った。

「九時から八時ですか。微妙ね。そんな時間中に落ちれば、誰かの目にとまったんじゃないのかしら」

「いいや、日暮れ過ぎならそうとは限らんでしょ」柏木はそう反論してから、ふと思いついた様子でつけ足した。「それに、こっちは東側だ。午前中、窓はどこもシェードやカーテンを閉めてる。窓の外を落ちても、気づかなかった可能性は充分ありますよ」

「それはそうね。植え込みと清掃管理は？」

「それはともに同じ会社に委託してますね」と今度は平松が答えた。「今、このビルの管理責任者が、請け負ってる会社に連絡を取ってくれてるところです。じきに改めて正確な話が聞けますよ」

貴里子たちのやりとりを耳にしながら沖は、植え込みを取り巻いている鑑識課員たちのほうへと近づき、顔馴染《かおなじ》みの主任に声をかけた。

「どうだい、あんたの意見は？　転落死かな」

「ああ、詳しい話はまだできないが、その点は間違いないだろうぜ。肋《あばら》も腰も、体の前面の骨が盛大に折れてるよ」

死体は俯せで横たわっていた。前面とは、つまり、着地した側だ。

「幹さん、これ。被害者のものじゃないでしょうか」

死体の周囲を探索していた柴原が、植え込みの中から体を起こし、肩紐《かたひも》のついた女物の小振りのバッグを持ち上げた。沖が特捜のチーフだった頃《ころ》の習慣で、柴原と平松のふたりは今なお貴里子を差し置き、沖に先に報告を上げたり判断を仰いだりすることがある。

貴里子はそれを気にする様子もなく、しかし、柴原にはっきりと命じた。

「持ってきてちょうだい」

柴原から受け取ったバッグの口を大きく開いて中を確かめ、すぐに手帳を抜き出した。かなり大型の、男が使うのと変わらないような黒いシステム手帳だ。

隣から中を覗き込んでいた沖は、財布がバッグに残っているのを見つけた。手を伸ばして抜き出すとすぐ、小銭入れの部分のチャックが開けっ放しだと気がついた。そして、中は空になっている。小銭入れだけではなく、札入れにも札が一枚も見当たらない。

頭の回線が何本か繋《つな》がり、ひとつの情景が浮かんできた。

「物取りってことか――」

柏木が呟くのが聞こえ、沖は思わずせせら笑った。

柏木はそれを見逃さなかった。

「何がおかしい」

「おたくが駆け出しのようなことを言うからさ」

喧嘩《けんか》を売るつもりはないのだが、どうしてもこの男が相手だと、口調がこうして冷たくなる。

「何だと」

「だってそうだろ。金が抜かれたのは、被害者がここに落ちてからだぜ」

「上で抜かれ、バッグはバッグで投げ捨てられたのかもしれないだろ」

「この高さのビルだぞ。それなら死体からもっと離れた場所に落ちるはずだ」

「そうとは限らん。風がない日だったのかもしれん」

「違うな。おい」と沖は柴原に呼びかけた。「おまえが持ち上げた時、バッグの口が開いてるのが見えた。口が開いた状態で落ちてたんだな」

「ええ、そうです――」

柴原は柏木のほうをちらちら見つつ、沖に向かって小さく頷いた。言い争いに加わりたくないらしい。

それを悟り、沖は僅かな自己嫌悪に囚《とら》われた。何も円谷と柏木が入れ替えで特捜部に来たわけではないが、いつしか円谷が抜けた穴に柏木が収まるような形で仕事が進むようになっていた。それでこんなに苛立《いらだ》ちが募っている。最近、自分が刺々しくなっているのは、署長の広瀬だけが原因ではないのだ。

　だが、言い合いはやめられない。

「ほうら、見ろ。被害者がここに落ちたのち、誰かがその死体が持っていたバッグを取り上げた。中の財布から金を抜き出し、バッグを投げ捨てて逃げた。そういうことだ。ホームレスか誰か、事件とは直接関係のない人間が抜いたのさ」

「それなら、財布はバッグと別に落ちてるはずだろ。だいたいバッグの口が開いていたからと言って、地面についてから誰かが開けたとは限らないぞ。落ちた拍子に開いただけかもしれん」

「馬鹿め」という言葉がつい口を突いた。「このバッグの口はチャックだ」

　柏木の顔が紅潮する。

「屋上から落下する前に開いていたんだ」

「それなら中身が飛び散るはずだ」

「そうとは限らん。それからな、おまえは被害者、被害者って言ってるが、決めつけはやめろ。事故かもしれんし、自殺かもしれん」

　形勢が不利と見たのか、柏木は忙《せわ》しなく目をしばたたきながら違う点を突いてきた。だが、確かについ口を滑らせただけで、その点は柏木の言う通りだ。

「彼女は自殺するような人じゃないわ」

貴里子が声を高め、柏木も沖もはっと口を噤《つぐ》んで彼女を見た。

貴里子の額に浮いた青筋に気づき、沖の自己嫌悪は増した。そして、ふっと気がついた。こんなふうに青筋を立てるのを目にするようになったのは、彼女が特捜部の責任者になってからではなかったか。

貴里子はすぐに感情を押し殺し、冷静な口調で続けた。

「バッグや財布についての検討はあとにしましょう。指紋採取で、何かわかるかもしれない。それよりも、ふたりとも、この手帳を見て欲しいの。いったい彼女はどれぐらいここに倒れていたのかしら。ほら、最後に手帳に予定が記されているのは、一昨年の十二月十一日よ」

「ってことは、一冬じゃなく、二冬なのか……。ここで、誰にも見つけられずに……」

平松が両目を見開いて呟き、指を折りかける。

「足掛け十六ヶ月よ」貴里子が言った。「もしも一昨年の師走《しわす》に亡くなったのだとしたら、十六ヶ月もの間、誰にも見つからず、ここにこうして横たわっていたことになる」

植え込みに屈《かが》み込んで必死に手がかりを捜していた鑑識課員たちの何人かが、ふっと手をとめて沖たちを見た。貴里子の声が耳に入ったのだ。彼らの経験に照らしても、初めて出くわす事態にちがいない。

「ビルの管理体制がどうなっていたのか、注意深く話を聞く必要がありますな」

柏木が言った。

「カシワさん、ヒラさん、お願い」

「おっと、待った。ビルの責任者に会うんでしたら、死体の周りの植え込みを刈り取る許可も貰ってくれませんか。この状態じゃ、ちょっと」

鑑識課の主任が言った。

貴里子が諒承《りょうしょう》し、柏木たちが走り去る。

貴里子は死体が持っていたバッグのサイドポケットを探り、携帯電話を抜き出した。

「データの抽出をお願いします」と、鑑識課主任に渡す。

「それと指紋ですな。そっちももう支障がなければ、取らせてください」

沖も貴里子も、それぞれの手にある財布とバッグを差し出した。

「で、手帳に書かれた最後の予定ってのは、何なんです？」

沖が思いついて貴里子に訊く。

「夕方四時に、ワイズマン生命という保険会社とあるわ」

「相手の名は？」

「それもちゃんとメモされてる。調査部の朝森《あさもり》修也《しゅうや》という人物よ」

「調査部、か」と、沖は口の中で転がした。

「それに、これが手帳のホルダーに挟まってた」

貴里子はそう言い、人差し指と中指で挟んだ名刺を沖に見せた。

――ワイズマン生命朝森修也。

予定通りに訪ねたということだろう。

事務所の住所は赤坂だった。

「とりあえず我々もそこに足を運んでみますか？」

そう提案した時、覆面パトカーを降りて走ってくる広瀬壮吾の姿が見えた。

3

幸い朝森修也はオフィスにいた。

だが、応接室に現れた朝森は、沖たちの口から溝端悠衣の名前を聞いても何も思い出さなかった。

「一昨年の十二月十一日に、私がその刑事さんに会ってるんですか？　待ってくださいよ、大分古い話ですね」

朝森は言い、沖と貴里子から視線を逸《そ》らして斜めを向き、床の一点を凝視した。何か思いついた様子で内ポケットから手帳を抜き出しかけて、戻す。大きさから見て、一年一冊単位の普通の手帳だ。一昨年の出来事が記されてはいまい。

だが、記憶を探り当てたらしく、やがてぽんと手を打った。

「ああ、わかりました。その女刑事さんでしたら、確かに訪ねて見えましたね。すみません、仕事柄、警察関係の方も時折見えるもので、記憶がごっちゃになっちゃって」

「わかります。調査部といえば、保険の不正な請求がないかを調査するわけですな」

先を促す意味で沖がそう応じた。

「で、溝端刑事は、どういった用件で朝森さんを訪ねたのでしょう？」

貴里子が訊く。

「あれは確か、江東区の轢《ひ》き逃げ事件じゃなかったかな」

「轢き逃げ事件、ですか。——詳しくお話を聞かせていただけますか？」

「ちょっとお待ちください。ファイルを取って参りますので」

朝森はそう言い置いて一旦応接室を出、ほどなく戻ってきた。

「江東区じゃなく、隣の墨田区でした。亡くなられたのは江草徹平《えぐさてっぺい》さん。当時、二十八歳でした」

ファイルを胸の前で立て、沖たちから覗かれないようにしながら朝森は答えた。そんな仕草も、要点を押さえた応答も手慣れている。

「事件が起こったのはいつです？　やはり一昨年ですか？」

「そうです。六月ですね」

「溝端刑事は、なぜその事件を調べていると？」

「さあ、それはお話しになりませんでしたが」

「轢き逃げ犯は捕まったのですか？」

「いえ、私が知る限りでは、捕まっていないはずです」

「保険金は支払われたのでしょうか？」

「はい、あの刑事さんが訪ねていらしたのは、もうお支払いしたあとでした」

「しかし、あなたが応対なさったということは、支払う前に何らかの調査を行ったんですね。調査部のあなたが動かれた理由は、何だったのでしょう？　どういった点を調査したのか教えていただきたいのですが」

沖には貴里子が慎重に質問を進めているのがわかった。警視庁の捜査二課は、詐欺、汚職などの知能犯罪を捜査するスペシャル集団だ。ただの轢き逃げ事件ならば、それは彼らの捜査対象にはならない。裏に何かが隠されていると見るべきだ。

ただし、と沖は胸の中でつけ足した。溝端という刑事が、個人的に何かを調べていたのでなければ、だが。

「なぜそれをお知りになりたいのでしょう。あの女刑事さんに何かあったのですか？」

朝森は段々と沖たちが訪ねてきた理由を訝しく思い始めたようで、反対にそう訊いてきた。

「溝端は亡くなりました」

貴里子が言った。

「亡くなった？　でも、それでなぜ今になって二年近くも前の事件を……？　あの事件が、あの刑事さんの死と何か関係しているのですか？」

「わかりません」と、貴里子は率直に白状した。下手な隠し事をしないのも、相手から話を引き出す上で大事なテクニックのひとつなのだ。

「ただ、溝端の手帳に記されていた最後の予定が、あなたを訪ねることだったんです」

「――待ってください。ええと、つまり、どういうことです？　あの刑事さんは、一昨年の十二月にここを訪ねたあとで亡くなられたんですか？」

「ここを訪ねた直後かどうかはわかりませんが、それから何時間か何十時間の間に亡くなったことは確かだと思います。その死体が、今日、見つかりました」

貴里子はそう説明して一旦口を閉じ、相手の様子を窺《うかが》ったのち、目を伏せている朝森に改めて質問を発した。

「つかぬことを伺いますが、溝端刑事とお会いになったのはそれ一度きりですか？」

「ええ、そうですが」

「仕事を離れた、個人的なおつきあいのようなものは？」

「ありませんよ、個人的なつきあいなど。どうしてそんなことをお訊きになるんですか。

僕があの刑事さんの死に何か絡んでいるなんて考えたのならば、お門違《かど》いもいいとこですよ」

「いえ、そういうわけではありませんが、なにしろ一年以上前の出来事なので、私どももまだどこから手をつけて調べればいいのか、わからずにいるところなんです。話が戻りますが、調査部のあなたがその轢き逃げ事件を調べた理由は、何だったのでしょう。何が引っかかったんです。掛け金の額ですか？」

「いえ、標準的な額でした」

「具体的には？」

「二千万」

「受取人は？」

「婚約者です」

貴里子に促されて答えてはいるものの、朝森の口が重たくなったのが感じられた。

「朝森さん、ここでお聞きした話は決して外には漏らしませんので、詳しく話していただけませんか？」

朝森は貴里子と沖の顔を順番に見たのち、手許《てもと》のファイルに目を落とした。

だが、それはファイルの該当個所を読んでいるわけではなく、目の落ち着き場所としてそうしているに過ぎないように見えた。

「それほど複雑な話ではないんです。ただ、ふたつの点でやや引っかかりがありまして。一点目は保険に加入されたのが轢き逃げ事件の起こった三月《みつき》ほど前で期間が短かったこと、それから二点目は、被害者が所謂《いわゆる》その筋の人物だったことです」

なるほど、と沖は胸の中で思った。実際には説明の順序は逆で、死んだのがその筋の人間だったので、三ヶ月という契約期間が引っかかり、担当者から調査部へと話が回って来たにちがいない。

「暴力団員だったんですね。それで、不正請求を疑った」と貴里子。

「ええ、まあ、そうです」

「受取人の名前を教えてください」

「野口志穂《のぐちしほ》さん。志穂は志《こころざし》に稲穂の穂です」

野口志穂の当時の住所と連絡先、さらには轢き逃げ事件のあった正確な場所を訊いて控えた。

「ところで、話が前後してしまいましたが、溝端刑事はひとりでここを訪ねたんでしょうか？」

礼を言って腰を上げる直前になって、沖は念のためにそう確かめた。

「ええ、そうです」と、朝森は頷いた。

「なぜ溝端刑事は、半年前の轢き逃げ事件を調べたんでしょうね」

覆面パトカーで赤坂をあとにして間もなく、沖が話の口火を切った。ハンドルを握っているのは沖で、貴里子が助手席だった。

「轢き逃げ事件の背後に、何か本庁の二課が興味を示すようなものがあったのか。それとも、溝端さん本人が何らかの理由でこの事件に興味を持っていたか。最後にあなたが確かめたのは、それを思ったんでしょ」

「ええ、まあ」と沖は頷いた。刑事は普通、ふたりセットで動く。だが、溝端悠衣はあの保険会社をひとりで訪ねている。

それに、もしも溝端悠衣が二課の捜査の一環としてワイズマン生命の朝森という男を訪ねたのであれば、彼女の行方《ゆくえ》が知れなくなったあと、他の刑事が誰か改めて朝森を訪ね、何らかの質問をぶつけたはずではないか。

だが、朝森は彼女が行方不明になったことすら知らなかった。改めて別の刑事が訪ねて来るようなことなどなかったのだ。

「どうします。轢き逃げ事件のあった所轄に回りますか？」

沖はすぐに訊き返した。やがて警視庁の二課と接触し、詳しく話を訊かないことには捜査が進められなくなるのははっきりしていたが、それはまだ先に延ばしたほうがいいのではないか。いや、本庁が絡むとなると、話はそんなに単純にはいかないはずで、下手をすると捜査自体を持って行かれる危険すらある。それに抵抗するためには、ひとつでも多くこっちで手がかりを摑《つか》んでおくことだ。

貴里子はすぐに判断を下した。

「そうしましょう。何しろ一年以上の間隙《かんげき》があるのだから、わかったところから攻めていくしかないわ」

「溝端さんの話を詳しく聞かせてくれますか。彼女とは、いつ頃一緒に仕事をしたんです？」

「あの人が私に、刑事としてのノウハウを教えてくれたのよ」

「それは言葉通り、研修期間のことを言っているのですか？」

キャリア警察官は警察学校卒業後、警察大学校で初任幹部教育を受けたのち、見習いとして現場に配属される。

「そう。私が配属されたのは浅草署だった。元々下町だし、山谷《さんや》もあれば風俗街やラブホ街もあって、比較的忙しい署だった。そこで彼女は当時、生活安全課の刑事だったの」

「仕事のできる人だったんでしょうな。その後どういったコースをたどったのかはわからないけれど、少くとも今から二年前には本庁の二課のデカだったんだ」

警察組織にはふたつの大きな溝があると言われている。ひとつは言わずと知れたキャリアとノンキャリアの溝であり、もうひとつは、陰湿という意味ではそれに勝るとも劣らない、男女差別だ。溝端悠衣という女がエリート集団である警視庁の捜査二課に配属されるまでには、越えねばならない大きな難関がいくつもあったにちがいない。

「私にとって、理想とする女性警察官だった」

沖はフロントガラスから目を離してちらっと貴里子を見た。

普通、キャリアの人間は、ノンキャリアの人間を理想にしたりはしない。ましてや、それをこうして躊躇《ためら》いもなく口にすることなどないのだ。だが、この女は違う。

「彼女はいつから母屋《おもや》の二課にいたんです？」

「さあ、確か六、七年前の年賀状で、本庁勤務になったのは知っていたけれど、それ以上のことはわからなかった」

年賀状も含め、いつ誰に見られるかわからない葉書によるやりとりでは、勤務先はまだしも正確な所属まで書いてはならないと指導されている。

「本当はもっと親しくなりたかったのに、私が悪かったの。研修期間が終わる時、さり気なくメールアドレスを訊くことすらできなかった。今から思えば、きっと心のどこかに、自分はあなたたちとは違うのだという、そんな下らないエリート意識があったのだと思う。だから、警察大学校の同期や、その後、同じ配属先になったキャリア同士ならば気楽にメアド交換をしたくせに、溝端さんに対してはアドレスを教えて欲しいという一言が言えなかった」

貴里子は答え、目を伏せた。

「でも、手紙のやりとりとかは？」

沖は訊いた。

「いいえ。ただ、毎年私は欠かさず年賀状を出していたけれど。それぐらい。二度と彼女と落ち着いて話せる機会は持てなかった。だけど、私にとって溝端さんが、尊敬して憧《あこが》れる女性警察官だった事実は変わらないわ」

貴里子はそう言うと、あたかも沖の同意を求めるかのように、助手席からこっちを見つめてきた。

沖はその視線に気づいたが、それ故にこそ助手席を見られなかった。

いつからだろう、貴里子が時折こうして何かを訴えかけるような目を向けるようになったのは。特捜部の責任者を任され、捜査の陣頭指揮を執る間に、徐々に疲労が溜まっているのかもしれない。男に囲まれた職場では、それを吐き出す相手がなかなか見つけられず、それを身近にいる誰かにぶつけたいのではないか。

そんなふうに思う時もあったが、かといってどうすればいいのかわからなかった。沖は貴里子に取って代わられるまでは特捜部のチーフを務めていた。だから今でも補佐役として一緒に動くことが多い。当初、自分が育てた特捜部の責任者の椅子《いす》を貴里子に奪われたことへのショックがなかったといえば嘘《うそ》になるが、その後、そのことに対する拘《こだわ》りも、彼女の指揮で仕事をすることへの戸惑いも、不思議なぐらいに起こらなかった。

それはひとつには、貴里子のあけすけな性格のためなのだろう。捜査に関する意見は率直に交《か》わせるし、時には方針の違いでお互いに声を荒立て合うことがあっても、大して時間も経たないうちにけろっとしている。その意味では、沖にとって貴里子は、平松とコンビを組んで動くことが多かった頃とそれほど変わらない〝相棒〟なのだ。

だが、やはりどこかから先へは踏み込み難い気がするのも事実だった。ほんの些細《ささい》なことを率直に尋ねるのがえらく難しいように感じてしまう瞬間が、時折ふっと訪れる。

結局はこの自分のほうこそが、キャリアとノンキャリアとの間の線引きを無意識に行い、そのくだらない隔たりに囚われているのだろうか。

「自分は欠かさず年賀状を出していたということは、溝端さんのほうでは必ずしもそうではなかった？」

沖がそう確認すると、貴里子はなぜか一瞬黙り込んだ。

「――ええ、そう。でも、それは特定の数年間で、それを抜かせば溝端さんのほうからもきちんとくれてたのよ」

「特定の数年間とは？」

言い方に引っかかりを覚えて訊き返した。

「彼女、婚約者を亡くしたんです。私が研修でお世話になった翌々年のことだった。その婚約者も刑事だったの。結婚式をほんの二、三ヶ月後に控えていたわ」

沖はしばらく胸の中で、いくつかの言葉を掌《てのひら》に乗せるようにして吟味した。

「殉職ですか？」

結局、ただそう訊くしかできなかった。

貴里子は微《かす》かに頷いた。

「強盗事件のホシを逮捕しようとした時に、相手が隠し持っていたナイフで反撃されたそうよ」

凶器を持った容疑者を逮捕する時には、いつでもそういった危険がつきものだ。警察官ならば、いつ我が身に起こるかもしれない出来事なのだ。

沖は信号をいくつか抜けるだけの間、言葉を探し続けた。何か優しい言葉のひとつもかけたいと思ったのだが、そんな気持ちを持つといつでもなぜか何も言えなくなってしまう。

頭の片隅で別のことを思いついた。

「ふと思ったんですがね。溝端さんが六、七年前に本庁の二課に配属されたのだとしたら、マルさんとダブってるかもしれないな」

円谷太一はかつて警視庁の二課にいたことがある。それが所轄へと回された挙げ句、K・S・Pが創設された二年前からは特捜部の配属となった。

何があって二課から出されたのか、本人が何も語ろうとはしないのでわからないが、マイペースの単独捜査が上司に嫌われたことは考えるまでもなかった。掴んだネタをひとりでほじくり、はっきりしたことがわかるまでは決して何の報告も上げようとはせず、それが当然と思って疑いもしない。典型的な古いタイプのデカなのだ。沖などはむしろそれに頼もしさを感じる口だったが、今の警察組織の中では、そんなふうに思わない人間のほうが多いにちがいない。

「そうか、マルさんね。早速、署に戻ったら訊いてみましょう」

「ところで、マルさんはいつこっちに戻るんでしょうね」

沖はさり気なく訊いた。

「本人ももう大丈夫だと言ってるみたいなんだけれど、広瀬さんの意向がどうなのか……」

「何か反対する理由があるんですか？」

「慎重に、慎重に、よ」

貴里子が広瀬の口癖を真似《まね》たのに気づき、沖は思わず頬を緩めた。署長になってからの広瀬壮吾は、何かにつけてそう繰り返しており、裏では前署長である深沢のダミーという渾名《あだな》の他に、最近では慎重君などとも呼ばれているのだ。

携帯電話が鳴り、抜き出した貴里子が「平松さんからよ」と言って手ぶら機能に変えた。

「平松です。ビルの清掃管理を請け負ってる業者から話を聞きましたよ。詳しくはあとで署で報告しますが、清掃や植え込みの剪定《せんてい》については、かなり緩い契約だったようです。業者は言い難そうにしてましたが、ビルのオーナーのほうもこの不景気で、テナント料を下げてもまだ空き部屋が埋まらない状況らしくて、節約のつけ回しが来てるようですね」

「どういうこと？」

「植え込みの剪定は、だいたい春と秋の二回行うのが普通らしいんですが、ここは一回だったそうです。清掃も、屋外に関しては美観を損なわない程度でいいと言われ、まあ、その分、契約料を削られてたわけです」

　貴里子があきれ顔をした。

「だけど、それにしたって清掃はまだしも、剪定の時には植え込みの中に死体があれば気がつくはずでしょ」

「そうとも限らないようですよ。年に一度の剪定というのは、去年の十月だったんです。溝端さんがあそこで亡くなったのが一昨年の十二月だとしたら、それから現在までの間に、たった一度だけしか行われていないことになる。この点についちゃ、特に詳しく話を聞いたんですが、ああした四角い植え込みの場合、剪定はチェーンソーで平らに刈り込むそうでしてね。場所によっては肥料をやったり、土が流れている所は補充したりもするそうですが、それがなくただチェーンソーで刈り込んだだけなら、中の様子はわからない。十月ですと、溝端さんが落ちた時にできただろう植え込みの穴も、もう塞《ふさ》がっていたでしょうしね」

「でも、そんな……」

　沖は呟く貴里子を横目にして気がついた。彼女は自分が世話になった先輩刑事の死体が、長い間誰に気づかれることもなく、都会のど真ん中に転がっていたとは考えたくないのだ。デカだって人間だ。死人に感情移入をするなど馬鹿げていると思ったところで、どうしても感情移入をしてしまうことは避けられない。ビルの植え込みで、十六ヶ月もの間、誰にも気づかれずに横たわっていたなど孤独すぎる。

「わかったわ。詳しい検討は、もう一度署でしましょう。でも、とにかく、ビルの屋上からあそこに落下し、そのまま今まで発見されずにいた、という線で捜査を進めていいようね。連絡ありがとう」

　礼を述べてそそくさと通話を終える雰囲気を感じ取った平松が、慌てて言い足した。

「待ってください。電話をした用件はもうひとつあるんです。実は、鑑識が、死体の腰骨付近にもうひとつ別の小さな人骨を見つけました」

　その意味を察し、沖は思わず貴里子に目をやった。

「――どういうこと」

　呟くように言ってから、彼女がすぐ自分で答えを告げた。

「妊娠していた……。溝端さんは、妊娠していたのね」

「ええ、そうです。念のために耳に入れておきますが、署長が本庁の二課にこの件を伝えた時に、併せて確認を取りました。彼女は独身でした」

「子供は……」と言いかけて口を閉じ、言い直した。「彼女は、妊娠してどれぐらいだったのかしら？」

「さあ、まだそこまでは……」

「確かめておいてください」

携帯を切った貴里子は唇を引き結び、黙ってじっとフロントガラスを見つめ、長い間何も言おうとはしなかった。

4

墨田区は本所《ほんじょ》警察署と向島《むこうじま》警察署のふたつが管轄している。江草徹平の轢き逃げ事件を捜査したのは向島警察署で、当時事件を担当した田山《たやま》という刑事が応対してくれた。轢き逃げは凶悪事件であり、初動捜査での手がかりが重要視されるため、交通課と刑事課の合同捜査となる。田山貴明《たかあき》の所属は刑事課一係だった。五十近いがっしりとした男で、顔の皺《しわ》が深く、身なりには金をかけていないが清潔感が漂い、いわゆる苦労人タイプに見える。

「ああ、あの件は実に悪質でしたね。ブレーキを踏んだ痕《あと》が、まったく見当たりませんでした。被害者の男性は全身打撲で、ほぼ即死だった」

刑事課の隅に置かれた応接テーブルに、自ら持ってきてくれた給茶機の茶を置いて勧めながらそう言った。

「現場はどういった場所だったのですか？」

貴里子の問いに、田山は下ろしたばかりの腰を上げ、すぐ横の壁に張ってある地域地図の前へと歩いた。

「東墨田三丁目×の×。荒川の河川敷の傍《そば》の一本道でして、日が暮れてからはほとんど人通りがない寂しいところですよ」

地図を指差し、町番まで正確に口にする田山に沖は目を細めた。

この男は、未解決のヤマのことが頭を離れないデカのひとりだ。解決したヤマは、たとえ被害者の悲しみがどんなに深く頭に残っていようとも忘れるように努め、そうすることで次の事件へと自分を奮い立たせる。しかし、未解決のヤマについては、片時も忘れることができず、被害者や遺族の苦悩を思い、現場の様子を目に焼きつけ、事件のディテールに至るまで記憶している。

「一本道と仰《おつしや》ると、見通しが悪かったわけでもない」

沖が訊き、田山はすぐにその質問の意図を悟った。

「ええ、ですから狙って轢いた可能性も考えられます。か、もしくは、泥酔状態に近かった可能性ですな。ハンドルを切り損なったり、前方を見損なうような場所ではないですよ。時刻は九時過ぎでした。河川敷に暮らすホームレスが、大きな音に驚いて駆けつけ、倒れている被害者を見つけました。車のほうは既に遠くへ逃げ去ってしまったあとで、ナンバーも車種もわかりませんでした」

「今なお未解決のままですか？」

保険会社の朝森から聞いた話を念のために再確認すると、田山は無念そうに頷いた。

「ええ、残念ながら、未だにホシは野放しのままです」

「被害者の江草徹平は暴力団員だったと聞いたのですが、どこの組です？」

貴里子が代わって訊いた。聞き込みや被疑者への聴取の場合は、聞き役と観察役を割り振るのが常だが、こうした仲間内の場合はそれに当たらない。

「助川ですな」

田山は地図の前から離れてソファに坐った。

「助川組は、浅草一帯を縄張りにする組ですよ」

沖は貴里子に顔を寄せて耳打ちした。前に組員をパクったことがある。

「知ってるわ」と小声で指摘され、思い出した。彼女は見習いを浅草署で務めたと、ここに来る途中で言っていたのだ。

「助川や、あるいは助川と対立する組織のどこかが、この轢き逃げ事件と関係している可能性はなかったのですか？」

貴里子は視線を田山に戻して訊いた。

「無論、その可能性は検討しましたよ。現場の痕跡《こんせき》からホシを追うのに、行き詰まりかけてもいましたのでね。しかし、結局はその線からも、何も見つけられませんでした」

「ところで、本庁の溝端という刑事が、この事件のことを訊きに来たと思うのですが」

貴里子はここへの車中で溝端悠衣が遺《のこ》した手帳を改めて繰り、スケジュール欄に向島署と記されてあるのを見つけていた。彼女が保険会社を訪ねる一週間ほど前のことだった。

「溝端さん、ですか」と田山は口の中でゆっくりと転がし、僅かな間を空けた。「──ああ、そう言えば、見えましたね。村井さんぐらいの年格好の、若い女性でしょ。やはり私が彼女と応対しました」

「それは、いつのことだったか覚えておいでですか？」

「昨年、いや、もう一昨年になりますか」

貴里子が悠衣の手帳から見つけた日付を口にすると、田山は顎《あご》を引いて頷いた。

「そうでした。その頃です。師走に入って、年末の交通安全週間で、交通課の連中が慌ただしくしていた頃ですから。私のほうで正確な日付を確かめたほうがいいのでしたら、一旦失礼して、一昨年の手帳を調べてみますが」

「それでは、あとでそうしていただけますか」

「わかりました。――それで、その溝端さんがどうかしたんでしょうか？」

「今朝、彼女の白骨体が発見されました。どうやら、この轢き逃げ事件を調べている最中に死亡したのではないかと思われるんです」

田山は一瞬息を呑んだ。

「白骨体、ですか。それは、また……。それにしても、つまり、何かこのヤマに絡んで亡くなったということなんでしょうか？」

「まだ詳しいことは何もわかりません。彼女はここを訪ねた時、何のためにこの轢き逃げ事件を調べているのか理由を言いましたか？」

「――いや、具体的には何も。ただ、被害者の江草徹平が、自分の調べている事件に関係しているかもしれないから、と」

「そう言ったんですか？」

「ええ、確かにそれだけは。実を言うと、轢き逃げ事件の捜査に役立つかもしれないので、できればどういった事件を調べているのか聞かせて欲しいと頼んだのですが、口を濁してはっきりした答えは拒まれてしまったんです。溝端さんひとりで訪ねてみえたんで、もしかしたら何かを個人的に調べているのかもしれないという気もしまして、それで、それ以上はあまり強く訊くことはできませんでした。まさか、あの彼女が亡くなるとは――」

口数が多くなり、最後は目を伏せ、ひとりごちるような口調になっていた。

「死体はどこで見つかったんです？」

目を上げた田山が訊いてくるのに、貴里子は一瞬答えるのを躊躇った。

「――新宿の高層ビル街の植え込みの中です」

「そんな場所から……。つまり、死体《ロク》がそこにずっとあったということですか？　あんな若い女性が。気の毒に。――だけど、なぜ植え込みになど。私には、どうも今ひとつ事情が呑み込めないのですが」

「ビルの屋上から落ちたようです」

「そのまま一年以上の間、発見されずにいたってことですか？　まさか、そんなことが……」

田山の驚きが収まるのを待って、貴里子は次の質問に移った。

「被害者の婚約者だった野口志穂という女性は、御存じですか？」

「ああ、知っています。被害者の江草は、彼女と所帯を持つために、組を抜けようとしていたようなんですよ」

「足を洗おうとしてたんですか？」

沖が訊き返した。「抜ける」と口で言うのは簡単だが、一旦組員になった人間を、ヤクザは容易《たやす》く手放しはしない。

「ええ、そうです。もっとも、彼女の心を引きたくて言ってただけなのかどうかは、どうもはっきりしませんでしたがな」

田山が言った。沖と同様に、死んだヤクザ者の江草を手放しで信用することはできないのだ。

「被害者の保険の受取人が、婚約者の野口さんになっていたそうですね」

「ああ、保険会社からお聞きになったんですね。確かにそうです。所帯を持つのに先駆けて、彼女を受取人にしたいといった話を、保険会社の勧誘員にも話したそうですよ。野口志穂を捜すおつもりですか？」

「捜す、とは――。彼女は当時の住所にはもういないのですか？」

貴里子が訊いた。

「ええ、去年の六月でした。被害者の命日に一度連絡をしましたら、アパートから引っ越していたのがわかりまして。確か大家は、三月末日に越したようなことを言ってましたよ」

「一応お聞かせ願いたいのですが、保険金目当ての殺人といった線は捜査されたんでしょうか？」

「ええ、しました。ですが、その線も繋がりませんでした。とにかく、江草徹平を轢き殺した車とそれを運転していた人間がわからないままでは、どうにもならなかったんです」

田山は一瞬躊躇うような間を置き、つけたした。

「ただし、私の印象からすると、彼女は無関係です。私の目には、彼女の悲しみようは本物に見えました」

「野口志穂というのは、どういった女性だったのでしょう？」

「地元の花屋で働いてました。将来的には、フラワーアレンジを仕事にしたいと思っていたようです。花屋の給料だけでは食べていけなかったのでしょう。夜は週に何日か、錦糸《きんし》町《ちょう》のスナックでバイトもしてました。花屋でも、スナックでも、評判のいい子でしたよ。ありきたりな表現しかできんですが、花を愛する優しい娘さんでした。とは言え、そう見える人物が、実際には犯罪を企てる例は掃いて捨てるほどにあるのでしょうがね」

沖と貴里子は目を見交わし合った。

質問はとりあえずこれぐらいだが、現場に足を運んで見ておきたかった。

「さて、御質問はそれだけですか？」

田山のほうからそう言い出したので、礼を述べて辞去しようとすると、先に立った田山に促された。

「もしもそれだけでしたら、事件現場に案内しましょう。実際に見て貰ったほうが、おふたりの頭に状況が入りやすいでしょう」

河川敷の広い空に、密度のある雲が聳えていた。田山が案内してくれた道は荒川にぶつかる直線で、左側には学校の校庭が伸び、右側には真新しいマンションが立っていた。

田山がそのマンションを指差して口を開いた。

「ここは今年になって建ったばかりでしてな。あのヤマが起こった時には、町工場と倉庫でした。学校のほうは、生徒が少なくて他と統廃合され、今は区の老人福祉施設になってます。ただし、事件当時はまだ新しい使い道が決まってはおらず、廃校にされたままでした」

そこまで言うと、あとは話を受け渡すように口を閉じた。

沖の隣で辺りに視線を配っていた貴里子が頷いた。

「つまり、被害者の江草徹平が轢き逃げされた時、この道の両側はまったく人気のない場所だった」

「その通りです。目撃者がいなかったのは、偶然じゃない」

沖は田山が自ら事件現場へと自分たちを案内して来た意図を悟った。

この刑事は自分の胸の中では、未解決の轢き逃げ事件を、江草徹平を狙った殺人だと断定しているのだ。それは当時の捜査本部や責任者の判断とは完全に一致するものではないのだろう。だが、足を使って嗅《か》ぎ回った感触にちがいない。しかし、今なお捜査は行き詰まったままだ。だから自分の見方を伝えることで、沖たちの捜査から何か打開点が見えてこないかと祈っている。

「しかも、この先は荒川とぶつかるだけで、特に夜間は滅多に通行人もなさそうですね」

沖の指摘に、田山は無言で頷いた。

「江草自身は、なぜこの道を歩いていたんでしょう」

貴里子が言うと、今度は無念そうに首を振った。

「それもはっきりわかってはいないんです。事件当夜、江草は組の事務所からここに来てます。助川の連中の言い分では、やつの携帯に連絡が来て組を出たことになっています。確かに携帯の記録には、組を出たとされる頃に着信が確認されましたが、規制前のプリペード式の携帯からでして、相手が誰だったのかはわからずじまいでした。組の誰かが何らかの理由で江草にここに行くように命じたか、あるいは連れ立って来たにもかかわらず、電話で呼び出されたのだと口裏を合わせている可能性だって考えられる」

「江草は、この辺りに土地鑑があったのですか？」と貴里子。

「やつはここらの生まれですよ。お袋が錦糸町で居酒屋をやってます」

「それは今でも？」

「ええ。なんなら店の名前と連絡先をお教えしましょうか」

「お願いします」

貴里子は田山がメモ帳を繰って告げるのを控えた。

田山に丁寧に礼を述べて別れた沖たちは、荒川の土手へと上ってみた。対岸は葛飾《かつしか》区で、上空を高速道路の架橋が長く伸び、渋滞した車の屋根がのろのろと移動する様が見える。公園として整備された河川敷のあちこちに、住所も定職も持たない人間たちが暮らす段ボールハウスが点在していた。経済大国と言いながら、いつからか東京の河川ではこうした景色があたりまえになった。

こうして土手へ上ったのは、頭を整理し、今後の相談をするためだった。

被害者の江草徹平が、自分の調べている事件に関係しているかもしれない。——溝端悠衣は、轢き逃げ事件を担当した田山に対してそう語っている。彼女はいったい、ひとりで何を調べていたのだろうか。

江草がその事件に絡んで殺されたとは考えられないか。無論、そこまでの関係はない可能性だってあり、今の段階で軽々しく断定するのは危険だが、轢き逃げ犯の手がかりがまったく摑めずにいることが気にかかる。轢き逃げ事件の検挙率は他の事件と比べて高いが、その大半は発生後短い期間で解決を見る場合で、時間が経つと迷宮入りする可能性は逆に極めて高くなる。一年九ヶ月が経過した現在、このヤマの解決はかなり難しいと見るべきだ。

何者かが江草の口を塞いだ。溝端悠衣は単独捜査によってその何者かに目星をつけたが、その挙げ句に自らも殺された。――嫌な想像だが、そんな最悪の可能性も考えておくべきだろう。

「これからですが、まずは野口志穂が暮らしていたアパートを訪ね、大家に話を訊いてみますか？　あるいは、江草徹平の母親を訪ねる手もあるでしょうが、どうします」

並んで立つ貴里子にそう話を向けると、どうしたことか反応がなかった。

横を見た沖を、はっとした様子で見つめ返した。

「ごめんなさい……。何ですって？　一瞬、別のことを考えていたものだから」

「別のことって、何です？」

「悠衣さんのお腹《なか》の子の父親は、誰だったのかしら」

「――――」

警察は完全な男社会だ。未婚のまま子供を産んだ婦人警官もいるのかもしれないが、少なくとも沖は知らなかった。お腹に我が子を抱えた溝端悠衣という女は、亡くなるまでの何ヶ月かの間、どんな気持ちで日々の仕事に当たっていたのだろうか。

貴里子はさらに何か言いかけたようだが、携帯電話が鳴り、それが口を出ることはなかった。ディスプレイをチラッと確認してすぐに耳元へと運ぶ。

「もしもし、はい、村井です。御無沙汰《ごぶさた》しております」

そう話し出すのを聞き、沖は気を遣って何歩か離れようとした。事件に関して特捜部の誰かから電話があった時には、周囲の耳を気にせずに済む限り、貴里子は手ぶら機能で沖にも同時に内容を聞かせようとする。そうしないということは、聞かない方がいい相手だということだ。

しかし、背中を向けかけるとともに、思わず足をとめた。貴里子が「深沢さん」と相手に呼びかけたのだ。思わず耳をそばだててしまう。

――出世なさった前署長殿が、いったい何の御用だ。

皮肉混じりに胸の中でそう呟く途中で、はっと気がついた。

深沢は、現在、警視庁に返り咲き、警務部人事二課長の職にある。人事二課は警部補以下の人事を担当しており、さらには監察業務を執り行う。つまり、沖たち現場のデカを牛耳るお目付役なのだ。――当然そこには、今朝死体で発見された警視庁捜査二課の溝端悠衣も入る。

深沢のギョロ目を思い出し、胸に苦いものが拡《ひろ》がった。やっと縁が切れたと思ったのに、よりによってこの事件の捜査で、再びあの男と直接関《かか》わらなければならないのか。いや、関わるなどといった生やさしいことではなく、捜査の進行それ自体に立ち塞がり、何もかも自分の手で仕切ろうとするかもしれない。

貴里子が警視庁へと、それもどうやらこれから至急来るようにと呼び出されているらしいのを知り、嫌な気分が強くなる。

電話を切った彼女は、暗い顔で沖を見た。

「呼び出されましたか。御愁傷様です」

その顔を見ると、ついそんな言葉が口を衝《つ》いて出た。だが、今やK・S・P特捜部のチーフは彼女なのだ。たとえ相手が誰であろうと、しっかりと捜査権を確保してきて貰わねばならない。

貴里子は暗い顔のままで頷いたが、どうしたことか急に小さく唇の端を歪《ゆが》めた。

「御名答。すぐ来るようにと言われたわ」

「じゃあ、捜査は俺ひとりでやっときます。任せてください」

「それが、そうは行かないの。あなたも一緒にってことよ」

「なんで俺まで……。責任者は村井さんなんだ。俺は捜査を進めときますよ」

沖は自分が情けない顔をしていると気がついた。

「理由なんてわからないわ。でも、一緒に来て貰うしかないでしょ。何しろ、そう命じられたんだから」

スキンヘッドを平手で撫《な》でかけ、やめた。

貴里子がさっき唇の端を動かしたわけに気づいたのだ。狼狽《うろた》え、深沢と会うのを嫌がるこの姿を予想したからにちがいない。

深沢達基は三ヶ月の間に口髭《くちひげ》を蓄えていた。頭髪は黒々しているが、口髭のほうには白いものが混じり出している。外見的な落ち着きと貫禄《かんろく》が増して見えるのは、本人が狙ったことなのだろう。

しかし、同時にいかにも驕慢《きょうまん》で権謀術数をめぐらすことに長《た》けたような感じが強まったことには気づいていまい、と沖は思った。もしも気づいているとしたら、自分に損になることは注意深く避けて通ろうとするこの男が、髭を蓄えたままにしておくはずがないからだ。

5

深沢は、警視庁の十二階にある警務部人事第二課の自室で沖と貴里子のふたりを迎えた。

「まあ、坐り給え」

と、主に貴里子のほうを見て応接ソファを指し示すと、執務デスクから立って自分もすぐにソファへと向かった。部屋はK・S・Pの署長室の倍近い広さがあった。

「どうだね、その後、チャイニーズマフィアの動向は？」

向かいのソファに先に坐るなりそう話を振ったのは、本題に入る前の世間話めいた雰囲気があった。たとえ警視庁で出世の梯子《はしご》を登っても、自分はK・S・Pのこともチャイニーズマフィアの存在も忘れたわけではない、といったところか。

「幸い、今年に入ってからは静かです」

貴里子は短く、そう答えた。

去年のうちはまだ十月の朱栄志の事件の余波でさらに何人かをパクったり、裏付け捜査に奔走したりと忙しかったが、それもほぼ年内一杯で落ち着いた。

ただし、朱栄志本人は、あの事件の最後に沖に電話して来て以来、今なお杳《よう》として行方が知れなかった。電話で本人が言っていたように、既に出国し、どこかでのうのうと過ごしているのだろう。腹立たしいこと極まりないが、相手がチャイニーズマフィアの広大なコネクションのどこかに潜んでいる限り、居所を探し出すのは難しい。

冬が過ぎ、春になってもなお、チャイニーズマフィアが不思議なぐらいに静かなことがむしろ気にかかる。

「で、円谷君のほうはどうだね？」

「年明けから署に出勤しています。もっとも、しばらくは総務部での内勤を割り当てられていますが」

「落ち着くまではそのほうがいいよ。以前に私からも広瀬君にそう助言したことがある」

と、深沢はそれとなく自分の影響力を示すことを忘れなかった。

沖は早くも焦《じ》れてくるのを感じた。そもそも、本題に入る前に別の用件で会話の地均《じなら》しをするような真似は、苦手なタチだ。

だが、この男に対して警戒を怠ってはならないことを忘れてはいなかった。深沢という男が、会話を自分の運びたいように運び、そうしながら相手を翻弄《ほんろう》したり、時には狙い澄ましたように精神的な打撃を与えることは、K・S・Pの署長だった半年の間に嫌というほどわかっている。

「ところで、今朝のニュースは聞いたよ。参ったな。行方不明の警察官が、まさか白骨体で見つかるとは。私も彼女のことは、現在のポジションに就いた時からずっと気にしていたんだ。なにしろ、現職の刑事がひとり、行方不明になっていたのだからね。しかも、最悪の結果になってしまった」

深沢は同情を顔に表そうとしたのかもしれないが、沖の目には職務上の困惑を感じているようにしか見えなかった。

「――ええ、本当に」と、貴里子が目を伏せて応じる。

「そう言えば、死体発見現場に駆けつけたのはきみのところらしいね」

深沢がそう言葉を継ぐのを聞き、沖は胸の中で吐き捨てた。何が「そう言えば」だ。そのためにここに呼びつけたくせに。

「はい、通報を受けて駆けつけました」

貴里子は声を低く抑えた。悠衣がかつての教育係であり、個人的に彼女と親交があったことを言うつもりはなさそうだった。沖と同様に、深沢がどういった話をどんなふうに持ち出す腹か、注意深く見定めようとしているのだ。

「随分悩んでいたようだね」

「――溝端さんが、ですか？」

「具体的なことはまだわからないよ。ただ、無断で休むことも何度かあり、行方が知れなくなる何日か前には、上司に対して休職の相談をしたこともあったそうだ」

「――本当ですか？」

貴里子の声が抑揚を欠いた。

「ああ、それについては、以前からそう聞いていた。こんな事態になってしまったんだ。当時の彼女の精神状態について、今日から詳しく調べるつもりだよ」

「待ってください。深沢さんは、溝端刑事が自殺をしたと仰るんですか？」

「何もそうは言ってないよ。調べないうちに、何ひとつ断言などできやせん。それは我々の基本的な心構えだろ。ただ、警察官には、仕事の性質上、他の職業にはないような苦悩やプレッシャーを感じなければならないことがあると言いたいだけだ」

貴里子は口を引き結んだ。だから何を言いたいのだ、と言い返したいのを堪《こら》えている。

このまま堪え続けてくれることを、沖は内心で祈っていた。賢い女だから大丈夫だとは思うが、溝端悠衣がひとりで江草徹平の轢き逃げ事件を調べていたことは、あくまでも伏せ続けていたほうがいい。深沢はこっちの動きを牽制《けんせい》して何か引き出すために、自殺云々などというニュアンスを持ち出したのかもしれない。なにしろ喰《く》えない男なのだ。

「総合的な判断を下す意味でも、情報を共有しないとな。村井君、わかっていると思うが、私はきみのことを買っているんだ。この件については、きちんとした捜査をよろしく頼むよ」

深沢が言った。

沖には、わざと微妙な言い方を選んだようにしか思えなかった。貴里子が戸惑いを押し隠すのを察した。どう答えるべきか、わからずにいるのだ。取りようによっては、捜査の経過を報告しろと命じられているようにも聞こえる。下手に頷けば、どうなるのか。

このらくらな話し方がいつまで続くのか、内心でうんざりしかけ、ふとあることに気がついた。口髭にだけ白髪が交じり出しているわけではなく、頭髪は丹念に染めているのかもしれない。深沢の分け目にじっと目をやり、しばらくは毛の付け根の様子でも探っていよう。

「ところで、円谷君なのだがね。どうも、おかしな話が私の耳に入ったんだ。沖君にも一緒に来て貰ったのは、他でもないそのためなんだが、きみたちが神宮外苑で朱栄志たちと神竜会《じんりゅうかい》がやり合うのを押さえた時のことだよ」

適当に話を聞き流していようと思っていた矢先にいきなり話を振られ、沖は幾分まごついた。

「いったい、円谷がどうしたんです？　あの時の逮捕に何か問題でも――？」

深沢の目が嫌な光を帯びた。

「待ちたまえ。朱栄志には逃げられ、朱向紅《チュー・シアンホン》のことも生きて逮捕することは叶《かな》わなかった。あの件を、『逮捕』という一言で片づけて貰いたくはないな」

沖は顔が火照《ほて》るのを感じた。

「責任は感じている。だが、そんな揚げ足取りをするような言い方はやめてくれませんか。五虎界《ウーフジェ》、神竜会ともに、あの場で多くを取り押さえた。そこからたぐり、その後、ふたつの組織を叩《たた》きもした。こっちは現場で精一杯やってるんだ」

話しているうちに興奮が募り、怒りが益々《ますます》大きくなり、そのうちに言ってはならないようなことまで口走ってしまいそうな気分になってくる。

貴里子がそれを見抜いたにちがいない。遮るようにして言葉を重ねた。

「朱栄志と朱向紅を捕まえられなかったことの責任は、痛感しています。それは去年、署長だった当時のあなたにも再三申し上げ、責任を取る必要があるのならば御判断をしてくださいとお願いしたはずです」

沖は驚きを押し隠した。貴里子は特捜のチーフとして、深沢にそんな話をしていたのか。

深沢が目を細めた。そうすると穏和な顔つきになるが、経験からもうわかっている。これは目の表情を相手から隠すための手段だ。

それにしても、話が妙な雲行きになっていると思わざるを得なかった。警視庁二課の刑事である溝端悠衣の白骨体が見つかった件でここに呼ばれたとばかり思っていたのだが、どうやら本筋は去年の朱栄志たちとの一件らしい。

「すまんすまん。何もきみらを責めるつもりで呼び立てたわけじゃあないんだ。誤解を招いたのならば、その点は謝罪し、訂正しよう」

と、深沢は形ばかりの動作で頭を下げた。

「だがね」とすぐに言葉を継いだ。「円谷君が違法な発砲を行った疑惑が持ち上がっている」

沖はかっとなるのを抑えられなかった。限界だ。

「その話は、もうとっくに済んでるはずだ」

思わず声が高くなる。

「朱向紅はあの時、人質を取っていた。しかも、自らの体に大量の爆弾を巻きつけ、いつでもそれを爆発させられる状態だった。円谷が咄嗟《とっさ》の的確な判断で朱向紅を射殺したからこそ、我々全員が助かったんだ」

深沢は嫌な笑みを浮かべた。本当のことはわかっているぞ、とでも言いたげな笑みだ。

くそ、と沖は胸の中で吐き捨てた。俺にだってわかっている。円谷の発砲は無謀であり、朱向紅が死ぬ間際に起爆装置のボタンを押さなかったのは、単に運がよかったからにすぎない。

だが、他にいったいどうすることができたと言うのだ。もしも円谷が引き金を引かなかったとしても、朱向紅を生きたまま逮捕できた保証などないし、逆にそれで全員が爆殺されていたかもしれない。

こういったことはもう円谷本人とも貴里子ともさんざん議論し、沖自身、何十回、何百回と自問してきたのだ。そして、必ず最後にはこう結論を下すしかなかった。やむを得なかった、と。朱向紅を生きたまま逮捕することはできなかったが、人質は助かり、捜査員にも命を落とした者は出なかった。たとえ円谷が家族を朱向紅に爆殺されたことへの怒りから発砲したのだとしても、結果的にはあれでよかったのだ、と。

目の前の深沢が自分にじっと視線を注いでいることに気づき、沖は突然、得体の知れない不安に襲われた。

「沖君、きみは誤解しているよ」

深沢はたっぷりと間を空けてから、静かな声で言った。聞きようによっては悲しげで慈愛に満ちた口調なのに、なぜか嬲《なぶ》られているように感じる。

「私が指摘しているのは、あの発砲のことじゃない」

「——じゃあ、何だと言うんです？」

「朱栄志に対する発砲だよ」

「朱栄志への、ですって？　いったい何を言ってるんです……」

「事件後、きみが作成した報告書を私も読んでいる。今度の疑惑が持ち上がり、取り寄せて再確認もしてみた。人質となった諸星来未《もろぼしくみ》という女性の証言によると、彼女が朱栄志から呼び出しを受けて神宮外苑に向かった時、最初の何分かはやつと対峙《たいじ》し、やつがする話を聞かされることになったそうだ」

沖もその証言は覚えていた。デカを馘《くび》になったのち共和会の矢木忠範《やぎただのり》のボディーガードをしていた鬼崎功一《おにざきこういち》も、来未と一緒にいた。沖が駆けつけた時にはもう銃撃戦が始まり、鬼崎は被弾し虫の息で、来未のほうは朱向紅の人質に取られていたが、確かに最初の何分かは、朱栄志が来未と鬼崎を前に一席ぶったそうなのだ。

だが、だから何だというのだ。

「それがどうしたと言うんです。それは我々警察が駆けつける前の話だ」

沖は自分の声が尖《とが》るのを感じたが、とめられなかった。

「きみは諸星来未の証言をきちんと覚えておらんようだね。そうして一席ぶつ朱栄志を狙い、一発の銃弾が放たれた。それは僅かにずれて朱の頬に傷をつけた。そして、それがあたかもスタートの号砲のようになり、共和会の連中が朱栄志たちの周りに押し寄せてきた」

沖は平手でスキンヘッドを擦った。怒るな。これがこの男の手かもしれない。怒らせ、相手が失言するのを待っている。

「馬鹿馬鹿しい。いったい、何を言ってるんです。あなたは最初の一発を撃ったのが、円谷だと言うんですか!?」

結局、声を張り上げてしまった。

沖の罵声《ばせい》に深沢が気色《けしき》ばんだ。

「馬鹿馬鹿しいとは、何だね。口の利き方に気をつけたまえ」

「そんなことなどどうでもいい。あなたは、デカがホシに対して何の警告もなく、しかも、物陰から狙って発砲したと思っているのか訊いてるんです」

「私だってそんなふうには思いたくないよ。だが、疑惑が持ち上がっている」

「いったいそんな馬鹿なことを言い出してるのは、誰なんだ?」

「それはきみには教えられない」

「いい加減にしてくれ」

声を張り上げる沖を、貴里子がぴしゃりととめた。

「沖刑事。冷静になってください」

沖は肩で息をした。はっきりと感じていた。貴里子にとめて貰わなかったならば、俺は目の前の男に手を上げていた。そして、それで刑事としての人生は終わっていた、と。

貴里子は沖が落ち着きを取り戻したのを知ると、自分が代わって深沢に訊いた。

「警視正、私からも伺います。円谷刑事が朱栄志に向けて物陰から警告もなく発砲したというのは、いったいどこから出てきた話なんでしょうか？　もしもこれが事実ならば、彼は警察を追われることになります。ひとりの刑事を葬り去ることになるかもしれない疑惑に対して、その出所が明示されないままで追及が始まるというのは、私も納得ができません」

深沢はふっと笑みを漏らした。

「きみは相変わらず歯に衣《きぬ》を着せずに何でも言うね。だが、悪いがその点については、今は明示するわけにはいかない」

「理由は何です？」

「私の判断だよ。必要な時期が来たら話そう」

「――――」

貴里子の膝《ひざ》に置かれた両手の握り目が白くなる。力を込めているのだ。

「それでは、私も私の部下たちも、こういった聴取を拒否します」

「きみにそんな権限などないのはわかっているだろ。それに、聴取を拒否すれば、かえって彼をまずい立場に追い込むことになるよ」

沖は貴里子に目で大丈夫だと示し、改めて口を開いた。できるだけ静かな口調で話し出す。

「誰がつまらん話をあなたに吹き込み、根も葉もない疑惑を与えたのか知りませんが、あの場の状況ならば、私が一番よくわかっています。深沢さん、あなたが仰ったことは完全に間違いです。なぜならば、あの時、あの現場に一番最初に駆けつけた警官は、この私だからだ。私は朱栄志が朱向紅を見捨てて車で逃げ去るのを見てる。ひとり取り残された向紅は、人質を引きずるようにして神宮球場のほうへと逃げた。木立の中から円谷が飛び出してきたのは、その時です。やつは俺よりも少なくとも二、三分、いや、おそらく四、五分ぐらいは遅れてやっと現場に到着したんだ。これでわかったでしょ。あなたがお聞きになった話は、完全なガセです」

深沢は沖の顔を見据えて首を振った。

「そうとは言い切れまい。きみが今言ったように、彼が木立から駆け出して来たのは、きみが到着したあとだろう。だが、その前からその木立の中に潜んでいたのかもしれない」

「深沢さん、やつは年季の入ったデカなんですよ。たとえ殺意を覚えたとしても、それを実行するわけがない。やつはデカなんだ」

「きみの話はわかった。では、訊くが、きみが最初の銃声を聞いたのは、いつだね？」

「――そんなこと」

「答えられないのか？」

「外苑内の銀杏《いちょう》並木の辺りで、現場まではおそらく五百メートルほどでした。道がカーブをしており、遠回りになるので、途中からは斜めに植え込みの間を突っ切りました」

「その銃声を聞いた時、きみは円谷君の姿を確認しているのか？」

「その時点じゃ私ひとりだった。報告書にもそうあるはずです」

　深沢ははっきりと頷いた。

「提出された報告書にはすべて目を通し、こうして聴取も既に始めている。だが、誰ひとりとして、銃撃が始まる前の円谷君を見た者はいない」

「そんなことは何の証明にもならない。あの時は、諸星来未さんの行方がわからなくなり、全員で手分けして捜していた。単独行動だった警官は、他にも数多くいたはずだ。現にこの私だってそうです」

「それはきみの誤った認識だから、訂正しておこう。暴力団やチャイニーズマフィアに遭遇する危険があったんだ。大半の警官は、ふたりセットで動いていた。単独で飛び回っていた警官たちも、他の警官の目視域にいることと、密に連絡を取り合うことを心がけていた。だが、円谷君だけは違った」

「――そんなことを根拠に、円谷を疑うことなどできない」

　沖はそう言い返しながら、胸に不安が拡がるのを感じた。深沢は既にあの場に居合わせた他の警官たちにも、幅広く聴取を始めているらしい。

深沢は沖を無視して貴里子に顔を向けた。

「村井君、きみにも確かめておきたい。報告書によると、きみはあの時、沖君からの報告を電話で受け、応援要請を行っている。そして、無線によって人員の配置に指示も出している。だが、きみもやはり円谷君と直接は話していないし、彼がどこにいたのか把握していない。それで間違いないね」

「――間違いありません。しかし……」

「わかった。そこまで聞ければ充分だ。ふたりとも、今日はこれで下がっていいよ」

沖は腑《はらわた》が煮えくり返り、一刻も早く深沢を見なくて済む場所に行きたいという気持に背中を押されながらもなお、腰を上げることができなかった。いったいこの男は、円谷をどうするつもりなのだ。こんな男の思惑通りに、絶対にことを運ばせてはならない。

「この先、いったいどうするおつもりなんですか？」

貴里子が訊いた。

「これが事実ならば、ゆゆしき事態だよ。私が直接指揮を執って調査を続ける。近々本人に詳しく事情を訊いた上で、懲戒審査委員会にかけることになるだろう」

話はそこまで進んでいるのか。――沖は唇を引き結び、必死で興奮を抑えつけた。この男はチャイニーズマフィアの手で妻と娘を奪われ、必死で踏みとどまってデカでいようとしている男を、本当に懲戒審査委員会で晒し者にするつもりなのか……。

愚問だ。考えるまでもない。目の前の男ならば、何の躊躇いもなくそうするだろう。

「聞こえなかったのかね。下がって結構だ。それから、最後に言っておくが、今日ここで私とした会話については、秘匿事項だ。円谷刑事本人はもちろん、他の人間にも一切漏らしてはならんぞ。わかったな」

沖は貴里子に促されて腰を上げた。

ドアノブを握った時、掌にべっとりと汗をかいていることに気がついた。

廊下に出、両手をズボンに擦りつける。擦っても擦っても、嫌な感じが消えなかった。

6

駐車場に駐《と》めた車に戻るまで、ふたりとも何も言わなかった。廊下やエレヴェーターの中でできる会話ではなかったし、ふたりともそれぞれに問題を整理し、咀嚼《そしゃく》し、どう立ち向かうかを考える時間が必要だった。いや、ただ深沢からぶつけられた話のショックが少しでも和らぐのを待っていただけかもしれない。

「それにしても、なぜ今になって、去年の十月の件を持ち出してきたりしたんでしょうね。きっと何かきっかけがあるはずだ。それを調べましょう」

運転席に坐った沖は、まだエンジンをかけないままでそう話の口火を切った。

深沢の話の真偽を改めて云々するような会話で、時間をロスするつもりはなかった。深沢があの立場であの話を切り出したのだ。このまま手を拱《こまね》いて見ていれば、円谷は確実に懲戒審査委員会にかけられる。今はもうそれは確信に近かった。

深沢というのは、そういう男だ。他の捜査員たちへの聴取によって足下を固め終えたからこそ、円谷の直接の上司であり、あの日の現場指揮官だった貴里子と、そして、あの場に一番乗りを果たしたこの自分を呼んで聴取をしたのだ。

こちらから攻め返す材料が見つからない限り、あとはベルトコンベアーで運ばれるようにして懲戒審査委員会と円谷への処分がやって来る。

だが、貴里子のほうはまだそこまでは気持ちの整理がついていなかったようで、

「ちょっと待って。それよりもまず、ここではっきりと確認させて。あの場に最初に駆けつけたのは、間違いなく本当にあなたなのよね」

改めてそう確かめてきた。

「もちろんですよ。報告書に何の嘘もない。俺が駆けつけた時、円谷はまだいなかった。やつが現れたのは、朱栄志が車で逃げ去り、朱向紅が神宮球場のほうへと追いつめられたあとだ」

「――報告書の記載は覚えているわ」

貴里子は重たい、それに珍しくどこか弱々しい口調でそう応じた。

沖ははっとし、貴里子を見つめた。深沢からぶつけられた話がショックで、やりとりがもたついているのではないのかもしれない。

「俺が円谷を庇《かば》っていると思うんですか？」

「そういうわけじゃないけれど……」

そうなのだ。この女は、心のどこかで、そんな疑惑を打ち消せずにいる。

「――」

「誤解しないで。あなたを信じていないわけじゃないし。それに、あなたやマルさんの、刑事としての資質を疑っているわけでもないわ。だけど――」

そこまで言い、再び言い淀《よど》んだ貴里子は、縋《すが》るものを探すかのように視線を泳がせた。

「だけど、何です？」

思った以上に強い、そして冷たい口調になった。

「あなたは、つまり、自分で思っているよりもずっと優しい人だから……」

戸惑いが拡がった。どこかには胸を擽《くすぐ》られるような微かな嬉《うれ》しさがあったが、そんな感情が起こったことも含めて戸惑いは怒りの方向へとベクトルを変えた。

「やめてくれ。これは優しさだとか思いやりだとか、そんな問題じゃない。俺は事実を言ってるだけで、あの場に駆けつけた一番乗りはこの俺なんだ。だが、このままじゃあ、円谷のデカとしての人生が終わっちまう。村井さん、警務部の監察業務がどういったやり口で進められるか、あんただってよくわかってるはずだ。やつらはこれと決めた人間を血祭りに上げる。しかも、自分たちの決めた頻度でだ。それが組織を浄化する手段だと信じて疑わない。まして、今回、先陣を切って円谷を追いつめようとしているのは、あの男なんですよ」

「ごめんなさい。わかったから、だから、そんなに大きな声を出さないで」

貴里子は沖の手の甲にそっと手を当て、懇願するように言った。

彼女はすぐに体を引いたが、そのひんやりとした華奢《きゃしゃ》な指先の感触は、沖の手の甲に長く留《とど》まり続けた。

「――声を荒らげてしまってすみません。俺もちょいと、いきなりあんな話をぶっつけられて興奮してるようだ」

「さっき、きっかけと言ったけれど、あれはどういう意味？」

貴里子はもう立ち直っていた。

「今になって、なぜこんな疑惑が持ち上がったか考えたんですよ。最も可能性が高いのは、あの場に居合わせた神竜会か五虎界の誰かが、円谷が発砲するのを目にしたと言い立て出したことです。しかし、本当にそんなものを見たのならば、逮捕された直後にそうしたはずだ。半年も時間が経ったあとになってそんな主張を始めたのには、何かそうするきっかけや理由があるはずだ」

「逮捕直後にそんな主張をすれば、取調官に揉《も》み消されると思ったのかもしれない」

「ヤクザにもチャイニーズマフィアにも、そんな繊細な考えの持ち主はいないですよ。半年が経った今になって、円谷が物陰から朱栄志を狙って発砲したなどと言い立てるようになったのには、きっと何か理由があるんだ。狙いというべきか。それを暴き出す必要がある」

今度貴里子が黙り込んだのは、全力で頭を働かせ、次に何を言うべきかを考えているのだと知れた。そんな顔は見慣れている。

「神竜会や五虎界の誰かが言い立てたという以外の可能性だってあるわ。あの時、携帯電話をフォトモードにして撮影していた野次馬がたくさんいた」

彼女が言い、沖はわかった。嫌な話題のほうから先に片づけることにしたのだ。

「覚えてますよ、それは。だが、百歩譲って、もしも円谷が狙撃《そげき》しているらしいところを野次馬の誰かが、偶然、撮影したのだとしたら、やはり直後から騒ぎ出していたはずだ。銃撃戦で死人や怪我人《けがにん》が出てるのに、それを無神経に携帯で撮影してたようなやつらですよ。鬼の首でも取ったような気分で、すぐにネットにアップするなり、マスコミに売りつけるなりしなけりゃおかしい。半年も経った今になって、急にそんな映像が出てくるとは思えませんよ。すぐに神竜会と五虎界の動きを探らせてくれ。あの時パクった連中だけじゃなく、娑婆《しゃば》に残ってる連中も含めてです」

「わかったわ」貴里子は頷いたが、こうつけ足すことを忘れなかった。「ただし、現在進行中の捜査に支障が出ない範囲でよ」

「大丈夫。それはわかってますって」

貴里子はフロントガラスの先へと目をやった。

「何を考えてるんです？」

沖が訊くと、何も応《こた》えずに小振りのショルダーバッグからメンソールたばこを抜き出し、

「エンジンをかけて窓を細く開けてちょうだい」と頼んで火をつけた。

沖は言われた通りにしたあと、一瞬迷い、車を出すのはまだにして自分もたばこを喫《す》い始めた。貴里子が胸の中にあるものを吐き出すのを待ったのだ。

「あなたも気づいてるかもしれないけれど、きっかけ、理由と言うのなら、もうひとつ気になることがあるの。本庁の警務部が、いえ、もっとはっきり言えばあの深沢さんが、この件を取り上げ、しかも陣頭に立って調べようとしているのはなぜなのかよ。あなたの言うように、あの場に居合わせた神竜会か五虎界の誰かが発砲の場面を目撃し、それを言い立て始めたのだとしても、誰も取り合わなければ、それで終わりだわ」

「だが、そうはならなかった」

「幹さん、深沢さんの狙いは何なのかしら。いったい何を考えて、半年前の出来事をほじくり返してきたのか。しかも、自分が署長だった頃の出来事よ。もしも円谷さんが本当に

違法な発砲を行っていたのなら、当時署長だった深沢さん自身の汚点にもなるのに」

「そうとも限らんでしょ。あの男ならば、その程度のことは何とでも身をかわすはずだ。そうできると踏まなけりゃ、この件を持ち出すわけがない。だが、あの野郎が何か企《たくら》んでる気がするって点についちゃ、俺も村井さんとまったく同感ですよ」

口にしてしまってから、「企む」とはいかにも表現が強すぎたような気もしたが、貴里子は少しも気にする様子を見せなかった。

「たぶん、今、半年前の出来事をほじくり返して追及したほうが得な何かが、深沢さんにはあるのよ」

沖は貴里子が言うのを聞いて密《ひそ》かに舌を巻いた。一点についてだけは、現在やり玉に挙がっている深沢と同感だった。村井貴里子という女は、何でも歯に衣を着せずに言う。

「お偉方の政治ですか」

「そうかもしれない。何かわからないか、少し手を尽くして訊いてみるわ」

「捜査に支障の出ない程度に」

ついそんな軽口が口を衝《つ》くと、貴里子は沖を睨《にら》むような振りをしたあとでちらっと笑みをこぼした。こんな状況だというのに、なぜかこの女と話をしていると気持ちが落ち着き、大丈夫だ、切り抜けられる、という気分になる。

「そろそろ車を出してちょうだい」

メンソールたばこを灰皿に消して、貴里子が言う。

沖も同じくたばこを消してサイドブレーキを解いた。

駐車場の出口へと向けて車を徐行で進めながら、しかし、さっきからずっと胸の片隅に引っかかっていたものについては、結局、彼女には打ち明けないままだったことへの微かな痛みを覚えていた。

半年前の出来事について、深沢からあんなふうに問いつめられ、その後、貴里子と話すうちに、鮮明に記憶が蘇《よみがえ》っていたのだ。それはずっと沖の胸のどこかに引っかかり、小さな棘《とげ》のように抜けずに残っていたものだった。

最初の銃声が聞こえた直前に、沖は円谷の携帯に電話をしていた。貴里子との電話のやりとりを終え、本部への報告がある彼女に代わり、自分が平松と円谷に指示を伝えると買って出たのだった。

だが、あの時、円谷の携帯電話は電源が切られていたのだ。

密に連絡を取り合って諸星来未の行方を捜していた最中に、携帯電話の電源が切られていたのは明らかにおかしい。なぜ円谷は、そうしたのだろう……。

忘れていた。時の流れが、こんな小さな疑問など押し流してしまうものと思い、現にそうだったはずなのだ。

しかし、棘はまだ胸にしっかりと残っていた。そして、携帯の電源を切った円谷が何をしていたのかをこの手で確かめない限り、決して抜けはしないとわかっていた。

7

貴里子と連れ立って特捜部の部屋に入ると、平松、柏木、柴原の三人はもう先に揃っていた。

沖と貴里子が上着をロッカーに納める間に、柴原が部屋の隅のポットで茶を淹《い》れた。刑事課と共用の給茶機が廊下にあるが、そのあまりの不味《まず》さに呆れ続けていたところ、貴里子が特捜のチーフになって数日後にポットと急須《きゅうす》を揃えたのだった。

貴里子は大机のホワイトボードを背にした席に坐ると、柴原に茶の礼を言って一口啜《すす》った。彼女から見て左側の手前に沖が、その隣に並んで平松が坐り、右側には柏木と柴原が陣取る。別段決めたわけではないのだが、最初にたまたまそう坐って以来ずっとそうだった。

「さて、早速やりましょう」

赴任半年ほどで、すっかり特捜の猛者《もさ》たちを仕切るのが板についてきた貴里子が話の口火を切った。

「まずは電話で大雑把にしか聞けなかったので、平松さん。あのビルの管理体制について、もう一度話してくれるかしら」

　平松はそう促されてビルの植え込みの剪定管理や清掃状況について詳しく述べたが、内容的には電話で聞いた話を補強するもので、目新しい材料は出なかった。

　自分の報告を終えた平松が柴原に合図を送った。

「柴原刑事、何？」と貴里子が促した。最若手の柴原にはまだ周囲に遠慮があり、自分から率先して報告するのを躊躇う節がある。

「はい、少し前に鑑識から連絡がありまして、死体の傍に落ちていたバッグから、本人以外の指紋がいくつか出ました。その中でひとつ、前科リストと一致しました。漆田《うるしだ》信二《しんじ》。窃盗や不法侵入などで何度か挙げられてます」

「どこかで聞いた名だな？」

　沖が言い、平松が頷く。

「ウルさんだよ」

「誰？」と貴里子。

　沖が心得顔で頷いた。

「新宿西口界隈《かいわい》を塒《ねぐら》にするホームレスのひとりです。だが、最近見ないようだが……」

　とひとりごちるようにしながら、平松に目を戻した。

「ああ、そうだな。都の職員が煩《うるさ》いんだろ。昔みたいに、地下通路で寝泊まりできる時代じゃない」

「このウルさんの指紋は、溝端さんの財布にもついていたんです」

柴原が慌ててつけ足した。報告が半ばだったのだ。貴里子が頷き、沖と柏木をちらちらと見る。

「もしかしたら現場で幹さんとカシワさんが啀《いが》み合いになったバッグと財布の件が、これではっきりするかもしれないわね。いずれにしろ、この漆田というホームレスは、必ず何か知ってるはずよ。早速捜しましょう」

沖と柏木は、互いに顔を背けて目を合わせないようにしていた。

「ウルさんなら、俺が見つけますよ。ホームレス仲間を当たれば、たぶん大して時間がかからずにわかるはずだ」

平松が言った。

「では、お願い。他に鑑識からはどう？　携帯の着発信履歴は？」

貴里子が言うのに、柴原が応じた。

「復元できました。これがリストです」と、A4判のコピー用紙を彼女に差し出す。右上がホチキスで綴《と》じられ、何枚かが一緒になっていた。

同じコピーが全員に配られ、各々が自分の手許に目を落とす。

「最後の着信が十二月十六日ね」

貴里子が言った。柴原が応じる。

「ええ、でも、実際に会話が行われたのは十四日までで、それ以降の着信はすべて留守電センターに回されてます」

「本人は死亡していて、電源が切れるまでの間、携帯が着信を受け続けたってわけか」

沖は言いつつ、ホワイトボードの前に立った。

「向島署に田山という刑事を訪ねたのが十二月の三日。その後、およそ一週間後の十一日に、今度は保険会社に朝森修也という調査員を訪ねてる」

言いながらボードに書き込む。

「留守電センターに回されていない着信、つまり本人と話したと思える最後は、十四日の十七時六分ね」

と貴里子がリストを読むのを受けてさらに書き足す。

「相手は公衆電話か」柏木が言った。

「三分弱で切れてるわね」貴里子が応え、柴原を見た。「どこの公衆電話からか、場所を至急確認して」

「了解」と柴原が手帳にメモする。

「この通話だけじゃなく、そうね、とりあえず十一月一日以降の分については、発着信の番号すべての持ち主を割り出してちょうだい」

「了解」と柴原が繰り返す。

柏木が口を開いた。

「ビルからあの植え込みに落下して死亡したあとも、携帯電話が何度も鳴ったのならば、誰かがその音に気づくはずだ」

「いえ、携帯はマナーモードになってました」柴原が応えた。

「十六日の十八時二十六分を最後に、携帯本体への着信はなくなっている。ここで電源が切れ、その後は今日、鑑識が記録を復元するまで、この携帯を使った人間はいないってことだ」

沖が言い、ボードに書き込み、さらには疑問を口にした。「携帯の電源ってのは、充電しないいままでどれぐらい保《も》つんだろうな」

「二日か三日。つまり、四十八時間か七十二時間ってとこだろ。二、三日に一度は充電しないと、使えなくなる」

平松が言い、貴里子が柴原に命じた。

「ヒロさん、メーカーに問い合わせてちょうだい」

「了解」

「留守電センターに残されたメッセージの内容は、わからないのか？」

柏木が訊く。

「いえ、駄目です」と柴原。「メッセージの内容自体は、たとえ電話の登録者が再生して聞かなくとも、一定期間を過ぎると消去されてしまいます。この期間は会社によって若干異なるようですが、大体は七十二時間ほどだそうです」

「ふうん、そうかい」

柏木はメッセージの内容がわからないという事実を知ったことを残念がるよりもむしろ、自分のわからなかったことを若手の柴原があっさり答えたことが不服そうだった。そのためなのか、すぐに別のことを指摘した。

「さっきの携帯の電源の件だが、仮に三日保つとすると、十二月十六日の十八時頃に電源が切れたってことは、最後に充電したのは十三日の夕方から夜にかけて、二日だとすると、十四日の夕方から夜ってことになる」

沖は無言で柏木を見やった。言葉数を多くすることで捜査会議のイニシアティブを取っているると見せたいらしいが、大したことは言っていない。

「発信のほうの最後は十三日の夜二十三時三十二分で、その後、この携帯からはどこにもかけてないわね」

貴里子が指摘し、一拍置いてさらに続けた。

「十三日のこの発信も、十四日の公衆電話からの着信も、ともに本人がしたものだと仮定しても、溝端さんはその間十七時間以上、誰とも携帯で話してない。十五日や十六日まで生きていたのだとしても、やっぱり携帯を使って誰とも通話を行わず、留守電センターに残されたメッセージを聞くこともなかった。これは、警察官としては異例な行動だわ。最後の数日間、彼女には肉体的精神的に何かが起こっていたのは確かなようね」

「保険会社のほうはどうだったんです？　十一日に保険会社の調査員を訪ねてる。いつ死んだのかはまだ断定できないが、とにかくこれは死の数日前だ。そこでのやりとりと彼女の死は何か関係してるんじゃないですかね」

柏木が話を向けたのを受け、貴里子が保険会社の朝森と向島署の田山に行った聴取の内容を、少し時間をかけて説明した。

「轢き逃げ事件か」

説明が終わり、平松が呟く。

指先で机を叩いていた。そろそろたばこが喫いたくなってきたのだ。貴里子がチーフになって数日後、出勤すると特捜の部屋全体が突然禁煙にされていた。彼女自身、時折神経が張りつめた時になどメンソールたばこを喫うが、そんな習慣を職場に持ち込むつもりはないらしい。当然のこと、たばこを喫わない柴原以外の全員がこぞって非難したものの、「決定事項よ。とやかく言わない」と一喝されてすごすごと引き下がるしかなかった。

「溝端刑事が自分の調べている事件に関連して、この轢き逃げ事件の詳細を知りたがっていた、というのがやはり気になりますね」

柏木がそう意見を述べる間に、平松は体を斜めにし、大机の向こう端の陰から柴原のほうに手を伸ばした。「ガムを寄越せ」と口の動きで知らせる。

柴原が内ポケットから抜き出したガムを同じように机の陰からそっと渡すと、平松は板ガムの一枚を引き抜いて包み紙を取る途中で沖の視線に気がついた。沖は無言で差し出して来るのを受け取り、仕草で柴原に礼を言った。

話の途中だと言いたげな顔で睨んでいる柏木にも平松がガムを差し出す。拒むかと思ったが、不機嫌な顔のままで受け取り、やはり一枚を引き抜いた。たばこが喫えなくて苦しいのは、同じらしい。

「私にはくれないの」

最後に貴里子が言って自分から手を伸ばし、平松が「失礼しました。チーフもどうぞ」と渡す。

ふたつ折りにした板ガムを口に入れた貴里子が話を再開した。

「カシワさんが御指摘の通り、溝端さんが亡くなる前に調べていた轢き逃げ事件が気になるわ。この線を、今から幹さんとカシワさんでお願い。被害者の江草徹平の周辺を調べ、彼の婚約者だった野口志穂という女性の居所を見つけて話を聞いてちょうだい」

「了解」と沖と柏木は声を合わせた。

沖がすぐに訊き返した。

「本庁の二課へはどうするんです？　十六ヶ月前の溝端刑事の行動を知る必要があるでしょ」

「わかってるわ。それは私がやります。その前に、まずは御遺族の元へと回るわ」

貴里子が答えた。

向こうさんとのやりとりは、必ず微妙なものになる。沖は暗に自分も二課に一緒に行かせろ、という意を込めていたのだが、どうやら彼女にはそのつもりはないらしい。

何につけても秘密主義の習性が強い部署だ。そのため、ここに戻ってすぐ、かつて本庁の二課にいたことのある円谷を訪ねて話を訊くつもりだったのだが、席を外していなかった。

「胎児のほうはどう？　もう少し正確なことはわかったかしら」

と、貴里子は次の話題に切り替えた。

「骨の大きさから判断して、妊娠五、六ヶ月だそうです」

鑑識から伝え聞いた話を柴原が報告する。

「いわゆる妊娠中期ね。ＤＮＡ鑑定を依頼して。父親の情報が得られるかもしれない。それと、彼女が通っていた病院を突きとめてちょうだい」

「わかりました」と、柴原。「了解」の二文字は消え、口調もいくらか元気のないものになっていた。

沖には若手刑事の心の内が手に取るようにわかった。自分がチーフだった頃と比べると、貴里子は几帳面《きちょうめん》すぎるほどに捜査を重要度の高いほうから順に割り振っていく傾向がある。このやり方だと、柴原はいつでも使いっ走りのような役回りになるのだ。

単に沖のほうが人の使い方が大雑把で、新人刑事に対する扱いとしてはむしろ貴里子のやり方のほうがずっと正当なのだが、本人にはそれが不満なのだろう。

「じゃ、他になければ散会します。各々、持ち場をよろしく」

貴里子はそう言って腰を上げてから、「ヒロさん、ガムをありがとう。今度、買って返すわ」とそれとなく言葉をかけることを忘れなかった。

「村井さん、事件とは別件なんですが、ちょっと耳に入れたいことがありまして」

柏木が貴里子を呼びとめ、平松と目を見交わした。

平松があとを続けて言った。

「本庁の警務部から、俺とカシワさんに連絡がありましてね。用件を聞いても答えちゃくれなかったんで、何のことかわからないんだけれど、一応チーフの耳に入れておこうと思いまして」

貴里子はちらっと沖を見た。

「その件ならば、私たちもさっき深沢さんに呼ばれて会ってきたわ」

箝口令《かんこうれい》を敷いたところで、こうして同僚同士では話が筒抜けになる。だから深沢は短期間のうちに、あの現場に居合わせた全員の話を聞くつもりらしい。

「で、何の件だったんです？」

貴里子が再び沖を見る。沖はその目に、彼女が自分の判断を仰ぎたがっているのを感じた。

柴原も部屋の戸口で立ち止まり、話を聞いていていいものかどうか決めかねている。やがてこいつにも呼び出しがかかるにちがいない。

「俺から話しましょうか」

沖が言った時だった。ドアにノックの音がして、署長の広瀬が顔を見せた。

背の高い、瘦身《そうしん》の男が一緒だった。仕立てのいいダークグレーの三つ揃いのスーツが、男の引き締まった体型を引き立たせている。署長になってから極端に体重が増した広瀬とは対照的だ。

「ああ、よかったよ。村井君。きみに用があったんだ」

広瀬が言い、連れの男を促すようにして部屋に入った。

「警視庁捜査二課管理官の尾美《おび》です。溝端刑事の死体が発見され、こちらが捜査を担当することになったと聞いて、やって来ました」

一応礼儀正しく振る舞っているが、どこか相手を見下すような雰囲気がある男だった。

とはいえ、何も分署の特捜部のデカを見下しているわけではなく、これがこの男の身についた態度なのかもしれない。誰に対しても、自分のほうが勝った優秀な人間だと思って接することに慣れているのだ。

「溝端刑事の上司の方ですか？」

「そうです」

四十代の後半といったところか。ということは、ノンキャリアの管理官だ。

殺人等の凶悪犯罪を扱う一課では課長を筆頭に、それを補佐する理事官、管理官もほぼ全員がノンキャリアで占められるが、頭脳犯や汚職等を扱う二課の場合は、そういった職にキャリアが就くことが多い。だが、彼らは大概二十代の後半だ。こんなことを見て取る自分に嫌気が差すが、これから溝端悠衣という女の捜査を進める中では、こういった判断をせねばならないケースにも何度か出くわす気がする。

「これから私のほうからお邪魔して、お話を伺いたいと思っていました」

貴里子が立ち、礼儀正しく頭を下げる前で、尾美は特捜部の部屋を無遠慮に見回した。時を惜しむように口を開く。

「驚きましたよ。まさか、彼女がこんなことになっていようとは」

そう述べる口調にはそれなりの嘆きやショックが含まれてはいたが、本題に入るための前振りといったニュアンスも同時に感じられた。

「状況について、少し詳しくお話を聞かせていただきたいのですが」

尾美がそう言うとすぐ、広瀬が訳知り顔で頷いて口を挟んできた。

「ここでは何ですから、あちらへどうぞ。応接室がありますので」

薄気味の悪い愛想笑いを浮かべて尾美に言ったあと、

「村井君、ちょっと一緒に来てくれたまえ」

と頭ごなしに命じる。

階級的には自分よりも下の尾美に対して、ただ丁寧なだけではなく、どこか媚《こ》びるような空気をも感じさせる広瀬に、沖たちは一様に意地の悪い視線を向けた。警視庁から来た関係者だというだけで、気を遣いまくっているのがむしろ痛々しいほどだ。

——深沢さんはひどい。俺をこんなろくでもない場所に引いておいて、自分だけさっさと本庁に戻ってしまった。

深沢の壮行会が終わった夜、広瀬は総務部長を相手に深酒をし、最後のスナックでさんざんそうこぼしていたとの噂は、瞬く間に分署のほぼ全員に伝わっていた。総務部長というのは、ちょっとした芸人気取りで他人の形態模写をするのが趣味の男なのだ。付け焼き刃で署長になった広瀬は、それを知らなかったにちがいない。

「わかりました」と答えてから、貴里子は沖たちを振り返った。

「今話しかけていた件については、私からあとでみんなに話すわ。各々、捜査に向かってください」

そう言い置き、尾美たちと一緒に部屋を出ようとした時だった。ドアの向こうに円谷が立ち、部屋の中を覗き込むのが見えた。

道を譲ろうとした円谷は、まだ部屋の中にいる尾美と目が合い、表情を変えた。

「マル——」

尾美が低く呟く。眼鏡のブリッジを右手の人差し指で押し上げ、そうすることで動揺を押し隠そうとしたらしい。

「どうしてあなたがここに……」

円谷が言った。

「仕事だよ。それより、おまえは……」と訊きかけ、一旦口を閉じた。「そうだったな。新宿に新設された分署に異動になったんだったな」

「ええ」

その後、ふたりはほぼ同じようにして何か言いかけたようだった。体の奥底から数々の言葉が湧《わ》き上がり、表の世界へと溢《あふ》れ出ようとしている。

だが、それが口を衝いて出ることはなかった。

「落ち着いて話している時間はないんだ。今度、機会があったら、どこかでな」

尾美は元の驕慢で高飛車な口調に戻って言った。

「ええ、そうですね」

ふたりともそんな機会など望んではいないように聞こえた。

円谷の横を掠《かす》めて歩き出した尾美は、しかし、何歩かで立ち止まって振り返った。

わざわざ戻ると、「マル――」と、またそう呼びかけた。

「御家族は誠に残念だった。苦しいとは思うが、警察官として立派に頑張ってくれ」

円谷の肩をぽんと叩いて言い、今度はもう振り向くこともなく遠ざかった。時と場合を選ばない、勝手な励ましに思えたが、本人にはそんな意識は欠片《かけら》もないらしい。

円谷は沖たちを見て、なんとなく居心地が悪そうな笑みを浮かべた。

「村井さんとふたりで訪ねて見えたと聞いたもんで、何でしょう？」

「進行中の捜査について、ちょっと話を聞かせて貰いたいことがあったんだ。中に入ってくれ」

沖は言い、平松と柴原には目で捜査に出ろと合図を送った。

「じゃあな、マルさん」

平松が言い、柴原のほうは黙って頭を下げ、部屋を出ていく。

本当は柏木もここから追い出し、円谷とふたりで話したかったが、そうもいくまい。

――そう思いかけ、考え直した。円谷に尋ねるのは、あくまでも溝端悠衣の件だけだ。朱栄志の件には触れる必要などない。妻と娘を失いながら、デカでい続けようとしていることの男に、朱を木陰から狙い撃ったのかなどと訊けるわけがないではないか。ただ、信じていればいいのだ。

「お嬢さんの具合はどうです」

沖は手振りで椅子に坐ってくれと示しながら、訊いた。

「変わりません。相変わらずですよ。だが、死んだかみさんの母親がずっとつき添い、義姉《あね》も頻繁に顔を出しては細々《こまごま》と面倒を見てくれてます。焦らないことですよ」

円谷は俯き、最後は自分に言い聞かせるように言った。

その話はそれで切り上げたかったのかもしれない、大机の椅子のひとつに坐ると、

「で、進行中の捜査というと、何です？」

話題を替えるかのように訊いてきた。

沖は円谷の斜め前に坐ったが、柏木のほうは壁際のパソコンデスクの椅子を引き抜き、そっちに坐った。柏木は沖とだけではなく円谷とも馬が合わない。離れて聞いているつもりなのだろう。一言も口を利かずにいてくれたほうがいい。

「実は、溝端悠衣という刑事を知っているかどうか訊きたかったんです」

「溝端君――。ええ、知っていますよ。すると、今の尾美さんも、彼女のことでここに？」

「ええ、そうです」と、沖は答えた。

「溝端刑事に、何があったんです？」

円谷が訊いた。その声が幾分低められたのは、ある種の答えを予想したからにちがいない。

「今朝、白骨死体で見つかりました」

「彼女が――」

円谷は両目を見開いてそう呟いたのち、「他殺ですか？」と訊いた。

「いや、その点についてはまだ何とも言えない」

「どういう状況だったのか。詳しく教えてくれますか？」

円谷の求めに応じ、沖はまずは自分のほうから状況を説明した。

円谷は沖の話を黙って聞いた。他の人間たちと同様に、白骨体の見つかった場所を知った時には驚きを示した。あれこれ質問をしようとはしなかったのは、自分がまだ総務部預かりの内勤中の身だということを意識したのかもしれない。

「彼女とは、本庁の二課で一緒だったんですね」

さて、何でも訊いてくださいと言いたげな目を向けてきた円谷に、沖はまずそう確かめることから始めた。

「そうです。私があそこを出されるまで、二年ほど一緒でした。同じ班で、その上司だったのがさっきの尾美さんですよ」

――つまり、尾美は円谷を本庁の二課から排斥した直接の上司というわけか。

そんなことを思いつつ、「それは何年前のことです？」と訊いた。

「ええと、二年前からK・S・Pで、さらにその三年前ですから、二課を出されたのは五年前ですな。ということは、さらに逆算すれば、彼女が二課に配属されたのは七年前ですね」

円谷は二課を「出された」という言葉を、何の躊躇いもなく重ねた。

「どんな女性でしたか？」

沖は訊いた。貴里子にとっては、優秀な女刑事の代表というべき存在だったようだが、深沢からは行方不明になる前には情緒が不安定だったといった話も聞いている。

「仕事ができる刑事でしたね。その点じゃ、誰もが一目置いていたんじゃないかな。少なくとも、私はそうでしたよ。男か女かなど、関係ない。頭でっかちのお坊ちゃんタイプの野郎どもより、よほど肝の据わったデカだった」

「他人にゃお構いなしの単独行動で有名なあんたが、そこまで褒めるとは、なかなかできる女だったようだな」

パソコン机の椅子に坐る柏木が口を挟んできた。黙って話を聞いていられる性格ではないのだ。

「溝端悠衣という女性は、単独捜査を強行するようなタイプでしたか？」

沖は質問を自分に引き戻した。

「彼女が、ですか？　何かそんな情報があるんですか？」

円谷は首を捻《ひね》って訊き返した。

「ええ、亡くなる前に、そんなことをしていた節が」

円谷は考え込む顔のまま、しばらく何も言わなかった。

「幹さん、本庁の二課というのは、単独行動を許すような場所じゃありませんよ」

柏木が何か言いたそうな顔をしたが、円谷がひょいと手で制するほうが早かった。

「おっと、カシワさん。あんたに言われなくたってわかってるよ。ここにいるのが、その駄目刑事の見本さ。上の言うことを聞けなけりゃ、追い出される。そういうことです」

途中からは沖のほうに顔を戻して言った。

「しかし、追い出されることを覚悟でならば、ひとりで突き進むことは可能だ」沖は言った。「溝端という刑事は、そういうタイプに思えましたか？」

まどろっこしい訊き方をしていると気がついた。本当は、彼女がどういった単独捜査をしていたかを、誰か昔の二課の同僚に確かめられないか、と切り出したいのだ。だが、今の円谷にそういった頼み事をしていいのかどうか、躊躇って決められない自分がいる。

妻と娘を亡くして半年弱。――本人にとっては、まだつい昨日の出来事にちがいない。

「その質問にゃ、何とも答えられませんな」

円谷は言葉少なにそう応じつつ、沖の気持ちを読んだような目を向けてくる。「ところで、尾美さんは、何と言ってここへ来たんです？」沖が質問を躊躇っていると、逆に円谷のほうから訊いてきた。

「部下の死体が見つかったんだ。状況を訊きにでしょ」

柏木が言った。当然だろう、と言いたげだ。

「だが、あの人は今は管理官ですか？　それとも、監察官かな。その立場の人間が、わざわざひとりでここに現れた」

円谷は柏木を見ようとはせず、沖に向かって話し続けた。

「管理官です」沖が答える。「誇らしげに、自分でそう名乗っていましたね」

「で、チーフを呼び出し、署長と三人で内密に話してるというわけですか」

沖は気づいた。円谷のほうから何かを伝えたがっているのだ。だが、やはり迷いがあって一歩を踏み出せず、きっかけが生じるのを待っている。

「何か言いたいようだな、マルさん」

沖は率直に訊いた。

円谷は微かにだがはっきりとそれとわかるように頷いた。

「幹さん、彼女は妊娠していたと言いましたね。どうも、父親が誰かを捜すのは、かなり難航する気がしますよ」

「なぜです？」

「ひとつ、その相手は妻子持ちだった可能性が高い。しかも」

柏木がぽんと手を打って声を上げた。

「しかも、同じ職場の同僚だったってのか！　で、それを薄々気づいている尾美って管理官が、女の死を知ってすぐにこうして駆けつけてきた」

円谷は不快そうに顔を顰《しか》めた。

「カシワさん、あんた、人の話を遮る癖はやめたほうがいいぜ」

「何だと――」

「それに、あんたの推測は半分しか当たっていない。俺が言いたかったのは、しかも、どうやら複数の同僚とそういう関係だったようだ、ってことだ」

8

部屋に沈黙が落ちた。

沖はスキンヘッドをごしごしとやりながら、心のどこか片隅で、この話を初めて耳にする時に貴里子が一緒でなくてよかったと思っていた。

――それにしても、溝端悠衣というのはいったいどんな女だったのだろう。

「ほんとかよ、それは……。呆れたもんだな」

柏木が言った。徒《いたずら》に潜めた声の中には、揶揄《やゆ》するような調子も紛れ込んでいた。

柏木のそんな言い方や態度に微かな嫌悪感を覚えながら、沖は努めて静かに訊いた。

「それは確かな話なんですか？　話の出所は？」

「名前は勘弁してくれませんか。ここでそれを話せば、あなたは必ずその出所に話を訊きに行く」

「つまり、その相手は、彼女とそういう関係にあった本人だということですね」

「そうかもしれない」

「その相手を庇うんですか？」

「そうです」

「マルさんよ、これは捜査なんだぜ」

高飛車に言う柏木に、円谷は冷ややかな目を向けた。

「だが、揶揄するような人間が出るだろ。さっきのあんたのように」

「捜査だと言ってるだろ」

円谷は沖へと顔の向きを戻した。

「それに、私が何も言わなくても、幹さん、あんたなら、早晩、話の出所を見つけるでしょよ」

「マルさんに相談したその後輩は、まだ二課に？」

円谷は薄い笑みを浮かべた。

「人が悪いな。相談を受けたとも、後輩だとも一言も言っていない」

沖は笑わなかった。

「だが、あんたは尾美という管理官がここに来たのは、内部のそういったことを隠蔽《いんぺい》するためだと思っている。そうでしょ。つまり、上層部は彼女を巡る複数の不倫に気がついているわけだ」

「断言などできない。しかし、さっきからずっと気になっていたことがある。幹さん、あんたは彼女が行方不明になったニュースを知っていましたか？」

「俺にゃ本庁の二課は遠いですよ。噂話が伝わってくるような関係じゃない」

「だが、刑事がひとり、行方不明になったんだ。それは新聞にも報じられた。実を言やあ、私は新聞で読んで知ったんです。噂で伝え聞いて知ってたわけじゃない。私にだって二課は遠い。あそことのつきあいは、完全に途切れたままですからな。ところで、村井さんはどうでした？　今朝、植え込みで溝端刑事の白骨体を見つけた時、彼女が一昨年から行方不明だという事実は知っているようでしたか？」

「いや、知らなかった」

沖は思い出して答えた。

話の流れが読めなかった。

「マルさん、あんた、何が言いたいんだ？」

「十六ヶ月前、もしも彼女の行方がわからなくなったことに、何らかの事件性が感じられると周囲が判断したのなら、すぐにそれなりの捜査を始めたはずだ。それに、マスコミにだってそう発表しているでしょう。デカが何かの事件に巻き込まれて行方が知れなくなったとなれば、大事件ですよ。ブン屋さんたちだって、当然飛びつく。だが、実際にはあの時、彼女の行方が知れないことは、社会面の片隅に、ほんの小さく報じられただけだった。私しゃたまたま目にしたが、幹さんは事件を追うのに忙しい最中で見逃したんでしょう」

「つまり、二課では最初から彼女は事件に巻き込まれたわけでもなければ、デカとしての職務が原因で行方不明になったわけでもなく、個人的な悩みで職場を放棄したと考えていた、と言いたいんですか？」

「むしろ、そう考えたがっていた、と言うべきかもしれない」

沖は口を開きかけ、閉じた。

深沢の言葉を思い出していた。彼女は情緒が不安定だったようだ、と、あの男はそんな意味のことを漏らしたのだ。彼女のことをそう見ている、あるいは見たがっているのは、何も二課の連中だけではなく、警視庁という組織の持つ空気がそれを望んでいるのかもしれない。

少なくとも彼女と疚《やま》しい関係にあった男たちや、それに気づいていても組織のメンツを保つことを優先したい男たちからすれば、溝端悠衣という女について騒ぎ立てることはなるべく控えたかったにちがいないのだ。

「私ができる話は、これぐらいです。とにかく、捜査に何か妨害や、そこまでは言わずとも障壁が立ちはだかることは警戒していたほうがいいでしょう。それに、おそらく二課の関係者の口は、一様に重いにちがいない。さて、あまりサボってもいられないので、私は総務の仕事に帰りますよ」

　円谷はそう言って席を立ったが、ふと思いついた様子でこう続けた。

「ところで幹さん、あんたからも村井さんに、私の精神面ならばもう大丈夫だから、早く特捜に戻すようにと頼んでくれませんか。今まで随分ひどい署に左遷されてきたが、机に張りついているのはそのどれよりも辛《つら》いですよ」

　沖はにやっとした。

「マルさん、あんた、今の言いようじゃ、やはり最初ここの特捜に配属になった時、左遷されたと思っていたらしいな」

　沖と柏木のふたりは、貴里子が部屋に戻るのを待たずに出かけることにした。中途になっている警務部からの呼び出しの件については、戻った時に彼女から柏木に話すだろう。

「沖よ、あんた、どうも円谷には甘いんじゃねえのか」

柏木はロッカーから上着を取り出しながら、そう嫌みを口にした。

「なんでだ？」と、沖は上着に袖《そで》を通し、柏木のほうを見ないようにしつつ訊いた。

「決まってるだろが。あいつが二課の誰からあんな話を聞き出したのか、あの場でなんでもっと強く問いつめなかったんだ」

「そうすべきだと思ったなら、あんたがやりゃあよかっただろ。俺もあんたも、円谷も、対等の同僚なんだ」

柏木は眉間《みけん》に皺《しわ》を寄せて舌を鳴らした。

腹立たしげな態度を隠す気もないのを目にして、気がついた。貴里子が特捜部のチーフになった時、自分も一捜査員に格下げされたが、同じ異動でこの柏木のほうも二課長から格下げされ、特捜部に配属されてきたのだ。やつはその点を指摘されたものと誤解したにちがいない。

面倒な野郎だと胸の中で吐き捨てつつ、沖が先に廊下に出た。

階段の手前で、上から降りてくる貴里子を見つけた。署長室は署の三階にある。

様子が少し変に思えた。

階段の下で出くわすと、興奮しているのが見て取れた。

「――どうかしたんですか？」

訊いてすぐに後悔した。

貴里子は「どうもこうもないわ」と大声で言った。喰いつきそうな顔とは、こういう顔だ。

「手帳を持って行かれた」

「溝端悠衣の手帳ですか？」

沖は驚いて訊いた。

「他に何があるって言うの」

「だが、あれはこっちの捜査に必要な手がかりだ。俺たちの物ですよ」

「もちろん、そう言ったわよ。でも、二課で捜査している事件に関係した記述があると困るので、それを確認させて欲しいそうよ。確認が終わればすぐに戻すなんて約束したけれど、いつになるやらわかったもんじゃない」

「署長もそれを許したのか？」

反射的にそう訊いたが、既に答えは明白だった。さっき尾美に対して卑屈な愛想笑いを浮かべていた姿が目に浮かぶ。

「彼がどこを向いて仕事をしているのか、てんでわからないわね」

刑事部屋のドアが細く開き、中から若手の刑事が顔を覗かせたが、貴里子に睨みつけられて慌てて消えた。喰われると思ったにちがいない。

「ちょっと話があるんです。部屋に戻りましょう」

廊下でこれだけの声で話していたら、他の部署に全部やりとりが筒抜けだ。沖は慌ててそう言った。

貴里子は首を振った。

「表で話しましょう。私も少し頭を冷やさなくちゃ」

声の大きさは普通に戻っていたが、喋り方のほうは早口で、彼女は沖たちの答えを待たずに先に階段を下った。

表玄関から大久保通りに出る。K・S・Pの庁舎は、元はある都市銀行の建物だった。そこを借りて仮住まいにしたまま、未だに正式な庁舎を持てずにいる。建物正面の自動ドアは銀行当時のままで、警察署の入り口としてはどこか不似合いだ。出て左手には、かつてATMだった小さなスペースの名残のガラス戸がある。中の壁は取り払い、少しでも一階のスペースを有効に使うように工夫がされていたが、入り口はただそのまま封鎖されただけだった。

その前まで歩くと、貴里子はくるっと沖たちのほうを振り返った。

「で、話って何？」

「円谷から話を聞けましたよ」

沖はそう前置きして、円谷の口から出た話をして聞かせた。途中から、貴里子が再び興奮し始めるのに気がついた。だが、彼女は忍耐を発揮して沖の話を聞き続けた。

建物の表に何台か車を入れられる駐車場があり、その駐車場の端には欅《けやき》の木が植わっていた。去年の暮れに、当時署長だった深沢が植えさせたのだ。夏にチャイニーズマフィアがK・S・Pの表玄関で狙撃事件を起こした。容疑者及び容疑者を連行中の刑事ふたりを狙っての犯行だった。さらには署から飛び出してきた制服警官の二名も犠牲になった。

この遺族たちと警察のお偉方とのやりとりで、署の表に慰霊碑を立てるとの話が持ち上がった。どうせお偉方の誰かが人気取りでそんな案を呈示しただけなのだろう。だが、深沢にすれば、そんな慰霊碑など立てれば自分の汚点になる。殉職した二人の制服警官を、危険も確かめずに署の表に飛び出すよう命じたのは、あの男なのだ。

結局、深沢は上手《うま》く立ち回り、あちこちを説得して回った結果、いつの間にやら同じ予算で玄関前の緑化を行うことへと話が替わっていた。

沖は同僚からそんな話を聞いた時、呆れるよりもむしろ、深沢という男の役人的な立ち回りの上手さに吹き出したくなったものだった。ことの起こりや本質など無視し、自分の都合のいいように形を整えて進めていく。

木の葉の影が、貴里子の顔でちりちりと揺れている。

「信じられないわ。あの溝端さんにそんな噂があったなんて……」

話を聞き終えてそう言った声には、怒りや反発よりもむしろ困惑が勝っていた。

沖は貴里子の気持ちを逆撫《さかな》でし、さらに傷つけてしまうかもしれないとわかったが、こう応じないわけにはいかなかった。

「噂じゃない。名前は言わなかったが、円谷のやつは彼女と関係のあった男から直接相談を受けたんです」

「はっきりそう認めたわけじゃないんでしょ。相談とは限らない。くだらない男どもの酒飲み話の類《たぐい》かもしれないわ」

貴里子は吐き捨てるように言ってから、すぐに目の前の男たちをこう気遣うだけの心配りは忘れなかった。

「——あなたたちを前にして、ごめんなさい。でも、私だってこの仕事をしていると、わかるの。多くの男の刑事たちが、私たちをどんな目で見て、どんな類の噂をしているのかは」

沖は黙って貴里子を見つめ返した。確かに円谷がはっきり認めたわけではないが、これは噂話の類ではなく、誰か後輩から相談を受けた話にちがいない。それは円谷と直接話して得た実感だった。

だが、この点を改めて強調するのはやめにし、代わりにこの先の捜査の話をすることにした。

「村井さん、手帳は持っていかれたが、携帯電話の発着信記録はこっちのものですよ。彼女が失踪《しっそう》した当時、たとえ二課全体がそれをなるべく大きな騒ぎにならないように努め、今もまたまずいことは押し隠そうとしてるのだとしても、彼女と関係した男たちが本当にいたのだとしたら、必ず心配して電話をかけてるはずだ。柴原が着信記録の番号から電話の主を特定すれば、そいつらが割れる」

「そうか。そうね……」

貴里子は浮かない顔のままだったが、自分を前へと押し出すように目を上げた。

「とにかく、目の前の捜査をしましょう。死の直前、彼女が何をしていたのかを知ることよ。轢き逃げ事件のほうをお願い。私は溝端さんの実家に回る」

「待ってくれ、チーフ」柏木が言った。「警務部の件は何なんです?」

「呼び出しはいつなの?」

「明日の午前中」

「では、今日の夜、ヒラさんと柴原君も一緒の時に話すわ」

「なんだか意味深で嫌ですなあ」

柏木は冗談めかして探りを入れようとしたが、貴里子は取り合わなかった。

「とにかく、捜査に戻ってちょうだい」

そう言い置き、すっと背中を向けた。

柏木は大げさに肩を竦《すく》めるような素振りをした。相手が自分ではなかったら、愚痴のひとつも口にしていたことだろうと、沖は思った。

「さて、どこからやっつける」

と話を振ってくる柏木に、「すぐに戻るから、ちょっとだけ待っててくれ」と言い置き、沖は署の表玄関を入りかけている貴里子に走り寄った。

「ちょっと村井さん」と呼びとめる。

「何?」

「マルさんのことです」

「その件は今夜と言ったでしょ」

冷ややかに応じる口調には、上司としての威厳を保とうとする気配が窺える。

「その前に、あなたにひとつ確かめて貰いたいことがある」

「何を確かめるの?」

「あの時、円谷が発射した弾丸の数です。あなたならば、すぐに報告書をひっくり返せるでしょ」

努めて冷静に言ったつもりだったが、それでも喉《のど》に渇きを覚えていた。ただ念のために確かめるだけだ。

「──わかったわ。すぐにやる」

「それから、もうひとつある。これは別件です。さっき、円谷の野郎は立ち去り際に、早く現場に復帰させて欲しいと願い出ましてね。だが、ふっと思い出してみると、まるで取ってつけたような態度だった」

「今の状況の中で、彼の復帰などありえないでしょ」

「俺もそう思う。しかし、やつは俺のほうから相談を持ちかけた今度のヤマについちゃ、自分からは興味を示して何か質問することもなく、何か手助けさせろと積極的に名乗り出ることもなかった。あまり席を外してもいられないのでと、かえってやつのほうから話を切り上げたぐらいだったんですよ」

「だから何なの――」と、言いかけたが、貴里子ははっと口を閉じて言い直した。

「彼が単独で捜査を始めると言うの?」

「あんたよりは俺のほうがやつとのつきあいは長い。賭《か》けてもいいですよ。あれは、何か思いつき、自分で探ろうとしてる時の態度だ」

「――わかった。注意しておく」

「こんな時期にやつが変に動いたりしたら、二課や本庁そのものを刺激することになるかもしれない。だが、つまり、俺はやつを……」

　そのあとは上手く言えなかった。

　貴里子は沖が言いたいことを察した。

「わかってる。私だってあの人を失いたくないわ」

二章　疑惑

1

ジョギングのカップルが通り過ぎる。澄んだ空が柔らかな色を宿しており、綿のような雲が僅《わず》かに浮かぶきりだ。植え込みに若芽が顔を出し、街路樹が色若い緑色を身に纏《まと》っている。早朝の風に、身を切るような冷たさはもうなかった。

沖は神宮外苑内の歩道を歩いていた。払暁にふっと目覚め、そのまま目が冴《さ》えてしまって眠れなかったのだ。ベッドの中で昨夜の飲み残しのスコッチを口に含み、しばらくは柳《やなぎ》家《や》小三治《こさんじ》のことを考えていた。先日、あるテレビのインタビューで小三治が、笑わせることを狙《ねら》って落語をやるのはまだまだで、面白い落語とはただ自然に演じればお客を引き込み、笑わせるものであるといった主旨の発言をするのをたまたま目にしたのだった。

元々小三治は好きな落語家で、その発言自体がここ数年の師匠の噺《はなし》を理解する上で大変面白かった。それと同時に沖が思い浮かべたのは、それでは志ん生《しょう》は何を目指していたのだろうか、ということだった。何を目指した末に、高座で居眠りをしてしまってもお客に受け、お客に愛されたのか。それはどこまでが企《たくら》んだものだったのか。企まないにしろ、どこを目指して芸を突き詰めていくと、ああいった域に達するのか。そういった点を考えるヒントが、小三治の発言にあるように思ったのだ。

ただ、学者や評論家といった連中ならば、その辺りのことも上手《うま》く解き明かして何かを語れるのかもしれないが、沖には解き明かすつもりはさらさらなかった。

事件に関係したことを考えたくない時に、こうして何かテーマを決め、あれこれと考えを巡らせたくなる。大事なのは答えを得ることではなく、好きなテーマを慈しむように考え尽くすことだとわかっていた。テーマは無論、落語に限られている。これはトップシークレットであり、同僚の誰にもなるべく知られないようにしているが、沖は落語の大ファンなのだ。時間さえあれば末広亭に顔を出す。このところは落語がちょっとしたブームになり、寄席の味わい方もわからないような連中が押しかけていることを、内心では苦々しく思っている口だった。いずれにしろ、落語だけは事件を忘れさせてくれる。

――しかし。

今朝は駄目だった。結局は心に刺さった棘《とげ》に注意が向き、こうしてここにやって来た。

地下鉄の昇り口の自動販売機で買った缶コーヒーを取り出し、タブを開けた。

口に運びながら周囲を見回す。

半年前にチャイニーズマフィアと暴力団の間で銃撃戦となり、最後には沖たちが朱向紅という爆弾魔を射殺することになった現場は、今は早春の明るい光に満ち、あちこちから爽《さわ》やかな小鳥の囀《さえず》りが聞こえていた。

缶コーヒーに刺激され、たばこが喫《す》いたくなって火をつけた。冷め始めている生温《なまぬる》い缶コーヒーとたばこの辛みを交互に味わいながら、あの日のことを反芻《はんすう》した。

現場の光景は、たとえ何年経《た》とうとも、鮮やかに脳裏に焼きついている。デカというのは、そういうものだった。それが誇りを支える記憶ならばいいが、何かを悔やんだり、己を責め苛《さいな》んだりする記憶と繋《つな》がる時には、心にまたひとつ鉛のような重荷を背負い込むことになる。

あの日の記憶は、既に重たく沖を捉《とら》えていた。円谷は衝動的に朱向紅を射殺したのだ。やつは、自宅に爆弾を仕掛けて妻と長女を殺害し、次女に今なお癒えない心の傷を負わせたあの女を許せなかった。

だが、あの時、朱向紅は諸星来未を人質に取った上、自らの体に巻きつけた爆弾の起爆スイッチを手にしていた。あの女がそれを押さなかったのは、単に運がよかったからにすぎない。もしもあの女がスイッチを押していたならば、自分も円谷もこの世にいなかったはずだ。自分たちは仕方がない。職務だったのだ。しかし、やつは衝動的に引き金を引いた時点で、人質だった来未の命を見捨てたことになる。それが何より許せない……。

記憶をたどるうちに怒りがぶり返してきて、沖は自分を落ち着けようとした。——誰も円谷を責められない。もう、そう結論を出したはずではないか。

怒りを押し込め、記憶だけをできるだけ正確に再現し、自分が植え込みを駆け抜けて現場に駆けつけた時の状況を思い浮かべる。あの時、朱栄志は既に車で逃走を図っていた。だが、朱向紅や諸星来未がいた場所に、その少し前まで朱栄志もいたはずだ。それを木陰から誰かが狙《ねら》い撃った。

缶コーヒーを飲み干した沖は、朱栄志がいたと思われる辺りに立ち、そこから改めて周囲を眺め回した。

舗装道路が緩やかにカーブした場所で、そのカーブと接して神宮球場の外野方向への入り口がある。車道と歩道をガードレールが分け、道の両側には植え込みと雑木林が伸びる。自分が駆けつけた時、どこに神竜会の連中がいて、どこに五虎界の連中がいたか、ひとりひとりを思い浮かべることで、より一層当時の状況がはっきりしてくる。だが、それでもなお朱栄志を狙った弾丸がどこから飛んできたのかを、正確に想像することは難しかった。

朱栄志の頰《ほお》を銃弾が掠《かす》めるのを目の前で目撃した諸星来未ならば、きっとわかるはずだ。彼女をここに連れて来て確かめられれば……。そして、そこには神竜会や五虎界の連中しかいなかったことを証明できれば……。

——そんなふうに思いかけたが、さすがに自分が馬鹿《ばか》なことを考えているのを認めるしかなかった。

沖は根元近くまで灰になったたばこを、缶コーヒーの口に落とし込んだ。

俺はいったい何を考えているんだ。彼女があの事件で受けた痛手を考えれば、今さらこの場所に連れ戻し、あの日の記憶をたどって欲しいなどと頼めるわけがない。それに第一、弾丸の正確な方向を見定めたところで、それがいったい何になるというのだ……。

——円谷が撃っているはずがない。

——やつが物陰からホシに銃口を向けて引き金を引くなどありえない。やつは、デカなのだ。

昨夜から何度となく頭の中で渦巻いた声が、今また沖を襲っていた。

だが、信じていれば済むわけじゃない。

ことの真偽を確かめねばならない。デカならば、何を差し置いてもそこから手をつけねばならない。貴里子に告げたように、今度のヤマの捜査を進めるのと並行し、半年前の出来事も調べ直すのだ。

それが辛《つら》い作業になるのはわかっていた。

2

「まったく、深沢って男は何を考えてるんだ」

柏木は、地下鉄新高円寺駅の階段上で待つ沖に近づくなり、そう吐き捨てた。警務部に呼び出されて聴取を終えたばかりだった。それで沖が先乗りしていたのだ。今頃《いまごろ》は、平松のほうが、深沢にねちねちと話を訊《き》かれているところだろう。

「何を訊かれたんだ？」

沖は尋ね返しながら歩き出した。目当ての場所は、先に来ていた沖のほうがもう確かめてある。その後携帯で連絡を取り合い、ここで落ち合うことにしたのだった。

「訊かれたんじゃねえよ。あれはもう、円谷が朱のことを狙い撃ったものと決めつけてやがる。あんただってそう感じただろ」

「――――」

「現場のデカは現場のデカが守る。当然じゃねえか。しかも、あの事件があった時、円谷はてめえの部下だろうが。それを、先頭を切って糾弾し、鬼の首でも取ったような気でいやがるとはよ。まったくあの野郎はいけ好かないぜ」

声を潜めようとはしているらしいが、ややもすれば興奮がそんな心がけを押しやりそうな勢いだった。

沖たちは青梅《おうめ》街道を新宿方向へと戻り、環七とぶつかる少し手前の路地を左に折れた。その先は住宅地の中に入り込む形となり、人通りも車の通行も減って静かになった。

「懲戒審査委員会のことは、何か言ってたか？」

沖は低い声で確かめた。柏木も平松も柴原も、最初の銃声がした時に円谷がどこにいたのかを知らないことは、既に昨夜、貴里子が分署で警務部の動きを伝えた上で確認済みだった。

「そんなこと、わざわざこっちから訊かねえよ。冗談じゃねえ。そんなことになってたまるか」

沖はこの男とこのやりとりを続けることに、ふっと疲労感を覚えた。こうして深沢に対する怒りを内輪でぶつけ合っていたところで、何にもならない。だが、柏木にはこうして怒りを露《あら》わにすることで、溜飲《りゅういん》を下げているような節がある。ただのガス抜きに過ぎないのだ。

「ところで、どうだ。助川がいることははっきりと確かめたのか？」

柏木が訊いた。

その訊き方には、沖が話に乗って自分と怒りを共有しようとしないため、どこか仕方なく話を変えたような感じがしないでもなかった。

「ああ、やつはいたよ。物陰からそっと確かめてある」

相手の不意を突くのが狙いだった。

「そうか」

柏木はしばらく沈黙した。

沖はこのまま円谷の話はやめてくれることを祈ったが、そうならないことはどこかでわかっていた。

「どうしたんだ、幹さんよ。いつものあんたらしくないじゃねえか」

沖はちらっとだけ柏木を見た。

「何が俺らしくねえんだ？」

口調を荒立てまいと気をつけたが、澱《よど》んだ怒りが滲《にじ》み出るのはどうしようもなかった。

「円谷とあんたはツーカーの仲だろ。このままでいいのかよ？」

沖は静かに鼻から息を吐いた。

「俺はやつを信じてる」

「信じてるだと？　それだけでいいのかよ。信じてたって、このままじゃあ、やつは必ず血祭りに上げられちまうぜ」

「だったらどうすりゃいいって言うんだよ。あんた、そこまで言うのなら、やつのために偽証して帰ってくればよかっただろ。銃声がした時、自分はマルさんと一緒にいました。

やつが朱を狙って銃を撃った事実など、天地神明に誓ってありませんとな」

「この野郎、俺は真面目《まじめ》に話してるんだぞ。そんな言い草があるか」

柏木に肩を摑《つか》まれ、反射的に睨《にら》みつけた。しかし、すぐに重たい疲労感が増す。この男とはわかり合えない。結局はこうして言い合いになるだけだ。

沖は目を逸《そ》らした。

「なあ、カシワさん。この話はよそうぜ。今は職務の途中なんだ」

柏木が舌を鳴らす。

「そうかよ。けっ」

ふたり別々に歩き出す。

「おい、沖」

だが、ほどなく再び肩を摑まれ、思わずかっとして振り払った。体を完全に向き直る。

柏木は沖を真っ直ぐに見ていた。

その目の静けさが沖の戸惑いとなった。

「──おまえ、ほんとは何か考えてるんだろ?」

どう答えるか迷っていると、柏木はふっと唇を歪《ゆが》めた。

「いいよ、答えたくねえなら、答えなくたって。だが、おまえにゃ何か俺にゃねえものがある。断っておくがな、褒めてるんじゃねえぞ。それだけあくどいと言ってるだけだ。ただ、おめえなら何か野郎にしてやれるだろうし、おめえがそのつもりなのはわかってる」

そこまで言うと、その先の話し方を考えたらしかった。

「だから、だ。助川を一緒に叩《たた》いたあとは、轢《ひ》き逃げ事件の捜査はできるだけ俺が進めてやるから、おまえは円谷のために動け。懲戒審査委員会が近いことは、確かめなくても俺にだってわかる。時間がねえだろ」

柏木はそう言う途中から目を逸らした。最後のほうは早口で、むしろ投げやりな口調に聞こえた。

「すまん……」

沖は自分の声がかすれるのを感じた。

「礼なんか言うんじゃねえ。俺は身内を血祭りに上げて喜ぶ警務部って部署も、そこに異動してのさばっている深沢って男も、大嫌いなだけだ」

柏木は吐き捨てるように言って歩き出した。

元助川組組長の助川岳之《すけがわたけゆき》は、寺の山門を入った参道脇《わき》の花壇にしゃがみ込んでいた。小さなショベルで土を掘り返し、足下にある何種類かの花の苗を植えようとしているところらしかった。作務衣《さむえ》に雪駄《せった》を履いており、頭は青々と剃《そ》り上げられている。花壇には、既に何種類かの花が咲き誇っていた。沖には名前はひとつもわからなかったが、どれも落ち着いた色合いの花々で、種類もそれほど多くはなかった。美しいというより、可憐と呼びたくなるような花々だ。

砂利を踏んで近づく足音に気づいたのだろう、助川は手を休め、沖と柏木のほうに顔を向けた。穏やかそうな表情が一瞬曇ったように見えたのは、雰囲気から訪問者の正体を悟ったからにちがいない、と沖は思った。

「助川さんだね」

そう確かめ、相手が立つのも待たずに警察手帳を目の前に突き出し、「警察の者だ。ちょっと話を聞かせて貰《もら》いたいんだけどね」と大きな声で言った。

助川は立った。昨夜入手した写真の顔よりも随分と頬が痩《こ》けて見えた。よく似た弟や従弟《いとこ》、と名乗っても通るかもしれない。だが、外見が変わったからといって、人としての中身が変わるわけがないことは、刑事として何十人何百人というヤクザ者と接してきた経験からわかっていた。ましてやたとえ小さな組とはいえ、そのトップとして仕切っていた男なのだ。

年齢は五十六歳。それは既に調べてある。が、見た目は五十になったばかりぐらいに見える。痩身《そうしん》ではあるが作務衣の下の胸はかなり厚い。前科が四つ。小指は左右とも第一関節から先がなかった。

「元組長さんが住職とは笑わせるな」

柏木が言うと、助川は静かに首を振った。

「御住職は別にいらっしゃいます。俺はまだ修行中の身ですよ」

野太い、落ち着いた声だった。

柏木が舌を鳴らした。

「そんなことはどうでもいい。いずれにしろ、いかさま坊主ってことだろうが」

最初から挑発していこう、と、道すがらふたりで予《あらかじ》め言い定めていたのだ。

「ひどい言い草ですな」

と苦笑するのを見て、柏木は一層声を荒らげた。

「組長が組を捨てて出家　とは笑わせると言ってるんだ。鉄砲玉にした若い連中への供養なのか。え？」

助川はさすがに気色《けしき》ばみ、力を込めて唇を引き結んだ。

「ひどい言い草に聞こえたのなら、謝るよ」と、沖が会話を引き取った。「だけど、仕事柄、人間ってやつは滅多なことじゃあ変わらないとわかってるんでね」

「それは刑事さんたちの人間観ですな」

「あんたの人間観は違うのかい？」

助川はふっと息を抜いた。腰を折り、右手に持ったままだったシャベルを土に刺す。

「で、刑事さんが何の用です？　俺の人間観を訊きに来たわけじゃないでしょ」

「実は、あんたが仕切ってた助川組のことで、ちょいと教えて貰いたいことがあるのさ」

「今の組とは、何の関係もない」

「ああ、それはわかってるよ。一昨年《おととし》、組を幹部のひとりに譲り、こうして出家をしたんだろ。だが、聞きたいのはあんたがまだ組長だった頃の話だ」

「――何を訊きたいんです？」

「あんたんとこの組員だった江草徹平という若造が、一昨年の六月に轢き逃げされて死んでるな」

「それがどうしたんですか……？」

沖はおやっと思った。表情ひとつ変えず、落ち着き払ってさえ感じられた男が、江草の名を聞いた途端、肩に力を込めたように見えたのだ。だが、それは気のせいかもしれないと思わざるを得ないほどに微《かす》かな反応だった。

「あの事件のことを、改めて調べているんですか？」

「ああ、そうだ」

「どうして？」

沖と柏木は顔を見合わせた。

「別にあんたに理由を話す必要なんかねえだろ。俺たちゃデカだぜ。事件を調べるのは、当然じゃねえか」

柏木が言った。流れの具合で、今回は強面《こわもて》の挑発役を務めることになると弁《わきま》えているのだ。

「だが、二年前には、大した捜査はしなかった。ヤクザの下っ端が死んだぐらいじゃ、天下の警察は全力で捜査する必要など感じなかったんだ」

微かにではあったが、声に恨みがましい調子が混じっていた。

「そんなこと知るか。それは別の所轄の話だろ」

「あなたたちはどこの署なんです？」

「おまえ、目が悪いのか。Ｋ・Ｓ・Ｐだ」

柏木は吐き捨て、もう一度警察手帳を助川の目の前に突きつけた。

「新宿にできた分署ですな。噂《うわさ》にゃ聞いたことがある。だが、新宿の署が、どうして墨田区の轢き逃げ事件を調べてるんだ？」

「わからねえ野郎だな。おまえに一々そんな説明をする必要はねえんだよ」

食ってかかる柏木を手で制し、沖はゆっくりと口を開いた。

「警視庁の溝端という刑事を知ってるな」

「溝端――。いや、知らない名前ですが」

「とぼけるな。一昨年の十二月頃《ころ》に、彼女は轢き逃げ事件のことを調べてるんだ」

「女性ですか。いや、だが、俺は知らない。十二月ならば、ちょうど修行に入ってたので」

「修行だと――」

「はい、一年間、坐《すわ》り続けました。こういう時代ですから、寺の御子息などが一ヶ月で手軽に僧侶《そうりょ》になれるような場もあるようですが、何しろ刑事さんも見て取った通り、俺の場合は身についた垢《あか》が多いですからね。籠《こ》もったんです。何もかも忘れるために」

沖と柏木は、思わず互いの顔を見つめ合った。

「どこの寺で修行したんだ？」

柏木が手帳にペンを沿わせて訊く。

「曹洞宗《そうとう》ですので、福井県の宝慶寺です。永平寺に継ぐ第二の修行場なんです」

「いつからいつまでだ？」

「一昨年の八月からちょうど一年間です。その後も修行はこうしてここで続いておりますが」

「その間、こっちにはまったく戻ってなかったと言うんだな」

「戻っていません。托鉢《たくはつ》以外、寺を出ることはありませんでした。で、その女刑事さんがどうかしたんですか？」

「昨日、白骨体で見つかった」

「白骨体……」

助川は呟《つぶや》き、絶句した。

沖はその顔をじっと凝視した。どうやら本当に知らなかったようだ。

「おまえ、ニュースを見ないのかよ?」柏木が言った。「刑事の死体が、新宿の高層ビル街の植え込みから見つかったんだ」

助川は首を振った。

「テレビは、教育テレビ以外はほとんど見ない。新聞も、今はなるべく読まないようにしている」

「修行の妨げになるからかい」

沖は相手の気持ちを逆撫《さかな》でして様子を見るつもりになり、助川の言葉を遮った。だが、助川はただ黙って沖を見つめ返すだけだった。どうもやりにくい。心を入れ替え、清らかなる生活を送っている人間を、理由もなく色目で見、難癖をつける役回りを割り当てられたような気分だ。

その時、本堂から人が下りてきた。法衣《ほうえ》姿の老人で、かなり高齢に見える。だが、足腰はしっかりしているようで、矍鑠《かくしゃく》と階段を下り、本堂とは別に建つ事務所兼自宅といった雰囲気の建物へと向かった。助川が頭を下げたのに釣られ、沖と柏木のふたりも軽く会釈をした。さっき助川が言った通りなら、この老人が住職だろう。痩《や》せており、なんとなくネギを連想させる顔つきをしていた。

老人は会釈を返して建物へと歩いたが、引き戸に手をかけたところで動きをとめ、何か思いついたような様子でこちらを振り返った。

「お客さんなら、入っていただいたらどうですかな」

嗄《しゃが》れた、案外と甲高《かんだか》い声だった。

助川がどう答えるのかを知りたくて待つと、しばらく思案したような間を開けてから小さく首を振った。

「いえ、ここで大丈夫ですので」

住職はまた何か言いかけたようだが、結局言わず、小さく何度か頷《うなず》きながら体の向きを戻して建物の中へと姿を消した。

「招かれざる客というわけか。だがな、門前払いなどできねえぞ。必要なことを聞き出すまでは引き下がらねえからな」

柏木が脅しつけると、助川はふっと苦笑を漏らし、花壇の向こうを指差した。小さな藤《ふじ》棚《だな》の下に、木目模様をつけたコンクリートの長椅子《ながいす》がいくつか置いてある。

「もう春ですな。この姿でいても温かいんだ。刑事さんたちだって大丈夫でしょ。あそこにでも坐りませんか」

沖たちは、先に立って歩く助川について花壇の周囲を回り込んだ。そうするうちに気がついた。この落ち着きの悪さは、助川という男の取り澄ました善人顔のせいなのだ。冗談じゃない。さんざっぱらあくどいことをしてきたヤクザの組長が、たった一年かそこらで生まれ変わってたまるか。叩いて、本音を引き出してやる。

助川が花壇寄りの長椅子に、沖と柏木が反対側に坐って向き合うなり、助川のほうから訊いてきた。

「溝端という刑事さんは、何かあの轢き逃げ事件に絡んで殺されたんですか？」

「おい、おまえはほんとにわからん野郎だな。質問してるのは俺たちなんだぞ」と脅しを続ける柏木を、沖は軽く手で制した。組んだ両腕を膝《ひざ》に載せ、助川のほうに上半身を近づける。

「なんでそんなことを知りたい？　あんた、どうして彼女があのヤマと関係して殺されたなんて思ったんだ？」

「理由はない……」

「理由もなく知りたいのかよ」

助川は唇を引き結んで黙ってしまった。

「まあ、いいや」沖は敢《あ》えて穏やかに言った。「話してやるよ。とはいえ、まだ何もわかっちゃおらんのだ。彼女が殺されたのかどうかさえな。ただ、死ぬ前に、おまえさんの組のチンピラが轢き逃げされた事件を調べてた。今のところ、それしかわからん。だからこうしてあのヤマを調べに来たんだよ。わかったら、知ってることを話してくれ。あんたはもう普通の市民だ。協力してくれりゃ、事を荒立てるつもりもないし、俺たちデカが二度とここに現れることもない」

助川は話を聞きながら、ふたりの刑事の顔に視線を行き来させた。何かを警戒して考え込んでいるようにも見える。沖が話し終えてもなおしばらくそうしていたが、やがて静かに訊いてきた。

「で、何を知りたいんだ?」

「まずはあの夜の状況だ。携帯に連絡が来て、江草は事件現場に呼び出された。そうだな」

「――ああ、そうらしい」

「そうらしい、だと」沖は初めて声を荒らげた。演技ではなかった。

沖たちは昨夜、助川組の事務所を訪ねていた。そこで同じ質問をぶつけたところ、電話が来て出て行った時、江草は助川とふたりきりだったと言われたのだ。警察の質問の矛先を、組を捨てて出家などした元組長へと逸らすために言っているのかと疑い、幹部も含めた数人の組員を厳しく問いつめた結果、嘘はないと確信した。つまり、向島署の田山がした当夜の状況説明は、助川から聞いたものだったことになる。

「助川、おまえ、俺たちを舐《な》めるなよ。協力すりゃあ、事を荒立てないと言ってるんだ。意味がわかるな。坊主になろうと何だろうと、その失った指は戻らねえ。おまえが元組長で、したい放題をしてきた過去もだ。つまらねえ態度を取ってると、容赦はしねえぞ」

　作務衣を着た男の目の中に、一瞬、鋭い光が過《よ》ぎった。これがこの男の本当の目つきだ。

沖はそう思ったが、助川はすぐにその危険な光を奥へと押し込めた。

「気を悪くしたのなら、謝りますよ。しかし、ほんとにそうとしか言えないんだ。やつは電話が来たら席を外した。で、戻って来てじきに、ちょっと出て来ると言った」

「で——？」

「それだけです」

「おい、助川」

「ほんとなんだ。あの時にも、さんざん所轄の刑事さんに話を訊かれた。だが、わからないものはわからないと言うしかない」

「電話の相手に、まったく見当がつかないのかよ」

「ええ、残念ながら」

「やりとりから何かわかるだろ」

「電話が来て、やつは廊下に出た。俺の聞こえないところで話したんです」

「だが、最初の受け答えは聞いてるだろ。親しげだったとか、畏《かしこ》まっていたとか、意外そうだったとか、何かあるだろが」

　助川は眉間《みけん》に皺《しわ》を寄せて目を伏せた。少し前から雲が途切れた快晴になっている。照り返しで明るい地面に、蟻《あり》が何匹かちょろちょろと動き回っていた。それを見ているうちに、沖はふとひとつの思いつきを得た。

「わからねえ」しばらくして、助川が言った。「どんな受け答えをしたのか、聞いてはいたのかもしれないが……、思い出せない。記憶がないんです」

「冷てえもんだな。江草は死んだ時、二十八か。やつはもう冷たい墓の中だ。だが、おまえは悟りきったような顔で生きている」

助川の目に、今度は本当に鋭い光が露わになった。この目を見たかったのだ、と沖は思った。

「帰って貰えませんか。あんたがたと話していると、胸が悪くなる」

声に押し殺した怒りがある。沖は思いつきを確かめてみることにした。

「用が済んだら帰るよ。電話が来た時、あんたはなぜ江草徹平とふたりきりだったんだ?」

「なんで俺とやつがふたりきりだったと——」と問い返しかけ、助川は途中で合点した。「そうか、組の誰かに聞いたんですな」

「ああ、そうだよ。で、なんでだ?」

「質問の意味がわからない。別に理由なんかありませんよ。たまたまそうだっただけだ。ふたりっきりでいちゃあ、おかしいんですか?」

「おかしいさ。たとえ小さい組だって、筋目ってのがあるだろ。チンピラにとって、組長は雲の上の存在だ。理由もなくふたりにゃならんのが普通さ。説教でもしていたのか。それとも、肩を揉ませたのか。何か理由があるだろ？」

「覚えてません」

助川が狼狽《うろた》えたように見え、それが沖の注意を惹《ひ》いた。

「おまえ、何でもかんでも忘れるんだな。おまえは江草に何をやらしてたんだ？」

「――どういう意味です？」

「鈍い振りをするのはいい加減にしろよ。おまえが何かやらせたから殺されたんじゃないかと訊いてるんだ。電話で呼び出されたなんて話だって、どこまでほんとかわかったもんじゃないぜ。どっかの組とのごたごたで、殺《や》られたんだろ。で、おまえらは裏で片をつけた。そうだな。いや、待てよ。案外とおまえら自身で江草に片をつけたのかもしれんな。やつは組を抜けたがってたそうじゃねえか。ヤクザを辞め、堅気の女と所帯を持つつもりだったんだ。だが、おまえらにゃそれが面白くなかったんだろ」

見る見るうちに助川の顔が真っ赤になる。そして、動いた。前屈みになり、敢えて体を近づけていた沖の胸ぐらに摑みかかろうとしたのだ。

だが、すんでのところで思いとどまった。

沖は唇を細く開いて息を抜いた。たった今、目の前の男の体から走った殺気をはっきりと感じ取っていた。冗談じゃない。こいつは悟りきった坊主なんかじゃない。

「惜しかったぜ。刑事への暴行でぶち込めると思ったんだがな。そうすりゃ、ずっとゆっくりと話を聞ける」

助川は体を斜めに向けて頭を抱えた。

「あんたら、何がしたいんだ。俺はほんとに何も知らねえ。知ってたなら、あの事件のあとすぐに話している。なんで徹平のやつが殺されたのか、俺にもよくわからねえんだよ。本当さ。頼むから、放っておいてくれ」

「話はまだ済んじゃねえぞ。江草が足を洗いたがってた話を、おまえも知ってたんだな」

「ああ、知ってたさ」と、助川は頭を抱えたままで答えた。

「で、それを知って腹を立てた。そうだな。指を置いていけと迫ったのか?」

「俺はそんなことをやつに言っちゃいねえ」

「じゃあ、幸せになれと温かく送り出すつもりだったのか」

「そうさ。そうだよ」

沖と柏木は揃《そろ》って吹き出した。

「立派な組長さんだな。え、助川よ」

「帰ってくれ。あんたらに話すことは何もない。頼むから、もう帰ってくれ」

沖たちは顔を見合わせた。柏木が微かに頷き、沖と同意見であることを示す。助川という男は何か知っている。

「これで終わりと思うなよ。また来るからな。いいか、取り澄ました顔をしていても、過去は消せねえんだ」

沖が吐き捨てるように言い、ふたり揃って腰を上げた。足を洗った相手に対して、最も有効な脅し文句なのだ。

背中を向けて歩き出そうとして、ふと気が変わった。

「あんた、なんで坊主になどなろうと思ったんだ？」

振り返って尋ねる沖を、助川は疲労の滲んだ目で見つめた。

「あんたには関係ないことだろ」

その通りだった。

3

寺の門を出てしばらく歩いた。ある程度距離を置くとともに、柏木が先に口を開いた。

「ふたりで何をしてたんだって突っ込んだのは、いい思いつきだったぜ。あの野郎、妙に狼狽えてやがった」

沖はちらっと柏木を見た。

「あんたの目からもそう見えたか」

「ああ、間違いねえ。野郎はあの時、狼狽えてたぜ。ふたりで話している時に電話が来て、江草が呼び出されたなんて話自体が、でたらめなのかもしれねえな」

「いや、それはどうかな。野郎にはそう言ったが、轢き逃げ事件の直後に、向島署の刑事課と交通課が調べてる。電話があったのは、事実なんだ」

「そうだったな。しかし、その程度の工作はいくらでもできるだろ。ほんとは組同士のもめ事で殺され、その後、何らかの決着をつけたって線は充分にあるぜ。いや、案外と組の中のもめ事かもしれんぞ。組長の女に手をつけたとか、組の金に手をつけたとか、理由は色々考えられる。それで江草ってガキは殺されたのさ」

「それなら轢き逃げなどという手をわざわざ使いはしないだろ。山ん中へ連れていって埋めちまえばいいんだ」

「保険金さ。江草徹平には保険がかけてあった。二千万だったたか。受取人は婚約者だったそうだが、実際にどうなったのかはわからんぜ。この不景気の時代に、小さな組にとっちゃ大金だ。やつが所帯を持って足を洗いたがってたってのも気になると思わんか」

沖は柏木の指摘に頷いた。そうなのだ。江草徹平にかけられていた保険金というのが気にかかる。足を洗いたがっていた組員の命が二千万円になると知ったなら、悪巧みのひとつもしたくなることは充分に考えられる。

昨日の会議以降、柏木と手分けし、助川組の周辺を当たるとともに、江草徹平の婚約者だった野口志穂という女の行方を捜していたが、まだ見つかっていなかった。

向島署の田山から聞いた通り、去年の三月末に、彼女はそれまで暮らしていたアパートを引き払っていた。アパートの場所は亀戸《かめいど》だった。亀戸はＪＲで錦糸町《きんしちょう》の隣り駅に当たり、志穂が働いていた花屋やスナックにも近い。しかし、調べたところ、そこに暮らしていた当時も今も、住民票はずっと故郷である群馬県の本籍地のままだった。本籍にはもう誰も暮らしてはおらず、そこから彼女の現在の居所をたどることはできなかった。当時の大家はもちろん、彼女が働いていたスナックや花屋の店主も、引っ越し後の住所については知らなかった。

所帯持ちやきちんとした勤め人でない限り、住民票を現住所に置く人間の割合は年々減っていた。国勢調査も警察官による世帯ごとの巡回連絡も、プライバシーや個人情報保護の観点から嫌われる傾向が強まってもいる。だが、それは沖たち警察官からすれば、個人が犯罪に巻き込まれた場合に、それが発覚しにくい状況を生んでいることになる。

現在、群馬県警に協力を頼み、志穂の親類縁者を当たって貰っているが、人頼みにしているわけにはいかない。もしも江草が保険金絡みで殺されたのならば、その受取人だった志穂の身にも何かが起きているかもしれないのだ。

「江草の母親ならば何か知ってるかもしれんな。これから俺が当たってみよう。息子の保険金に助川組の誰かが興味を持っていなかったかどうかも確かめたいしな。あとは野口志穂の引っ越しを請け負った引っ越し業者か。一年前のことだから、望み薄かもしれんが。いずれにしろ、何かわかったらすぐに連絡する」

言外に、おまえは今から円谷のために動き出せと言っている。

柏木の携帯が鳴った。この男は、最近、長渕剛の「とんぼ」を着メロにしている。ファンなのだろうが、そんな会話をしたくもないので訊いたことはなかった。

取り出し、ディスプレイを見、「チーフ殿だ」と言って通話ボタンを押した。

自分の携帯に連絡が来て機嫌がいいのだ。最初のうち、こうしてふたりで動いている場合に、沖の携帯が鳴ることが多かった。それで自分が軽んじられていると思っていたようだが、途中からそんな空気を貴里子が感じ取ったらしく、今では几帳面過ぎるぐらいに沖と柏木の携帯に順番に連絡を寄越す。

柏木が貴里子に報告するのを、沖は黙って聞いていた。

貴里子が意見を述べたのは、柏木が携帯を手ぶら機能に換え、三人で意思疎通ができるようになってからだった。

「カシワさんの言う通り、野口志穂さんの行方を探し出すのが急務ね。彼女に何か起こってないかを確かめるのはもちろんだけれど、彼女を見つければ、当時のこともっと詳しくわかるでしょうし。だけど、ふたりの推測からでは、なぜ亡くなる前の溝端さんが、この轢き逃げ事件に興味を持ってひとりで調べていたのかという点が何も見えてこないわ。どうしてなのかしら」

　沖たちは顔を見合わせた。それはそうだが、捜査は常に全体が見渡せるわけじゃない。むしろ目の前の手がかりを淡々と追ううちに、いきなり糸が繋がることのほうが多いのだ。

「その通りですが、現在の捜査方針としては、とにかく野口志穂を見つけることだ。そうでしょ、チーフ。きっとその先に何か見えてきますよ」

　柏木がふたりを代表して言った。

「ええ、そうね。ごめんなさい、ちょっと焦ってるのかもしれないわ。捜査をお願い。私からも報告があります。ヒロさんが溝端刑事の携帯に残ってた着信から通話者を割り出した。携帯が使えなくなる前の数日間に、三度以上電話を寄越してる相手は四人いたわ。四人とも、警視庁二課かその周辺の関係者よ」

　と、貴里子は微妙な言い方をした。

「この四人には私とヒロさんで当たるわ。名前を控えてちょうだい。門倉基治《かどくらもとはる》、中町彬也《なかまちあきや》、牧島健介《まきしまけんすけ》、尾美脩三《しゅうぞう》」

　貴里子はこの四つの名の書き方をそれぞれ説明したのち、「最後のは、昨日うちを訪ねて見えた二課の尾美管理官ね」とつけ足した。

「警視庁二課かその周辺、という意味は？」

沖が訊く。

「門倉基治も二課の刑事なの。だけど、牧島健介は警視庁詰めの新聞記者よ」

「社会部か。どこの社です？」

「毎朝日報」

「ブン屋さんが相手ってのは、まずいな」

柏木が思わず漏らしたのち、電話の向こうの貴里子を気遣った様子で慌ててつけ足した。

「いや、もしもつまり、そういった関係になってたなら、の話ですがね」

貴里子は僅かに沈黙したが、声に感情を表そうとはしなかった。

「そうね。その確認を取らなくては。だけど、それで言うのならば、最後のもうひとりのほうがもっとまずくて難しい相手だわ」

「中町という男ですか？」

「ええ、中町彬也」と、貴里子はフルネームを反復した。「彼は東京地検の検事よ」

「検事、ですか」と、思わず沖たちは一緒に訊き返した。

「所属は？」

「特捜部。四年前に着任し、今もそう」

検察のエリート中のエリートだ。

刑事が、しかも女性関係で話を訊きに行くなど憚《はばか》られる相手なのだ。

「御承知でしょうが、慎重に動く必要がある」

沖が思わずそう釘《くぎ》を刺したのは、今度の捜査に当たる貴里子には、どこか逸《はや》った雰囲気が感じられてならなかったからだ。

「わかってるわ。一度当たって退けられたら、なかなか二度目のチャンスを作るのは難しい相手よ。でもね、ひとつ大きな手がかりを見つけたの。昨夜、三鷹市にある溝端さんの実家を訪ねたの。その報告がまだだったわね。行方不明になるまで彼女が借りていたマンションの部屋にあったものは、すべて実家で御両親が保管されていた。その中に、一冊のアルバムを見つけたの。このアルバムには、彼女と親しげに寄り添う三人の男が写った写真が入っていたわ」

「待ってください」と、沖は貴里子をとめた。「彼女は、三人の男の写真を、同じアルバムに入れていたんですか？」

「――そう」

どういう神経なんだ、と、胸の中で呟いた。

「その三人とは、門倉と中町と牧島ですか？」

「門倉基治は人事リストですぐに顔が判明したけれど、牧島と中町についてはこれからよ」

「この三人は、全員が所帯持ちですか？」

「それも門倉基治はそうだと警視庁の総務で確認が取れてるけど、あとのふたりはこれから」

「尾美という管理官は、一応除外するんですね」と、念のために確かめる。

「彼はアルバムにはなかった。上司として、行方の知れなくなった溝端さんを心配し、携帯に何度も電話をかけるのも自然な行動だと思う。今のところは外して考えるつもりよ。

それから、もうひとつ気になることがあるの。携帯から溝端さんの携帯に何度もかけていたのはこの四人だけれど、それ以外に公衆電話から何度もかかってるのよ。浅草、錦糸町、それに日暮里《にっぽり》などの地域からよ。どう思う?」

「助川組の縄張りや、江草徹平の行動範囲と思われる一帯だ」

「公衆電話の具体的な住所を、このあとメールで送るわ」

4

不景気は新宿のラブホテルにも影響している。固定客の層はあるものの、ちょっと気分を変えてみようと思っていたような所謂《いわゆる》浮遊層の連中が、金をけちってやって来なくなった、というのが、このラブホテルの受付でいつもテレビを見ているか週刊誌を読んでいるかしている男の言い分だった。何度か顔を合わすうちに、無駄話のひとつも交わす間柄になっていた。口が堅い印象はないが、余計なことに興味を示す素振りがないのがいい。

沖はけばけばしい色合いの部屋に入り、ベッドでちょっと横たわっているうちに、いつしかうとうとしてしまっていた。仕事がオフの時ぐらいしかゆっくりとは眠れない。いつしか慢性的な疲労が溜まっている。

ノックの音が聞こえて、すぐに目覚めた。刑事としてやっていくのに必要な特性のひとつは、すぐに眠ってすぐに起きられることだ。

沖はベッドに上半身を起こして胡座《あぐら》をかき、眠気を完全に追い払うために両手で顔を擦《こす》った。

「開いてるぞ。入れよ」

そう声をかけてから随分してドアが開き、島村幸平が現れた。新宿署、四谷署、それに歌舞伎町特別分署などを統括する第四方面本部長だ。特にK・S・Pは分署という性格上、方面本部長直属の管轄下に置かれている。

つまり、沖たち平の刑事にとっては完全に雲の上の存在だが、この男には幼児プレイを好むという変態的な趣味があり、それを写真に撮られて新宿の裏社会に内部情報を流していた。去年の夏、その証拠写真を見つけた沖たちは、裏社会との繋がりを絶ってやる代わりに、自分たちが必要な時にはこの男の力を利用することにしたのだった。

「新米のコールガールみたいに、入り口でぐずぐずしてるんじゃねえぞ。早くドアを閉めて坐れよ」

と、沖は椅子に顎《あご》をしゃくった。

島村は後ろ手にドアを閉めたが、椅子に向かって歩こうとはせず、ぼんやりと立ったまま恨みがましそうな目を向けてきた。

沖はその目に嫌気を覚え、がつんと強く出ることにした。

「おい、無視するとはいい度胸だな。なんで携帯に何度も電話をしたのに出ようとしなかった」

「――別に無視していたわけじゃないよ。会議や気を遣わねばならない筋との会食などが立て込み、携帯をオンにすることも、メッセージを聞くこともできなかったんだ」

島村の声はかすれていた。悪い風邪でも引いたか疲労困憊《こんぱい》したかに見える。

「お忙しいんだな。じゃ、話は手っ取り早く済ませようぜ」

そう言いながら沖はベッドを降り、冷蔵庫に歩いて屈《かが》み込んだ。

中から自分用にコーラを出し、島村を振り返って訊いた。

「あんたも何か飲むか?」

「いや、私は要らないよ」

「そう言うな。声ががらがらじゃねえか。何か飲めば喉《のど》が楽になるぞ」

「風邪がなかなか抜けなくてね」

と応《こた》えながらも、何が飲みたいとは言い出さない島村に、沖は缶コーヒーを出して差し出した。

受け取ろうとはしないのでテーブルに置き、自分はベッドに戻って端に腰を下ろすと、タブを開けて口に傾けた。

「さて、忙しいんだったな。じゃ、早速始めようぜ。どんな情報が取れたんだ」

島村は力なく椅子に歩いて坐った。

意を決したような様子で沖を見つめた。

「沖君、その前に、ひとつ頼みがあるんだ。私ときみらとのつきあいは、どうかこれっきりにしてくれないか」

「おい、人聞きの悪いことを言うなよ。そんなふうに言われたら、俺が小汚いたかり屋みたいじゃねえか。俺たちがいたから、あんたはヤクザどもとの腐れ縁を断ち切れたんだぞ。違うのか。え？」

「しかし……」

「あとは俺たちが必要な時に、必要な情報をくれさえすりゃあ、それでいいんだ。何度も言ってるが、あんたは安心して、今まで通りに出世街道を邁進《まいしん》してりゃあいいだろ」

「もうじき、娘に子供が生まれるんだよ。私は祖父になるんだ――」

沖は黙って島村を見つめ返した。

警察の中で出世し、社会的にきちんと家庭を持ち、娘を嫁がせ、やがて孫ができるような男が、夜の巷《ちまた》で買った女を相手に幼児プレイにうつつを抜かしていたことが驚きなのだ。

島村は手を合わせて頭を下げた。

「なあ、沖君。頼む、この通りだ。もう、あれからあんなことは一切していない。もう、何もかも忘れたいんだよ」

「忘れりゃいいさ。あんたの勝手だ。だが、俺たちとのつきあいをやめるわけにゃいかねえぞ」

沖はそう吐き捨てつつ、胸の中に嫌な感じが拡がるのをとめられなかった。これじゃあ薄汚い強請屋《ゆすりや》みたいな台詞《せりふ》じゃないか。島村幸平という男には、最初は傲慢《ごうまん》さが見え隠れしていたが、会う度に情けない印象が増してきた気がする。体調が優れないというのも、気持ちの負担と無関係ではないのだろう。

「そう言わずに、な、沖君。頼む。もう勘弁してくれ。だいたい、いくら私が頑張ったとしても、犯人に向かって物陰から違法な発砲を行った刑事を庇《かば》うことなどはできないよ。それに、K・S・Pの再検討は、組織の大きな流れなんだ」

目の前の情けない男を見ているうちに芽生えかけていた同情心が、一気に消し飛んだ。

「おい、勘違いするなよ。俺がいつあんたに助けを求めた。俺は情報を寄越せと言っただけだぞ。それなのに、手をつき、同僚を助けてくださいと頼んだと勝手に決めつけてるのか」

「――いや、私は」

「私は何なんだ。この変態野郎。おまえに円谷を庇って貰う必要なんかねえ。おまえは俺に情報を渡しゃいいんだ。あとは俺がやる」

「そうは言ってもね……、きみ……。これはきみが手に負えるようなことじゃないんだよ」

「何を勿体《もったい》つけてやがるんだ。おまえ、何が言いたいんだよ」

沖は苛《いら》つきつつ吐きつける途中で気がついた。

「今さっき、おかしなことを言ったな。K・S・Pの再検討って、何の話だ？」

島村は沖の目を見つめ返し、ゆっくりと何度か瞬《まばた》きした。

嫌な感じが深くなる。

「知らなかったのかね……。歌舞伎町に特別分署が本当に必要なのかどうか、その存在を再検討するということだよ」

沖は唾《つば》を飲み下した。狼狽える様を見せるのは腹立たしく思ったが、寝耳に水の話を聞かされたショックは隠しようがなかった。

「うちを……、K・S・Pを廃止するというのか？」

「そうだ。そういう話が進み始めている。円谷君の違法な発砲の責任を問い、懲戒審査委員会にかけることは、いわばそういった大きな流れの中の小さな一事に過ぎないんだ」

沖は口を引き結び、フル回転で頭を働かせた。K・S・Pを廃止するとは、どういうことだ……。円谷をターゲットにした懲戒審査委員会を開き、やつを血祭りに上げることは、そのためのひとつの手段だというのか。

結局、興奮を抑えきれず、怒りの矛先が目の前の島村に向いた。

「おい、馬鹿を言ってるんじゃねえぞ。まだできて二年やそこらじゃねえか。作ったり廃止したり、分署はお偉方のおもちゃじゃねえんだぞ」

「きみは知らないのか。K・S・Pの創設当時、暫時《ざんじ》試験的な運用を試みるといった但し書きがあったのを」

沖はスキンヘッドを掌《てのひら》で擦《こす》った。

「そんなこと知るか」

言う傍《そば》から思い出した。そう言えば、最初の署長の堺《さかい》が、創設時の挨拶《あいさつ》でそんなことを言ったような気もする。しかし、完全に忘れていた。いや、左の耳から右の耳へと聞き流していたのだ。多くの署員が掻《か》き集められ、一旦《いったん》稼働し始めた警察署が、まさかほんの二年や三年で廃止になるなど誰が考えるというのだ。

「冗談じゃねえぞ。じゃあ、俺たちはどうなるんだ？」

「てんでばらばらだろうな」

言い方が癪《しゃく》に障った。人を組織の駒《こま》としか考えていない人間たちの言い草だ。

「わかったぞ、この野郎。何が孫が生まれるからもう許してくれだ。貴様、K・S・Pが解体される可能性を知って、いち早く俺たちとの関《かか》わりをやめようと考えてるだけだろうが」

「言いがかりだ……。そんなことはないよ。ただ、言ったろ、私にも大きな流れはとめられない。組織というのは、そういうものなんだ」

「いい加減なことを言うな。K・S・Pは方面本部長直属の分署だ。おまえに権限がないなどとは言わせんぞ。保身で何も言えずにいるだけだろ」

「意見は述べている。それなりの予算を使い、各署から人員を割《さ》いて立ち上げた分署を、僅か数年で閉鎖するとはどういうことかとね。だが、私ひとりではどうにもならないんだよ。新宿署や四谷署との間で、相変わらず縄張り争いに似たもめ事が絶えないそうじゃないか」

「デカが手柄争いをするのは、あたりまえのことだ。仲良しクラブじゃねえんだぞ。それに、うちはそれなりの実績を上げてる。五虎界だって神竜会だって、新宿署や四谷署が大きく切り込めたことがあったのか。俺たちだからできたんだ」

そう捲《まく》し立てたあとで、沖はふっと口を噤《つぐ》んだ。こんな男を相手に力んだところで何になる。

コーラを呷《あお》ったのち、たばこに火をつけた。炭酸飲料でひりつく喉を煙が擦る。しばらく黙ってたばこをふかし、落ち着くように努めた。

警察官が組織の駒に過ぎないことはわかっている。どんなに現場がしゃかりきになってホシを追おうとも、それは上の人間たちにとっては関係ない。連中の行動を支配しているのは保身と出世への欲求であり、連中が関心があるのは捜査などとはまったく別の政治という厄介な代物《しろもの》なのだ。そういった現実を受け入れなければ、デカとして生きていくことなどできない。

だが、我慢には限度がある。

分署は自分たちの城だ。多くのデカが、この城を身の拠《よ》り所として、新宿という化け物のような街に挑んでいる。それがいとも簡単に取り潰《つぶ》されるなど、黙って見ていられるわけがない。

「上で何が起こっているんだ。おまえが知っていることを全部話して聞かせろ。うちとよその署にもめ事が多いなんてのは、些末《さまつ》なことだ。そうだろ」

沖は静かに訊いた。

島村は目を伏せ、テーブルの缶コーヒーを取り上げてタブを開けた。喉を湿らせ、口を開いた。

「警視総監がだいたい何年で代わるか知ってるだろ。二年から三年だ。つまり、十年で三人から五人ぐらいの人間が警察組織のトップに立つ。次の次とか、次の次の次が誰かを狙って人脈を作っていく。これがキャリアの政治だ。そして、それぞれの流れの中にいる人間が、接近したり対立したりしながら蠢《うごめ》くのさ。きみのようなタイプの人間は、個人的な名前にはあまり興味はないかもしれんがね。遠からぬうちに警視総監になるだろうと言われている男が、ふたりいる。ひとりは警備公安畑の畑中文平《はたなかぶんぺい》、そしてもうひとりが警務部の間宮慎一郎《まみやしんいちろう》だ」

沖は警務部という言葉に反応した。

「間宮は深沢の上司か」

「その通りだ。深沢君も、そっちについている」

「つまり、深沢は政治的な判断から、円谷を血祭りに上げようとしてるのか？」

「そういうことだよ。現署長の広瀬君など、災難さ。もっとも、彼は何も知らないままでK・S・P最後の署長になり、K・S・Pがなくなったあとにはまた深沢君たちの引きで、どこか中規模署の署長にでも横滑りするんだろう。その程度の男だ」

ぺらぺらと喋《しゃべ》りまくる島村を冷ややかに眺めながら、沖はこの男のことを決して好きになれない理由に思い至った。幼児プレイなどに夢中になる気色《きしょく》悪さが理解不能なんじゃない。そんな秘密の顔を持ちながら、表では酸《す》いも甘いも嚙《か》み分けたような苦労人の顔で組織の裏側まで見通し、警察という巨大な組織の中を器用に泳いでいる。そのギャップが気色悪いのだ。

「御託《ごたく》はいいから、先を続けろ。深沢たちが政治的な判断から円谷を血祭りに上げようとしているのはわかったが、それだけじゃあ一分署を廃止するきっかけになどなるまい」

「きみにはわかっていない。無論のこと、根回しは着々と進められているはずだ。そうして根回しをした上で、あとは火種をひとつ投げ込めばいい。さっき言ったろ。K・S・Pは暫時試験的な運用を試みる、とされてスタートを切ったんだぞ。そして、解釈によっちゃあ、今なおその試験運用期間中ということになる。根回しができ、火種があれば、会議の流れを左右できるんだ。国会で偉い政治家たちが、どうでもいいようなスキャンダルで騒ぎ立てるのと同じことだよ」

「深沢はなぜそんなところの署長になったんだ？」

思いついて訊くと、島村は深刻そうな顔をした。どこか芝居臭い匂《にお》いもする。

「そこだよ。沖君、あれは恐ろしい男かもしれんぞ」

「署長をしていた頃から、やがては分署をなくす腹づもりがあったというのか？」

「はっきり断言はできんが、今になってみれば私にはそんな気がする。半年そこらで元の警視庁に逆戻りし、しかも、間宮直属の警務部に配属になるとは、彼には予め何かの腹づもりがあったか、もしくは間宮から何か言い含められていたんじゃないだろうか」

どう考えてもその器ではない広瀬を署長にしたことも、もしかしたらK・S・P廃止に向けてやつが描いた絵のひとつなのかもしれない。いや、もしかしたら貴里子を特捜部のチーフにしたこともだ。あの女は特別だ。しかし、組織を自分たちの思惑で動かしていく連中から見れば、特捜部というハードな部署のトップに女を据えたのは、廃止に伴って切りやすいと思ったからかもしれない。それとも何か間違いをしでかし、分署が機能しなくなり、廃止検討の材料となるのを待っているのだろうか。

ふつふつと怒りが煮え滾《たぎ》ってくる。

「あんたが言う政治ってやつからすると、K・S・Pがなくなる確率はどれぐらいなんだ？」

「このまま連中の思惑通りに進むなら、ほぼ百パーセントだ」

「そもそも、なぜ深沢たちはK・S・Pを潰したいんだ？」

「そうか、そこから話さねばならなかったな。K・S・Pを強力に推進したのは、間宮さんのライバルの畑中さんなんだ。畑中さんは政治家とのパイプが強い。警察OBの政治家で彼を可愛《かわい》がる人間の名前をいくつか聞いたことがあるし、その関係で東京都知事にも顔が利く。そういった政治家の何人かから、内々に警視庁が新宿の治安強化を持ちかけられ、畑中さんが中心になってK・S・Pを創ったんだ」

「それが所属警官のスキャンダルをきっかけに廃止に追い込まれれば、組織の中での畑中の存在も地に落ちるというわけか？」

「そういうことだね」

5

平松は先に来て待っていた。刑事同士が内輪の話をする場合、喫茶店等の場所は具合が悪い。隣の席の客や店の人間などの耳に、会話の端々が飛び込んでしまう危険があるからだ。今日ふたりが待ち合わせに選んだのは、職安裏の大久保公園だった。

「そっちは何かわかったか?」

沖は挨拶もそこそこに訊いた。ひとりでは到底手が回らない。そう思った時にやはり頼れるのは、ツーカーの仲である平松なのだ。

「ああ、まだ途中だがな、何人か締め上げた。やっぱりあんたの思ってた通りだったよ。あの時、あそこにいた神竜会の誰かが、マルさんが発砲したと証言したんだ。パクられたのは五人だ。絞り込むのは難しくないだろ」

「やってくれ。そいつの証言を取り下げさせにゃならんぞ」

「もう情報屋に探らせてるよ。で、幹さん、あんたはどうするんだ?」

「まずは一度、神竜会と話すさ」

「脅すのか?」

「そうなる可能性もある。だが、取引になるかもしれん。飴《あめ》と鞭《むち》、どっちを使うべきかは、その時になってみなけりゃわからんさ」

「俺も行こう」

「いや、俺ひとりのほうがいい。話がどうなるか、まだわからんのだ」

「大丈夫なのか？」

「任せておけ」

沖は半ば吐き捨てるように言った。泥を被《かぶ》るのは自分ひとりで充分だ。

前に来た時とは違い、公園には職に溢《あぶ》れているとわかる連中が大勢屯《たむろ》していた。不景気は日に日にひどくなっているような気がする。

ここなら落ち着いて話せると思っていたのは間違いで、手持ち無沙汰《ぶさた》な様子の人間たちがすぐ傍で時間を潰している。誰もこっちを見ようとはしないが、沖たちがデカであることはとっくに察しているにちがいない。刑事の匂いばかりは消しようがないのだ。

沖と平松のふたりは、どちらが言い出すでもなく公園を出て歩き出した。人通りの多い職安通りは避け、何本か裏手の道を縫うように進む。

「なあ、他の連中にも話そうぜ」

平松が言った。

だが、沖は長くは考えずに首を振った。広瀬たち署の上層部に告げたところで、下手に騒ぎ立てて事態をややこしくするだけだろう。

「いや、時期を見て話すが、今は俺とおまえの間だけに留《とど》めておこう」

「どうしてだよ。俺たちだけで手に負えるのか？　幹さん、俺たちゃ、チームだろ。他の部署や署長たちにゃ内緒でいいかもしれんが、特捜部の連中にゃ打ち明けて協力を頼むべきじゃないのか」

「泥を被るのは、俺たちだけでいいだろ」

「そんなことを言ってられる事態じゃねえだろ。分署がなくなるなんて、俺は真っ平だぜ。これでも実績を積み上げて、デカとしてそれなりの場所には行きたいと思ってるんだ。いや、俺たちゃもうこの二年ちょっとで実績を積んでる。そうだろ、幹さん。それなのにてんでばらばらにされ、平の兵隊で一から出直しなど冗談じゃねえ」

「おまえの気持ちはわかるよ。俺だってまったく同じ思いだ。だけど、俺が決めたことに口出しをするのはよせ」

「あんた、そんな言い方をするのかよ。俺とあんたは対等だぞ」

沖は眼を三角にする平松を見て反省した。やはりK・S・Pが廃止になるとのニュースを突きつけられ、どこか地に足がついていないのかもしれない。俺も、こいつも、だ。

「すまん、悪かった。K・S・Pに廃止の危機が迫ってる話は、今夜の捜査会議のあとで村井さんたちの耳にも入れよう。だが、その情報がどこから出たのかは秘密だし、俺が神竜会にアプローチする気でいることも内緒だ。これならいいだろ」

　今度は平松が考える番だった。

「そうだな、それがいい」

　その時、平松の携帯が鳴った。

「ちょっと待て。情報屋のひとりからだ」

　ディスプレイを見た平松が言い、通話ボタンを押して耳元に運ぶ。

　やりとりはそれほどかからなかった。礼を言って携帯を戻した平松は、いくらか得意げな顔を沖に向けた。

「わかったぞ。牛島《うしじま》って野郎だ。牛島健吾《けんご》。あの時、木立の中から朱栄志たちに襲いかかっていった連中のひとりだそうだ。そいつとムショで一緒だったやつの話が取れた。服役した直後から、牛島はムショ仲間たちに吹聴していたそうさ、デカがチャイニーズマフィアの朱を狙って銃を撃つのを目撃したとな」

「おい、待て。ムショに入った直後と言ったな。取調べの時には、その件はうたわなかったのか?」

「ああ、そうらしいな。何か引っかかってるのか?」

「牛島はマルさんの顔を知ってたんだろうか?」

「知ってたから、刑事が発砲したと見て取ったんだろ」

「だが、それならばなぜ取調べの時点でそう喚《わめ》き立てなかったんだ？」

「取調官に言っても、その場で打ち消され、有耶無耶《うやむや》にされちまうと思ったんだろ」

それは充分に考えられる。ヤクザが取調室でそんなことをうたったところで、誰も取り合おうとはしないだろう。

しかし、どうも判然としないところがあるのが気にかかる。

「もう一歩詳しく情報を集めてくれるか？　やつが本当にマルさんが発砲するところを見たのならば、何かもっと詳しい話もしているはずだ」

「わかった」

「ところで、本ちゃんの捜査のほうはどうだ？　ウルさんは見つかったのか？」

平松は昨夜の捜査会議で、溝端悠衣のバッグに指紋が残っていたホームレスの漆田信二を捜す任務を割り当てられていた。

「それが、どこにも居ねえのさ。新宿を塒《ねぐら》にしてるホームレスたちに話を聞いたら、この一年ぐらいは姿を見ねえって言うんだ。病院の入院患者や都の福祉施設のリストにも名前がなかった。今、ヒロのやつが上野公園や隅田川など、他にホームレスが多い場所を、足を使って当たってる」

「おまえの割り当てじゃなかったのか？」

「さっき村井さんから連絡があった。俺は溝端悠衣が生前に通っていた産婦人科を探し出す」

　貴里子は溝端悠衣の男関係から突破口を見出《みいだ》そうとしているらしい。

　今度は沖の携帯電話が鳴った。ディスプレイに円谷の携帯の番号があった。

「マルさんだ」と、沖は告げて通話ボタンを押した。

　こんなふうに連絡が来るのは、半年ぶりだ。去年の秋に朱栄志たちによって妻と長女を爆殺されて以来、円谷は捜査現場の仕事からはずっと遠ざかっている。

「幹さんですか、ちょいと会わせたい人間がいるんですがね。今日、夕方から時間を取れますか？」

　円谷は同じ特捜部にいた頃のように、挨拶も前置きもなしにそう用件を切り出した。

　ちらっと腕時計を見る。二時を回ったところだった。

「もちろん、構わんよ。だが、どうしたんだ？」

「できれば村井さんも一緒のほうがいいんです。その方が話が早いはずだ」

「マルさん、会わせたい人間って、誰なんだ？」

「説明すると長くなるんで、まあ、それは会ってから、ということで。五時頃でも良いですか？」

　淡々と話を運ぼうとする円谷に、沖はふと危険な感じを覚えた。昨日、この男が勝手に何かを探り始めるのではないかといった嫌な予感を覚えたばかりなのだ。

沖は一緒に歩く平松をちらっと見てから道の端に寄った。

「マルさん、なんであんた、そんな早い時間に自由に動けるんだ？　今、どこなんだ？」

問いつめるような口調になってしまったせいなのか、電話の向こうの円谷は警戒したらしかった。

「まあ、いいじゃないですか、幹さん。内勤ってのはあんまり融通が利かないもんだが、私はまだ周囲から腫《は》れ物に触るような扱いを受けてましてね。病院だ、カウンセラーだ、娘が急に調子が悪くなってその見舞いだと、席を外す口実は山ほどもあるんですよ」

「今も署の外にいるんだな？」

「ま、そういうことです」

「マルさん、まさかあんた、勝手に事件を調べているんじゃないだろうな？」

今度はいくらか間が空いた。何と応えるべきか考えている。

「幹さん、二課は強固な城ですよ。表から当たったところで、それこそ蟻の這《は》い入る隙間《すきま》もない。口が堅いことにかけちゃ、警視庁随一でしょう。まして、箝口令が敷かれたりすれば、いくら表から当たっても、時間ばかりが経ってしまって何の埒《らち》も明かないですよ」

「何か箝口令が敷かれるような材料があると――？」

思わず尋ね返してしまってから、軽い後悔が頭を擡《もた》げる。円谷に乗せられかけているような気がしたのだ。

円谷を引き回すべきじゃない。家族を失った痛みは、半年やそこらで癒えるわけがないのだ。それに加えて、やつは今、組織の勝手な思惑によって窮地に立たされようとしている。

自分をそう戒める沖の耳に、携帯電話の向こうから円谷が囁《ささや》いた。

「二課に門倉基治という刑事がいます。三十前半の若手ですよ。昔、面倒を見てやったことがある」

「夕方、俺たちに会わせたいというのは、その男ですか？」

「ええ、そうです」

興味が動くのをとめられなかった。亡くなる前後の溝端悠衣の携帯に、何度も連絡を寄越していた男のひとりだ。昨日、円谷が、二課時代に悠衣の男性関係にまつわる話を聞いたことがあると言っていたのも、この男かもしれない。

「五時にどこです？」と沖は訊いた。

6

神竜会の事務所は新宿二丁目の裏通りにある。表向きは有限会社を装っており、筆頭幹部はその社長として二階の真ん中を使うことになる。会長の彦根泰蔵《ひこねたいぞう》は高齢ということもあって、自分の屋敷で過ごすことが多いのだ。

去年の秋まで西江一成《にしえかずなり》が使っていた部屋には、今は枝沢英二《えださわえいじ》が収まっていた。西江に継ぐナンバー2だった男で、西江がチャイニーズマフィアに爆殺されたことで自動的に筆頭幹部に繰り上がったのだ。

ドアを開けた沖を見て、一瞬不快そうな顔をしながら、口元に当てていた電話をフックに戻した。ヤクザの偉い連中というのは、なぜだか四六時中誰かと連絡を取り合っている。

「これは幹さん、久しぶりだな」

口を開いて親しげに言った時には、不快そうな表情は完全に消え去っていた。見かけも話し方も、前の西江に輪をかけて普通のサラリーマンのような印象の男だった。だが、沖は知っていた。ヤクザやマフィアの社会では、そういう男ほど本当は危険なのだ。表向きの印象や、場合によっては人格そのものまででっち上げ、その奥に本当の姿を用心深く隠している。

「忙しいところ、悪いな。手間は取らせない。少しだけ時間をくれよ」

沖はそう言いながら部屋を横切り、枝沢の返事も待たずに応接ソファに腰を下ろした。

枝沢は机の抽斗《ひきだし》を開け、しばらく何かごそごそとやって閉めた。

「そんな他人行儀なことを言わず、いつでも来たい時に来てくれよ。俺がやらせている店も知ってるだろ。なんなら、そっちに足を運んでくれりゃあ、デカさんの給料じゃあ口に入らないような酒も奢《おご》るぜ。幹さんにゃ、西江も随分世話になったようだしな」

西江が世話になったとは、どういうことか。沖はふと気になった。

西江一成は去年の夏、まだ十二歳だった少女のスナイパーを操り、五虎界の大ボスだった朱 徐季《チュー・スーチー》を狙撃《そげき》させて殺した。それを知った沖は怒り狂い、西江を身動きの取れないところに追い込んで、組織の内部情報をリークさせた。そして、その後、朱栄志の報復で殺されるまでの間、やつを情報源のひとつにしていたのだ。

——だが、それをこの男が知るわけがない。もしも知っていたら、西江は神竜会内部で始末されていたはずだ。

「よせよ、ほんとに顔を出したら、困るだろ。商売の邪魔をするつもりはねえんだ。今日は、ちょっと教えて貰いたいことがあってな」

「何です?」と腰を上げ、枝沢は応接テーブルに移ってきた。沖の正面に大仰に坐る。

沖はそれを待って話を続けた。

「お宅の牛島って野郎のことさ」

「牛島——?」

「牛島健吾という男が、おまえんとこにいるだろ」

「あの牛島か。だけど、野郎は今、塀の中だぜ」

「知ってるよ。朱栄志との一件で捕まった連中のひとりだ」

「ああ、あんたもあの場にいたんだな。マルさんとふたりで朱向紅を仕留めた武勇伝は聞いてるぜ」

沖は枝沢の話を聞き流した。

「で、その牛島がどうしたんだ？」

枝沢が訊いた。

「どうやら野郎がおかしなことを言ってるらしいのさ。マルさんが、朱栄志に向けて発砲したとな」

「発砲——？」

「ああ、しかも、物陰からやつを狙ったなどと、妙なことを吹聴してやがる」

「そりゃあ、また。すごい話だな。デカがやるようなことじゃない」

沖はじっと枝沢の目の動きを見ていた。どうも気に入らない。

応接テーブル越しに上半身を乗り出すと、枝沢のネクタイを摑んで力任せに引っ張り、顔を自分のほうへと引き寄せた。

「おい、のらりくらりとしてるんじゃねえぞ。おまえだって、それぐらいのことは、とっくの昔に耳に入ってるんだろうが」

枝沢は苦しげに顔を歪めた。

振り払おうと動くのを制し、沖は一層力を込めた。

「やめろよ、幹さん。苦しいじゃねえか」

「訊いてることに答えろ。牛島のことは、とっくに耳に入っていたんだろ」

「ああ、そうだよ。知ってたさ。だったらどうした」

「それだけじゃあねえな。おまえが言わせてるんだ。おまえが野郎に命じて、そんなつまらねえデマを流させてる。そうだな」

　枝沢は両目を見開いた。

「――何を言ってる。それは完全な言いがかりだ」

　沖は両手にさらに力を込めてから、枝沢の体を向こうへと押しやった。

　噎《む》せる枝沢に吐きつけた。

「おい、枝沢。俺の目は節穴じゃねえぞ。デカを塡《は》めようとは、いい度胸だ。だが、それだけの覚悟は決めてるんだろうな。すぐに牛島に命じて、馬鹿な妄言を引っ込めるように言え」

「だから、それは言いがかりだと言ってるだろ。俺はそんなことを命じてなどいねえよ」

「嘘《うそ》をつけ。じゃあ、取調べじゃあ何も言わなかったくせに、ムショに入ってからしきりと円谷のことを吹聴し始めたのは、なんでなんだ?」

「それはあんたらのほうが良く知っているだろ。野郎は、取調べの時にもそう主張したが、デカが誰も取り合ってくれなかったんだよ」

沖はじっと枝沢を見つめた。嘘をついている雰囲気は感じられない。

「あたりまえだ。デカが物陰からチャイニーズマフィアを狙って発砲するなど、あるわけがねえからだ。牛島に繋ぎを取り、馬鹿なことを吹聴するのはやめろとすぐに言え」

枝沢はにやっとした。

「言っても構わんが、そうしたら、あんた、何をしてくれるんだ？」

「何だと、この野郎？」

「わかってるんだぜ、幹さん」

「何がだ？」

平静を装い、訊き返した。

「あんたがわざわざこうして足を運んでくるってことは、何かまずいことになってるんだろ。警察のお偉方で、牛島の主張に耳を貸すやつが出始めたんだな」

「ヤクザの証言など、誰も取り合わんと言ってるだろ」

「なら、なんであんたが青い顔をしてここに飛んできたんだよ」

嬲《なぶ》るような口調になっている。それにむかっ腹が立ったが、沖は冷静になるように努めた。

「なあ、枝沢。これから当分、神竜会はおまえの時代が続くんだ。警察とは上手くやっておいたほうが得だと思うだろ。新宿で伸《の》していくにゃ、K・S・Pに親しいデカがいたほうがいいぞ」

「それはそうさ。じゃ、あんた、何をしてくれる。牛島に証言を取り消させる代わりに、あんたは何をしてくれるんだ？」

「調子に乗るなよ、枝沢」

「幹さん、本音で行こうぜ。あんただって、取引を持ちかけるつもりで来たんだろ。だから、相棒も連れず、ひとりでこうして現れたんだ。な？」

沖はスキンヘッドを平手で擦った。

「何が望みなんだ？」

「情報を寄越せ。手入れの日時なんかでお茶を濁そうとしても駄目だぜ。もっとでかい情報だ。俺も筆頭幹部として、早いうちに実績を積んでおきたいんでね」

「そんな美味《うま》い情報があるもんか」

「なけりゃ、嗅《か》ぎ出せよ。あんた、デカじゃねえか。幹さん、俺はあんたの力を買ってるんだぜ。期待してるからな」


柏木との待ち合わせは、錦糸町の南口ターミナルだった。合流し、一緒に江草徹平の母親が営む居酒屋へと乗り込むつもりだった。昼時には定食屋に変わる店で、江草の母親は午後のこの時間にも店で仕込みをしていることは、柏木が既に確認済みだった。

沖のほうが先に着いた。人の流れを避けて立ち、周囲を眺め回しながら、沖はいつしか物思いに引き込まれていた。神竜会の事務所でした枝沢とのやりとりが頭を離れなかったのだ。

情報を流すなど、できるわけがない。それはデカとしての一線を踏み越える行為だ。だが、牛島という男の証言を取り下げさせなくては、円谷は職を追われ、K・S・Pは廃止に追い込まれることになる。

偽の情報で枝沢を踊らせればいい。いや、そんなことで長い間誤魔化せるわけがない。考え込んでいるうちに気がついた。これは自分の生き方や流儀の問題なのだ。デカとして何をすべきで、すべきではないか。いつでも自分で決めてきた。たとえ上司がいい顔をせずとも、自分で考え、やっても構わないと結論を出したことならば、躊躇《ためら》わずに実行してきた。

西江一成に家族があったこともわかっている。島村幸平もだ。脅しつけ、意のままに従わせたことで、西江は最後、ああなったのかもしれない。島村は心の重荷を抱え込みながら、苦い毎日を生き続けなければならないのだろう。

しかし、沖は躊躇いも後悔も感じなかった。ただ、こっちも黙って何かを背負っていればいい。そして、信じた捜査を貫くだけだ。

——だが、今度はどうだろう。

暴力団へと情報を流す。――それは、警察官としての自分の誇りに抵触する行為だ。ヤクザを含めた街のろくでなしどもと顔を突き合わせ、時には連中の中にまで入り込んでデカを続けてきた。貴里子にそれを咎《とが》められたこともある。しかし、そうして入り込まなければ上がって来ない情報があるし、連中の信頼を勝ち取らなければ摑めない捜査の道筋があるのだ。それは上品なキャリアの連中には決してわからない、現場を踏んできたデカの仕事のやり方だった。

だが、自分のほうから情報を流すのは、話が違う。

それでもそれで円谷が救えるのならば、K・S・P存続の道を探れるのならば、自分が定めた一線を踏み越えるべきなのか……。

「おう、どうしたんだ。ぼんやりして」

柏木が近づいたことに気づかず、声をかけられてはっとした。

「いや、何でもねえ。ちょいと眠かっただけだ。行こうぜ、店はどっちだ?」

沖は柏木を促して歩き出した。

ターミナルを向こうへと突っ切り、マルイの前を右に曲がり、その先の青山とウインズの間の路地へと折れた。

「おい、やっぱりおかしいぞ。何かあったのか?」

柏木が沖の顔を覗《のぞ》き込むようにして訊く。

「何もないと言ってるだろ。しつこいぞ」

不機嫌な言い方を抑えられなかったが、そう言う途中で気がついた。柏木は、どこか得意気な様子を見え隠れさせている。何か有力な情報を摑んだのかもしれない。

「それよりも、なぜ俺を錦糸町に呼んだんだ？　何か当たりがあったんだろ」

沖は柏木が訊かれたがっていると思われる質問を発した。

案の定、柏木はにやっと唇を歪めた。

「面白い噂を聞いた。これから行く飲み屋、つまり江草徹平の実家だな。そこの女将《おかみ》と助川組の助川岳之は、昔、男と女の関係だったというのさ」

「何？——本当か？」

沖は思わず柏木を見つめた。

「どこで聞いたんだ？」

「近所の縄暖簾《なわのれん》の女将からさ」

「で、ふたりがそういう関係だったというのは、それはいつ頃の話なんだ？」

「正確にいつかはわからん。ふたりとも若かった頃だとよ。息子が助川のところに出入りするようになったことを嘆いて、そんな話をたった一度だけ漏らしたことがあるそうだ」

「つまり、あとはずっと秘密にしていた……？」

「ああ、そうだろうな」

「江草は、助川の子供だというのか？」

「そういうことだ」

頭のもやもやが消え去った。目の前の捜査に全力で向かう。今はそんなデカの基本に戻る時なのだ。

7

引き戸には準備中の札が掛かっていたが、横の小窓が細く開いており、カウンターの中で晩の仕込みを始めている女が見えた。

居酒屋は《あや》といい、女将は江草綾子という名だった。名前の一字を取ったことはすぐに見て取れる。五十前後だろう。垢抜《あかぬ》けた感じで、年齢よりもずっと華やいでいる。錦糸町で居酒屋を切り盛りするよりは、どこか違う街でホステスを何人か使い、上等の客を相手にしているような女に見えた。かつては実際にそうしていたのかもしれない。

沖の視線に気づいたのだろう、手許《てもと》から目を上げた綾子がこっちを見た。沖はその目を見つめ返し、小さく会釈した。

綾子が不審げな顔で会釈を返す。

「江草綾子さんですね」

引き戸を開け、柏木が言った。ふたり揃って警察手帳を呈示した。

「歌舞伎町特別分署の柏木と沖と申します。恐れ入りますが、一昨年亡くなった息子さんのことで、ちょっとお話を伺いたいのですが」

聴取は主に柏木が行い、沖は観察役に回ることになっていた。これは柏木が仕入れてきたネタだ。その先の詰めを他人に譲るような男ではなかった。

「今になって、いったい警察があの事件にどんな用があると言うんです？」

綾子は吐き捨てるように言い、手許に目を戻した。ガス台に鍋《なべ》が載っており、煮物の良い匂いが漂っている。手許では、モツを串《くし》に刺しているところだった。

協力的な態度とは言いがたかった。

「あの轢き逃げ事件を調べ直しているんです。息子さんのためにも、御協力をお願いできないでしょうか？」

「調べ直している？」

と鸚鵡《おうむ》返しに訊きながら、綾子は皿にかなり山盛りになっているモツを右手ですくい取った。片手の指だけで器用に一列にすると、木製の串を端から刺していく。

「二年も経ってから調べたって、それで何がわかると言うんですね。ヤクザのチンピラがひとり轢き殺されたぐらいじゃ、真剣に調べる気なんかなかったくせに、どうした風の吹き回しなんだい」

口を利くと、気が強い下町女といった雰囲気が大きくなった。

沖たちはちらっと目を見交わし合った。助川も、綾子も、当時の警察の捜査に対する不満が燻《くすぶ》っているという点では共通するようだ。

沖は口出しをしたい衝動を抑え、しばらくは柏木のやり方に任せてみることにした。

「まあ、そう言わずに、女将さん」

柏木は親しげに呼びかけた。

「警視庁の溝端悠衣という刑事を御存じじゃないですか？」

「ああ、溝端さんなら知ってますよ。少し珍しい苗字だから、覚えてます。息子のことで来たんじゃないんですか？」

「彼女が亡くなったことは？」

綾子は初めて仕込みの手をとめた。

「知らないわよ、そんなことは。いったい何があったんですか？」

「それが知りたくて、調べてるんです。昨日、彼女の白骨死体が見つかりました。彼女が亡くなったのは、どうやら息子さんの轢き逃げ事件を捜査していた間のことじゃないかと思うんですよ」

柏木の言い方がまずかったらしく、綾子は目を吊《つ》り上げた。

「結局、あんたたちが知りたいのは、あの女刑事さんを殺した犯人であって、私の息子を殺したやつじゃないんだね」

柏木はカウンターの椅子を引いた。心を閉ざす人間に対し、目の高さを同じにして話しかけるのは、刑事のイロハのひとつだった。そうすると相手の目が見えるし、それに高い位置から話しかけられると、謂《いわ》れもなく人は自分が見下されたような気がしてしまうものなのだ。

だが、柏木が止まり木に坐るよりも、綾子が声を荒らげるほうが早かった。

「勝手に坐らないでくれませんか。今は仕込み中なんです。デカさんたちにだって、守らにゃならないマナーはあるでしょ」

柏木が立って頭を掻く。

これはかなりの難物だ、と言いたげな目をちらっと沖に向けたが、これで引き下がるような男でないことはわかっていた。

「言い方が悪かったなら、謝るよ。誤解を与えてしまったのかもしれんが、俺たちはほんとにおまえさんの息子を殺したホシをこの手でパクりたいんだ。二年前、ここの所轄の人間はいい加減な対応しかしなかったのかもしれんが、俺たちは違う。だから、亡くなった息子さんのためにも、ひとつ協力してくれ。頼む、この通りだ」

柏木は店のカウンターに両手を突き、肘《ひじ》を曲げて深く頭を下げた。

綾子はそんな柏木など目に入らないかのように、モツに串を通す手許から目を上げようとはしなかった。

沖はひとつの確信を得た。この女に口を開かせるとしたら、突破口はひとつだ。今日の午前中に会ってきた助川岳之のことを持ち出すのだ。

だが、沖が口を出す雰囲気を素早く感じたらしい、柏木が目で合図を送ってきた。出しゃばるな、と言っている。

「助川岳之は出家してたぜ。知ってたか」

柏木が綾子にそう吐きつけるのを聞き、沖は軽く唇を尖《とが》らせた。同じ考えだったか。いいだろう、お手並み拝見だ。

綾子は仕込みの手をとめた。

「知らなかったようだな。江草徹平が殺されてじきに、ヤクザの足を洗って仏門に入ったそうだ」

柏木は静かにそう続けた。

綾子がきっと目を上げた。

「だから何なんですね。仏門に入ろうがどうしようが、あの男はしゃあしゃあと生きている。自分が足を洗う前に、あの子の足を洗わせるべきだったんだ。それもできないで、ちきしょう……」

「助川は、江草徹平の父親なんだな」

「――――」

「あんたは、息子を助川のところにゃやりたくなかったのか？」

「そんなこと、決まっているでしょ。私はヤクザが嫌で助川と別れたんだ。そして、あの子を女手ひとつで育てたんですよ。それなのに、私に内緒で、あの馬鹿息子は……」

「お袋に内緒で、助川組に入ったのか？」

柏木はちらっとあきれ顔を覗かせた。

「私が知ったら、反対するとわかったんでしょ。二年ですよ。二年もの間、母親に対してとぼけ通して……。私が偶然に知るまでの間、あの子は一言も言おうとはしなかったんだ」

「助川のやつは、なぜあんたに連絡しなかったんだ？　あんたがヤクザを嫌ってることは、野郎だって充分わかってたんだろ。やつは息子を組に引き、自分の跡目でも取らせるつもりだったのか？」

「――あの人は、知らなかったんですよ。徹平が自分の実の子だとはね。あの子は、本名を隠してあの人の下にいたんです」

沖と柏木は目を見交わした。

「結局、叱《しか》りつけたのが最後になっちまった……」

綾子はまた仕込みの手を動かし始めながら、苦い物を吐き出すように言った。

「私はね、旦那《だんな》。あの子を馬鹿呼ばわりしたんだ。この馬鹿息子が、なんでヤクザなんかに憧《あこが》れて、あんな馬鹿な父親の下に行ったんだとね。それが最後になっちまった……」

手許に視線を集中することで、体の奥から沸き上がってくるものを押し戻そうとしているのがわかり、沖はそっと目を逸らした。

「で、いったい何が訊きたいんですね？」

綾子のほうから訊いてきた。

柏木はカウンターの椅子を引き、さり気なく綾子の前に腰を下ろした。沖は反対に一歩下がり、入り口脇の壁に寄りかかった。

柏木が言った。「息子の江草徹平が轢き逃げされた時のことなんだが、その前に、息子に何か変わったことはなかったか？　どんなことでもいいんだ。何か気づかなかったかい？」

「さあ、そう言われてもねえ。――刑事さんたちは、あの子が誰かに狙われて殺されたと思ってるんですか？」

「その可能性もあると思ってる」と、柏木ははっきりと答えを口にした。

「だけど、なんであの子が……」

「さっき、叱りつけたのが最後になったと言ったが、息子さんと最後に会ったのはいつなんだ？」

「亡くなる二日前でした」

「そん時、何か気になることを言ったりは？」

「いいえ、そんな……」

「どんなことでもいいんだよ。母親なら、何か気づくだろ」

柏木が言うと、綾子は微かに顔を歪ませた。それを知られまいとして、新たなモツを串に刺す。自分が責められているような気がしているにちがいない。柏木という男は、こういうところが無神経なのだ。

綾子ははっとした様子で柏木を見た。

「ねえ、刑事さん。まさかあの子は、組のごたごたに巻き込まれて殺されたんですか？もしもそうなら、私はあいつを許さない。助川をこの手で殺してやる」

柏木は胸の前で両手を振った。「おいおい、物騒なことは言いっこなしだぜ。俺たちゃ、何もそんなことは一言も言ってねえだろ。ただ、溝端刑事の事件と何か関係があるのならば、江草徹平の轢き逃げもただの事故じゃなく、狙われた可能性もあると言ってるだけだ」

沖はつけ足すことにした。

「俺は昨日、あんたの息子さんが轢き逃げされた現場に行って来たんだ。見通しが悪いような場所じゃない。あんたの息子を狙って車を飛ばした可能性がある」

綾子は沖に顔を向けた。

「そうでしょ。だから二年前だって私は言ったんだ。もっとちゃんと捜査をしてくれって――」

「ってことは、あんたも息子が狙われた可能性を感じていたのかい？　どんな些細なことでもいいんだよ。話してくれ」

沖はそう畳みかけた。

「――そう言われても、はっきりはわからないんですよ。もしかしたら、今刑事さんが言ったのと同じ話を、あの時聞き込みに来た刑事さんからも聞いたんで、それでそう思ったのかもしれないし……」

聞き込みに来た刑事とは、昨日相手をしてくれた田山かもしれない。あの男は、その点を強調したくて、わざわざ沖と貴里子を自ら現場まで連れていったのだ。

「だけど、こんな言い方をすると笑われるかもしれませんけれどね、母親の勘でわかるんだ。あの子は、あの時、何か心に引っかかってたことがあったんですよ。母親の私にも言えなかったようなことがね」

「何かって、何だね？」

柏木が訊くのに、弱々しく首を振った。

「それがわかれば、苦労はないでしょ」

柏木は頷いた。

「俺にもお袋がいる。母親の勘ってやつが確かなことはわかってる。もっと何か思いついたら、俺たちに連絡をくれ」

「ええ、わかりましたよ」と、綾子はしおらしく応じた。

「ところで、息子さんと親しかった友人を誰か教えてくれないか」

「そう言われてもねえ」

「地元でつきあいのあったダチとか、誰かいるだろ」

「そうですねえ——。ちょっと待ってくださいよ」

綾子はそう言い置くと、カウンターの中を移動し、向こうの隅を潜《くぐ》って出た。奥の階段を上がってしばらくすると、学校の卒業アルバムらしい物を持って戻ってきた。こういう物が置いてあるということは、階段の上は客を通す部屋ではなくて自宅なのだろう。

「中学の卒業アルバムですよ」と言いながら、老眼鏡を出してかけ、アルバムの後ろの住所録のページを開いた。

シャープペンシルの芯《しん》を出し、名前の横に薄く丸をつけ始めた。

「昔連《つる》んでいた友達に印をつけますけれど、最近までつきあってたのかどうかはわかりませんよ」

「ああ、助かるぜ」と言いながら、柏木は手帳とボールペンを出して待ち受けた。

　綾子はアルバムをカウンターに差し出した。

「結構数がいるんですよ。あの子、人気があったんだ。頭は悪かったけれど、それなりにみんなに頼りにされててね。書き写すのも大変でしょ。道の先に、コンビニがありますなんなら、そこでコピーしたらどうですか」

「おお、それじゃあ、そうさせて貰うわ」

　柏木は手帳を仕舞い、綾子が薄く印をつけた住所録に目を通した。沖は目がいい。壁に寄りかかっていてもその手許が見えた。ざっと二十前後はついている。口ではあれこれ言っていても、息子がなぜ死んだのかを知りたくてならないのだ。

　だが、柏木がこう訊くと、再び態度を硬くした。

「ところで、女将さん。あんた、息子の婚約者だった野口志穂さんの行方を知らないかね」

「それを訊いてどうするんですね」

「わかるだろ、息子さんのことを訊きたいんだよ。ふたりとも、子供だったわけじゃない。母親のあんたが知らないことだって、彼女なら何か聞いてるかもしれないだろ」

「やめとくれよ、旦那。あの子のところに顔を出すのはさ」

　そう言う綾子のほうへと、柏木は上半身を乗り出した。知っているとわかった以上、引くわけがないのだ。

「そう言わずに、頼む。息子さんのためなんだ」

「死んだあの子だって、警察が志穂ちゃんのところに顔を出すのは望まないと思うわよ」

「——だが、何か知ってるかもしれないだろ」

綾子は手をとめ、考え込んだ。

柏木が沖をちらっと見た。沖は寄りかかっていた壁から背中を離した。選手交代か。望むところだ。

「その志穂さんというのは、どんな娘さんだったんです?」

綾子はそう訊く沖を見た。

「どんなって……、普通のお嬢さんですよ」

「志穂さんを受取人にした生命保険に、徹平君は入っていましたね。御存じでしたか?」

「入っていましたとも。御存じも何も、あれは私がかけてやったんだ」

「あんたが……?」

「本気で結婚する気持ちがあるんだろって。それなら、ちゃんと仕事をして、せめて人並みに保険にでも入って、彼女を安心させてやったらどうだって」

「——じゃあ、掛け金はあんたが払ってたのかい?」

「そうですよ」

沖は訝《いぶか》った。

「しかし、ちょいと珍しい話だな。つまり、その、あんたが子供を思う気持ちはわかるが、息子を頑張れと励ますのならば、普通、もうちょいと直接的な援助をしねえか――？」

「そんなことまで話さなけりゃならないんですか。デカさんって仕事は、まったく」

綾子はあきれ顔をしたが、そのあとすらすらと説明した。

「あの子が小学校に上がった時に始めた郵貯の定期が、ちょうど満期になったんですよ。そんな話を、うちに来てる保険のおばさんに話したら、積立型の生命保険を勧められたんです。あの子の名義で始めて、最初にある程度の額を一括払いで入れたあと、その後も毎月積み立て、満期になった時にはあの子が受け取れるようにすればいいとね。この御時世だ。銀行に入れておいたってしょうがないでしょ」

保険会社に改めて問い合わせ、すぐに裏を取る必要があるが、これが本当だとすれば、江草徹平の轢き逃げについて、保険金絡みの計画殺人という線は弱くなる。

――だが、降りた保険金がどうなったのか、という問題はまた別だ。

「だけど、息子があんなことになっちまって、その保険金は、全部、野口志穂に渡ったわけだな」

「そうですよ。だからどうしたんです。妙なことは考えないでくださいな。ふたりのためにと思ってかけたんだ。息子があんなことになったからと言って、返せなんて言いませんよ。私にゃ、この店がある。それでいいんですよ」

沖は慌てて綾子を手で制した。

「おいおい、勘違いしないでくれ。何もあんたがどうこうなんて言ってるんじゃないんだ。しかし、多額の保険金に目をつけて、彼女をどうにかしようと思ったやつがいないとも限らないだろ」

「そんな、まさか……」

「一応さ。念のために確かめておいたほうが、あんただって安心じゃないのかい。息子が亡くなったあとも、野口志穂は時々連絡を寄越すのかい？」

「いいえ、最近はちょっと……。あの子だって辛いんですよ。故郷へ越してからは、この街のことは忘れたくなったたって、当然でしょ」

「彼女の故郷は、確か群馬だったな。現住所は、群馬のどこだい？」

綾子は、自分がふと漏らした一言を悔やむように下唇を嚙んだ。

沖はもう一押しすることにした。

「彼女は、去年の三月末に亀戸のアパートを引き払ってるよな。今、あんたは故郷へ越したと言ったが、それはその時のことだな」

「――――」

「あんたが話さなくても、俺たちはじきに彼女の居場所を見つけるよ。警察ってのは、それぐらいのことはできるんだ。だけど、知ってるのなら、手間を省かせてくれよ。彼女が故郷で幸せに暮らしてるのなら、それでいい。喜ばしいことだ。だけど、もしも何かをあんたに言えずにひとりで抱え込んでるんだとしたら、えらいことだぜ。俺たちが力になろうじゃねえか」

「――そんな妙な言い方をして、私からあの子の居場所を訊き出すのが狙いなんだろ」

「おい、俺たちがそんな人間に見えるか」

綾子は躊躇いを振り切るようにして沖たちに背中を向けると、背後の棚に置いてあった電話の脇の住所録を開いた。メモ帳にボールペンを走らせて破り取り、体の向きを戻してカウンターの柏木に差し出した。

「なるべく穏便にやってくださいよ。刑事が来るのが迷惑だとわかってないのは、当の刑事ぐらいのもんなんですよ」

これは肝に銘じるべき台詞だった。

「じゃあ、ひとっ走りコンビニでアルバムのコピーをして来るから、待っててくれ」

柏木がそう言って席を立つ。ふたりは礼を言って店を出かかったが、沖は思い直して綾子を振り返った。

さっきの柏木と綾子のやりとりの中で、ふっと頭に引っかかったことがあったのだが、話の流れを遮らないほうがいいだろうと思い、その時は確かめなかったのだ。

「なあ、女将さん。さっき、あんたは、自分の息子が助川組のごたごたに巻き込まれて殺されたのかって俺たちに訊いたが、あれは何でなんだ?」

「ああ、あれですか。別に理由はないですけれどね、去年だったか、あそこの組員がふたり殺されたでしょ。出入りが起こるのかって噂も耳に入ってきたものだから、それでね——。ま、助川は組を引いて坊さんなんぞになってたのなら、もうあいつとは関係ないやね」

8

電話で貴里子に報告を上げ、野口志穂の現住所を群馬県警に報《しら》せて聴取をして貰うことになった。東京都内ならば、担当刑事の誰かが直接足を運ぶところだったし、千葉、埼玉、神奈川といった近県でも、本来ならば出張の申請が必要ではあるが、ひょいと足を延ばしてしまうことも多々あった。関係者には、捜査に当たる刑事が直接話を聞くに越したことはないのだ。だが、群馬ではそうもいかないとの貴里子の判断だった。

江草徹平の友人たちを回って話を訊くことに加え、去年、助川組の組員が殺された事件の概要を調べることにした柏木と別れ、沖はJRで新宿を目指した。

円谷が指定した待ち合わせ場所は、新宿西口の高層ビルが建ち並ぶ先に、新宿中央公園に面して建つホテルセンチュリーハイアットの喫茶ルームだった。

植え込みで溝端悠衣の死体が見つかったビルまで、歩いて五、六分の距離だろう。無論、これが偶然であるわけがなく、円谷はそれをわかっていてこの場所を選んだのだ。狙いをつけた相手の口を割らせるためには、使える手は何でも使う男だった。

沖が着いたのは五時少し前で、貴里子は既に来ており、窓際のテーブルで中央公園の新緑をぼんやり見ていた。色つきガラスを通して見える公園樹は、緑の色合いが一層強調されて鮮やかに感じられた。

「門倉刑事の資料を、一応プリントアウトしておいたわ」

貴里子は言い、隣に坐った沖の前に置いた。

警察官の一般ファイルには、生年月日、出身地、出身校などの他に、血液型や両親の名前なども書いてある。沖はそれらを流し見たのち、門倉基治が警察官になってからの経歴に目を移した。刑事昇進後、所轄の刑事課をふたつ経て、五年前から警視庁の二課に配属されている。現在、三十四歳。溝端悠衣よりも四歳下で、彼女が亡くなった二年前には、三十二歳。悠衣が二課に配属されたのは七年前だから、年齢からいっても同じ部署の席次からいっても、彼女のほうが先輩だったことになる。

コピーされた小さな顔写真では、正確な印象は摑みにくかった。ただ、目鼻立ちの整った優男《やさおとこ》に見える。

若手の俳優の誰かに似ているような気がするものの、誰だか思い出せなかった。それは沖が阪神戦と落語中継以外にはあまりテレビを見ないせいもあるが、門倉の顔が最近の一般的なハンサムの定義に当てはまるということでもあるのだろう。

円谷と門倉のふたりが現れたのは、待ち合わせの時間から二十分近くが経ち、何かあったのかと沖たちが訝り始めた頃だった。

「すみません、途中で道が混《こ》んだものですから」

円谷がそう言って詫《わ》びる隣で、門倉も僅かに小さく頭を下げた。できるだけ顔も目も動かさないようにしながら、沖と貴里子のふたりの様子を窺い見ようとしていた。緊張しているらしい、と沖は見て取った。

「忙しいところをすみません」

貴里子が言って頭を下げ返す。これは円谷のほうから持ちかけられた話であり、その内容も、門倉という男がいったいどんなつもりでこの場に来る気になったのかもわからなかったが、とりあえず相手を立てておいたほうがいい。

門倉は貴里子の挨拶を受け、どこかきまり悪そうに頭を下げた。

四人は丸テーブルを囲んで坐った。

そうする間も、沖は門倉という男をそれとなく観察し続けていた。写真ではわからなかったことがふたつ。ひとつは温和で整った顔つきからは想像しにくいようないい体格の男だった。厚い胸板がワイシャツを下から押し上げており、腹の周辺には余分な肉の存在が感じられない。もうひとつは、そういった体格には似つかわしくないようなおどおどした感じが、特に目の動きに表れていた。そうだ、この男は緊張しているのではなく、何かにえらく怯《おび》えているのだ。

　ウエイトレスが注文を訊きに来た。

　円谷たちがコーヒーを注文し、ウエイトレスが遠ざかるのを待って話を始めようとしたところ、真っ先に口を開いたのは門倉のほうだった。

「あなたが村井貴里子さんですね」

　真っ直ぐに貴里子を見つめていた。

「ええ、そうです」

「そうですか。想像通りの感じの人です」

　貴里子は戸惑い顔をして、右手の指先で前髪を掻き上げた。

「すみません」と、門倉はすぐに詫びた。「いきなり、こんな言い方をしてしまいまして」

「溝端さんから、何か私のことを……？」

「ええ、時々聞いていました。村井警部は、出身は大阪で、研修は浅草だった。そして、その時、溝端さんに出会った。違いますか？」

「ええ、そうです」

「マルさんからあなたのことを聞いて、ああ、たぶんこの女性がそうじゃないかと思ったんです。ですから、迷ったんですが、最後には結局、あなたに会ってみたいという気持ちに背中を押されてやって来ました」

門倉が話すのを聞くうちに、沖ははっとした。

呂律《ろれつ》が回っていないわけではないが、そうなるのをなんとか避けようとしていると思わせるような、粘ついた感じの喋り方になっていた。表情にも、意味もなく頬が緩んで笑顔が浮かびかけるのを、なんとかとめているような不自然な力の入り方が感じられる。白目に、何本か赤い線が走っている。

——酔っているのか。

ちらっと円谷に目をやると、円谷は一瞬だがはっきりと沖の目を見つめ返してきた。その点には触れてくれるな、と言っている。おそらくは何時間か前から飲んでいたにちがいない。それに気づいた円谷が、なんとかそれを隠して門倉を沖たちに会わせようと画策したために、待ち合わせ時間に遅れたのだ。

「私のことを、溝端さんからどんなふうに聞いていたんですか？」

貴里子は幾分硬い口調で問い返した。

「似た者同士の気がしたと」

門倉は言い、ふっと微笑《ほほえ》んだ。悠衣のことを懐かしんだようにも、そう告げて貴里子の反応を見るのを楽しんでいるようにも見える。——いや、つまりはただの酔っ払いの笑みなのだ。

「——ほんとに彼女がそう言ったの？」

貴里子の口調に、どこか挑むような感じが滲んだ。彼女も目の前の男が酔っていること
に気づいたのかもしれない。

門倉は重たげに目蓋《まぶた》を上げ下げさせた。

「そうですよ。なぜそう訊き返すんです」

貴里子は一瞬答えを考えた。

「それは、私と彼女は似ていないから。それに、私には、溝端さんがそんなふうに思って
いたとも、誰かにそんなことを話したとも思えないから」

「なぜです？　なぜ、彼女がそんなふうに言ったとは思えないんですか？」

「——だって、浅草でお世話になったあと、ずっと疎遠なままだったんですもの」

「別に彼女は、そんなことを気にしてはいませんでしたよ。お互い、捜査に追われる刑事
なのだから、配属が変われば疎遠になるのも当然だと思っていたんじゃないでしょうか。

それとも、村井警部には、溝端さんを避ける理由でもあったのですか？」

「いいえ、そんなことはないけれど……」

コーヒーが運ばれてきて、話は一旦中断した。

門倉はブラックのままでコーヒーを啜《すす》り、眉間に軽く皺を寄せた。頭痛がしているのか

もしれない。

「彼女は、本当はどんな人だったの？　私はそれを知りたいの。よかったら、溝端さんの話を聞かせてくれないかしら？」

貴里子が言い、門倉はカップをテーブルに戻した。

「いいですよ。僕だって、そのつもりで来たんです。ただし、その前に、まずは彼女の捜査の進捗《しんちょく》状況を教えて貰えませんか？」

貴里子はちらっと円谷を見た。

円谷は黙ったままで何も言おうとはしなかった。貴里子の視線に気づいているはずなのに、ゆっくりとコーヒーを啜っているだけだ。

この男のこういう態度が、他人に誤解を与えるのだ、と沖は思った。円谷は、貴里子を信じている。そして、この程度の質問ならば適当に躱《かわ》し、門倉の口を開かせると思っているのだ。だが、見方によっては、そらとぼけてしゃあしゃあとしているだけにも見える。

「捜査は大きく進んではいないわ。その理由は、門倉さん、あなただってわかっているでしょ。本庁二課の刑事である溝端さんに何があったのかを知るのに、何が障害になっているのか。あなたの協力が必要なの」

貴里子は直接ボールを打ち返した。

自分でも、円谷でも、もう少しのらくらとして相手の様子を窺うだろうが、案外と女のほうが強気なのだ。沖は見守ることにした。

だが、門倉はうっと言葉に詰まった様子で口を閉じた。

目の前に見えない壁が立ちはだかり、それをいくら越えようとしても、自分の力ではどうにもできない。組織の呪縛《じゅばく》。――そういうことか。

「この男はね、本気で彼女と結婚する気だったんですよ」

円谷が、ひょいと投げ出すような感じで言った。

門倉が頬を引き攣《つ》らせた。

「マルさん、何も今そんな話をしなくても……。それに、俺は何も、そんなことは」

円谷は唇の片端を吊り上げた。

「よせよ。そんなことは、一言も言ってねえ、って言うのか。だけど、二年前はどうだい。おまえ、俺に本気で相談しただろ。今のかみさんとは離婚し、彼女と結婚したいんだと。それとも、あれはただのその場限りのものだったのかい？」

「そんなことは断じてありません。だけど、何もそんな話を、ここで持ち出さなくても。それに、あの話は彼女の恥にもなるし――」

門倉は、酒の酔いで軽くなりかけた口を慌てて閉じた。

「じゃあ、他に何の話があるっていうんだ。クラよ、これは殺人事件かもしれんのだぞ。本庁のデカが殺され、一年四ヶ月もの間、それに誰も気づかなかったなど、そんなことがあってもいいのか。しかもそれは、おまえの愛する女だったんだ。それとも、昔おまえが俺に語った話は、全部、言葉だけのものだったのか」

「やめてくれ、マルさん」

「違うんだろ、クラ。だからおまえは、昨日からずっと苦しんでるんだ。吐き出しちまえよ。おまえが胸の中に溜《た》め込んでるものをな」

門倉の中で何かが動きかけているのが見える。

「教えて、門倉刑事」貴里子が呼びかけた。「溝端さんの行方が知れなくなった時、二課の中で何があったの？」

だが、門倉は唇を引き結んで俯《うつむ》いた。まだ話し出す気にはなれないらしい。

「じゃあ、まずは違う話から聞かせて。あなたは今、昔の話を持ち出したら、彼女の恥になると言ったわね。それはいったいどういうこと？」

門倉はテーブルから目を上げたが、貴里子と視線が合うと慌てて伏せた。コーヒーカップを手に取り、ほとんどなくなっているコーヒーを名残惜しげに啜る。

「それは、彼女があなた以外の男性とも並行してつきあっていたことを言っているのかしら」

貴里子の声は静かだった。

だが、門倉は明らかに動揺し、円谷のほうに視線を飛ばした。

「別にマルさんから聞いたわけじゃないわ。今、捜査線上に、そういった男性の姿が浮かんでいる。あなたも含めてね。私は女よ。腹が立ってならないわ。その誰ひとりとして彼女のことを本気で心配し、彼女のことを捜そうとはしなかった。そして、彼女は誰にも知られず、誰にも顧みられることのないまま、ここからほんの目と鼻の先のビルの植え込みで、骨になるまで横たわっていたんだわ」

「違う。やめてくれ、そんな言い方は。僕は連中とは違う」

「どう違うというの？」

「連中には家庭を捨てる気などなかった。彼女を本気で愛していたのは、僕だけだ。だけど、彼女は僕を受け入れてはくれなかった」

「はっきり結婚を申し込んだのに？」

「ええ、そうです。だから、そう言ってるじゃないか。彼女の悪い噂など、僕にはどうでもよかった。僕なら、きっと彼女を幸せにできるという確信があった」

「悪い噂って、どういうこと……。複数の男とつきあっている、という噂が課内に立っていたのね」

「――そうです。みんな陰で言っていた」

「誰とつきあっていたのか、その相手の正体も含めて、噂になっていたということ？」

「いや、それは……」

「皆は知らなかった。だけど、あなただけは知っていた。そういうこと？　あなた、彼女の周りを調べたのね」

門倉は何も答えなかったが、その顔つきから答えは明らかだった。

「溝端さんが昔、婚約者を亡くした話は知っていたんでしょ」

「もちろん。しかし、あなたが、彼女がその痛みから逃れられずに、結婚することを恐れていたのだと想像したのならば、それは間違いだ。彼女は僕のことを愛していた。それなのに、別の男たちが彼女を引き留めていただけだ」

「あなたが溝端さんを心底愛していたのならば、我々の捜査に協力してちょうだい。二課は何を隠そうとしているの。溝端さんの行方が知れなくなった時、いったい彼女の周りで何があったの？」

貴里子が言う途中で沖ははっとし、テーブルの下で彼女の太股《ふともも》に軽く触れて合図を送った。

いったいいつの間に現れたのか、二課の尾美脩三が、それもかなり近い位置に立っていたのだ。

「その質問には、私がお答えしますよ」

尾美は貴里子の顔にじっと目を据え、怒りを押し込めた低い声で告げた。

「溝端刑事の行方が知れなくなった時、我々は懸命に捜査をした。しかし、何の手がかりも得られなかった。そして、溝端刑事は何かプライベートな理由で職場を放棄したと結論するしかなかった。無論、それで彼女の存在を忘れたわけではなかったが、捜査には限界がある。そして、一年四ヶ月の時間が経ってしまった。それが真実です。だが、こうして彼女の死体が見つかった以上、我々は積極的に捜査に協力します。ただし、それは、正式な捜査に対しての話だ。村井さん、どういうつもりか知らんが、こういうやり方は見過ごせないですな。他の部署の人間をこんなところに呼び出し、事情聴取を行うなど、きちんとした警察官のやることじゃない。もしも私の部下に何か話があるのならば、きちんとそれなりの手順を踏んでいただきたい。今日のことは、正式に本庁からお宅の署長に抗議をします」

「どうぞ、抗議でも何でもしたらいいわ。受けて立ちます」

沖は内心で舌を巻いた。――この女は、怒ると俺にそっくりだ。相手が誰だろうと、見境もなく牙《きば》を剝《む》く。

円谷が立った。

「尾美さん、まあまあ、そう四角張らないで。これは聴取なんてもんじゃない。私がただ、一緒にお茶でもどうかと誘っただけですよ」

尾美は円谷をちらっと見、苦虫を嚙み潰したような顔をした。

すぐに顔を背けたのは、怒りを抑えるためだったのかもしれない。だが、すぐに円谷のほうに顔を戻した。抑えきれなかったのだ。

「マル、おまえは相変わらずだな。おまえほどの優秀な男が、なぜいつまで経ってもたったひとつのことだけはわからんのだ。警察官には警察官のルールがある。それを逸脱した行為は、決して許されないのだと」

「私は警察官のルールを破ってなどいない。ただ、私とあなたでは、何をルールと考えるかが違うだけだ」

尾美は不快そうに眉間に皺を寄せた。

「帰るぞ、門倉。一緒に来い」

「待ってください」円谷が言った。「どうも妙だな。尾美さん、あなたはなぜここにいるんです。あなた、まさか自分の部下である門倉に、見張りをつけていたんですか？　そうでなけりゃあ、あなたがここに現れる理由がわからない。だが、それこそルール違反だ」

尾美は目を吊り上げた。

「そんな質問に答える義務はないし、きみに私のルールをとやかく言われる覚えもない。マル、おまえはなぜ自分が二課を出されたか、まだわからんのか」

「尾美さん、溝端刑事の手帳はどうなりましたか？」

貴里子が切り込んだ。

「現在、私どもで内容を検討中です」

「いったい何を検討しているんです？　外部に漏れたら困るような材料が、彼女の手帳には記されているんじゃないですか。溝端さんが亡くなる前に、単独で調べていたことが問題なんですね」

　尾美の顔から表情が消えた。ポーカーフェイスだ。だが、表情の動きを押し込めたことははっきりしている。貴里子の指摘が的を射たのだ。

「失礼する。手帳は、我々の調査が済み次第、そちらにお返しする。しかし、時期については、まだ明言はできません。門倉、来い」

　尾美は門倉の腕を摑み、半ば引きずり上げるようにして立たせた。

　だが、それだけではこの男の気持ちが収まらなかったらしい。俯き、あたかも刑場に引かれる囚人のように歩き出す門倉の背後で自分だけは足をとめ、貴里子のほうを振り返った。

「村井さん、ひとつ忠告があります。二課の件には、今後、一切嘴《くちばし》を突っ込まないでいただきたい。さもないと、あなたのキャリアに傷がつきますよ」

「御忠告、感謝します」

　貴里子は燃えるような目を尾美に向けていた。

　尾美たちの姿が見えなくなるとすぐに、円谷が貴里子のほうに顔を寄せた。

「どうやら、チーフたちのほうでも二課への捜査が進んでいるようですな。溝端刑事がつきあっていた人間が誰なのか、名前が挙がっているんですね。だからさっき、その会話になっても、門倉に名前を問い質《ただ》そうとはしなかったんだ。そうでしょ？」

だが、そう話を振られた貴里子は戸惑いがちな視線をちらっと沖に向けたあと、円谷に顔を戻して窓の外の公園を指差した。

「マルさん。ちょっと聞いて欲しい話があるの。表で話しましょう」

「わかりました。出ましょうか」

円谷はいつものようにひょうひょうと応対した。


ホテルセンチュリーハイアットの表玄関を出た三人は、そのすぐ脇の歩道橋で通りを公園側に渡った。そうする間もなお、沖は内心でひやひやしていた。今の貴里子はいきり立っている。そんな状態で、円谷と踏み込んだ話を始めれば、何か取り返しのつかないやりとりになってしまうのではないか。——胸のどこかに、そんな嫌な予感が巣くっていたのだ。

貴里子は公園の中を歩き出して間もなく、円谷の前に立ち塞がるようにしてその顔を見つめた。

「今度の捜査は私たちに任せ、しばらくは何もせずに動かないで。これは命令よ、円谷刑事」

「――村井さん」

「マルさん、お願い。今度だけは私の言うことを聞いてちょうだい。このままでは、あなたの立場はまずいことになるの」

「まずいとは、何です？　はっきり言ってくれませんか、村井さん。懲戒審査委員会のことを考えているんですか？」

貴里子は目を丸くした。「マルさん……、あなた、知ってたの……」

だが、沖は貴里子ほどには驚かなかった。もしかしたら、円谷自身の耳に入っているのかもしれないとは、心のどこかで思っていたのだ。円谷は酸いも甘いも嚙み分けるヴェテラン刑事だ。

「長年デカをやっているんです。それぐらいの噂は耳に入って来ますよ。だが、これは私の問題だ。好意はありがたいが、放っておいていただけますか」

円谷の口調は静かだったが、その分、他人を近づけまいとする拒絶が強かった。

「マルさん、あんた、いくらなんでもそんな言い方はないだろうが」沖はそう反応せずにはいられなかった。「俺たちはチームだ。そうだろ」

円谷は目を伏せ、唇の端を微かに歪めた。

「そうだよ、幹さん。俺たちはチームだ。しかし、これは俺だけの問題だ。あんたたちを巻き込むわけにはいかない」

「マルさん、あなたは本当に発砲したの？　物陰から朱栄志を狙い撃ったの？」

口を開きかける沖を遮るようにして、貴里子が円谷に詰め寄った。

沖はその言葉を聞き、自分が何を恐れていたのかをはっきりと知った。円谷との間で、こんな会話をしたくなかったのだ。問いかけ、肯定されればもう、取り返しのつかないことになる。自分らしくはないのかもしれない。しかし、真実など知りたくはないのだ。妻と娘を殺害された男が、もしも朱栄志を狙って引き金を引いていたとしても、それが何だというのだ。弾は当たらなかった。弾丸は朱栄志の体をかすめただけで、やつの命を奪うことはなかった。それが現実で、たったひとつの事実なのだ。それをなぜ、改めて問う必要があるのか……。

理不尽だとはわかってはいても、貴里子に対する怒りがとめられなかった。なぜこの女は、そんなつまらないことを、わざわざ生真面目に問わずにはいられないのか。

円谷は貴里子をじっと見つめ返した。

「チーフ、いや、村井さん。それを問うことに、いったい何の意味があるんです？　警察という組織は、今、寄ってたかって私を辞めさせようとしている。辞めさせることで得をする人間がいるからです」

円谷が言うのを聞いて、沖は再び驚いた。この男は、間宮や深沢の一派が派閥抗争のためにK・S・Pの廃止を企て、それに懲戒審査委員会を利用しようとしていることまで聞き込んでいるらしい。

「マルさん、それはいったいどういうこと？」

「私に訊かないでください。あなたは特捜のチーフで、そして警察官のエリートであるキャリアなんだ。自分で調べたらどうです。あるいは、幹さんなら、もう何か押さえているかもしれませんがね。とにかく、私はデカでいる限りはデカの仕事をする。それだけです。自分が思っているデカの仕事を、だ。失礼しますよ」

貴里子がはっと沖を見つめ、沖は思わず視線を逸らした。

円谷が頭を下げて背中を向ける。

「待って、マルさん」

呼びとめる貴里子を、背中が完全に拒んでいた。

「幹さん、今の話は何？　マルさんが言ったのは、どういう意味？　あなた、何か知っていて、私に隠していたの？」

「落ち着いてくれ、村井さん。今夜、会議の場で言うつもりだったんだ」

沖はそう応える途中で、貴里子の顔に必死で痛みに耐えるような表情が拡がるのを目《ま》の当たりにした。

「やはり知っていたのね。知っていて、私に話さなかったのね」

「いや、だから俺は……」

「報告してちょうだい、沖刑事。命令します」

貴里子は冷やかに告げた。

「上の連中は、K・S・Pの廃止を画策しているらしい。円谷の懲戒審査委員会も、そのために利用されてるんだ」

「廃止って……、何を言ってるの……」

貴里子の目が泳ぐ。

その顔に新緑の葉影が揺れるのを、ただ見つめるしかできなかった。

9

「何でえ、それじゃあ何も知らなかったのは、俺だけなのかよ。沖、おまえ、俺だけ除《の》け者にしてたのか？」

その夜の捜査会議が始まって間もなく、貴里子がK・S・P廃止の画策と、そのために円谷の懲戒審査委員会が利用される可能性について話をすると、柏木隼人がすぐに声を荒らげた。

平松には、今日の昼間に沖が直接耳に入れて相談を持ちかけていたが、柴原にも会議の前に平松から伝わっていたようだ。柴原の態度から、沖はそう察した。

「ヒラさんとヒロさんも、沖刑事から聞いていたのね」

やはり態度から察したらしい貴里子が、平松たちに確認した。

「――いや、僕は平松さんから」と、柴原が蟻の囁くような声で応える。

沖は自分を見る平松の目に、どこか冷やかな感じがあることに気がついた。それ見たことか、と言いたいらしい。やつはすぐにこの情報を、全員で共有することを主張したのだ。それをとめたのは、沖だった。会議の前にやつが柴原に告げたのも、実はそのことへの反発心からなのかもしれない。

柏木は足を組み直し、沖のほうに完全に向き直った。

「沖、ちゃんと説明しろ。これはどういうことなんだ。陰でこそこそしやがって、未だに俺だけ別扱いかよ。おまえをすっかり見損なったぞ。こんな大事な情報を、抱え込みやがって。元々特捜部でおまえの部下だった連中にだけ打ち明けてるとはな」

「違うんだ、カシワさん。それは誤解だ。今夜、この場で話すつもりだったんだ」

柏木は沖の言葉を遮るようにして指を突きつけた。

「言い訳はよせ。言うつもりなら、なぜ昼間一緒に聞き込みに回った時に言わなかった。あの時、いくらでも言えたはずだろ。俺たちはチームだと、おまえ、いつもそう言ってるよな。あれは口先だけかよ」

「――」

沖は下唇を嚙み締めた。ここでこんな言い合いをしている時ではないはずだ。このままでは、円谷は刑事を馘《くび》になり、そして、このK・S・Pもなくなる。

「あまり感情的になるのはよしましょう、カシワさん。こういう時こそ、冷静に知恵を出し合わなければ」

「知恵を出すですって。じゃあ、訊きますがね。チーフには何か考えがあるんですか？」

「それは……」

貴里子は言葉に詰まった様子で黙り込み、ちらっと沖に目をやった。

柏木は、目聡《めざと》くそれに気づいたようだった。

「結局、沖頼みか。女のチーフなど、そんなもんさ」

「いい加減にしろよ、カシワさん。いつまでもガキみたいに、つまらねえことにこだわりやがって」

平松が吐き捨てる。柏木は椅子を蹴《け》って立った。

「何だと、ヒラ。おれはおまえにガキ扱いされる覚えはねえぞ。おまえこそ、沖と連んでなけりゃ何もできねえ半人前じゃねえか」

「誰が半人前だと」

平松も立ち、ふたりはあっという間に顔と顔を突き合わせる距離に接近した。

慌てて柴原が割って入った。

「やめてくださいよ、ふたりとも――。お願いですから。幹さん、何とかしてください」

柴原の泣きそうな声が聞こえているにもかかわらず、沖はなぜか動けなかった。特捜部の馴染《なじ》んだ部屋が、ふっと自分の見知らぬ場所に見えたような気がした。いや、そうじゃなく、自分だけがふっとどこかへ遠のいてしまったように感じられたのかもしれない。何を言って何をしようと、仲間たちには到底届かないような遠い場所へと。

こんなことは、一度もなかった。

――あぶれ者のデカの集まりと蔑《さげす》まれようと、横紙破りの捜査を続けていると責められようと、一度も堪《こた》えたことはなかった。自分たちの仕事をすればいい。特捜部は、ひとつのチームだ。

だが、そんな思いがただの儚《はかな》い幻だったような気がする。

「いい加減にして。平松さんも柏木さんも、自分の席に坐りなさい。この話はこれで終わりにします。それぞれ、捜査報告をしてちょうだい」

貴里子が大声を張り上げる。

ふたりはその声に勢いを削《そ》がれた様子で腰を下ろした。

が、柏木はあとには引かなかった。坐るとすぐ、今度は貴里子に向き直った。

「終わりにして、それでいいんですか。分署がなくなるんですよ。どうするんです？」

「口を閉じなさい、柏木刑事。今は捜査会議の最中です。刑事の仕事をするわ。報告を始めて。まずはヒラさん。溝端さんが通っていた産婦人科は見つかったの？」

柏木が不服そうに口を閉じる。平松はポケットから手帳を出した。

「わかりましたよ。向島三丁目にある片桐《かたぎり》産婦人科というところでした」

「向島と言えば、隅田川を隔てて浅草の向かいね」と貴里子は呟いたのち、訊き返した。

「溝端刑事の自宅は杉並区の阿佐谷で、実家は三鷹《みたか》市よ。なぜわざわざそんなところの産婦人科を選んだのかしら？」

「それは妊娠を近所にも職場にも、そして実家にも隠しておきたかったためじゃないですか」

平松が応えて言った。「ここの院長から聞いたんですが、彼女から一度、堕胎について訊かれたことがあるそうです」

「彼女が堕胎を……」

「少なくとも迷っていたようだと、院長は言っていました。だから、突然彼女が来院しなくなったのも、おそらくはどこか別の病院でそうした処置をしたからではないかと思っていたそうです」

「お腹《なか》の子供の父親については何か？」

「いや、その点については、何も」

貴里子は一旦俯き、間を置いた。

「溝端さんが、妊娠を周囲に秘密にしておきたかったというのは、私も同感よ。たとえ産む気持ちを持っていたとしても、未婚の女が妊娠をするなど、警察組織の中で認められるわけがないもの。だけど、私が訊いた意味はそうではなくて、なぜ向島の産婦人科を選んだのかってことなの。職場からも自宅や実家からも離れた場所なら、他にだっていくらでもあるでしょ」

「そうか、村井さんが溝端さんと一緒だったのは、浅草署ですよね。彼女はその後もしばらくそこで勤務してから、本庁に移った。その頃から、この産婦人科医を知っていたのかもしれないな」

平松が言った。

黙って話を聞いていた沖は、ここでぽんと手を打った。

「溝端悠衣の精神状態を考えると、この産婦人科医を元々よく知っていて、相談をしやすい相手だったか、もしくは、腹の子の父親が向島に詳しかったり、この産婦人科医を知っていたりしたんじゃないだろうか」

「だけど、あの医者が何か隠していた様子はなかったけれどな」

平松が呟くように言う。

「一度の聞き込みじゃあ、わからねえぞ。看護師たちには何か訊いたのか？」

「いや、そんなことは思いもしなかったんでね」

沖は貴里子に顔を向けた。

「村井さん、溝端悠衣の携帯電話の着信に、携帯を使わず、公衆電話からかけている人間がいましたね」

話す途中で自分の携帯電話を抜き出すと、この話が出た時に貴里子が転送してくれたデータを呼び出した。スクロールで、記録にあった公衆電話の設置場所一覧を確認する。

「あった。浅草、錦糸町、日暮里などとともに、向島も入っている」

「じゃあ、この公衆電話からの通話は、溝端さんが調べていた轢き逃げ事件の関係者ではなく、お腹の子供の父親だというの？」

「その可能性だってあると見ていたほうがいいでしょ」

貴里子は考え込んだ。

「――だけど、どうなのかしら。妊娠したことを相手の男に相談できず、ひとりで考え込んでいたとも考えられるでしょ。その場合は、男の傍の産婦人科など選ばないはずよ」

「その場合はそうでしょう。しかし、父親が彼女の妊娠を知っていた可能性だってある。この何者かは、彼女の携帯に、公衆電話からしかかけていない。俺には、それが引っかかるんです。この人物が事件の情報提供者で、身元をたどられたくなかったということも、もちろん充分考えられるでしょう。だが、彼女とつきあっていた男なのだとしたら、この慎重さは逆に、この男が彼女との関係を真剣に考えていたからではないかと思うんです」

「待てよ」と、柏木がとめた。「それはどうかな。ただ人一倍臆病《おくびょう》なやつだっただけかもしれねえだろ。家にも職場にも、自分の不倫を見つかりたくない気持ちが、他の連中よりもずっと強かったのさ」

まだ腹の虫が治まらないらしく、口調にはどことなく毒があった。

「そうかもしれんな」と沖は素直に認めた。「だが、違う可能性も排除できない、と俺は言ってるだけだ」

柏木は不服そうに顔を背けた。暖簾に腕押しと感じたのだろう。

「わかったわ。沖さんの意見も一理ある。ヒラさん、もう一度医者や看護師によく話を聞いてみて」

「了解。わかりました」

貴里子が口を開いて言った。

「それと、お腹の子供の調べはどうなったかしら?」

貴里子が柴原に目を移して訊く。

「いえ、まだ連絡はありませんが」

「ただ待ってるだけじゃなく、急《せ》かしてちょうだい。重要なことなのよ」

「——はい、わかりました」

「それと、ホームレスの漆田さんは見つかった?」

「いえ、まだです。収容施設にも病院にも見当たりませんでした」

「偽名を使ってるかもしれないわよ。特徴をきちんと照会した？」

「いえ……」

「漆田の故郷はどこ？」

「——ええと、確か福島のどこかだったと」

「どこかってどこよ。あなた、何年デカをやってるの。漆田信二の故郷に問い合わせたんでしょ。それとも、そんな初歩的なことをやってないの」

貴里子が声を尖らせて、一瞬部屋が静まり返った。柴原は叱られた子犬のように首を竦め、他の全員は思わず貴里子の顔を見つめる。

「チーフ、それは俺がやったんです」平松が助け船を出すように言った。「ほら、最初は俺の担当だったでしょ。ウルさんは郡山《こおりやま》の出ですよ。だが、実家にはまったく帰っていない。一応向こうの所轄に連絡をして、それらしい人間を見かけたら連絡を欲しいと言ってありますがね。だけど、俺はウルさんを知ってる。あの男の性格からして、たぶん向こうには戻ってないですよ。あとは東京のホームレスの溜まり場を、あちこち足を使って当たるしかないんじゃないかな」

貴里子は頷いた。

「それじゃあ、ヒロさん。引き続き、お願い。期待してるわ。宜《よろ》しく頼みます」

「はい」と応える柴原の声は暗かった。

「カシワさん、助川組の調べと、江草徹平の友人関係はどうなったかしら？」

「ええ、去年の四月、あそこの組員が立て続けにふたり、行方不明になってますわ。そのうちのひとりは、行方不明になってからおよそ一週間後に、隅田川の河口付近で溺死体《できしたい》で発見されましたが、もうひとりは結局わからず仕舞いです。溺死体で見つかったほうが杉《すぎ》野《の》宏一《こういち》で、行方不明のままのほうが奥山和人《おくやまかずと》です」

柏木はふたつの名前の書き方を説明した。

各々がそれを手帳にメモする。

「――で、どういうこと。どこかの組とのもめ事だったのかしら？」

貴里子が訊く。

「それがまだはっきりせんのです。しかし、出入り絡みの殺しとは、どうも肌合いが違いますな。向こうの所轄で暴力団の裏に詳しそうなマル暴担当に、少し詳しく意見を訊いてみますよ」

「お願いします」

「江草の母親は、助川組のふたりが殺されたという言い方をしてた」沖は言った。「地元じゃ、そういう噂になってたってことだ」

「だから何なんだよ」

柏木は沖のほうを見ようともせずに訊き返した。

「地元の噂にゃ、何かが自然に滲み出るもんさ。あの時の話の流れからして、あの女は組関係のもめ事で助川組のふたりが死んだ、という受けとめ方をしてただろ」

「そんなこと、一々おまえに言われなくてもわかっているよ」

沖は胸の中で溜息《ためいき》を吐き落とした。このところ関係が幾分好転したように思っていたが、これじゃあこの男が二課におり、犬猿の仲だった頃へとすっかり逆戻りだ。

「ガムはないかしら。禁煙にしたのは私だけれど、ちょっぴり今は悔やんでるところよ」

場を和ませようと思ったのだろう、貴里子が口調を変えて言ったが、誰も応える者はなかった。

10

金本知憲《かねもとともあき》は鉄人だ。それはこの男が広島東洋カープにいた頃から思っていたことだが、今年はまたその感慨を新たにした。自分よりも年上の人間がスポーツ選手を続けていることだけでも驚きなのに、このオフには膝の手術をし、練習がほとんどできなかったにもかかわらず、開幕からホームランを量産している。

阪神タイガースの応援を目的に、ゴールデン街の外れにある《サダ》に顔を出した沖だったが、今夜はどうも興が乗らなかった。タイガースが大勝しているせいもあるだろうが、捜査会議ではっきりした特捜部の亀裂《きれつ》が気にかかり、頭の奥がもやもやしている。

会議後、沖と柏木のふたりは錦糸町に戻り、轢き逃げ事件で死んだ江草徹平の友人関係に聞き込みを行った。その途上も、柏木はぶすっと黙り込んだままだった。こうなると沖のほうだって、自分から気を遣ってやる気にはならない。元々そんな柄でもないのだ。会話がないまま向こうに着き、あとは手分けして聞き込みをしたものの、沖のほうには何の収穫もなかった。柏木もそうだったことは、連絡がなかったことでわかる。

いや、それとも聞き込みのパートナーには一報も入れぬまま、直接貴里子に何か報告を上げたのだろうか。

そんなことを考えるのもやがて面倒になり、沖は自分から柏木に連絡を入れることもないまま、この《サダ》に直行してビールを飲み出したのだった。

子供じみた行いをしているとわかっている。

——だが、不愉快な野郎とつきあう気には到底なれない。

結局、自分は組織の中でやっていくには向かない人間なのだと、胸の中でそんな勝手なおだを上げつつ、同時に自己嫌悪にも襲われていた。

そんなもやもやを振り切ろうとすると、今度は今夕の円谷としたやりとりが蘇《よみがえ》り、どうにも頭に居座って離れなくなった。

デカである限り、自分はデカの仕事をする。——やつはそんなふうに言っていた。あれは、もう刑事を辞める覚悟を決めたということなのか。本物のデカにとって、刑事というのは仕事じゃない。生き方そのものだ。円谷もそう考えるひとりだと、匂いでわかる。

警察という組織を派閥争いや出世競争の場だと思っている人間たちが、そんなことを理解するはずがないのは百も承知だ。承知の上で、自分の生き方を貫く。それがデカなのだ。だが、円谷はそんな人間たちの思惑によって、近いうちに警察を追われようとしている。やつは、それを黙って受け入れるつもりなのだろうか。今夕の円谷を思い出す度に、あの男との間に見えない距離が生じてしまっているような気がしてならなかった。あの男は、自爆するつもりなのか……。組織の中で延命される道がないと悟り、引導を渡されるまではひたすら自分のやり方で捜査を継続するつもりなのか……。

自分には何もできないのか。このまま指を銜《くわ》え、本物のデカがまたひとり消え去るのを黙って見ているしかないのだろうか。

——いや、そんなことはない。このままでいいわけがない。

まずは神竜会筆頭幹部の枝沢英二と取引し、円谷が発砲するのを見たとうたっている牛島という組員を黙らせることだ。それから、方面本部長の島村幸平のケツをもう一度こっぴどく叩き、警察内の流れを変えてみせる。そのためには、何か手駒となる材料を得る必要がある。

が、沖はそこまで考えて再び逡巡《しゅんじゅん》に足を掬《すく》われた。――本当に俺は枝沢と取引するつもりなのか。ヤクザと取引するなど、自分が定めたデカとしてのルールに反する。それに、やつらに付け込まれれば、泥沼の奥底へと引きずり込まれかねないことは、そうなった人間を何百人と見てきてよくわかっている。くそ……、俺らしくない。なぜ自分の気持ちを決められない。

今夜は到底いい酒にはならない。部屋に帰り、気分転換に桂枝雀《かつらしじゃく》の高座をＤＶＤで見直そう、と決めた。

枝雀の芸の緊張感と弛緩《しかん》のバランスを、体全体でじっくりと味わいたい。そう思って勘定を頼もうと思った時に、店のドアが開き、貞子《さだこ》が低い声で「いらっしゃい」と告げた。ここでもう何十年も店をやっている老婆は、眼鏡の度が合っていないのか、いつでも目をすぼめて顔を前に突き出し、テレビを舐《な》めるような感じで阪神タイガースを応援している。客が来ても、こうして愛想のない低い声を出すだけだ。

目をやると、戸口に柴原が立っていた。

「ひとりか。珍しいな」

と、沖のほうから声をかけた。平松とは度々この店で飲むし、やはり阪神ファンである総務部長や、それに貴里子までもが時折ひとりで現れることがあるが、柴原がこんなふうに来るのは初めてだった。

「ええ、阪神が大勝してますから、幹さんはここかと思いまして」

柴原はそう応えつつも、何か店に入るのを躊躇っているようだった。

「おかしな野郎だな。そんな所に突っ立ってねえで、入れよ。ビールでいいのか？」

柴原を手招きし、そう確かめて貞子にビールを頼んだ。

柴原を自分よりも奥へ通してやり、隣のスツールに坐るのを待って、沖は貞子がカウンターに置いた瓶ビールを勧めた。「いえ、僕が」と、手を伸ばしてくるのを「いいから、まずはぐっとやれ」と押し留めて注《つ》いでやり、自分のグラスにも続けて注ぐ。

軽くグラスを掲げて見せ、柴原が飲み出すのを横目で確かめて自分も一息に呷《あお》った。このところ、柴原の中にあれこれとストレスが溜まっているらしいのに気づいていた。こうして現れたのは、ガス抜きをしたいのだろうと思ったのだ。

「おい、俺はそろそろ水割りにしてくれ」

枝雀を楽しむのは明日以降に持ち越すことにして、沖は貞子にそう声をかけた。話を聞く時は、水割りをちびちびやるのがいい。そうするほうが、ビールよりもむしろ酔いを調整しやすい。

だが、話すのを躊躇う柴原にいくつか質問を向けてやり、話しやすいようにと背中を押しながら水割りを啜るうちに、微かな後悔を覚え出した。

「村井さんは、僕のことをいつでも半人前扱いなんですよ」

と、柴原は言った。

「だから僕には使いっ走りのような仕事しかさせないんです」

と嘆き、ビールを早々に空にしたと思ったら、貞子に水割りを頼んで飲み出した。

「そんなことはないって」「彼女はおまえを認めてるぞ」「もっと自信を持てよ」

と、適当に宥《なだ》めながら話を聞いてやっていたが、

「あの人は、男を顎でこき使うことに優越感を覚えてるんです。でも、そんなことはまだどうでもいい。上司なんですから、相手が男だろうと女だろうと、従うまでです。だけど、あの人の判断はほんとに間違ってないんでしょうか。どこか感情的になってるとは思いませんか。なぜなら、被害者がやはり自分と同じ女の警察官だからですよ。だけど、我々男だったら、そうはならない。やっぱりチーフが女だから、こんなに感情的になるわけでしてね」

と言い出すに及び、沖は柴原が男兄弟ばかりの長男だったことを思い出して苦笑しつつ、スキンヘッドを平手で撫で上げた。

確か、下に弟が三人いるのではなかったか。今まで気がつかなかったが、上司が女であることに対し、最年少のこの男が最も対応できずにいたのかもしれない。

「ウルさんを見つけるのも、大事な仕事だぞ。溝端悠衣が転落死した時の状況を、ウルさんならば何か知ってるかもしれねえんだ」

「――でも、十六ヶ月前の出来事ですよ。今さら見つけたところで、どうなるって言うんです」

「そんなことはわからねえだろ」

「でも――」

と言いかける柴原を、沖はぴしゃりと制した。

「いいか、ヒロ。これだけは覚えとけよ。意味があるかねえかは、おまえが決めるわけじゃねえ。男がチーフだろうと、女がチーフだろうと関係ねえ。捜査の方向を最終的に判断するのは、チームのトップだ。下の人間は、それに従って捜査を進めるもんなんだ」

柴原は血走った目を沖に向けた。その視線の先を僅かにずらしたと思ったら、ヒャッとしゃっくりをするような音を唇から漏らした。

人の気配を感じて体を捻《ひね》ると、戸口に貴里子が立っていた。

「ごめんなさい。どうやら、間の悪いところへ来ちゃったみたいね」

微笑みかけようとした沖は、貴里子からそう吐きつけられ、出かかっていた言葉を呑み込んだ。その目の冷たい光に射られ、ますます言葉が出なくなる。

「そんなことはないさ。入ってくれよ」

そうは言ってみたものの、沖は頬が引き攣るのを感じた。なぜだろう、自然になれない自分がいる。誤解だ、何もあんたが目くじらを立てるような会話をしてたわけじゃない、と説明すればいいだけなのに、その言葉が出てこない。

「邪魔をしては悪いから、出直すわ」

貴里子は言い、素早く背中を向けた。

「タイガースが大勝してるよ。気分転換に飲んで行ったらどうだね」

貞子がそう声をかけたにもかかわらず、

「また来るわ。ありがとう、サダさん」

と応じた声にもどこか硬さがあった。

閉まってしまったドアを見つめ、沖は店を飛び出て追いかけたい衝動を感じたが、貞子に向き直って新しい水割りを注文した。

──勝手に誤解し、勝手に出て行った女のことなど放っておけ。

差し出されたグラスに口をつけると、右手で胸ポケットを探った。

「たばこを切らしてたんだ。ちょいと自販機に行ってくる」

と言い置き、柴原とも貞子とも目を合わせないようにして店を出た。

ドアを閉めるまでは敢えてゆったりとした動きを保っていたが、表に出るとすぐに忙《せわ》しなく左右を見回し、とりあえずは靖国通りを目指して駆けた。まだそれほど遠くへ行ってはいないはずだ。

だが、貴里子の姿はどこにもなかった。

沖は小さく溜息を吐き落とし、胸ポケットから出したたばこを唇に運んで火をつけた。

別に気に病むほどのことじゃない。それに、何を心配する必要があるだろう。貴里子は阪神タイガースを応援しに現れただけで、胸の内を誰かに打ち明けたかったわけでも、ましてやその相手がこの俺だったわけでもないはずだ。

たばこは湿気《しけ》た味がして不味《まず》かった。

三章　秘匿

1

電話の呼出音で起こされた。沖は眠りの淵から這《は》い上がろうと試みつつ、ベッドの枕《まくら》元《もと》に手を伸ばした。この呼出音は携帯電話のほうだと、無意識にわかっている。携帯は、こうして鳴る時のことを考えて、ベッドサイドで充電器に立ててあった。

誤ってそれを倒してしまい、携帯電話が転がった。慌てて体を横にずらして手を伸ばす。ついでに目覚まし時計に目をやると、八時五分前だった。タイマーは八時きっかりに合わせてある。昨日は柴原を相手に少し遅くまで呑《の》みすぎたので、朝食は抜き、その分少しでも眠っておくことにしたのだ。

こんな時間に誰だろう。

携帯を開き、ディスプレイに表示された番号を見るが、見覚えのない携帯番号だった。

通話ボタンを押して耳元に運ぶと、「おはようございます、向島署の田山です」という声がした。一昨日、江草徹平の轢《ひ》き逃げ事件について、当時の状況を詳しく聞かせてくれた上で、さらには現場にまで連れて行ってくれた男だ。

「すみません、まだ眠っておいででしたか？」

と、田山は遠慮がちに訊《き》いてきた。

「いえ、大丈夫です。じきに家を出るところでした」

沖はなるだけ寝起きの声に聞こえないように気をつけて応対し、ベッドに起き上がって両脚を床に降ろした。

「それならば、ちょうど良かった。実は、捜査でどこかへ回られる前に御連絡したほうがいいだろうと思いまして、早朝にもかかわらず携帯を鳴らしてしまったんです」

「気になさらないでください。何でしょう」

尋ね返しながら立ち、窓辺に歩いて遮光カーテンと窓を順番に開けた。部屋を明るくし、外の空気を入れて、眠気を完全に払いたかった。

「実は、野口志穂の件なんです。今朝早く、七時頃《ころ》でしたが、私のほうに連絡がありましてね」

田山がそう言い出すのを聞き、一気に目が覚めた。

「野口志穂が――、そうですか。で、田山さんに、何と？」

「昨夜、県警の人間が彼女を訪ねたそうなんです」

「ええ、私どもから向こうの県警に協力を要請したんです」

「そうだと思いました。それで、その刑事たちから話を聞き、溝端刑事が死んだことを初めて知ったそうでしてね。実は、それでじかに話したいことがあるそうなんですよ」

「内容について、田山さんにはもっと何か？」

「いいえ、実は彼女、電話をくれた時にはもうこっちに向かってる途中だということでして。私の都合だけ聞かれたんです。一晩考えたけれど、居ても立ってもいられなくなって、朝の新幹線に乗ることにしたと言ってました。それでですね、些《いささ》か急な話なんですが、沖さんたちの御都合さえよろしければ、九時半ぐらいには彼女を伴ってお目にかかれると思うんですよ」

　田山は一旦《いったん》言葉を切りかけたが、意気込んだ声でさらに続けた。

「沖さん、きっと彼女には、何か吐き出したい胸の内があるんです」

　願ってもないことだった。

「わかりました。その時間にそちらを訪ねればよろしいんですね」

「いいえ、実を言うと、私は今日は非番でしてね。捜査の進展を考えると、そちらのほうがいいかと思いまして、上野で彼女を迎えたら、一緒に沖さんのほうをお訪ねしようと思うんですが、いかがでしょうか」

「お休みのところ、すみません」

「いやあ、家にいたって、どうせだらだらしているだけですから」

「ありがとうございます」

九時半に分署で待つと答え、もしも時間よりも早く着いて自分がまだいなかった場合には、受付に言って部屋に入っていて欲しいとつけ足した上、協力に感謝する旨をもう一度丁寧に繰り返して電話を切った。

バスや電車を使っても、西新宿の沖の部屋から、三十分もあれば署につける。

沖は窓辺を離れて洗面台へと向かった。

その途中で、ベッドサイドの目覚まし時計が鳴り出した。

それを止め、隣に携帯電話を置きかけ、やめた。貴里子にも連絡を入れておいたほうがいい。相手が分署まで来てくれる以上、一緒に話を聞いたほうがいいと思ったのだ。

だが、すぐにかけることはせず、水で顔を洗いながらやりとりを頭に思い描いた。ただの業務連絡なのに、相手が家にいるだろう時間に電話をかけるとなると、こんなふうにいくらか構えてしまう自分が妙だった。

タオルで顔を拭《ぬぐ》い、せめて家を出る前にコーヒーとトーストぐらいは口に入れようと思い直し、コーヒーメーカーとトースターをセットしたのち、携帯電話に登録してある短縮ダイアルで貴里子の携帯にかけた。

早朝に鳴らした携帯電話に、貴里子はちょっと前の沖よりもずっと素早く出た。

「おはようございます」と応対する声が、比較にならないぐらいにしゃきっとしていた。

「沖です。実は今、向島署の田山さんが連絡をくれましてね。野口志穂が、何か話があって、群馬県からこっちへ出てくるそうなんですよ」

「野口さんが――」

「ええ、そうです。で、田山さんが、うちのほうへ連れて来てくれるそうなんです」

「わかったわ。時間は何時？」

「九時半です。チーフも同席しますね」

「大丈夫だと思う。だけど、もしも私が遅れるようならば、幹さんひとりで話を聞いておいて」

沖はその答えを聞いて訝《いぶか》った。人一倍に仕事熱心な貴里子らしからぬ応対に思えた。

同時に、貴里子の声の背後に、列車の通過音らしきものが聞こえていることに気がついた。どこかの駅にいるのだろうか。しかし、こんな早朝から何のために……。

「何か用事ですか？」

沖は敢《あ》えてさり気なく訊いた。

「ええ、大したことじゃあないんだけれど、ちょっと用足しなの。できるだけ時間には戻れるようにするので、万が一の時にはお願い」

貴里子は早口でそう答え、素早く電話を切ってしまった。

沖は軽く首を捻《ひね》ったあと、トイレで膀胱《ぼうこう》を空にした。習慣通り、玄関ドアの新聞受けから新聞を抜き取って戻る。

濃いめに淹《い》れたコーヒーをポットから使い慣れた大きめのカップに注《つ》ぎ、ブラックで飲み出しながら、まずは新聞の社会面に目をやった。元々胃が強いのだろう、かなり酒を飲んだ翌日でも、吐き気を覚えるようなことは滅多にないが、頭の回転が鈍いと感じることはある。そんな場合、ブラックコーヒーが最良の薬なのだ。

焼き上がったトーストをカップの上に置き、冷蔵庫からバターを出して戻ってきた。トーストにたっぷりとバターを塗り、新聞を斜め読みにしながら齧《かじ》り出す。テーブルの皿に山盛りにしてある固焼き醤油煎餅《しょうゆせんべい》の袋を破り、時折トーストと交互に口に運ぶ。

そうしながらもふと、頭の片隅に微《かす》かな疑念がこびりついていた。

――ただ電話の最中で、自分が乗る電車がやって来ただけの話なのかもしれない。しかし、貴里子は何かを訊かれるのを恐れ、素早く電話を切り上げたような感じがしたのだ。

K・S・Pの玄関を入ったところで、沖は受付の女性警官に声をかけられ、客を特捜部の部屋に通してあると言われた。客が先に来た場合には、そうしておいてくれるようにと電話で頼んであった。時間はまだ九時十五分で、約束の時間まで間があったが、新幹線の到着が案外と早かったのかもしれない。

　野口志穂は、すらっと背の高い女だった。沖が特捜部の部屋に入ると、一緒に応接ソファに坐《すわ》っていた田山に促されて立った。田山と同じぐらいの背丈はあり、男として大柄の部類に入る沖とも大して変わらない。

　赤地に黒のチェック模様が入ったニットシャツに薄でのカーディガンを羽織り、黒いロングスカートを穿《は》いていた。化粧気はほとんど感じられず、髪は肩にかからない長さで真っ直ぐに切り揃《そろ》えられている。おかっぱ頭に一工夫を加えて見栄えを良くした、といった感じだった。本当は何かカットの仕方に呼び名があるのかもしれないが、沖にはわからなかった。

「沖です、田山さんから伺いました。わざわざ遠いところを出てきていただきまして、ありがとうございます」

　沖はそう言いながらソファに坐ってくれるようにと手で示し、「お茶か冷たい物か、どちらが宜《よろ》しいですか？」と訊いた。

「じゃ、冷たい物を」と答える志穂から田山へと視線を移すと、田山も「じゃあ、自分も同じ物を」と応えた。この男は今日も、先日と同じような背広を着ていた。同じ背広かもしれないが、よく似たものかもしれない。安物の似たような背広を何着も購入し、駄目になるまで着続けるようなタイプの刑事に思えた。

沖は貴里子が部屋に備えつけた小型の冷蔵庫から麦茶のポットを出すと、湯飲み三個に注ぎ、盆で応接テーブルへと運んで置いた。

ふたりの前に坐り、ちらっと壁の時計を盗み見る。九時半まではまだ何分かある。貴里子は約束の時間を目指し、慌ててこちらに向かっているところだろうか。

だが、わざわざ訪ねて来てくれた志穂を、このまま坐らせておくわけにはいかない。沖はとりあえず始めておくことにした。

「どうぞ、喉《のど》を潤してください。暖かくなってきましたね。動くと汗ばむ季節ですよ。ところで、江草徹平さんのことについて、何かお話があるそうですね」

だが、志穂は徹平の名前を聞くと体を硬くし、俯《うつむ》いてしまった。何かを心に期して来たものの、いざこうしてその場に臨むと、口を開く勇気が湧《わ》かないらしい。

沖はチラッと田山を見た。ここに来る途中か、もしくは志穂から電話を貰《もら》った時点で何かを聞いているのならば、志穂が話しやすいようにと話の端緒を振ってくれるだろうと思ったのだ。

だが、ヴェテラン刑事は沖の視線に気づいても、口を開こうとはしなかった。志穂が話すのを待つしかないということか。

沖は自分の麦茶を啜《すす》った。

それに釣られたように田山が、そして志穂がカップを口に運ぶ。

「徹平さんには、ルナさんという幼馴染《おさなな じ》みがいるんです」

カップをテーブルに置いた志穂は、いきなりそう切り出して沖を見つめた。

「刑事さん、お願いです。その女性を捜して、詳しく話を聞いていただけないでしょうか」

沖は志穂の目の強さに気圧《けお》されるものを感じながらも、しっかりと視線を受けとめた。

「そのルナさんというのは、本名ですか？　どういった字を書くんでしょう？」

「ごめんなさい。本名だと思いますけれど、はっきりとしたことはわからないんです……。どんな字を書くのかも……」

「それで、ルナさんを探して話を聞いて欲しいというのは、なぜなんです？」

「亡くなる前、徹平さんは、何か彼女の相談に乗っていたようなんです」

「どんな相談に？」

「さあ、それはわかりません。――だけど、何か大変なことが起こっていたんじゃないかと思うんです」

――これでは雲を摑《つか》むような話だ。

沖は人差し指を立てて鼻の頭を掻《か》いた。平手でスキンヘッドを撫《な》で上げる癖をやめようと意識をし始めてから、なんとなくこうしてしまうことが起こり始めた。

「しかし、ただ相談と言われましてもね。もう少し、何かわからないのでしょうか？」

「――すみません。私には」

志穂は目を伏せ、力ない口調で呟《つぶや》くように言った。

「野口さんは、ルナさんと直接会ったことはあるんですか？」

「はい、一度だけ。でも、ちょっと擦れ違っただけですけれど。その時、徹平さんから、彼女は自分の幼馴染みで、大事な相談に乗っていたところだと聞かされたんです。それから少ししたら今度は、結婚の話を進めるのは少し待って欲しいと言われました。これには私も驚いてしまって――。どうしてそんなことを言うのか問いつめたら、解決しなければならない問題があるからと」

沖は鼻先にまた指を運びかけて、やめた。

「つまり、江草徹平さんはあなたに正式にプロポーズをしたあとで、婚約を撤回したいと言った。そして、その理由をあなたが尋ねたら、幼馴染みのルナという名の女性との間で解決しなければならないことがあると説明した」

「違います。そうじゃないんです。ルナさんとの間で解決しなければならないことじゃありません。確かにルナさんとは昔、何かそんなこともあったみたいだけれど、でも、そういう男と女の話じゃあなかったんです。あの時、徹平さんはルナさんから何か相談を持ちかけられていたんです。それに、婚約を撤回したいと言ったわけじゃありません。少し時間を欲しいと言われただけです」

志穂の目の光が再び強さを増した。自分の話をわかろうとしない相手に対する苛立《いらだ》ちが満ちている。

沖は気がついた。この女は、以前、おそらくは江草徹平が殺された当時にも、この話を刑事の誰かに話したにちがいない。そして、今の沖と同じような対応をされたのだ。

だが、あれから二年が経《た》った今でもなお、何かが心に引っかかり続けており、それでこうしてわざわざ早朝に故郷の街から出てきた。

「あの時、というのは、江草さんが轢き逃げに遭う前、ということですね」

「そうです」

「正確には、江草さんがあなたに、解決しなければならないことがあるので、結婚の話を進めるのを少し待って欲しいと言い出したのは、轢き逃げ事件のどれぐらい前だか覚えていますか？」

「一週間ぐらいです」

「どんなことでもいいんです。よく思い出してくださいよ、野口さん。江草さんは、その時、本当に他には何かあなたに言いませんでしたか？」

「いいえ、ごめんなさい。私がわかるのは、それだけなんです。だから、轢き逃げ事件があった時、担当の刑事さんたちにも上手《うま》く伝えることができなくて。だけど、溝端さんは違いました。あの人は、ルナさんに興味を持っていました」

「何ですって！」

沖は思わず声を高めた。なぜ早くそれを言ってくれなかったのか。

「溝端刑事がルナさんに興味を持っていたというのは、それはどういうことなんです？ 彼女とは、いつ会って話したんですか？」

「一昨年の暮れでした。轢き逃げ事件のことを調べていると言って、私のアパートに訪ねて見えたんです」

「そして、あなたはルナさんの話を溝端刑事の耳にも入れた」

「いいえ、それは違います。ルナさんのことは、あの女の刑事さんのほうから訊いてきたんです。徹平さんの幼馴染みだったこの人のことを何か知らないか、と。会って話が聞きたいのだと言っていました」

そう一息に話してから、志穂は視線を宙に彷徨《さまよ》わせた。

「そうだ。さっきの刑事さんの質問だけれど、ルナさんは本名です。どんな字を書くのかはわからないけれど、本名です。だって、あの女刑事さんだってそう呼んでいたんですから」

沖は志穂の顔を見つめ、心持ちゆっくりと切り出した。

「苗字はどうです？ 落ち着いて考えてください、野口さん。溝端刑事は、あなたにルナさんの行方を尋ねた時、苗字も口にしたんじゃないですか？」

「そうか、そう言われればそうですね。私って、馬鹿《ばか》……。ええと、ちょっと待ってください。なんだか、ここまで出て来てる気がするんだけれど」

志穂は右手で自分の喉元を指し示した。

沖はその手に目をとめた。水に荒れ、痛々しい皹《ひび》が走っていた。板前修業の若者などが、こんな手をしているのに出くわすことが時折あるが、今時滅多に見ないようなひどい皹だ。

野口志穂は花屋をやるのが夢で、二年前にも花屋で働いていたといった話を思い出した。それもきっと水を使う仕事だろう。故郷でも同じような仕事をしているのか。

「慌てないで、ゆっくり思い出してくれればいいんですよ」

そう言おうとした時に、志穂の顔に明かりが差した。

「神がついたんです。神田とか、神林とか。――そうだわ。神尾です」

「神に尾っぽですね」

「はい、間違いないわ。そうです、神尾です」

――神尾ルナ。

沖は手帳にそうメモをした。

苗字がわかれば、本人を割り出すのはずっと容易《たやす》い。

「なぜ溝端刑事は、神尾ルナさんを捜していたんでしょう？　何か言ってはいませんでしたか？」

「いえ、それは……」

しばらく辛抱強く待ってみたが、どうやらこの点については思い出せないのではなく、何も聞いていないのだと判断するしかなかった。

沖は手帳を繰った。

「ところで、野口さんは、江草徹平さんが母親には内緒で助川組の組員になっていたことを知っていたんですか？」

「——最初は知りませんでした。でも、途中で話してくれました。刑事さんは、徹平さんのお父さんのことは？」

「助川岳之ですね。もちろん知っていますよ」

「徹平さん、自分の父親がどんな人間なのかを知りたかったんです」

「で、どんなふうに言っていましたか？」

「父親を尊敬してました。男の中の男だと」

ヤクザはただのヤクザに過ぎない。弱い人間を食い物にするダニのような存在だ。だが、もちろん沖はそんな感想は述べなかった。

「あなたは、助川岳之には？」

「一度だけお会いしたことがあります。徹平さんが亡くなる三日前でした」

「三日前に――？　で、何を話したんです？」

「彼があの人の息子であることを話しました。そして、ヤクザから抜けるように、父親のあなたから話して欲しいと頼みました。何も知らない徹平さんのお母さんを悲しませないで欲しいと言ったんです」

顔には出さなかったものの、沖は軽い驚きを感じた。江草徹平が息子であることを助川の耳に入れたのは、彼女だったのか。

「で、それに対して助川は何と？　江草徹平が名前を偽って自分の下に潜り込んでいたことを知って、驚いてましたか？」

「もちろんです。とっても驚いて、ショックを受けてるようでした。でも、それから真っ直ぐに私を見て、わかった、自分からあいつにきちんと話すと、そう請け負ってくれました」

はっと気がついた。江草徹平が轢き逃げされた夜、助川は徹平とふたりだけで話している。何を話していたのか確かめようとしても答えなかったが、やつはこの夜、息子に対し、足を洗うように切々と説いていたのかもしれない。しかし、息子はその途中か直後かに電話で呼び出され、轢き逃げに遭ってあっけなく死んでしまった。

助川岳之がヤクザに嫌気が差して出家をしたのは、これが理由だったのかもしれない。

「それから、助川さんのことは、あと一度お見かけしたことがあります」

志穂が続けた。

「徹平さんのお通夜の席でした。だけど、お母さんの綾子さんがすぐに追い返してしまったので、私は何も話してはいませんが……」

志穂は、死んだ江草徹平の母親を、今でも自然にお母さんと呼んでいた。

「助川組の杉野宏一と奥山和人という組員の名前を聞いたことはありますか？」

「いいえ、ありません。やっぱり、恐ろしいですから……、だから、私、ヤクザの人たちとは会ったことも話したこともありませんもの……。会って話したのは、助川さんだけです。そのふたりが何か、徹平さんの事件に関係しているんでしょうか？」

「いえ、それはまだ何とも」

そう答えてから、沖はふと思いついて訊いた。

「助川組のことで、江草さんから何か聞いたことはないですか？　どんな些細《ささい》なことでもいいんですが」

「さあ、そう言われても……。そうだ、だけども、なんだかお父さんの助川さんとは意見の合わない人がいたようで、もしかしたら、組がふたつに割れるかもしれないと、そんなことを言っていたことはありましたけれど。だけど、ごめんなさい。それ以上、詳しい話は——」

沖は唾《つば》を呑み下した。

組が割れる、とは……。

もしも本当なら、それは些細な話どころじゃない。

助川組には、内部分裂の危機があったのか……。そんな情勢の下で、組長の息子である江草徹平が轢き逃げされて死亡し、助川岳之は、おそらくはその悲しみもあって仏門に入り、組から身を引いた。そして、翌年には、助川組の杉野宏一と奥山和人というふたりの組員が失踪《しっそう》し、そのうちの杉野のほうは溺死体《できしたい》で見つかっている。

組の内部の事情と江草徹平の死は、何か関連しているのだろうか。本人はただのチンピラで、駆け出しのヤクザに過ぎないが、組長の助川の血を引いていたことは、組の跡目争いの観点から見れば、大きな意味があったはずだ。

しかし、それならば江草徹平の幼馴染みだった神尾ルナというのはどう絡んでくるのか。それに、依然としてなぜ溝端悠衣がひとりでこの轢き逃げ事件を調べていたのかが、まったく見えては来ない。彼女はなぜ神尾ルナの行方を捜していたのだろう。

ひとつずつ解き明かしていくことだ。

沖はさらにいくつか質問を繰り出してみたが、助川組の内部事情その他について、志穂がこれ以上知る話はないと判断するしかなかった。

わざわざ足を運んで貰ったことに対して丁寧に礼を述べ、何かわかったら連絡を入れるとつけ足した。

しかし、志穂はまだ腰を上げようとはしなかった。

「刑事さん、私、疚《やま》しいんです」

椅子《いす》に坐り込んだまま、言葉を振り絞るようにして言った。沖ではなく、田山を見ていた。

「疚しい？」田山が志穂の言葉を反復した。

「なぜそんなふうに思うんです？」

「だって、疚しいから……」

志穂は俯き、消え入るような声で答えた。

「だから、去年の三月に故郷へ帰った時も、私、逃げるようにして東京を出たんです」

田山が目を細め、微かに首を振る。

「野口さん、そんなふうに自分を責めるべきじゃない。あなたは婚約者を亡くしたんだ。居たたまれなくなって東京を離れ、故郷で再出発を図ったのは、むしろ素晴らしいことじゃないですか。それを悔やんだり、ましてや自分を責めたりする必要などまったくない。わかりますね」

沖は田山に任せることにした。どうも自分は、こういうのは苦手だ。

だが、この一見地味な刑事には、その実、酸《す》いも甘いも嚙《か》み分けた人間の雰囲気がある。

「違うんです！」志穂が声を高めた。「私、今度、故郷で花屋を開けるんです。そのお店の元手になったのは、徹平さんのお母さんが、きちんとふたりで所帯を持つようにと言って、徹平さんにかけてくれた保険金なんです」

「………」田山が困惑顔で目を瞬《しばたた》く。

「――それに、私、好きな人ができたんです。徹平さんが死んでまだ丸二年も経っていないというのに、他の人を好きになるなんて……。その人が、この間、結婚しようとプロポーズしてくれました。でも、徹平さんに申し訳なくて……。私、わからないんです……。自分だけが幸せになっていいものかどうか……」

志穂は言葉をそこで途切れさせ、込み上げてくるものを必死で堪《こら》えるように顔を歪《ゆが》めた。

「よかったじゃないですか。それは、おめでとうございます」

田山の声は優しかった。「野口さん、あなたのお気持ちはわかる。だが、そんなふうに考える必要は何もないんですよ。わかりますか、人は誰でも幸せになる権利があるんだ。過去に囚《とら》われる必要などないんです」

「でも……」

「さあ、そろそろ帰りましょう。あとは私たち警察に任せてください。上野まで送りますよ」

志穂の肩に軽く手を触れ、椅子から立つようにと促した。

立ち上がり、頭を下げる志穂に頭を下げ返し、沖はふたりを部屋のドアまで送った。

「私もすぐに行きますから、ちょっとだけ廊下で待っていて貰えますか」

田山は戸口で彼女にそう耳打ちして送り出すと、沖のほうを振り返った。

「で、どうなんでしょうか、沖さん。事件の進展は？　やはり、江草徹平のヤマは、ただの轢き逃げではなく、最初から江草を狙《ねら》ったもののようですね」

「ええ、うちでもその公算が大きいと考えています」

「残念ですよ。あの時に、もっとその線で捜査を進められていれば……。それにしても、溝端刑事は、どういった理由でこの江草の事件を調べていたんでしょう。彼女は、私に対してても野口志穂さんに対しても、事件を調べていた理由については、口を噤《つぐ》んで話していませんん。私には、どうもこの点が気になるんです。沖さんのほうで、何かわかったんでしょうか？」

ある程度の年季を積んだデカならば、やはり着眼点は同じなのだ。

だが、沖は「ええ、まあ」と言葉を濁すしかなかった。

本庁の二課は必死で何かを秘匿している。そして、溝端悠衣は、それに絡んで単独捜査を進めていたにちがいない。今やそう確信していたが、それを軽々しく告げるわけにはいかないのだ。

田山は何かを感じたらしいが、しつこく訊いてくることはしなかった。連携捜査となれば別だが、別の署のデカ同士が軽々しく情報交換をできないことはわかっている。打ち明けるか打ち明けないかは沖の判断にかかっており、無理強いはできないと弁《わきま》えているのだ。

沖は田山の態度に内心感謝しつつ、自分のほうから訊き返した。

「田山さん、さっき野口さんがした助川組の件なんですが、向島署もあそこの縄張りに近い。内部分裂の可能性をほのめかすような噂《うわさ》が流れて来たことはありますか？」

「ああ、そのことですね。しかし、あれはどうでしょうか。私は初耳ですね。マル暴担当ならば、何か耳にしてる可能性は否定できませんが、俄《にわか》には信じられませんなあ。何かあるなら、デカの耳に入るはずでしょ。あれについては、分裂といった大げさな話ではなく、勢力争いがあるとかいった事態を、下っ端の江草なり、それを聞いた野口さんが取り違えたんじゃないでしょうか」

「今の組長は確か、花輪剛毅《はなわごうき》と言いましたね」

沖は資料で確かめてある名前を出した。

「こいつがどんな男かは御存じですか？　助川が組長だった当時は、やつの下にいたんでしょうね」

「そうです。花輪が組のナンバー2でしたよ。だが、一言で言やあ、助川とは正反対の男ですね。助川はある種、伝統的な日本のヤクザでしたが、この花輪という男は所謂《いわゆる》経済ヤクザでしてね」

「じゃあ、助川がトップにいた時分は、衝突したんじゃないですか？」

「いや、それはありませんでしたね。ヤクザの器というんでしょうか。それは、助川のほうがずっと上ですよ。だから、助川が組を収めていた時には、花輪も好き勝手は何もできなかったんです」

田山の話に、沖は黙って頷《うなず》いた。

理屈や学歴などが何の影響も及ぼさない組織の場合には、よく起こり得ることだった。重石《おもし》となる人間がいる限り、たとえ目指すものや嗜好《しこう》が違ったとしても、下の人間には何もできない。

だが、もしも助川が組長を引退して得度をする前に、重石としての役割を失いかけていたとしたら、どうだろう。

それならば、ナンバー2だった花輪剛毅との間で、勢力争いが起こっていた可能性が考えられるはずだ。

2

貴里子が現れたのは、志穂と田山が引き上げた直後だった。沖は貴里子には電話で報告することにし、分署を出て錦糸町に向かおうとしていたところだった。今日も柏木と組むのかと思うと気が進まなかったが、ふたりで手分けしてルナという女を見つけることと、助川組の内部事情に探りを入れることが肝心に思えた。

部屋の戸口を出た沖は、廊下を歩いてくる貴里子と出くわした。

「惜しい。今、ほんの少し前に帰ったところですよ。聞き込みに戻る途中で、連絡を入れようと思ってたんです」

「ごめんなさい。予定よりも遅くなってしまったものだから。幹さんの時間が大丈夫なら、少し部屋で話さない？」

「わかりました」

沖は応え、貴里子とふたりで部屋に戻った。

会議用の大机の角に坐ると、貴里子の顔が幾分青ざめていることに気がついた。

「どうかしたんですか？」

「いいえ、どうもしないわ。なぜ？」そう問い返してくる口調には、どこか挑むような響きがあった。何かがあったのだ。そんな時、こうして態度を硬化させる女だということは、もうわかっていた。

「まずは報告をしてちょうだい」

沖は貴里子に促され、志穂から聞いた話をした。

貴里子はそれを最後まで黙って聞いた。

「昨日、江草徹平の母親から借り出した、彼の卒業アルバムの住所録をコピーしたんだったわね。神尾ルナという名前は、その住所録にないのかしら？」

沖が話し終えるとすぐ、そう訊いてきた。

「住所録はカシワが当たってます。その点についても、錦糸町でやつに確かめるつもりでした」

「では、そうして。それと、やはり助川組ね。あそこを調べる必要がある」

沖が告げる前に、貴里子のほうから指摘してきた。

「ええ、同感です。未だに、なぜ溝端刑事が単独で江草徹平の轢き逃げ事件を調べていたのかが、見えてこない。二課が興味を示した末に、外部には隠したがっていそうな何かが、この轢き逃げ事件の周囲にあるような気配がなかなか匂《にお》って来ないんです。だが、あそこの内部事情を探れば、何かがわかるかもしれませんよ」

「そうね。私もそう願ってるわ。表から今の組を当たるのも大事だけれど、助川岳之という男をもっと叩《たた》くべきかもしれないわね」

「そうですね。刑事に足繁く通われちゃあ、寺の他の坊主に対しても檀家《だんか》に対しても都合が悪いはずだ。少し足繁く通って叩いてやりますよ」

「お願い。でも、一応は慎重にね」

「抜かりはないですよ。じゃ、私の報告はここまでです。そうしたら、教えて貰えませんか？　今朝早くから、どこに行っていたんです？」

沖はさり気なく質問に切り替えた。

部屋に入った瞬間には幾分青ざめて見えた貴里子の顔も、今はいつもと何ら変わりなく思えた。早朝に電話で話した時のような、どこか会話を早めに切り上げたがっているような素振りも感じられない。

しかし、煙《けむ》には巻かれなかった。何かがあったのだ。それで起こった心の動揺を、巧みに隠している。

案の定、沖に質問を向けられて、貴里子は厳しい顔つきになった。

拒まれる。

あるいは、またいつものようにどこか挑むような、半ば喧嘩腰《けんかごし》の口調で逆に何かをぶつけてくる。——その顔つきを目にした瞬間にそう覚悟した。

だが、予想は裏切られ、貴里子は小さく息を吐き落としただけだった。

「今は話したくないの。あとで、ふたりで話さない？」

「今だって俺と村井さんとふたりきりじゃないですか」

「だけど、今は話したくないのよ。お願い、幹さん」

貴里子と目が合い、沖は戸惑いに襲われた。

——この女が縋《すが》るような目をするなんて……。

こんな顔を見るのは初めてだった。

こうしてひとつずつ新たな表情を垣間見《かいまみ》ていった挙げ句、俺のこの女に対する気持ちはいったいどうなってしまうのだろう。――そう思うと、胸の中に生じていた僅《わず》かな高揚感は、あっという間に息苦しい不安へと転じた。

「嫌だな、何を意味深なことを言ってるんです。あんたらしくない。まだ、昨夜のことを気にしてるんですか？」

しかし、沖がそう漏らすと、貴里子はすっと表情を顔の奥深くに沈めた。力を込めて奥歯を嚙み締めたのがわかる。青白い炎が目の中に揺れた。

「昨夜のことって、何を言ってるの？」

「いや、何。《サダ》でヒロの野郎がつまらない愚痴を言ってたのが、あんたの耳に入っちまったようだから……」

「馬鹿言わないで。男のくだらない愚痴など、どうでもいいわ。そんなつまらないことで時間を取ってる暇などないもの」

沖はなぜだか理由がわからないまま、不快な粒子がいくつも湧き、ざらざらと心の表面を逆撫でするような気分を感じた。

だから、もうこんな話は切り上げるべきだと思ったにもかかわらず、つい言い返した。

「そんな言い方はないでしょ。ヒロだって、あれこれストレスが溜《た》まり出してるんです」

「あの人は、男尊女卑の九州男児だったわね。女の下で働くのが嫌なら、仕事を辞めればいいんだわ。ストレスなんて言葉を、あなたたち男の刑事に使って欲しくない。私たちがどれだけストレスを感じているか。ねえ、あなたたち男に、溝端さんがどれだけのストレスを背負っていたか理解できるの？」

喚《わめ》き立てる貴里子を目の当たりにして、沖は一瞬息を呑んだ。

「――いったいどうしたんですか、チーフ」

怖々そう訊くしかできなかった。

「何でもないのよ。捜査に行ってちょうだい、沖刑事」

「しかし……」

「何でもないって言ってるでしょ。今はあなたと話したくないの。お願いだから、私をひとりにして」

「何でもないわけがないでしょ。今日のあんたは、何か変だ」

「府中刑務所よ」

およそ彼女らしからぬ小さな声だった。何かの間違いで、言葉がひょいと目の前に落とされたような感じがする。

そのことに、他でもない貴里子自身が驚いているように見えた。

「府中ですって……。今度のヤマで、あそこにいったい何の用が――」

沖はそう言いかけ、一旦口を引き結んだ。

両目を見開き、穴の開くほど貴里子を見つめる。

「神竜会の牛島健吾を訪ねたのか……?」

「事情聴取をしてきたわ」

体の芯《しん》に震えが走る。顔がぽっと熱を持った。

沖は口を開き、閉じた。なぜそんな余計なことをしたのか、と、怒鳴りつけそうになったのだ。

「そんなことをして、何になるんです?」

押し殺した声で言った。

「——確かめる必要があるでしょ」

「何をです?」

「決まってるでしょ。あの日——、私たちが朱栄志を追いつめた日、神宮外苑で何があったのかを、よ」

沖は自分の唇が妙な形に歪んでいるのを感じた。

「で、牛島のやつは、あんたに何と言いました? 円谷が引き金を引いたと証言したんでしょ。だけど、これはシナリオのでき上がった茶番なんだ。村井さん、あんただってそれはもうわかってるでしょ。深沢たち警務は、円谷を血祭りに上げ、このK・S・Pを葬るつもりだ。それは、やつらの権力争いなんですよ。そんなものに、こっちが踊らされる必要はない。もう、それは確認し合ったんじゃなかったんですか」

「だけど、私には牛島が嘘《うそ》をついてるようには見えなかった」

「やめてください、素人《しろうと》じゃあるまいに。相手はヤクザじゃないか」

「そんな台詞《せりふ》を、あなたの口から聞きたくない。ヤクザだって人間なのよ」

「俺は何もヤクザを下等だとか人間の屑《くず》だとか言いたいわけじゃない。だけど、決してやつらの発言を鵜呑《うの》みにはできないでしょ。ほんとに牛島が円谷の発砲を見たのならば、取調べの段階でそううたっているはずだ」

「そうしようと思ったけれど、発砲したのがK・S・Pの刑事だとわかって、恐ろしくて言えなかったらしいわ」

「そんなのは嘘に決まってる。ヤクザというのは、刑事の弱点を摑めば、そこをとことん突いてくるような連中ですよ」

「私にはそうは思えなかった」

　冷静になるのだ。――沖は胸の中で自分に言い聞かせた。慎重にならなければならない。慎重な物言いをしろ。そして、目の前の貴里子を、冷静に説得しなければならないのだ。この女は、脅したりすかしたりするだけでは、決して自分の意見を変えようとはしない。

　いや、わかっていた。そんなことじゃない。俺はおかしなことを言って、この女に嫌われたくないのだ。

「村井さん、よく考えてください。たとえ百歩譲ってそうだったとしても、それを今の段階になってうたうようになったのは、深沢たちがそうし向けたからです」

「幹さんこそ、よく考えて。ねえ、やはりこの件は、警務部の調査に任せるべきじゃないのかしら」

だが、貴里子がそう言うのを聞くともう駄目だった。慎重など、くそくらえだ。カッとなるのをとめられない。

「何を言ってるんだ。あんただって、あの深沢がどういう男なのか、やつがここの署長をやっていた間に嫌というほどにわかっているはずだ。警察内部の権力争いと自分の出世しか頭にない男ですよ。深沢に任せれば、やつは嬉々《きき》として円谷を退職に追い込み、それをきっかけにしてK・S・Pを潰《つぶ》す。火を見るよりも明らかじゃないか」

「そうなったら、それも仕方がないでしょ。お願いよ、それ以上怒鳴らないで」

「打つ手はまだいくらでもある」

「そんなことを言ってるんじゃないのがわからないの？　マルさんは発砲してるのよ」

「やつは発砲などしてない。なぜヤクザの証言など信じるんだ」

「何度言わせたら気が済むの。私が牛島という男に直接会い、話をこの耳で聞き、確かめたからよ」

「立派な正義の味方だな。それで仲間を売って、良い気分なのか」

「何ですって！　幹さん、あなたまでそんな言い方をするのね。警察官は、社会正義のために働いてるのよ。仲間を守るために警官をやってるなんていうのは、くだらない男どもの考え方だわ」

「どう言われようと結構だ。俺は俺の信じる正義を守ってる。そして、俺たちの同僚の円谷だってそうだ」

「私怨《しえん》で容疑者を狙い撃つのが正義なの？」

「村井さん、あんたはそんなに完璧《かんぺき》なのか？　やつは、かみさんと長女を殺されてるんだぞ。一瞬だけ、魔が差すことはあるだろ。それが人間ってものだろうが」

「答えてよ、幹さん。私怨で容疑者を狙い撃つのが正義なの？　警官として、許されることなの？　違うでしょ。幹さん、あなただってそう思っているから、だから、自分では府中に行こうとしなかったんでしょ。自分の手で、何が真実かを確かめるのが怖かったのよ」

沖は一瞬言葉を奪われた。

――その通りだ。

だが、それを認めてどうなるのだ。

拳《こぶし》を机に叩きつけた。

席を立ち、戸口へと急ぐ。

「待って。話は終わってないわ」

貴里子の声が追ってきた。

「終わりだ。あんたともうこれ以上話すことはない」

部屋を出ようとすると、右腕を摑まれた。

かっとして振り向くと、すぐ傍に貴里子の顔があった。

「待って、幹さん。私の話を聞いて。あなたも私も刑事なのよ。私は、それを忘れないで貰いたいの」

沖は貴里子を見下ろした。

間近で見ると、顔の何もかもが美しかった。造りが美しいと思うより、様々な感情が形作る表情のすべてが愛《いと》しく、綺麗《きれい》なのだ。

俺はこの女に惚《ほ》れている。——馬鹿馬鹿しい話だった。なぜよりによって言い争いをしている最中に、こんなことを確信するのだ。

沖は左手を持ち上げた。自分の二の腕を摑む貴里子の手に添わせ、腕からそっと引き離す。貴里子の手は華奢《きゃしゃ》で細かったが、摑まれていた二の腕の部分には、熱い感覚が張りついたままだった。

「頼む、村井さん」

沖は静かに言った。「あんたは、俺たちのチーフだ。だから、頼む。三、四日。いや、

二、三日でいい。あんたが府中で耳にしたことは、その胸だけに納めていてくれ」
貴里子は眉間《みけん》に皺《しわ》を寄せた。苦痛を堪える表情が、あぶり出しの絵のように浮いてくる。

「――私が言わなくたって、警務部の人間はもう牛島に事情聴取を済ませているわ。もう、どうにもならないのよ」

「俺がどうにかする」

「どうするというの……？」

責める調子が声から消え、貴里子は縋るような声音になっていた。

驚いたことに、そんな声を聞くほうがずっと辛《つら》かった。

「あなたには関係ない。俺が個人的にすることだ。この先、平松や柏木たち、特捜部の他の人間も巻き込まない。だから、頼む。ほんの少し、俺に時間をくれ」

「――何をする気なの、幹さん？」

「あんたは何も知らないほうがいいんだ。すべて俺が俺の責任でやることだ。あんたはただ、ほんの数日だけ口を噤んでいてくれ」

「幹さん……」

「頼む、チーフ」

沖は貴里子の視線を遮るようにして頭を下げた。

背中を向け、戸口を出た。

もう貴里子の声は追って来なかった。

3

待ち合わせは、昨日と同じ錦糸町駅の出口だった。

今日は柏木のほうが先に来ていた。

「江草徹平と神尾ルナは、中学校の同級生だな」

沖にひょいと片手を上げると、挨拶《あいさつ》もそこそこにそう切り出した。沖はそれで、貴里子から柏木に連絡が行ったことを知った。沖自身は柏木と電話で連絡を取り合い、待ち合わせをここに決めたものの、億劫《おっくう》でそれ以上の話はしなかったのだ。

貴里子と別れてからずっと、心に鉛の重りが載っているような気分がしていた。

「どんな字を書くんだ？　カタカナなのか？」

手帳を出して訊いた。

「いや、瑠璃《るり》色の瑠に奈良《なら》の奈だ」

手帳のページに、『瑠奈』と書きつけた。

「でもって、もうこの女には当たったのか？」

「いや、これからの分だな。だけど、チーフから事情は聞いたが、ほんとにこの女が何か関係してるのかよ。江草綾子にゃ、たった今もう一度話を聞いてきたところなんだが、瑠奈ってのは、徹平が野口志穂とつきあう前につきあってた女らしいじゃねえか」

「そうか、母親もそう言ってたのか」

「だからよ、瑠奈から相談を持ちかけられてどうこうなんてのは、その女につきまとわれてた徹平が、仕方なく志穂にした口先だけの話なんじゃねえのか」

沖は黙ってスキンヘッドを擦《こす》った。

自分の中にも、柏木と同じ考えがあるのは確かだった。しかもそんな疑いは、志穂と別れて時間が経つうちに、むしろ強くなっていた。

当時、轢き逃げ事件を捜査した向島署も、おそらくは同じ判断をし、志穂の話に取り合わなかったのだ。だが、徹平の保険金で花屋の店を持ち、新しいフィアンセができた彼女は、どうしても徹平が瑠奈から何か相談を持ちかけられ、それが元で殺されたという考えから抜け出せないでいる。

それは、彼女がそう考えたいからだ。

――違うだろうか。

死ぬ直前の溝端悠衣が、神尾瑠奈に興味を持っていたらしいのは確かに気になるが、ただ轢き逃げ事件が起こる前の江草徹平の様子を訊きたかっただけかもしれない。

「母親から、何かそれ以外の話は出なかったのか？　彼女だって、息子の事件が未解決なままじゃ、気がかりでしょうがねえだろ。何か疑いのひとつも出たとしても、おかしくないと思うんだがな」

「いいや、瑠奈って女についてはなかったぜ。もしも徹平が狙われて殺されたんだとすりゃあ、それは助川組の組員になったためだと言ってたよ。あの女にとっちゃ、ヤクザ者である助川岳之と別れ、女手ひとつでひとり息子を育てたにもかかわらず、その息子を結局助川に取られちまったって気持ちが強いんだろうさ」

沖は頷き、同意の意を示した。

柏木が続けた。

「そうそう、それ以外と言やあ、神尾瑠奈のほうにも、徹平と別れたあと、つきあってた男がいたそうだぜ。やはり同じ中学の同級生だったやつで、ええとちょっと待てよ」と言って手帳を繰った。「藤浦慶《ふじうらけい》。藤の花に浦和の浦、それに慶應《けいおう》大学だ」

沖はその名も手帳に控えた。

「まずは神尾瑠奈の実家からだな」

ところがそう切り出すと、柏木はそれを押し留めるように片手を上げた。

「なあ、それはおまえがやれよ。ふたりじゃ手が回りきれねえ。分担しようぜ。俺は助川組の内部情報を探る」

微妙に視線を逸らし、沖の目を見ようとはしなかった。

どうやら神尾瑠奈の線は、探っても望み薄と判断したらしい。

「そうだな。むしろそのほうがいいだろう。念のためだ。藤浦慶の実家の住所も教えておいてくれ」

沖はあっさりそう応じた。

この男と一緒に動かないで済むと思うだけでも、せいせいする。まして、こんな気分の時に、会話をしたい相手ではないのだ。


柏木と別れた沖は、神尾瑠奈の中学時代の住所を訪ねた。第一亀戸小学校の先に公団団地があり、その公団に寄り添うようにして、古びた民間の二階建てアパートがいくつか立つ中の一軒だった。

だが、部屋には違う住人が暮らしており、大家の場所を訊いて訪ねたものの、去年部屋を引き払ったとわかっただけで転居先は不明だった。大家によれば、神尾瑠奈は母親とふたり暮らしのようだった。

瑠奈がつきあっていたという藤浦慶の実家もそこから近かった。ＪＲの線路脇の、エレヴェーターがない四階建てマンションの一部屋だった。

藤浦の家族はまだここにいた。

インターフォンで警察の者だと名乗ると、母親が玄関へと応対に出た。襖《ふすま》が開け放たれた奥の部屋では、ジャージ姿の初老の男がこちらに背中を向けて坐り、平日の昼間だというのに缶ビールを飲みながらチャンバラを見ていた。

「慶さんに会いたいのですが」

沖が切り出すと、母親は顔を曇らせて首を振った。

「慶はもう、ここにはいないんですよ。警察の方が、あの子に何の御用でしょうか？」

テレビを観るつれあいを気にしているのか、近所の耳が気になるのか、声は悪事でも囁《ささや》くかのように潜められていた。

「では、どちらに？」

「さあ、よくわからないんです。何しろ、家に寄りつかなくなって、そのままですから」

「それは、いつから？」

「高校を中退して、いくつか仕事を転々として、職場の寮に入ったりして真面目《まじめ》にやってた時もあるんですけれど……」

釈明するような口調で応えたが、正確な答えにはなっていなかった。

「俺が追い出したんですよ。もう四年になるかな」

奥の部屋の男が、ちらっとだけこちらを振り向いて言った。

「どうして追い出したんです？」沖は訊いた。

「ろくに働かねえ。家に金は入れねえ。挙げ句にゃ喧嘩で他人様に怪我《けが》をさせたり、ヤクザ者どもとつきあったり、あんなとんでもねえガキにこれ以上構ってたら、こっちの体が保《も》たねえからですよ」

「失礼ですが、慶さんの本当のお父さんですか？」

案の定、そう訊かれて男は腹を立て始めたようだった。

「ほんとの父親なら、息子を見捨てちゃならないとでも言うんですか。他人に説教をされる覚えはないね」

「気を悪くしたのならば謝ります。そんなつもりでお尋ねしたわけではないんです。慶さんの家庭環境を知りたかったものですから」

ほんとは気を悪くさせるために訊いたのだった。家庭環境は一目でわかる。ささやかな稼ぎのできるだけ多くを自分の楽しみだけに使いたい父親と、そんな父親の傍でおどおどと毎日を送り続ける母親。そして、家には居場所がなくなって帰らなくなった息子だ。

「息子さんに、まったく連絡を取っていないわけじゃないですよね。携帯の番号ぐらいはわかるでしょ」

母親に目を戻して訊いた。

「はあ、それはわかりますが、いったい息子に、どういった御用なんでしょう？」

「なあに――」

と答えかけると、奥の部屋からまた声が来た。

「デカさん、野郎が何かしでかしたんなら、構わねえからぶち込んじまってくださいよ。それで完全に縁が切れりゃ、せいせいする」

沖はそれを無視し、できるだけ穏やかな顔つきで母親に微笑《ほほえ》みかけた。

「なあに、現在捜査中の事件に絡んで、慶さんにちょっとお話を伺いたいんですよ」

「それだけですか？」

「ええ、それだけです」

母親は中に戻り、電話台のアドレスブックを開いた。メモ帳にペンを走らせ、一枚を破って戻って来た。

沖は礼を言って受け取った。

「ところで、慶さんのお友達の神尾瑠奈さんの現住所を御存じじゃないですか？」

「さあ……、私は……。あの子の友達のことは、ちょっと——」

「そうですか、わかりました。ありがとうございました」

沖は礼を言ってそこをあとにした。

JR総武本線は、かなりの頻度で列車が運行している。玄関で話を訊いている間にも二、三度響き渡っていた電車の音が、階段を下る間にもまた響いてきた。

マンションの玄関前で道の端に寄り、沖は教えて貰った番号に携帯でかけた。

じきに男の声が応対した。

「藤浦慶君か？」

　亡くなった江草徹平の同級生だから、三十歳ぐらいのはずだが、「君」づけで呼んだ。「さん」と呼べば舐《な》めてかかってくる相手に思えた。

「あんた、誰だ？」

　相手は突《つ》っ慳貪《けんどん》にそう訊き返してきただけだった。

「歌舞伎町特別分署の沖という」

「デカが俺に何の用だ？」

「実は、亡くなった江草徹平さんのことで話を聞かせて貰いたいのさ」

「徹平のことでだと――」

　突っ慳貪で捨て鉢な口調のままではあったが、興味を覚えたらしいのが伝わってきた。だが、すぐに藤浦は言い直した。「別にあの野郎のことでサツに話などねえぜ。もう、くたばって二年じゃねえか」

「こっちに訊きたいことがあるんだ。どこで会えるか教えてくれ」

「話などねえと言ってるだろ。電話を切るぞ」

「何か警察に会うとまずい事情でもあるのか？」

「そんなのねえよ。あんたらイヌが、街で好かれてるとでも思ってるのか」

　吐き捨て、藤浦は電話を一方的に切ってしまった。

くそ、リダイアルでかけても同じことだ。電源を切ってあるか、出たとしてもまたすぐに切られるかだ。こうなったら、居所を探して直接話すしかない。

舌打ちし、歩き出そうとした時だった。

「刑事さん、ちょっとすみません」

後ろから声をかけられて振り向くと、藤浦慶の母親がマンションのエントランスにひっそりと佇《たたず》み、すがるような目でこっちを見ていた。

「息子さんは電話に出ましたが、一方的に切られてしまいましたよ」

沖は自分のほうから彼女に近づき、努めて穏やかな口調を保って話しかけた。

母親は落ち着きなく左右を見渡してから、「ちょっとこちらへ」と言って沖をマンションのゴミ置き場の前へと誘った。

「あの子は、瑠奈さんと同棲《どうせい》してるみたいです」

沖は彼女を見つめた。「そうなんですか。同棲は、いつ頃から？」

「さあ、どうもそういうことは……。教えてくれなかったものですから」

「住んでる場所は？」

「すみません。それも、わからないんです。半年ほど前、父親の留守に呼び出されまして、部屋の敷金がいるから貸せと……。なんですか、保証人が誰もいない場合に、代わって保証人になってくれる協会みたいのがあるんですか。そこに払うお金も必要だというようなことも言ってました。親らしいことをしてないのだから、せめて金を出せと――。刑事さん、申し訳ないんですが、あの子の住所がわかったら、私にも教えていただけないでしょうか？」

「わかりました」

沖は頷いた。心配はしているが、何も動こうとはしていない。ただ金をせびり取られただけだ。――そういうことか。

藤浦慶を探すことだ。そこに神尾瑠奈も一緒に居る。

「なぜ部屋ではそう答えてくれなかったんです？」

「私、その……、うちの人にはこの話を言いそびれてたものですから。慶君は父親を殴って家を出て行ったんです。ですから、あの人、絶対に慶君を家に入れるなって……。もしもお金を渡したことがわかると……」

中途半端に言葉を切り、あとは黙って頷くばかりだった。この母親はいったい何を考え、亭主に尽くしているのだろう。そして、三十近くになる自分の息子を「君」づけで呼ぶのだろう。

そんなどうでもいい思いを頭から振り払い、沖はただ訊いた。

「どこの不動産で契約をするといった話は、聞いていませんか？」

「いいえ、そういったことも、何も――」

「ありがとうございました。教えていただき、助かりました」

礼を言い、女を残して歩き出した。

――さて、どうやって藤浦慶を見つけ出すかだ。

部屋を借りるというのはただの口実で、金をせびること自体が目的だった可能性もある。思案し、足を再び駅のほうへ向けた。昼飯時まで、まだいくらか余裕がある。運がよければ、話を聞ける。

江草徹平の母親は息子に対し、藤浦慶の両親よりは遥《はる》かに親としての注意を払っていた。息子の友人のことも、何か知っているかもしれない。

4

この間と同じように、通りに面した小窓の隙間《すきま》から覗《のぞ》くと、綾子はぎょっとした顔で沖を見つめ返した。

「ああ、刑事さんかい。うちだって客商売なんだからさ、あんまり頻繁に顔を出すのは勘弁しておくれよ」

そうは言ったものの、口調にそれほどの棘《とげ》はなく、顔つきも案外と穏やかだった。気のいい女なのだ。カウンターには大皿に何種類もの料理が並び、綾子は今もカウンターの中でさらに別の料理の仕上げに追われているところだった。

「驚かしちまって悪かったな。このツラを見ると、誰でもぎょっとするよ。時間は取らせねえ。少しだけ入っていいか」

「戸口で話されたほうが迷惑ですよ、どうぞ。それにしても、旦那《だんな》。あんたにそこから覗かれると、ヤクザの地回りに凄《すご》まれてるみたいだねえ」

この言葉にはさすがにいくらか凹《へこ》み、沖はスキンヘッドを撫で回しながら店の引き戸を開けた。こう見えたって小学生ぐらいまでは、子犬のようで可愛《かわい》い男の子、と言われていたのだ。ただキャンキャンと騒ぎ回っていたことを指していただけかもしれないが。

「女将《おかみ》さんには敵《かな》わねえな。新宿で悪党を相手にしてると、自然とこういうツラになるんだよ」

「へえ、そういうもんですかね。で、今日は何の用なんです。さっき、もうひとりの刑事さんも来ましたけれどね」

「実を言やあ、俺も同じ件なんだ。亡くなった息子さんのことで、神尾瑠奈と藤浦慶に話を聞きたいんだが、居場所がわからなくてね。おまえさんなら、何か知らないだろうかと思って来たのさ」

「——さあ、そう言われましても、中学ん時のダチですからね。うちのは死んで、二年にもなるし」

綾子が言うのを聞きながら、思った。藤浦慶は、四年前に両親の家を出ている。

「一昨年の六月におまえさんの息子が亡くなった頃、藤浦慶はもう両親の所にはいなかったそうなんだ」

綾子は手を動かし続けたままで頷いた。

「ああ、そうだったわね。あの頃はたぶん、瑠奈ちゃんのところに転がり込んでたんじゃないかしら。あの子は母親と暮らしてて、そこに転がり込んだのよ。あそこのお母さん、体を壊しがちでね。暮らしも瑠奈ちゃんに面倒を見て貰ってたみたいだから、結婚する、とでも言って転がり込まれたら、何も言えなかったんでしょ。刑事さんももう知ってるかしら、あそこのお母さんは、二号さんでね。でも、囲ってた男が死んじゃって。そうなると日陰の身ってのは、もう惨めなものですよ」

「そうだろうな。いつ頃、なんで死んだんだ?」

「やっぱり二年前だったかしら。うちのがあんなことになる何ヶ月か前でしたよ。自殺したんですよ。知らなかったですか?」

「ああ、初耳だ。ちょいと詳しく聞かせてくれないか。その男が瑠奈の父親なんだな」

「ええ、そうです」

「何をしてた男なんだ?」

「どこかの建設会社のお偉いさんだったように聞いてますけどね。瑠奈ちゃんのお袋さんは、若い頃は、その会社がよく接待に使ってた店で働いてたんですよ」

「自殺の理由は何なんだ？」

「さあて、そういうことまではね」

「病気がちで、それを苦にしてたとか、会社をリストラされたとか、何か聞いたことはないかい？」

「病気がちだったなんて聞いたことはないし、リストラはないわよ。部長さんだったか、もっと偉かったか。とにかく、リストラすることはあってもされることはないような地位の人だったように聞いてるもの。仕事のストレスか何かじゃないの」

「親父さんの苗字はわからないだろうな」

「わかりませんよ」

「どこの会社だったかはわかるかい？」

「ええと、確か、東西南北の何かがつきましたよ。東だったか、西だったか。そうだ、両方だわ。日本東西建設」

「間違いないな」

「ええ、間違いない。それと、さっきの話なんだけれどね、瑠奈ちゃんのことなら、そこの団子屋の愛子ちゃんって娘さんに訊いてみたらどう。もしかしたら、何かわかるかもしれないわよ」

「誰なんだ。やっぱり、中学のダチか？」

「いいえ、瑠奈ちゃんの高校の同級生。だから、うちの子は直接はつきあいはなかったかもしれないけどね。でも、この辺の古い連中は、みんな子供の時分から知ってるから。瑠奈ちゃんが高校を辞める時、愛子ちゃんが親身になってあげてたのよね。一緒にバイトしてたこともあるみたいだし。保証はできないけれどさ、あの子ならば、何か知ってるかもしれないわよ」

「ありがとう、感謝するぜ」

沖は礼を言って綾子に背中を向けた。今朝はいつもよりも早く家を出たので、そろそろ腹が減り始めていた。綾子の手料理は美味《うま》そうで、ほんとは唾が湧いていたが、昼食時に刑事が居坐ったのでは嫌われる。

引き戸を開けて出ようとした時だった。

表から戸が引き開けられ、沖は思わず目を瞬《しばたた》いた。

相手のほうは驚きよりもむしろ、間の悪さを悔やむような表情を過《よ》ぎらせた。

助川岳之だった。

「何なんだい、あんた。いったい、何の用なのさ」

助川は、そう食ってかかる綾子から沖へと視線を戻し、気まずそうに顔を顰《しか》めた。

「ちょっと話があって来たんだ。だが、来客中のようだな。出直そうか」

幾分声がかすれていた。沖は感じた。そうか、このふてぶてしい男は今、緊張している。

「私にゃ話なんかないよ。出直すなんて言わずに、ただ帰っておくれ」

綾子の声は厳しかった。頑《かたく》なな拒絶は、本心なのか、それとも自分をそう仕向けているのか。

「俺はもう引き上げるところだ。邪魔をしたな。遠慮せずにふたりで話してくれ」

沖は早口で告げ、戸口に立ち止まった助川の横を擦り抜けるようにしてそそくさと店を出た。

路地を駅のほうへ少し引き返したのち、物陰から店の様子を窺《うかが》った。

話を終えて出てくる助川を捕まえて問いつめるか、こっそりと後を尾《つ》けるか、どちらにすべきだろう。いずれにしろ、目を離すつもりはなかった。今朝、野口志穂から聞いた話の通りだとすれば、綾子は江草徹平の葬儀の席から助川を追い返している。助川と綾子のふたりは、おそらくは何年かぶりで話すことになったのだ。

いったい助川は何の用があってやって来たのだろうか。

五分ほどが経過し、そろそろ気の早いサラリーマンたちが、何人かずつで連れ立って繰り出して来た。そういった連中が脇を通っていく。K・S・Pの周辺もそうだが、人気の高い店の場合は、正午ちょうどには着いていないと列に並ぶことになるからだ。

そういったサラリーマンたちの中には、《あや》の前で足をとめ、しばらく訝しげに立っている者もあった。いつもは正午前から店を開けているのだろう。それが、まだ暖簾《のれん》を出さないままなので、どうしたものかと思っているらしい。

腕時計に目を走らせると、十一時五十五分。綾子としても、正午には店を開けねばならないだろう。そうすると、助川との話は早々に切り上げることになるか。

——そう思っていた矢先に、《あや》の引き戸が開き、綾子が暖簾を表に掛けた。

それを待っていたかのように、ネクタイ姿の男たちや、社の制服の上に上着を羽織った女たちが店に入り始める。

沖は路地を駆けて綾子の店へと向かった。

暖簾を分けて中を覗くが、案の定、助川の姿は見えなかった。

「女将さん、助川はどこだ？」

綾子はカウンターの中から沖を見た。

「あの人ならば、裏口から出ましたよ。急な用を思い出したとか言いましてね」

くそ、やられた。こっちが表で張っている可能性を危惧《きぐ》したのだ。

食えない野郎だ。

助川と何を話したのかを問い質《ただ》したが、綾子は話そうとはしなかった。昼食時で忙しいんだ、商売妨害は勘弁してくれ、と強い口調で主張され、引き上げざるを得なかった。

沖は助川の足取りを追うのは一旦諦《あきら》め、団子屋の愛子という娘を訪ねることにした。助川とは、必ずどこかでまた出くわすはずだ。

愛子は両親と一緒に店にいた。丸まるとした大きな赤ん坊を、肩から斜めに下げた布の中に入れて抱いていた。

瑠奈の高校の同級生とのことなので、二十九歳か三十歳だろうが、でっぷりと太った体型からも、辺りを憚《はばか》らぬ大きな声で喋《しゃべ》る口調も、もっと年上の中年女を思わせた。

「瑠奈なら、浅草にいますよ。住所は西浅草だったかな」

そんなふうに言うと、沖を待たせて奥に入り、程なくメモを持って戻って来た。

「西浅草三丁目。ビューホテルの裏手のほうよ」

沖は礼を言ってメモを受け取り、きちんと二つ折りにして手帳に挟んだ。

「藤浦君と一緒なんだろうね」

そう水を向けてみた。藤浦と瑠奈のふたりについて、何かわかることがあれば、予《あらかじ》め知っておきたかった。

ところが、どうしたことか愛子は顔を曇らせた。

「どうしたんです？　藤浦君に何かあったんですか？」

首を振った。

「どうもないから、困ってるんじゃない」

傍にいた母親が窘《たしな》めたが、愛子はそれを押し留めるようにして続けた。

「刑事さん、瑠奈に会ったら、言ってやってよ。あんな男と別れたほうがいいって。あの男、あの子を食い物にしてるだけなのよ」

「ちょっと、いい加減にしなさいよ、あんた」

母親がいよいよ顔を顰《しか》めたのを受けて、愛子は沖と一緒に店の表に出た。父親のほうはじっと手許に目をやって、黙々と団子を作っていた。

愛子は店の中の両親を振り返り、それから腕の中の我が子へちらっと目を向けてから、改めて口を開いた。

「あの子、徹平君と別れなければ良かったのよ」

「江草徹平のことだな」

「ええ、そう。子供の頃からずっと一緒だったのよ。でも、そういう間柄って、ちょっとした弾みで喧嘩をして、疎遠になってしまうことってあるでしょ。徹平君と瑠奈もそうだったの。それがちょっと時間を置いて、また元の鞘《さや》に戻れれば良かったんでしょうけれど、人の世の中って、どうなるかわからないじゃない。瑠奈、自分で言ってたことがあったわ。徹平が懐かしいって」

「ところで、二年前、瑠奈さんは徹平君に何か相談事を持ちかけてたみたいなんだが、きみはそれについては何か知らないかな」

「二年前、ですって。だって、それじゃあ、ふたりが別れてもう時間が経ってるじゃないの」

「だけど、相談してたみたいなんだ」

「ふうん、そうなんだ……。何を相談してたんだろうね。ごめんなさい、わからないわ。でも、二年前っていうと、あの子の父親が自殺して大変だった時よ。会社に殺されたって、そんなことを言ってたことがあったわね」

「父親は会社に殺されたと、瑠奈さんがそう言ってたのか？」

「ええ、一緒に飲んだ時にね。私もこれがいなかったから」と、赤ん坊を目で指した。

「あの頃は、時々一緒に飲んでたのよ」

「彼女のお袋さんは、愛人だったらしいじゃないか」

「あら、刑事さん、知ってたんだ。だけれど、そんなお袋さんのところにまで、何か会社の人が来たりもしたみたいよ」

「なんでだ？」

「わからないわよ。このことを徹平君に相談してたのかどうかもわからない。瑠奈、何かを徹平君に相談しに行ったのは、ただ彼に会いたかったんじゃないのかな」

――そうかもしれない。

あとは本人に直接確かめるしかない。

沖は「ありがとう」と礼を言った。

「時間を取って貰って、感謝する。これから瑠奈さんのところへ回ってみるよ」

「それなら、私から宜しくって伝えておいてね。たまには電話ぐらい寄越しなさいよって」

「ああ、わかった。逞《たくま》しそうな男の子だな。名前は何と言うんだ？」

愛想のつもりで訊くと、どうしたことか愛子は微苦笑を浮かべた。

「やあねえ、刑事さん。これ、女の子よ」

沖はスキンヘッドをごしごしとやった。慣れないことは言うもんじゃない。

浅草に移動する前に、貴里子に一本報告を入れておくことにした。

今朝はあんな形で別れてしまったが、仕事のルールは守っておきたかった。それが自分とあの女を繋《つな》いでいる絆《きずな》のようにも思える。

「藤浦慶と神尾瑠奈の話を、早く直接聞きたいわね」

報告を聞き終えた貴里子は、電話の向こうですぐにそう応対した。

「でも、私には、幹さんが江草徹平の母親の店で出くわした助川岳之のことがむしろ気になるわ。助川は、何を思ってそこを訪ねたのかしら？」

「そこなんですよ。野郎は溝端刑事が江草徹平の事件を調べていたことを、我々が昨日、寺を訪ねて告げるまで知らなかった。ちょうどその当時は、得度するために修行で籠《こ》もっていましたのでね」

確かに修行に入っていたことについては、助川が口にした福井県の寺に連絡をして確認済みだった。

「だが、だからこそ逆に気になるんです。あいつは、我々が訪ねたことで何かに思い至ったのかもしれない。そして、自分で調べて回る気になったのかもしれない」

「その可能性はあるわね。助川組のほうの調べはどう？」

「それはカシワがやってますよ。手分けすることにしたんです。何かわかれば、やつから直接連絡が入るでしょ。俺のほうは、まずは神尾瑠奈と藤浦慶のふたりを洗ってみます。で、それに関して、ひとつお願いがあるんですが」

「わかってるわ。神尾瑠奈の実父が勤めていた日本東西建設と、実父が自殺した理由ね。こっちも今、外なの。でも、内勤の誰かに連絡を取って、コンピューターで当たって貰うわ」

「お願いします。時期的に見て、この男の自殺に関して瑠奈が何か不審を抱き、徹平に相談した可能性はあります」

「それに、友人が言ってたという、父親は会社に殺されたっていう瑠奈さんの発言も気になるわね」

「彼女の母親のところに、会社の人間が来てたらしいってこともですよ」

正式な妻でもない女のところへ、いったい何の用があったというのだ。

「何かわかったら、すぐに連絡をする」

「チーフはどちらに？」

「私は新聞記者の牧島健介を訪ねて話を訊きます」

牧島は、溝端悠衣がつきあっていたと見られる男のひとりだ。やはり二課の圧力に屈するつもりはないのだ。

「それから、もうひとつ耳に入れておきたいことがあるの。ヒラさんから連絡が入ったわ。あなたが指摘した片桐産婦人科の件よ。院長は診察室でしか見てないけれど、看護師は違ったわ。看護師のひとりがたまたま目撃していたのだけれど、溝端さんは一度、男連れであそこを訪ねてたそうなのよ。記憶が曖昧《あいまい》なので、はっきり断言はできないとのことだったけど、それは最初に診察に来た時じゃないかとの証言が取れた」

「どんな男だと？」

「四十代の、会社員風の男だったそうよ。落ち着いた背広にネクタイ。がっしりとした体つきで、背は普通。眼鏡はかけていなかったようだ、と言ってるそうだけれど、何しろ一年半も前のことだから、細かい特徴はあまり信用できないわね」

「看護師が男を見たのは、それ一度だけなんですね」

「ええ、そう。ねえ、どう思う？　初回の診断に一緒につき添ってきたのだから、溝端さんとの関係を真面目に考えていた。そして、子供を望んでもいた」

貴里子がそういう結論を導きたいのはわかるが、どうだろう。

「妊娠の事実を確かめるために、一緒に来ただけかもしれませんよ。ただ、それだって彼女ひとりで行かせることもできたんだから、それなりに真面目な男なのかもしれませんね。しかし、昨日の捜査会議でヒラが指摘した事実を忘れないでください。溝端さんは、その後院長に、堕胎を相談してる」

「そうね――」

「いずれにしろ、四十代の男となると、二課の門倉基治と新聞記者の牧島健介は外れますね」

ふたりは三十代だ。沖は続けた。

「そうなると、残るのは地検検事の中町彬也だ。溝端さんの携帯から割り出した三人の誰かが父親だと仮定したら、ですが」

「彼女が亡くなった時、携帯に何度も電話を寄越していたという意味では、上司の尾美脩三の可能性もあるわ」

「あの男とつきあっていた可能性を、改めて疑うんですか？」

「たとえつきあっていなかったとしても、部下の女刑事の不品行を隠すため、妊娠中絶に連れていったのかもしれない」

　女はすごいことを想像する。――沖は思わずそう口にしそうになって、呑み込んだ。貴里子にとって、警察という組織に属する男とは、そんなことさえやりかねないと感じるような存在なのだろうか。

「別の可能性も思いついたんですよ。溝端さんが亡くなる前に調べていた事件のどこかに、彼女のお腹の子の父親がいるというのはどうでしょう。彼女が単独で何かを探るために動き回っていた範囲と、彼女が診察に行った産婦人科とが比較的近い位置にあることからの想像ですが」

「どういうこと？　つまり、溝端刑事は二課の仕事絡みじゃなく、自分の私生活絡みで何かを調べて回っていたというの？」

「そうとは限らない。事件の捜査の中で、捜査対象の誰かと懇《ねんご》ろな関係になったという意味です。だが、その相手が、何らかの形で彼女を裏切った。それで彼女は単独で何かを調べる必要が生じた」

「――確かに、その可能性はあるかもしれないわね。いずれにしろ、それは本庁の二課が必死で隠そうとしていることだわ。ヒラさんに、そっちに合流して貰おうと思うの。必ず答えを見つけてちょうだい」

「了解」と応じて沖は電話を切った。

5

沖との通話を終えた貴里子は、牧島健介が働く毎朝日報への道のりを歩き続けながら、今度は柏木の携帯に電話をした。報告を受け、必要な指示を出すためだ。

すぐに電話に出た柏木に、沖が綾子の店で助川岳之と出くわした旨を告げて注意を促した。柏木は助川組の周辺を聞き込んでいたが、不審な死に方をしたり行方不明のままになっているふたりの組員についての情報も含めて、まだ報告事項は何もなかった。

いつものように、礼儀正しい喋り方を崩そうとはしない柏木に、何かわかったらすぐに連絡を寄越すようにと告げて電話を切った。

去年の異動があるまでは、この男がK・S・P二課の課長だったのだ。それが、当時署長だった深沢が呼び寄せた広瀬を二課の課長に据えた関係もあって、特捜部の一捜査員に異動させられた。内心ではそのことも、そして女の上司の下で働くことも、面白くはないのだろうが、決してそういった素振りを見せようとはしない。

だが、だからこそ逆にどこか油断のならない男だという印象を、貴里子は今なお打ち消せずにいた。自分が深沢の秘書だった間は、「女など」といった目を向けていたことを忘れたわけではないのだ。

貴里子は次に平松にかけ、沖と柏木の状況を説明した。そして、溝端悠衣が単独で調べていた事柄の本質を摑むことが、二課が隠蔽《いんぺい》しようとしている内容を知る上でも最も大事なのだと強調した上で、沖に合流するようにと命じた。

「わかってますって。任せてください。俺なら必ず何か嗅《か》ぎ当てますよ」

平松は力強く応じて電話を切った。

この男の胸の内には、自分が最も頼りにされている、といった自惚《うぬぼ》れがあるのかもしれない。沖がチーフだった頃も、貴里子が今の立場になってからもだ。それとも、女に対しては、いつでもこうした自信満々の態度を取る男なのかしら——。

確かに平松は見栄えに長《た》けているし、沖たち他の刑事とは違って、身なりにもそれなりに気を遣っている。新宿署につきあっている彼女がいるというが、K・S・Pの女子職員の誰それをこっそり食事に誘ったという噂を聞いたこともあるし、ふと思い返すと、貴里子に対しても、あれは気を引こうとしたのではないか、と思えるような素振りを見せたこともあった。

愉快な男だ。

最若手の柴原に連絡を入れ、少し尻《しり》を叩いてみようかと思いかけ、やめた。しばらくそっと見守るほうがいいだろう。それにしても、人手が足りない。

沖と円谷のことは、今はなるべく考えたくなかった。他でもなくそれは、今朝の沖との言い争いが頭を離れないためだった。なぜあの男とは、すぐに言い争いになってしまうのだろうか。

沖は円谷の件をどうするつもりなのだろう。

時間をくれ、と言われたが、この自分はいったいどうすべきなのか。

円谷は、容疑者に向け、物陰からいきなり発砲したのだ。それは刑事のやるべきことじゃない。

しかし、それは本当に懲戒免職に当たる行為なのか。彼は妻と長女を朱栄志たちに殺されたのだ。思わず引き金を引いたのは、確かに許される行為じゃない。だが、人としてわからない行為でもない。

いや、そんなことじゃあないのだ。私が納得できないのは、深沢たちはこれを派閥争いと出世に利用しようとしていることだ。円谷を懲戒審査委員会にかけ、併せてK・S・Pの廃止を決定し、対抗派の畑中文平を追い落とそうとしているだけではないか。

それがわかっていながら、引き金を引いた事実だけに目を向け、それで円谷を糾弾しようとしている自分はいったい何なのだろう。

なぜ私は府中刑務所に足を運び、牛島健吾の証言を確かめたりしてしまったのだろう。真実を確かめさえすれば、それでいい。そこから、自分の進むべき方向がわかる。――そう思っていたのだ。そして、それを責めるようなことを言った沖が今朝は許せなかった。

だが、真実とは何だろう。沖が指摘したように、半年近くが経った今になって牛島の証言を取り上げることになったのは、明らかに不自然だ。深沢たち警務部の意図が働いているのは明白ではないか。

このままでは、円谷は刑事の職を失い、K・S・Pは廃止され、そして、何もかもが深沢たちの思惑通りに進んでしまう。

そんなことが、私の求めた真実なのか。

拠《よ》り所にすべき正義が見つからない。あるのは、組織の事情ばかりだ。——警官になってから、何度かそう思ったものだが、今度は正にそういった事態に真正面から直面させられている。自分はただ、その事実から、目を背けようとしているだけではないだろうか。

沖は、いったいどうするつもりなのだろう。

どうやって円谷を守り、K・S・Pを存続させ、深沢たちの思惑を潰す気なのだろう。

彼は悩んだりしないのだろうか。

なぜあの男はいつもあんなに堂々とし、自分の気持ちに正直でいられるのだろう。

だが、いくら彼でも、あたりまえのやり方じゃあ、今の状況をひっくり返すなどできるわけがない。

そうだとしたら、何かとんでもないことをしでかすつもりなのか……。

まさか、とは思う。しかし、彼ならばやりかねない。そう思えてならなかった。

切った。

貴里子は唖然《あぜん》とし、そして、どこか恥ずかしいような気分に襲われ、慌てて思いを断ち
──私はあの男の身を案じているのか。

角を曲がった先が毎朝日報だ。

玄関を目指そうとして、はっと足をとめた。

「マルさん──」

思わず口の中で呟き、地面を蹴《け》って走り寄った。

円谷は、毎朝日報のビルの回転ドアから出てきたところだった。

その場に立ち止まり、自分からはこちらに近づこうとはせずに貴里子を待っていた。

「ここで何をしてるの、円谷刑事」

貴里子は敢えて冷ややかに訊いた。

「あなたと同じですよ」

円谷は貴里子を見据えて応えた。「ブン屋の牧島健介を訪ねたんです」

「どうしてそんな勝手なことを！　円谷刑事、あなたがやっていることは、私たち特捜部への捜査妨害よ」

円谷は、貴里子の剣幕に少しも怯《ひる》まなかった。

「話は最後まで聞いていただけませんか。だが、やつはもうここにはいませんでしたよ。

長野支局に転勤になったそうです」

「何ですって……。転勤になったのは、いつ?」

貴里子はつい訊き返した。

「去年の春です」

円谷がそう言って言葉を切る。

貴里子は気がついた。こっちがどんな反応を示すかを窺っているのだ。春は人事異動の季節だろうし、新聞社には一定のスパンで地方支局への転勤があることは、新聞記者の友人から聞いたことがあった。だが、溝端悠衣の行方が知れなくなったのが、一昨年の十二月だ。時期的には気になる感じがする。例えば悠衣との関係で東京を追われたという可能性も推測できるのだ。

頭を働かせる貴里子を前に、円谷は続けた。

「それから、チーフのほうでは、東京地検検事の中町彬也の調べは進んでますか。まだならば、すぐに調べるべきですよ。耳に挟んだ話ですがね、やつは近々退官し、弁護士に転身するらしい」

「それはどういうこと……?」

「私にだってわかりませんよ。溝端刑事と関係のあった新聞記者は、彼女の行方が知れなくなった翌年の春に地方支局に転勤となり、地検検事のほうは、こうして彼女の死体が発見され、捜査が始まった途端、検察庁を辞める意向を固めた。いったい裏に何があるのか？　さっぱりわからんが、何があるにしろ、それはとんでもないことにちがいない。どうですね。そんな気がしませんか？」

「一刻も早く、検事の中町から話を訊くべきね」

「だが、それにゃ訊くだけの材料がいる。そうでしょ。なにしろ相手は地検特捜部のエリート検事です」

「――――」貴里子は何も応じなかった。

「私は休暇を取って、これからすぐ長野に向かいます。夕方にゃ、牧島って新聞記者を捕まえられるでしょう。野郎の口から何がわかるか、はっきりしたら、すぐに連絡を入れますよ」

円谷は「連絡」と言い、「報告」という言葉は使わなかった。

そこに組織の上下関係は介在しない。

「――ちょっと待ってマルさん。あなたは今、内勤なのよ」

「だから休暇を取ると言ってるんです」

「あなたが今の部署にいるのは、捜査に戻るにはまだ精神的、肉体的に無理があるからでしょ」

「それは上の判断だ。そして、連中はこのまま俺を警察から葬ろうとしてる」

「――――」

「村井さん、私のデカとしての生活は、もうすぐ終わるんだ。それまでは、好きなようにさせて貰えませんか」

「マルさん――――」

円谷は貴里子の視線を拒むように頭を下げ、体の向きを変えかけた。

が、途中で思い直したように動きをとめた。

「チーフ、あーいや、村井さん。私はね、あなたがチーフで良かったと思ってるんだ」

「何が言いたいの?」

「もしも今でも幹さんが特捜のトップのままだったならば、全力で私を守ろうとするでしょう」

暗に、この自分ならばそうはせず、円谷を見殺しにすると言っているようにも聞こえる。

またこの男独特の相手を揶揄《やゆ》するような軽口かと思いかけ、貴里子ははっとした。この冷ややかな感じは何だ……。いつも相手を軽くいなす男で、まともなやりとりをすることを避ける嫌いがある。だが、今は何かそれとは違う、もっと冷ややかなものが感じられた。

「今日、府中に行ったそうですな」

貴里子は驚いた。その情報を誰から聞いたのだ。

問い質そうとしたが、視線が合い、口が開けなかった。そんなつまらない問いなど寄せつけないような顔が目の前にある。

この男は、本物の刑事だ。キャリアかノンキャリかなど関係ない。自分には到底真似《まね》ができないような情報網を持ち、特有の地獄耳を発揮させ、単独行動でいくつもの事件《ヤマ》を解決してきたデカなのだ。そんな男がその気になれば、自分を不利な立場に追い込む証人に誰が接触したのかなど、簡単に割り出せることだろう。

言葉の見つからない貴里子のことを、円谷は真っ直ぐに見つめてきた。

冷ややかな感じは、拭い去られたように消えていた。それはこの男が意志の力で押し込めた結果に思われた。

「村井さん、あんたに頼みがあるんだ。幹さんに、余計なことをさせないでくれ」

「――どういうこと？」

「あなたならわかってるはずだ。あの男は、俺のために奔走しようとしてる。やつは、そういう男ですよ。強面《こわもて》の振りをしているが、ほんとは浪花節《なにわぶし》で情に脆《もろ》くて、仲間を見捨てるなどできない男なんだ。だが、俺は他人を巻き込むつもりはない。あんたがやつの手綱《たづな》をちゃんと取ってください。話はこれだけです。失礼しますよ」

今度はちゃんと頭を下げて礼儀を示し、遠ざかろうとした。

貴里子は円谷を引き留めた。

「待って、マルさん。あなたはこれでいいの？」

「何がです？」

「人間はそんなに完璧じゃないわ。警察官だって、完璧じゃない。もしも私があなただったら、朱栄志を前にして、私もきっと同じことをしたと思う」

――いったい私は何を言っているんだ。

そう思ったが、貴里子は自分の口が勝手に動くのをとめられなかった。円谷の冷ややかな態度に傷ついたからなのか。そうも思ったが、たぶん違う。円谷や沖と同じように、この私の中にも、深沢たちの思惑に対する不満が充満している。

「深沢さんたちは、組織の中の力学で、あなたを辞めさせようとしているだけだわ。K・S・Pを廃止し、競争相手を蹴落として、自分たちが出世したいだけなのよ」

円谷は薄く笑った。

「村井さん、あんたは警察の中で偉くなっていく人間だ。そんなことを、部下の前でぺらぺら喋っちゃいけませんよ」

拒まれている。この男は、私とまともに話す気がないのだ。それが腹立たしく、物悲しい。

口を開こうとする貴里子を、円谷は初めて掌《てのひら》で押し留めた。

「そういうのを泣き言と言うんだ」

「――」

「出世結構。深沢たちがそれで出世したいのならば、すればいい。俺たちが属する警察という組織が理想の集団だったことなど、ただの一度でもありますか。俺たちは、何度となくこんなことを見てきた。それがただ、今度は俺の身に降りかかっただけの話だ。だけどね、チーフ。俺はデカだ。組織の思惑がどうであろうと、自分のケツは自分で拭《ふ》く。ワッパを置く時は、自分の意思で置きますよ」

6

沖は平松とふたりで建物の住所表示を確かめた。路地に面した一階は焼鳥屋、赤提灯《あかちょうちん》、蕎麦《そば》屋などの店が入ったビルで、二階と三階が住居用の部屋らしい。

「ここだな」

ビルの側面にある出入り口から中に入り、階段で三階へ上がった。

屋外廊下を奥に歩くと、該当する部屋には「藤浦」の名前があった。ちゃんとした表札ではなく、パソコンで文字を印刷した物をプラスチックカバーの下に差し込み、表札としている。

インターフォンを押した。

何の返事もなかったが、しばらく待ってからもう一度押そうとすると、ドアの奥で人の動く物音がした。

また随分待たされたのち、鍵《かぎ》が外されてドアが開いた。チェーンは掛けたままで、隙間から顔色の悪い痩せた老婆がこちらを覗いた。

「時間がかかっちゃってすみませんねえ、腰を悪くしてるもんですから。どちらさんですか?」

表の光が眩《まぶ》しいのか、しきりと目を瞬いている。色の揃《そろ》っていないスウェットの上下を着て、よれたカーディガンを肩から羽織っていた。隙間から忍び入る外気が寒そうに肩をすぼめる。

「神尾瑠奈さんのお母さんですね」

沖はそう確かめながら警察手帳を抜き出し、ドアの隙間に近づけた。

「警察の者ですが、ちょっとお話を伺いたいんです。ドアを開けていただけますか?」

だが、老婆は「警察」と聞き、明らかに警戒を強くした。

「警察が、何の用ですか?」

「お嬢さんたちは御在宅ですか?」

訊いてはみたものの、中には人の気配はなかった。老婆は首を振った。

「いいえ、仕事に出ておりますが」

「おふたりとも?」

「ええ、そうです」

「では、おふたりのお仕事先を教えていただけますか？」

「それはわかりません」

沖と平松は、ちらっと顔を見合わせた。

「一緒に暮らしてらっしゃるのに、わからないんですか？」

「すみませんが、わからないんです。何しろ、こんな年寄りなもんですから」

口で言うほどには歳《とし》には思えなかった。娘の瑠奈が二十九か三十だ。母親は五十代か、行っても六十代前半ぐらいではないか。だが、確かに本人が自分で言うように、えらく老け込んだ感じはする。心労なのか、はたまた体の苦痛なのか、本来の年齢とは別の何かがずっしりとのしかかった結果かもしれない。

それにしろ、いくらなんでも娘たちの勤め先を知らないとは考え難い。

「何もお嬢さんたちを捕まえようというんじゃあないんです。実は、ふたりの友人について、ちょっと話を訊かせて貰いたいんですよ。どこに行けば会えるか、教えて貰えませんか」

「しかし、そうは言われましても。ほんとにわからないんです。娘たちに御用ならば、また居る時間に出直して貰えませんか」

母親はそう答えたのち、空咳《からぜき》をした。顔色からして、体調がよくないのは事実だろうが、この咳はどうもわざとらしく思える。

沖は質問の矛先を変えてみることにした。

「ドアを開けて貰えないですか?　ちょっと、いくつかお尋ねしたいことがあるんですよ」

「ですから、それは娘たちがいる時にして欲しいと――」

「いいえ、お母さん、あなたのお話を伺いたいんです」

「私ですか……。申し訳ありません。私は病気の年寄りなんです。ですから、何もお答えできるようなことはありませんので……。ほんとに、娘たちのいる時になさってくださいませ」

老婆はそう繰り返すと、沖があっと思う間にドアを閉めてしまった。

沖と平松は再び顔を見合わせ、短く苦笑を漏らすしかなかった。

ヤクザ者よりも扱いが厄介だ。筋者は脅し締め上げれば口を開く。警察権力というものの存在は、連中には格好の脅しとなるのだ。

だが、体の弱い老婆を脅しつけるわけにはいかない。警察は善良な市民を守るためにある。

しかし、沖はひとつ気がついていた。あの老婆は、沖たちが刑事だと知って警戒した。あれは普通の善良な市民の反応じゃない。

「どうするね。あれじゃ取りつく島がねえな。婆さんが口を開く気になるのを、しばらく待ってみるか。だが、こんなところで時間をかけたくねえしな」

ビルの階段を降りながら言う平松に、沖は自分が感じたことを告げた。

「じゃあ、あの婆さんが、何か事件のことを知ってるというのか？」

平松が訊く。だが、沖の答えも待たずにすぐにこう自分の意見を続けた。

「だけどよ、娘たちの仕事先をとぼけたからと言って、必ずしもそう断言はできないんじゃないのか。警察嫌いで、協力したくねえだけかもしれんぜ」

「俺が気になってるのは、そのことよりもむしろ、あの女を愛人にしてた男が亡くなったあと、男の会社の人間が、あの女の周りをふらふらしてたって点だよ。彼女にゃ、その理由がわかってるのかもしれないぜ」

「そして、それは、警察には隠しときたいことだってわけか。――ま、一理はあるのかもしれんな」

平松慎也のことは、K・S・Pが創設され、沖が特捜部というある種特殊な部署を任された時、右腕となる人間が欲しくて引っ張った。K・S・P以前にも同じ所轄で組んだことがあり、見かけは優男だが、実際にはタフで荒事も厭《いと》わない男だとわかっている。

今も特捜内で最も気安い仲だといえた。

柏木と一緒に動いている時は、お互い相手に言葉尻を取られまいとして、どこかぴりぴりしてしまうが、やはりこの男とだと呼吸が合う。

沖は思った。昨日も、この平松の意見に耳を傾けるべきだったのかもしれない。意見を採り入れ、K・S・Pに廃止の危機が迫っていることを自分のほうから先に打ち明けていれば、貴里子の怒りを買わずに済んだのだ。

ビルの入り口まで下ると、階段の左手に錆《さび》の浮いた郵便受けがあった。どの郵便受けにも名札はなかった。鍵の取りつけられたものも混じっていたが、藤浦たちの部屋番号の郵便受けにはなかった。それを良いことに、沖は蓋《ふた》を開けてみたが、中にはチラシやダイレクトメールの類《たぐい》があるだけだった。

「ちょいとここを訊き込んでみようぜ」

表に出ると、平松がビルの一階に並ぶ店を差した。

「俺だったら、自分の家の下にこうした店が並んでれば、必ず常連になってるね」

蕎麦屋はこの時間でも営業していた。赤提灯や焼鳥屋はまだ表を開けていないが、既に仕込みは始めているのだろう、店内に人の気配がある。

「そうだな」と頷いた沖は、路地の先にふと目を留めた。

見知った女が、メモ用紙か何かを手に持って周囲をきょろきょろしていた。国際通りから路地へと入ってきたところで、彼女の背後には浅草ビューホテルが見える。

野口志穂だった。

向島署の田山刑事に送られて、上野から故郷の群馬に帰ったのではなかったのか。

沖の視線に気づいて、こっちを見た。

「ヒラ、ひとりで訊き込んでくれるか」

沖は志穂を見たまま、平松に言った。

「構わねえが、誰なんだ、あれ？」

そう訊くのに、今朝の話を手早くして聞かせた。

平松と別れ、小走りに近づくと、志穂のほうからも寄ってきた。

「帰られたものとばかり思ってましたよ。ここで何をしてるんです？」

だが、沖がそう訊くと、気まずそうに目を伏せた。

「やっぱり、気になってしまいまして――。瑠奈さんならば、何か事情を御存じなんじゃないかと思って」

「それにしても、よくここがわかりましたね」

「ええ、友人に色々と電話をして回ったんです」

志穂はそう答えてから、思いきった様子で沖の顔を見上げた。

「刑事さんも瑠奈さんたちを訪ねたんですね。どうでしたか。何かわかりましたか？」

沖は平手でスキンヘッドをごしごしとやった。迷っていたのだ。この娘は、今朝、田山も言ったように、もう過去の出来事は忘れ、故郷で新たな生活を送ればいい。そう思う反面、彼女がわざわざ訪ねて来たと知れば、瑠奈の母親も重い口を開くかもしれないとの期待もあった。

「いや、ふたりとも仕事で留守でしたよ。我々も引き上げるところです」

迷いを振り払えないまま、沖は応えた。

「でも、瑠奈さんのお母さんがいたんじゃないですか？」

志穂は神尾瑠奈の家庭環境もわかっているのだ。

「——ええ、まあ」と言葉を濁した。

「それじゃあ、私、お母さんにお会いしてきます」

「野口さん、朝、田山さんも言ったように、あなたはもう故郷へお帰りになった方がいい」

沖は咄嗟《とっさ》にそう止めた。故郷で結婚を申し込まれている女が、体調を崩した神尾瑠奈の母親を見たらどう感じるかと思ったのだ。何かが少し変わっていたら、江草徹平の義母になっていたかもしれない女だ。

「捜査の邪魔をするつもりはないんです」

だが、志穂は違う受け止め方をしたらしく、どこか身構えるような調子で言い返した。目の光が強い。案外と芯《しん》の強い女なのだろう。

視界の端に、道の遠くからそれとなく合図を送ってくる平松が見えた。ビルの一階の店で、何か収穫があったらしい。

沖は愛想笑いを浮かべた。

「わかりました。向こうですよ。一緒に行きましょう」

志穂を促し、瑠奈たちの部屋があるビルのほうへと路地を戻った。

「このビルの三階です」とビルの上を指差し、一応確かめた。「部屋番号はわかっていますね」

「大丈夫です。ありがとうございました」

礼を言ってビルの側面の出入り口へと向かう志穂を、沖は黙って見送った。瑠奈の母親と話し、もしも何かわかったら連絡を欲しい、と一言耳打ちする手もあるかと思ったが、そんなことはしたくなかった。気が済めば故郷へ帰るはずだ。

平松がすぐに顔を寄せてきた。

「どんぴしゃだ。仕込み中の赤提灯の親爺《おやじ》が教えてくれたぜ。神尾瑠奈の母親が、あまり言いたがらなかったわけだ。それとも、母親には内緒なのかもな。藤浦のやつは、吉原のソープで働いてるらしい。瑠奈のほうはわからなかったが、まずは藤浦を当たろうぜ」

「店の名はわかったのか？」

「ああ、親爺が割引券を貰ってたよ」

「警察だ。ちょっと邪魔するぜ」

警察手帳を呈示すると、部屋でてんで勝手に時間を潰していた様子の女たちが、一斉にこちらに目を向けた。だが、沖たちと決して視線を合わせようとはしなかった。

体を売る女たちがひとつの部屋に集まった時の独特な雰囲気が充満していた。互いに無関心でありながら、それでいて抜け目なく周囲をチェックし合い、少しでも自分のほうがマシだと宥《なだ》め賺《すか》して過ごしている女たち。

すぐ隣にもうひとつ、少し狭めの部屋があった。ドアが開け放たれたままで、中が見える。

そこに男がふたりいた。

正面の壁に予定表や伝票などを貼《は》りつけた事務机で脚を組み、たばこを喫っている五十年輩の男がひとりと、その手前の古びた応接ソファに坐り、背の低い応接テーブルに屈《かが》み込むようにしてノートに何かを書き込む三十男がひとり。テーブルには、使用前のお手拭きと避妊具の小山があった。備品チェック中、というところか。

まだ他にも誰かいるのかもしれないが、とりあえずは年格好からするとこいつが藤浦だ。

沖たちが女のいる部屋に足を踏み入れると、三十男が机の五十男に目配せした。五十男が億劫そうに立って近づいてくる。

沖は「おまえに用じゃない」とその男を身振りで脇にどけ、「藤浦慶だな」と、応接ソファの男のほうにフルネームで呼びかけた。

　相手が一瞬動揺するのを見て、やはりこの男だと確信した。

「――そうだけれど、警察が何です？　うちは、健全営業ですよ」

　声の甲高い男だった。目鼻立ちはまあまあだが、そんな印象よりもずっと荒《すさ》んだ匂いのほうが強かった。無精髭《ぶしょうひげ》が薄い影のように下顎《したあご》にまといついており、幾分赤らんだ両目の下には隈《くま》が染みついている。男も女も二十代の後半になり、三十路《みそじ》が近づいてくると、顔立ちよりも生活の有り様のほうが強く顔に表われるのだ。

「おたくの商売のことじゃないんだ。ちょいと顔を貸してくれ」

「――だから、何だって言うんですよ」

　沖は穏やかに言ったが、藤浦は動こうとはせず、警戒を増したようにも感じられた。警察と関わりたくないような、何か後ろ暗いことがあるのか。

　いきなり吐きつけ、揺さぶってみることにした。

「江草徹平の件だよ」

　藤浦は唇を引き結び、何も答えようとはしなかった。

「おい、聞こえないのか。江草徹平を知ってるだろ。おまえが一緒に暮らしてる神尾瑠奈が、昔つきあってた男さ」

　藤浦と会話をする沖の脇で、平松のほうはそれとなく背後の女たちに視線をやっていた。

仕事柄、というよりも、どこか女たちを値踏みするような目つきだ。

が、はっと何かに気づいた様子で、沖の脇腹をそっとつついた。

合図を受けた沖が振り返ると、ひとりの女が慌てて顔を背けた。茶髪で、かなりの美人だった。それに、スタイルがいいのも見て取れる。そんな服を着ているのだ。だが、こういう店の女としては、些か年齢が高いことは隠せなかった。

沖も女の態度から気がついた。

「神尾瑠奈さん、か?」

平松が女に近づき、訊く。

女は何も答えなかったが、態度がほぼ答えていた。

「はあ――?」

平松が幾分芝居がかった素《す》っ頓狂《とんきょう》な声を出しつつ、女の傍から藤浦を振り返った。

「おまえ、自分の女を店に出してるのかよ」

「そいつが俺の傍にいたいって言うんだ。しょうがねえだろ」

藤浦が尖《とが》った声で言い返すのを聞き、女たちの何人かが苦笑を漏らした。藤浦が睨《にら》んでも、ふてぶてしく気づかぬ振りをするばかりだった。舐められている。こういうところでは、男の従業員よりも女のほうがずっと幅を利かせているのだ。体を張って金を稼いでいるのは女のほうで、それが暗黙のうちにそういった空気を生む。

「さあ、あんたも一緒に来てくれ」

平松が促すと、瑠奈のほうは案外と素直に従った。

「来るんだよ、藤浦」

藤浦は沖に強く言われて嫌々従い、四人揃って部屋を出た。

エレヴェーターで階下へ下る。

ところが、ビルの表へ出た途端、思わぬことが起こった。一応素直に従っているように見せていた藤浦が、いきなり走って逃げ出したのだ。

千束四丁目。昔の新吉原の中心部だ。高度経済成長時、ピークには二五〇軒近い店があったと言われる。八〇年代の風営法の改正により、実質的には新規のソープランドビルは建設不可能となって店の総数も減少したが、今なお一〇〇店舗以上は営業を続けており、日本一のソープ街だ。

だが、まだ日が高い今、メインストリートは人通りが疎《まば》らで、灯《あか》りを落としたネオンも立て看板も、化粧がはげ落ちた花魁《おいらん》のような顔を見せていた。

――さてさて、野郎はこんな見通しのいい所で、どう逃げおおすつもりなのか。

沖と平松はちらっと顔を見合わせた。ふたりとも顔に焦りはなく、むしろどこかこの状況を楽しむような雰囲気があった。

平松がすぐに地面を蹴った。

「いいか、ここから動くんじゃねえぞ」

沖は瑠奈にドスを利かせた声で言い聞かせ、そのあとに続いて藤浦を追った。

難なく追いついた平松に腰を思い切り蹴りつけられ、藤浦は妙な声を漏らしながら地面にもんどり打った。

それでも地面を転がってまだどこかへ逃げようとするのを、平松が胸ぐらを摑んで投げ倒し、膝で背中を押さえて右手をねじ上げた。

「痛ててて」と声を上げる藤浦に手錠を塡《は》めて立たせる。

放せ、ちきしょう、と、性懲りもなく喚き立てる藤浦の頭を、平松が平手でぴしゃりと叩いた。

「このタコ、うるせえぞ。大人しくしやがれ」

手を貸すまでもないと思い、それを傍で見ていた沖は、ヒールの音を響かせて走ってくる瑠奈に気づいて行く手を遮った。

「おっと、野郎は公務執行妨害だ。これから連行する」

藤浦にも、周囲の野次馬たちにも聞こえるよう、声を高めて宣言した。

「大丈夫、慶ちゃん。血が出てるじゃないの」

瑠奈はなんとか藤浦に近づこうとして体を右に左にと動かすが、両手を拡げた沖の制止をかわすことはできなかった。

「かすり傷だよ、なんてことねえ。さあ、来るんだ」

平松が言い、藤浦を引っ立てながら沖に目配せした。ほんとにこのまま連れていくのか、と確かめているのだ。こんなチンピラをひとり、公務執行妨害で連行したところで、手間がかかるだけだ。この場で口を割らせられれば、それに越したことはない。

「ねえ、待ってよ。お願い、刑事さん。慶ちゃんを返してよ。ね、この通り」

瑠奈はしなを作って見せたが、どこか慣れない仕草を必死でなぞっているような感じがあった。男に媚《こ》びるのが身についた女ではないのかもしれない。

沖はわざと強面に出た。

「駄目だ。この野郎は警察を舐めてやがる。しばらく臭い飯を食わせ、性根を叩き直したほうがいいんだ」

瑠奈が顔を歪めた。

保護者から引き離されようとしている子供のように、瞳《ひとみ》に不安が溢《あふ》れ返る。

「ちょっと待ってってたら。刑事さんたち、いったい徹平の何が知りたいのよ。何でも話すから、だから、慶ちゃんを放してよ」

だが、そう頼み込む瑠奈を藤浦は怒鳴りつけた。

「おい、余計なことは喋るんじゃねえぞ。警察なんかに協力したら、あとでただじゃおかねえからな」

そんな藤浦を見てピンときた。この間抜けはさっき、沖たちを警察と知ってすぐに警戒を露《あら》わにした。表に出るなり逃げ出し、そうして今、大した迫力は感じられないものの、女を脅しつけている。何かよほど隠しておきたいことがあるのだ。

「ヒラ、この野郎は警察に行きたいようだ。連行するぞ」

平松は「ああ、わかった」と応じ、コインパーキングに駐めた車に向けて藤浦を引きずり始めた。

沖はそのあとを追おうとする瑠奈の腕を摑んで引き留めた。

「野郎がすぐに帰れるかどうかは、あんた次第だ。ま、素直に話してくれたら悪いようにはしねえよ。立ち話もなんだ。ちょっと、そこいらへ入ろうぜ」

7

手早く見つけた喫茶店に入り、沖と瑠奈は窓辺のテーブルに坐った。店は空《す》いており、他の客の耳を気にする必要はなかった。

そんなふうに向かい合って坐ると、瑠奈という女の皮膚が随分と荒れているのが見て取れた。

刑事という仕事柄なのか、風俗関係で働いている女は、見ただけでなんとなく見当がつく。服装や身に着けたアクセサリーは千差万別でも、皆どこか一様に崩れた感じがする。沖には、したり顔をして、体を売るような女は道徳が崩れているのだなどと言うつもりはさらさらなかったが、「崩れている」と形容するしかない雰囲気が、埃《ほこり》のようにまといついているのだ。この女もそうだった。

ふと思った。——いつからこんな生活をしているのだろうか。

少し前に別れた野口志穂のことを思い出しかけ、余計なことだと振り払った。二人を比べたところで、何にもならない。

「さて、じゃあ話して貰うぜ。さっきも言ったが、江草徹平のことなんだ。一昨年の六月に彼が亡くなった時、あんたは何かあの男に相談を持ちかけてるな」

沖はそう話の口火を切った。この女が落ち着いてあれこれ考え出す前に、口を割らせることが肝心だ。

だが、瑠奈は俯くばかりで、うんともすんとも言わなかった。

藤浦に釘を刺されて考え始めているのだ。何は話しても大丈夫で、何は決して話してはならないのか……、と。

何もかも吐き出させてやる。

「俺たちは今、江草徹平の轢き逃げ事件を洗い直しているところなんだ」

そう話を続けると、思った通りに食いついてきた。

「洗い直してるって、どういうこと？　どうしてこんなに時間が経った今になって、あの事件を調べ直してるのよ」

「あんた、ニュースを見ないのか。新宿の高層ビル街で、女性刑事の死体が発見された。溝端悠衣という刑事だ。この名前に聞き覚えがあるだろ」

瑠奈の表情が大きく動いた。

「あの刑事さん、死んだの……。どういうことよ、誰かに殺されたってこと？」

演技には見えなかった。どうやらニュースを見る暇はないらしい。

「事故なのか、殺人なのか、まだ断定はできずにいる」

自殺、という可能性は口にしなかった。

「だが、ひとつはっきりしてる、彼女が亡くなったのは、一昨年の十二月だ。そして、亡くなる前、彼女はその半年前に起こった江草徹平の轢き逃げ事件に興味を示し、ひとりで調べ直そうとしていた。きみは、その頃、彼女と会ってるんだろ」

相手の様子を窺いつつ、敢えて断定的な訊き方をした。

「ええ、そう。そうよ。あの人に会ったのは、その頃よ――」

瑠奈は「そう」を繰り返しながら、しきりと何かを考えている様子だった。話せばあとで藤浦にどやしつけられる、というわけか。

周辺から探りを入れるより、単刀直入に攻め込んだほうがいい相手だ。沖はそう判断し、大きく踏み込んでみることにした。まだ推測段階の話をぶつけることにしたのだ。

「瑠奈さん、日本東西建設で働いていたあんたの親父さんは、今から二年前に自殺をしている。そうだな。あんたは、親父さんの死について、何か腑《ふ》に落ちないことがあった。それで、昔つきあっていた江草徹平に相談を持ちかけた。我々はそう踏んでいるんだ。どうだい、違うか?」

瑠奈の体が小さく震えた。

短いスカートから出た太股《ふともも》に置いた手を握り締める。

図星を差したのだ。

おそらく、藤浦が「余計なことを喋るな」と言っていたのも、この点だろう。

だが、そうするとひとつ疑問が生じる。やつはなぜこの件を瑠奈に喋られてはまずいのだ。

沖は黙ってしばらく待ったのち、できるだけ穏やかに言葉を継いだ。

「話してくれ、瑠奈さん。それが亡くなったあんたの親父さんのためでもあるし、もちろん、江草徹平のためでもある。あんたは何を彼に相談したんだい」

だが、瑠奈は唇を引き結んで俯いてしまった。今つきあっている彼氏の言いつけに、できるだけ素直に従いたいらしい。

「徹平君のお袋さんに会ってきたよ。あんたと彼は、幼馴染みだったらしいな。それに、好き合ってもいたそうじゃないか。人の世ってのは、不思議だな。こういう仕事をしていると、しみじみそう思うことがあるよ。ほんのちょっとしたきっかけで、人生が本来とは違う方向へ行っちまう。彼のお袋さんが言ってたよ。息子があんたと別れちまって、ほんとは残念だったとな」

瑠奈はテーブルから視線を引き剝《は》がすようにして、重たげに目を上げて沖を見つめた。

「嘘よ、そんなふうに言うわけがないわ……」

「嘘なんかついたって、しょうがねえだろ。ほんとだよ。あんたの友達にも会って来たぜ。団子屋の愛子さんって子だ。あんたに宜しく伝えてくれ、と伝言を頼まれてる。それに、連絡が欲しい、と言ってたぜ」

瑠奈は痛みを堪えるような顔をした。

沖にはなんとなくこの女の暮らしぶりに想像がついた。幸せに暮らしている女は、決してこういう顔つきはしない。

「——もう一歳かしらね。生まれた時、一応贈り物をしたんだよ。つまらない物だったけどね。次はあんただねって、愛に言われた。それっきり、会ってないよ」

「あんたも子供を産めば、子供同士で一緒に遊べる」

沖が言うと、睨んできた。

「よしてよ、刑事さん。今の私に、子供が産めると思ってんの」

沖は目を逸らさなかった。

「産めるような暮らしを始めりゃいいじゃねえか」

人生相談の柄じゃないが、本気で言った。

瑠奈は唇を嚙んで俯いた。

「やめてよ。何もわからないくせに、そんな言い方……」

この女は藤浦という男と別れられない。軽薄でろくでなしに見えるあの男が、この女にとっては唯一縋れる相手なのだ。

「お袋さんは、どこが悪いんだ？」

「会ったの？」

「ああ」

瑠奈は表情を強《こわ》ばらせた。「私の仕事のことは言ってないでしょうね」

「あんたがあそこで働いてることは、ついさっき知ったんだぜ。この先だって、言わねえよ。親に言うかどうかは、あんたが決めることだ」

「ありがとう」

「藤浦は、あんたのお袋さんの面倒を見てくれてるのか？」

「いいでしょ、そんな話はどうでも。母さんは、誰かが傍にいないと駄目な人なのよ。ひとりじゃいられないの。だから、私たちがいてやってるんだ。慶ちゃんは、よくしてくれるよ。私にも、母さんにもね。優しいところだって、ある人なのよ。なのにみんな友達は、徹平のほうがいい、徹平のほうが良かったって、いい加減にしてって言いたいわよ」

たぶん、この女自身が、江草徹平のほうが良かったと思っているのだ。

「亡くなった親父さんは、どんな人だったんだ？　あんたやお袋さんによくしてくれたのか」

瑠奈は暗い目で沖を見つめてきた。

「知ってるんでしょ、刑事さん。あの人に、別に家族がいたことは」

「ああ、その話は聞いたよ。だけど、あんたの親父だろ。男親ってのは、娘が可愛いもんさ。あんたにはよくしてくれたんじゃないのかい」

「――――」

「聞かせてくれないか、親父さんの話を。あんた、愛子さんに、自分の父親は会社に殺されたと漏らしたそうだな。あれは、どういう意味だったんだい」

堪えているものが、もう喉元まで出かかっている。――沖はそう察し、瑠奈が口を開くのを待った。

だが、なかなかしぶとかった。瑠奈はきっと背筋を伸ばして沖を見つめ返した。

「その手には乗らないよ。そんな怖い顔をして、優しい声で唆《そそのか》そうったって、駄目さ」

今日はやけに顔の話をされる日だと思いつつ、沖は平手で頭を擦り上げた。綾子といい、この瑠奈といい、スキンヘッドで強面の男は、顔の話をされても傷つかないとでも思っているのか。こう見えたって、子供の頃は子犬のようだと……。

「瑠奈さん」沖は強く相手の名を呼んだ。

「わかってるだろ。いつまでもそうして口を噤んでられるもんじゃないんだぜ。江草徹平のことを考えてみろ。やつはあんたがした頼み事が原因で殺されたのかもしれないんだぞ」

瑠奈は沖を睨んできた。だが、その目の奥に戸惑いと不安げな光がある。

「嘘よ——。だって、そんなこと、慶ちゃんは一言も……。それに、徹平は助川さんの子供じゃないの」

沖は鋭く瑠奈を見つめた。

「徹平が助川組の組長の息子だから相談を持ちかけたってことは、ヤクザの助けを必要とするような頼み事だったんだな」

瑠奈はまた唇を引き結んで俯いた。強情そうな印象が強まっていた。

「瑠奈さん、徹平の仇《かたき》を討ちたくないのか」

「——」

「今あんた、そんなことは慶ちゃんは一言も、って言ったな。藤浦のやつは、あんたにそんなことは何も話さなかった。だけど、きっと何か聞いてるはずだぜ」

「嘘だわ。知っていて私に隠してるなんて、ありえない。わかってるのよ。こういうのってみんな警察の手なんでしょ。ひとりを逮捕して、会えないようにして、残った人間にあれこれ嘘を吹き込むんだわ。ねえ、ひどいことはやめて、慶ちゃんを返してよ。返してったら」

瑠奈の大声に驚いた顔で、店の人間がこっちを見ている。

沖は仕方なく瑠奈を宥めにかかった。

「まあ、落ち着いてくれ。冷静に考えれば、あんただっておかしいと思ってたんじゃないのか。あんたが相談を持ちかけてから、江草徹平が轢き逃げに遭って死んでしまうまで、いったい何日ぐらいあったんだ」

「徹平は、組のもめ事に巻き込まれたのよ!」

店の人間がいよいよこっちに顔を向けてくる。

だが、沖が一睨みすると、慌ててそっぽを向いた。怖い顔の使い道だってあるのだ。

「藤浦があんたにそう話したのか?」

「――違うわよ。慶ちゃんは何も知らない」

「じゃあ誰から聞いたんだ。一年九ヶ月前、警察は、江草徹平は轢き逃げに遭って殺されたと判断した。轢き逃げ犯は、未だに捕まらないままだ。それは知ってるな。だが、組のもめ事で殺されたんだとすると、大きく話が変わってくるぞ。藤浦は、そんな話を誰から聞き、そして、あんたの耳に入れたんだ？」

「だから、違うって言ってるでしょ。慶ちゃんから聞いたんじゃない。慶ちゃんは関係ないわ」

「いい加減にしろ、神尾瑠奈。あんたが言えないなら、俺が言ってやろうか。江草徹平が殺された時、あんたは自分が持ちかけた相談事が原因だと思ったんだ。だが、藤浦からそれを否定するような説明を聞かされ、あんたはその話に飛びついた。そう信じていたほうが、自分を責めなくて済んだからだ。徹平は自分のために死んだんじゃない。あれは組のもめ事だったんだと思っていたほうが良かったんだろ。だけど、どこかで気づいていたはずだ。ほんとのことを言ってくれ。それが江草徹平のためでもあるし、あんたの父親のためでもあるんだぞ」

瑠奈の唇から嗚咽《おえつ》が漏れた。

慌てて飛び出てきたせいでハンカチがなかったらしく、手の甲で目を拭ったあと、テーブルに立つ紙ナプキンに手を伸ばした。

さらにはお手拭きを顔に当てようとする彼女に、沖はハンカチを差し出した。

「――ありがとう」

瑠奈は低い声で礼を言い、沖のハンカチを目に当てた。

礼を言う時に、人の素顔が覗く。この女は、根っこのところが非常に生真面目だ。

その生真面目さが、今の沖にとっては凶と出た。

「でも、悪いけれど、刑事さん、私は何も知らないよ。本当なんだ。疑っているのならば、警察に連れて行けばいい。さあ、連れて行ってちょうだい」

沖は自分の勘が狂ったのを知った。

普通ならば、ここでゲロする。そのほうが、本人が楽になるからだ。

だが、それでもなおゲロしない相手の場合は、このまま押し続けたところで、いたずらに時間を長引かせるだけだ。

はっきりとわかった。

江草徹平の思い出を振り払い、自分が徹平の死を招いたのかもしれないという心の痛みと闘いつつ、それでもなおこうして口を噤む理由はひとつしかない。この女は、藤浦慶のために口を噤んでいる。今、自分が縋ることができる、たったひとりの男を必死で庇っているのだ。

沖はテーブルのレシートを摘《つま》んで腰を上げた。

「気が変わったら、連絡をくれ。藤浦は、しばらく警察で預かることになるかもしれんぞ」

言い捨て、瑠奈に背中を向けた。

こういう場合、相手をひとりにするほうが効果的だと知っていた。ひとりになると、嫌でも色々なことを考え始めるものだ。

どこか怯《おび》えた様子で目を合わせようとはしない店員を相手にレジで勘定を済ませて、表に出た。

携帯電話を抜き出し、貴里子に報告を入れることにした。

取調べで藤浦慶を落とすほうが早いかもしれない。——刑事の勘がそう告げていた。

藤浦という男には、これほど必死に相手を庇う気などないのではないか。

8

沖からの報告を受けた貴里子は、署に戻るなりすぐに日本東西建設の資料に目を通した。

日本東西建設は、規模からすると、準大手Aに分類される。所謂スーパーゼネコンと呼ばれる大手数社に次ぐクラスの会社だ。戦前の昭和十一年に創業され、資本金二三七億数千万、去年の単体売り上げがおよそ四四七〇億、そして従業員は四〇〇〇人弱を数える。

コンピューターのニュース検索で見る限り、十年ほど前にタイのトンネル工事中に事故が起こり、その過失を問われて裁判を起こされたことがあるぐらいで、政治家や官僚絡みのスキャンダルは伝えられていなかった。——もっとも、もしも近年そういうことがあったならば、当然貴里子の記憶にも留まっているはずで、これは念のために確かめたに過ぎない。

無論のこと、官僚の天下りは受け入れているだろうし、政治家への企業献金も行っているにちがいないが、ともに一応は「常識の範囲内」に留まるということらしい。

神尾瑠奈の父親のフルネームは榊原謙一《さかきばらけんいち》。二年前の三月に自殺をした日本東西建設の社員という線から名前にたどり着き、ここから先は警視庁のデータベースに残る事件記録で照会できた。

享年五十三。亡くなった時、榊原は、海外事業本部の事業副本部長だった。

自殺の原因は、仕事の心労が祟《たた》り、発作的に首を括《くく》ったとのみ書かれていた。榊原は都内のホテルに部屋を取り、アルコールで大量の睡眠薬を服用した上、換気口から下げた紐《ひも》で首を括っていた。

遺書の類はなかった。ただ、社の同僚や知人たちから、最近業績の落ち込みに悩んでいたようで、元気がなかったといった証言があったという。

検死解剖はきちんと行われており、アルコールと睡眠薬が検出されている。

部屋に残っていたレシートから、アルコールと睡眠薬の購入先もすぐに特定され、その店の店員が榊原のことを覚えていて、自身で買ったものであることが確認されていた。

そこまで資料にすらすらと目を走らせてきた貴里子は、榊原の社内の経歴が書かれた条《くだ》りでふと止まった。

十年前にも一度、榊原は海外事業本部に勤務しており、当時の役職は東南アジア担当課長となっていた。

タイのトンネル事故が起こった時、榊原はその工事に関わっていたのではないか。

貴里子は改めてトンネル事故の詳細を読み返した。

トンネル工事中、その開削部が崩壊し、付随して火災も発生。五人の作業員が死亡している。タイ政府は事故調査委員会を立ち上げ、翌年、設計と事故区画の施工を担当した日本東西建設の犯したミスが原因であると断定した。

この事故のため、この年は、トータルで約二四五億円の損失が計上されている。

資料に隈無く目を通しても、榊原がこの事故に関わっていたことを示す記録はなかった。

貴里子は念のためにパソコンのニュースデータや、さらには2ちゃんねる等の所謂情報サイトもいくつか当たってみたものの、そういったところにも該当する記述は見つけられなかった。

だが、この事故が起こった翌月付けで、榊原は海外事業本部から、国内のダム建設統括部へと異動になっている。

責任を負わされた上での左遷、あるいは責任の所在を曖昧にするための人事異動、ということは考えられないか。

さらには、もしも榊原がこのトンネル事故に関係していたのだとしたら、そんな人間が、僅か十年後に、同じ海外事業本部のしかも事業副本部長という職に坐っていられたのはなぜなのだろう。

榊原が自殺したホテルは品川駅前にあり、捜査を担当したのは高輪署《たかなわ》だった。

担当捜査官の名前を調べ、貴里子は高輪署に電話を入れた。

自分が担当する事件と関連し、そちらの案件について訊きたいことがあると説明し、電話を回して貰った。

担当課長が電話に出、本人は捜査で外出中だが、携帯に連絡を取り、折り返し連絡をさせると請け合ってくれた。

貴里子は礼を言い、自分の携帯の番号を教えた。

目を通していたファイルを閉じて重ねると、さらに自分のデスクに並ぶファイルから適当に数冊を抜き出して足し、ファイルの量を水増しした。

沖から報告を受けた藤浦慶という男の性格からすると、こうしたはったりもそれなりの効果を発揮するだろう。

ファイルを胸の前に抱えて特捜の部屋を出、地下の取調室へと下りる。

まずは隣室にそっと入り、そこに待機する平松に目で会釈した。

「どう?」とだけ訊きながら、マジックミラーに近づき、藤浦をひとりで待たせている取調室の様子を窺った。

「落ち着きがないですね。何か隠してるんでしょ」

貴里子は頷いた。

取調べは、刑事の腕が試される場だ。このK・S・Pに赴任し、特捜部の責任者に任じられてから、そのことを肌で強く感じていた。沖も、円谷も、相手に注意を払い、見事に立ち回り、思いもしない点を突いて鉢を割らせる。

「一緒に来て、ヒラさん。だけど、あなたは補佐よ。いいわね」

そう念を押すと、部屋を出、隣室のドアを開けた。この男の口を割らせるのは、自分だ。

藤浦はドアから入ってきた貴里子と平松を見て、そわそわと腰を上げた。

「なあ、刑事さん、勘弁してくれよ。さっきは、怖くなって逃げただけなんだって。な、心から謝るから、家に帰してくれねえか」

「誰が立っていいと言った。坐ってろ」

平松が威嚇すると、水をかけられた犬のように首を竦めて椅子に戻った。

その平松が補助の席に、そして貴里子のほうが取調官の席に坐るのを知り、一瞬だけふっと気を抜いたような表情を過ぎらせた。

貴里子はそれを見逃さなかった。女と思って、舐めたのだ。

「藤浦慶さんね。私は村井よ。宜しく」

「宜しくお願いします。女刑事さん。ねえ、そっちの刑事さんに話してくださいよ。ちょっと怖くなって逃げただけなんですって」

「三年以下の懲役若《も》しくは禁錮《きんこ》、または五〇万円以下の罰金」

「何です――？」

「公務執行妨害に対する法定刑よ」

藤浦はぽかんと下顎を落とした。

やがて喚き始めた。

「冗談でしょ。なんで、そんな――」

「落ち着いて話を最後まで聞きなさい。私たちが送検すれば、自《おの》ずとそうなるということ。しなければ、ここから帰れるわ。あなた次第よ」

藤浦は唇を引き締め、貴里子の顔を見つめてきた。

本人がどこまで勘づいているのかどうかわからない。いや、おそらくは気づいてなどいないはずだが、そんな表情をすると小狡《こずる》い印象が増す。

「で、何を訊きたいんです？」

「あなたの友人の江草徹平さんは、なぜ殺されたの？」

「そんなこと、俺は知りませんよ。あの轢き逃げ事件は未解決なままでしょ。犯人を見つけ出せないのは、警察の責任だ」

ぺらぺらと口だけは動く男らしい。

「轢き逃げに見せかけて、最初から江草さんを狙っていたのよ。私たちはそう踏んでいるし、あなたもそれはわかってるんでしょ。時間を無駄にするのはやめましょう。なぜ彼は殺されたの？」

「――俺は何も知らないんだ。勘弁してくれよ」

「ヤクザ同士のもめ事が原因だと、あなた、神尾瑠奈さんに話したそうね」

藤浦ははっとし、困惑を顔に過ぎらせた。

「――瑠奈が何か喋ったのか？」

「質問をしてるのは私よ。あなたからの質問は受けつけない」

冷ややかに言う貴里子の目を見つめ返したのち、藤浦は今度は彼女の手許の厚いファイルを見つめた。そこに何が書いてあるのかが心配でならないのだ。

そして、必死で考えている。瑠奈がどこまで何を警察に話したのか、自分が何をどう話せば言い逃れができるか、と。

「ああ、そうだよ。だけど、俺だって詳しいことはわからないぜ。ただ、噂で聞いただけなんだ。轢き逃げに見せかけて、組長の血をひく徹平を葬ったんだってな」

「おい、いい加減なことを言ってるんじゃねえぞ！」

そう声を上げる平松を、貴里子は目で制した。

「そうすると、犯人は、助川組の誰かってことになるわね」

そう訊くことで、先を促した。この男が瑠奈にどんな話を聞かせたのか、どんな嘘で納得させたのかを、一通り聞いておくのも悪くない。

「ああ、そうだぜ。だけど、誰がやったのかなんかはわからねえよ。そんなこと知ってたら、こっちの命が危ないだろ」

「変じゃないの。誰がやったかわからないのに、助川組がやったってことははっきりわかってるわけ?」

「それはだな、徹平から聞いてたんだよ。もしかしたら、組のいざこざに巻き込まれて、やられちまうかもしれないって、あいつはそう言って怯えてたんだ」

貴里子は黙って相手を見つめることで、先を促した。

「そうだ、その後、助川組じゃ、さらにふたりも死んでるんだぜ。あれは、組の内部抗争だよ」

「ふたりって誰?」

「杉野と奥山ってやつさ」

「フルネームは思い出さないの?」

柏木が調べてきてとっくにわかっていたが、貴里子は空とぼけて訊いた。

「――ええと、待てよ。そうだ、杉野宏一と奥山和人さ。調べてみろよ。このふたりは殺されてる。事故とか、行方不明とか、何かそんなことになってるかもしれないけれど、ほんとは殺されたんだぜ。なあ、調べたらきっと色々出てくるぞ」

貴里子と平松は、ちらっと目を見交わした。

平松の目が、ここが攻めどころだ、と言っている。

貴里子も同じ意見だった。

「わかったわ。貴重な情報をありがとう」

「じゃあ、帰っていいだろ」

「まだよ。今度は、日本東西建設のことを話してちょうだい」

藤浦の顔に戸惑いが走る。

「なんだ、それ。何のことだ……？」

貴里子は机のファイルの山を人差し指でつついた。

「知らないことはないでしょ。瑠奈さんの父親は、そこの社員だった。そして、自殺した。瑠奈さんは友人に、父親は会社に殺されたのだと話してるわ。あなた、彼女とつきあっていて、何も知らなかったの？」

「待ってくれ。いきなり言われたんで、頭に浮かばなかっただけだ。もちろん知ってるさ。あいつの親父のいた会社だな。でも、それ以上のことは何もわからないぜ。サラリーマンの世界なんか、俺たちにゃ無縁だ」

この男はおそらく、いつでもこうやって口先でのらくらと言い逃れをして生きてきたのだ。

沖ならば脅しつけるところだろうが、自分には自分のやり方がある。

口を開こうとした時、貴里子のポケットで携帯が鳴った。取り出してディスプレイを確かめると、知らない携帯番号が表示されていた。さっき問い合わせをした高輪署の担当刑事にちがいない。

グッドタイミングだ。

貴里子は通話ボタンを押して携帯を口元に運んだ。

「高輪署の草野と申します。村井さんですね」

「村井です。わざわざすみません。実は二年前に品川のホテルで自殺した榊原謙一さんのことで、二、三伺いたいことがあったんです」

貴里子は敢えてそこまでその場で言うと、腰を上げた。

「榊原――、ああ、覚えてますよ。私にわかることでしたら、どうぞ」

「ちょっと待ってくださいね。今、場所を移りますので」

そう告げ、平松に「すぐに戻るわ。しばらくお願い」とだけ言い置くと、藤浦には見向きもしないで部屋を出た。

素早く隣室に入り、マジックミラーで取調室の様子を観察しながら電話を口元に当て直した。

「すみませんでした。捜査資料は拝見しました。榊原さんが勤めていた日本東西建設は、彼が亡くなる十年ほど前に、タイのトンネル工事で事故を起こしてるんです。もしかしたら、榊原さんは、その工事に関わっていたのではないかと思うんですが、御存じゃありませんか？」

「タイのトンネル工事ですか――。ええと、待ってくださいよ。課長からざっと御用件は伺っていたんで、あの事件については記憶を呼び戻しつつお電話したんですけれど……。ええと、十年前と言われますと、急にはなかなか……」

そう呟くように話しながら、さらに記憶をたどっているのが感じられる。

「ああ、思い出しましたよ。そう、そう、あなたの仰る通りです。事故を起こしたトンネルの工事を受注したのは、彼ですよ。社内の同僚のひとりが、あの事故も、彼を自殺に追い込んだ原因のひとつかもしれないと話してくれましたね。なにしろ、何人か、現地の作業員が亡くなってますでしょ。それに、会社にも大きな損失を与えたはずです」

「その同僚の方は、実際に、亡くなる前の榊原さんが、事故のことで何か悩んでいたのを聞いたんでしょうか？」

「いや、そういった証言ではなかったと記憶していますが」

「ところで、榊原さんのお嬢さんが、父は会社に殺された、と周囲に話しているんです。捜査当時、何かそういったことが耳に入りませんでしたか？」

「いや、私の耳には、特にそういった話は入っていませんね。遺族の方への聴取で、お嬢さんとは会っていないんじゃないかな」

「御存じかと思いますが、榊原さんには、本妻以外に別におつきあいする女性がいまして、そちらの女性との間のお嬢さんなんです」

「ああ、そうでしたか。では、お会いしてませんね」

他殺の疑いがあれば別だが、自殺事件で、わざわざそういったところまで調べることはしない。

「村井さん、『殺された』とは穏やかじゃないですが、それは会社に追い詰められた、という意味ですか？」

草野のほうから訊いてきた。幾分声に硬さが出ていた。警察の世界では、調べが既に終了している事件を、別の刑事が、別の見解で調べることは御法度《ごはっと》なのだ。

「おそらくそうだと思います。念のために草野さんの個人的な意見をお聞かせ願いたいのですが、他殺と疑うような点は何もありませんでしたか？」

貴里子は慎重に言葉を選んで訊いた。

「いや、私の見解では、あれは自殺ですよ。不自然な点は見当たりませんでしたね」

内心どう思っているかはわからなかったが、草野は口調に表れるほどには気分を害した様子もなくそう答えた。

「わかりました。御協力をありがとうございました」

貴里子は丁寧に礼を述べて電話を終えた。

マジックミラーの向こうでは、さっきからしきりと藤浦が平松に何か話しかけていたが、平松は相手にしていなかった。いい兆候だ。藤浦は不安がっている。

貴里子は取調室に取って返した。

「さて、あなたののらくらにつきあうのはここまでよ」

ドアを開けるなり、吐きつけた。

「吐いて貰うわよ、藤浦。あんたと神尾瑠奈のふたりは、榊原さんの自殺について何を知ったの？」

藤浦は唇を噛み締め、肩に力を入れて黙り込んだ。

目を伏せると、貴里子が置いたままにしてあるファイルが目に入る。それが落ち着かないのだろう、今度は斜め下に顎を捻ってそっぽを向いた。

もう三十近いくせに、そんなふうにする横顔がどこか妙に幼い。いつからだろう、こういう類のチンピラが、いや、男が増えたのだ。

「弁護士を呼んでくれ」

やっと押し出すようにして言う声が、微かに震えを帯びていた。

平松が壁際の椅子から立ち、つかつかと寄ってきて取調べデスクの脚を蹴りつけた。

「おい、この野郎。舐めたことを言ってるんじゃねえぞ。テレビドラマみたいなわけにゃいかねえんだ」

「平松刑事」

貴里子は平松を手で制した。

こんなところでしゃしゃり出て欲しくない。怒りの目を向けると、平松の目配せに出くわした。そうか、芝居なのか。

「弁護士を呼びたいって言うなら、呼んでやっても良いわよ。でも、それで困るのは、あなたよ」

吐き捨てるように言ってから、貴里子はわざと間を置いた。

藤浦がちらちらと不安そうな目を向けてくる。

「なんでだよ?」

「弁護士が出てくれば、私たちもあなたを正式に逮捕しなければならない。そうなると、上はあなたを起訴させようとするわ。あなた、罰金を払えるの。それとも、懲役を喰《く》らう? それに、ここが肝心なところよ。そんな大事《おおごと》になってから口を割れば、あなたが話したってことが大っぴらにみんなにわかっちゃうわね」

「——もうサツにこうして連れてこられた時点で、目を惹《ひ》いちまってるだろ。まずいんだよ、女刑事さん。俺は何も言えねえんだ」

もう一歩だ。何か知っていることは認め出している。そして、無意識のうちに、もっと背中を押して貰うことを望み出しているのだ。

「蛇の道は蛇よ。あなたが話したとはわからないようにするわ。それは私たちに任せなさい。だから、安心して喋っていいのよ」

藤浦は不安げな目を伏せ、黙り込んだ。

だが、そうしていてもなお、どこか小狡そうな印象は抜けない。

貴里子はぴんと来た。こういう男には、もっと違うアプローチが効果的だ。

「あんたって、ほんとに優柔不断な男ね。そうやって迷って、自分じゃ何も決められないんでしょ。だから、瑠奈さんから相談を持ちかけられた時だって、結局、あんたには何もできなかった。だから、彼女は、元カレの江草徹平を頼ったのよ。あんたはただ、それに引きずられて一緒に行っただけ。そうでしょ。情けない男ね」

藤浦は目を吊り上げた。

「違う。あんたには何もわかっちゃいねえ。徹平に相談しようと言ったのは、この俺だ。やつはヤクザだぜ。しかも、組長の隠し子だ。やつが出ていきゃあ、企業なんてのはどこだってびびっちまう。そう踏んだのさ」

「企業ってのは、日本東西建設のことね。警察を舐めるんじゃないわよ、藤浦。こっちにはもう、筋書きは読めてるのよ。あんたたちは、自殺した瑠奈さんの父親が、瑠奈さんの母親の所に残した何かを見つけた。そうでしょ。それを盾《たて》に日本東西建設を強請《ゆす》ることにして、江草徹平に応援を頼んだ。そういうことね」

「――強請ったのは徹平だぜ。俺じゃない」

「何もかも喋れば、あんたは無関係だったってことにしてあげてもいいわ」

藤浦は目を輝かせた。「ほんとだな」

「ただし、もしも嘘が混じっているとわかったら、その時点で何倍にもしてぶち込んでやる。わかったわね」

「――ああ、わかったよ」

「あなたたちは、瑠奈さんの母親の元から何を見つけたの？」

「裏金作りのメモだよ。日本東西建設は、海外の事業で裏金を作って、それを現地で工事を取るための賄賂《わいろ》に使ったり、こっそりと持ち帰ってきて政治献金に使ったりしてたんだ。瑠奈の親父の榊原は、長いことその責任者だったんだよ」

出た。――胸の中で、思わずそう声を上げながら、貴里子は平松と目を見交わした。

「そうして作った政治献金が流れた先は？」

「そんなことはわからねえよ」

「メモに何かあったでしょ」

「その点についちゃ、詳しいことまでは書かれてなかったんだ。ただ、国土なんとか育成会とかってとこの、辻蔵《つじくら》って男の名があった。ええと、なんだっけかな。そうだ、国士未来育成会の辻蔵克俊《かつとし》だ」

　貴里子は漢字を確かめて手帳にメモした。

「で、あなたたちは誰に強請りをかけたの？」

「俺たちじゃねえ。江草がやったんだぜ。それからな、それは金のためなんかじゃねえ。瑠奈の父親の仇討ちだったんだ。だってよ、そうだろ。汚い仕事を押しつけた挙げ句、自殺にまで追い込むなんて、ひでえじゃねえか」

「余計な講釈はいいから、強請った相手の名前を言うのよ」

「あそこの社長の室田光雄《むろたみつお》って野郎だよ」

「はっきり答えなさい。あそことは、日本東西建設ね」

「ああ、そうだ」

「で、それで何が起こったの？　なぜ江草徹平は殺されたの？」

「わからねえよ、そんなこと。ほんとだって。だけどよ、徹平のバックにゃ助川組がいたんだぜ。まさか、殺されるなんて普通は考えねえだろ」

「どういうこと？　江草徹平は、この件を、組長の助川岳之に相談していたというの？」

「そうさ」

「確かなのね。江草の口から、そう聞いたの？」

「聞いたよ。日東建の背後にゃ、轟木《とどろき》興業がついてたんだぜ。こっちだって、それなりの後ろ盾がなくちゃ、危なくて金の交渉などできねえだろ」

──轟木興業。

貴里子はメモに認《したた》めた。

東京の東部に広く勢力を展開する暴力団だ。

察しがついた。そういった背後関係を調べた藤浦が、助川組の力を宛《あて》にして、瑠奈と昔つきあっていた江草徹平を巻き込んだのだ。

だが、徹平がこの件を本当に父親の助川岳之に話し、後ろ盾になることを頼んでいたのかどうかについては、藤浦の話を鵜呑みにすることはできないだろう。

助川は、江草が亡くなる三日前に初めて、江草が自分の息子である事実を野口志穂から聞かされて知ったのだ。

確かめてみる必要がある。

「轟木興業で、この件に噛んでるのは誰？」

「田之上《たのうえ》敬《たかし》って幹部だ」

「メモはその男に渡したの？」

「ああ、そうだよ」

「江草徹平が死に、どうしようもなくなり、端金《はしたがね》で売り渡したのね」

貴里子の声に嘲《あざけ》るような雰囲気を感じたのだろう、藤浦が睨みつけてきた。

貴里子が見つめ返すと、「そうだよ」と蚊の鳴くような声で応えて目を逸らした。

「なあ、これだけ話したんだ。もう帰ってもいいだろ」

「もうちょっと待ってなさい」

貴里子は言い置き、平松に合図して部屋を出た。


「助川組と鳳木興業の対立が、今度の事件の背後にはありそうね。ヒラさん、幹さんたちの応援に行ってちょうだい。このふたつの組を、重点的に調べましょう。藤浦の供述の詳細は、私から電話で幹さんに話しておくわ」

特捜部の部屋に戻るなり、貴里子は平松に告げた。

「わかりました。で、チーフは？」

「私は裏金が流れた国土未来育成会の辻蔵という男を調べます。まずは外堀をそっくり埋め尽くしてから、日本東西建設を攻めましょう」

「かなり奥の深いヤマになってきたな。辻蔵という男を仕留めると、日本東西建設が金を渡してきた政治家や、あるいは官僚の名が出てくるでしょうね」

「ヒラさん、二課がそこに注目していたとは考えられないかしら？」

平松は貴里子の指摘に顔を輝かせた。

「そうか、あり得ますね。これは二課が縄張りとするヤマだ。――だが、どうなんだろう。日本東西建設も、国土未来育成会も、それに助川や鳳木といった暴力団も、このところ二課で仕留めたような話は聞きませんよ」

平松は考え込む顔になり、そこから先は自分に呟くような口調に変わった。

「つまり、まだ捜査を継続中ということか……。二課は、進行中のヤマについて、箝口令を敷くのが通例だ。――それで俺たちの捜査にも茶々を入れ、秘密主義を貫こうとしてるんですかね？」

「いいえ、それだけにしちゃあ、ちょっと念が入りすぎてると思わない？　わざわざ管理官の尾美さんが動き回って、私たちの捜査にストップをかけようとしてる。きっと、表には出せないような、何かもっと違うことがあるのよ」

「表に出せない、何かですか――」

「いずれにしろ、それが何なのかも、この捜査を詰めればじきにわかるんじゃないかしら」

「ええ、そうですね」

平松は、脱いで机に置いていた上着を取り上げた。

「じゃ、俺は行きますよ」

羽織りながら、ドアへと歩く。

貴里子はパソコンへと歩いた。まずは警視庁のデータベースで、必要なことを当たるのだ。

「チーフ」

呼ばれて振り向くと、平松が戸口からこっちを見ていた。

目が合い、にやっと微笑むと、握った右手の親指を立てて突き出してきた。

「見事な手際でしたよ、チーフ」

貴里子は照れ、微かな笑みを過ぎらせた。

四章　奔流

1

都営バスで移動した沖は、五重の塔が南の空に聳《そび》える言問通《こととい》り《どお》で降りた。藤浦がゲロした内容については、既に貴里子からの電話で詳しく話を聞いていた。

助川組の事務所は浅草寺《せんそうじ》の裏手にある。言問通りの喧噪《けんそう》を離れた先の雑居ビルだった。かなり年代もののビルが見渡せる物陰に身を潜めた柏木に、目立たないように小さく目配せをして近づいた。

隣に並んで身を隠すと、柏木は組の正面玄関から目を離そうとはしないまま、低い声で告げた。

「助川が、少し前に組の事務所に入ったところだ」

だろ」
「村井さんから聞いた。《あや》で、野郎と出くわしたらしいな。そっから回って来たん
「助川が、だと」
沖は軽く頷《うなず》いたが、時間の経過を考えて異を唱えた。
「いや、直接来たのなら、もっと早いはずだ。どこかに回ったあとだろうさ。それにして
も、野郎はいったい昔の組に何の用なんだ？」
「そこさ。出家遊ばし、浮き世のことなど何もかも忘れた気でいたが、息子の死に様に疑
問を覚え、居ても立ってもいられなくなったってところか？」
沖は黙ってスキンヘッドを掻《か》いた。確かに柏木の言う通りかもしれない。
「鵬木興業と助川組の件も、村井さんから聞いたんだな」
そう確かめると、柏木は妙な表情を過《よ》ぎらせた。
「チーフにも話したが、その点はどうなんだろうな。藤浦ってガキが、いったいどこまで
ほんとのことを知っているのか。俺はな、野郎が知らない裏が、まだ何かあるんじゃねえ
かって気がしてるんだ。あるいは、チーフが取調室で煙《けむ》に巻かれただけかもしれん」
「どういうことだ。何が言いたい？」
「日本東西建設には鵬木興業がついてるってとこさ。ガキが口から出任せを言っただけじ
ゃねえのか」

「そのどこがおかしいんだ?」

「藤浦は、日本東西建設の裏には黶木興業がいるのを読んで、自分たちだけじゃ到底強請《ゆす》りをかけられないと思った。だから、助川組組長の息子である江草徹平に相談を持ちかけた。チーフはそう話してた」

「ああ、俺もそう聞いたぜ」

「だがな、黶木興業と助川組は、現在、兄弟分の関係にあるんだぜ」

「何だって——」

目を瞬《しばたた》く沖を、柏木はどこか愉快そうに見た。自分だけが知る情報を開陳するのが嬉《うれ》しいのだ。

「それから、杉野宏一と奥山和人だがな。地元署に当たりを取り、情報屋からもネタを上げさせたんだが、藤浦ってガキが言うように、たとえこのふたりが殺されたんだとしても、黶木興業がやったたって線はまったく匂《にお》ってこねえぞ」

「黶木興業と助川組の間で兄弟分の関係ができたのは、いつからなんだ?」

「この一年ほどさ。ガキを死なせた助川が、組を幹部の花輪剛毅に譲って出家した五ヶ月後だったそうだ。規模としちゃあ、黶木興業のほうがずっとでかい。こういう御時世だ。花輪は先代の助川とは違い、長いものには巻かれろっていう協調路線を選択したらしいぜ」

沖は手帳を抜き出してページを繰り、メモを見つけた。

「杉野が溺死体《できしたい》で見つかり、奥山のほうの行方《ゆくえ》が知れなくなったのは、去年の四月だったな」

「ああ、そうだ。だが、助川組と鷹木興業は、一月には兄弟分の盃《さかずき》を交わしている。鷹木興業の人間が、四月になってから、助川の組員に手を出す理由がない。もしも出していたならば、今もまだふたつの組が手を結んでいるのはおかしいだろ」

「表面的にゃ、確かにその通りだな。しかし、例えば何かふたつの組が協調していくのにまずいような要素を、この杉野と奥山のふたりが抱えていたとしたら、どうだ。手打ちを済ませ、適当な頃合いを見計らい、ふたりを始末したって線さ」

「鷹木が、か？　それとも、花輪が、鷹木と手打ちをしたいがために、てめえんとこの組員を葬ったっていうのか？　それじゃ、組の中に示しがつくまい」

　確かにそうだ。

　沖は違う点を指摘することにした。

「ふたつの組が兄弟分になったのは、助川が出家した五ヶ月後だろ。江草徹平が轢き逃げで死んだ時には、まだ違ったんだ。日本東西建設の裏には鷹木興業がついているのを知った藤浦が、単純に別の暴力団の後ろ盾を得たいと考え、江草徹平に相談を持ちかけたのは不自然とは言えねえだろ」

「目には目を、暴力団には暴力団を、ってわけか。確かに、野郎がそう考えたのはおかしくねえな。だが、相談を持ちかけられた江草のほうはどうだ。下っ端とはいえ、野郎は助川組の人間だったんだぞ。そして、隠してはいたが、組長の息子でもあったんだ。鳳木興業とは事を荒立てたくないってことは、わかってたはずだ。別れた女絡みの頼みとはいえ、おいそれとは動くまい」

確かにこういった指摘は、的を射ているように思えた。相談を持ちかけられた江草は、瑠奈と藤浦のふたりを諌《いさ》めようとはしなかったのだろうか。

唇を引き結んで考え込む沖の顔を、柏木が覗《のぞ》き込んできた。

「なあ、沖。俺がさっき言ったもうひとつの可能性についちゃ、何でおまえは触れようとしねえんだ。チーフ殿が、藤浦に煙に巻かれたってことだってあり得るだろ。あの人にゃ、まだ取調べは無理なのかもしれん」

「ヒラが一緒についてたんだぞ」

そう口にしてしまってから、胸の中で舌打ちした。そんなことを言いたかったわけじゃない。貴里子には、取調室で相手を落とすだけの力量が充分にある。自分はそう信じているのだ。

しかし、デカの仕事の中でも最も難しい技術を要求されるのが、取調べなのだ。デカになり立ての人間も、キャリアだというだけで位が上がっただけの人間も、取調室での人間対人間の攻防には到底堪えられない。

だが、貴里子は違うはずだ。

あの女に必要なのは、場数を踏んでいくことだけだ。

柏木がにやっとした。

「おまえは何だかんだ言って、あのチーフ殿に甘いのさ」

沖は柏木を睨《にら》みつけた。

「何が言いたい？　妙な言い方をするのはよせ」

「おいおい、そんな怖い顔をするなよ」

「上辺じゃ良い部下を装い、裏じゃ女だと思って馬鹿《ばか》にしてかかってるような野郎よりはマシだぜ」

「なんだと、この野郎」

足音が聞こえて目をやると、平松が走って近づいてくるところだった。

沖と柏木の間に割って入る。

「よせよ、ふたりとも。あんたら、新米デカでもあるまいに、張り込み中に喧嘩《けんか》かよ。恥ずかしくないのか」

沖は自分の右腕だと思っていた男に諭され、凹《へこ》んだ。

柏木がそっぽを向く。

沖のポケットで携帯が鳴った。

引っ張り出すと、貴里子の番号が表示されていた。

「俺です。今、ヒラも合流したところですよ」

「それじゃ、ちょうど良かったわ。柏木さんも一緒ね」

「ええ、一緒です」

そう答えると、柏木が顔を顰《しか》めた。

わかっている。チーフの貴里子が、自分にではなく沖のほうの携帯にかけてきたことが気に入らないのだ。

「じゃあ、三人に報告があるの」貴里子が言った。「国土未来育成会の辻蔵克俊は、死んでたわ」

「何ですって——。辻蔵が死んでる……?」

貴里子の言葉が胸に刺さり、思わずそう訊《き》き返した。

いったいどういうことだ……。

平松と柏木も顔色を変え、沖の携帯に耳を寄せてくる。

張り込み中だ。人目につきたくない。手ぶら機能を使って、スピーカーから貴里子の声を出すわけにはいかないのだ。

「いつ死んだんです?」沖が訊いた。

「一昨年の十一月よ。趣味の磯釣《いそづ》り中に、足を滑らせて海に落ちてる。事故の線で落ち着いてるわ。場所は、真鶴《まなづる》の番場浦海岸。冬場に差し掛かると、海苔《のり》がついて滑りやすい場所だったらしいわ」

「辻蔵は、そこによく釣りに行っていたんですかね？」

「ええ、行っていたそうよ。真鶴に別荘があったの」

「その日、ひとりでそこへ出かけたんですか？」

「ええ、そう。死体からは、かなりのアルコールが検出された。地元の警察は、辻蔵が酩《めい》酊《てい》状態で夜の磯に出て、誤って足を滑らせたものと判断したの」

「――しかし、日本東西建設の榊原謙一に次いで、これで二人目だ。ひとりは自殺で、ひとりは事故死。ええと、榊原が亡くなったのも、二年前でしたね」

「そう、一昨年の三月よ」と、貴里子が補足した。

「辻蔵が一昨年の十一月ってことは、八ヶ月後だ」

――このふたりの死を結ぶ線は、何なのか。

――まるで、日本東西建設が絡む闇《やみ》献金の線を打ち消すかのように、ふたりの男が死んでいるではないか。

そう思った瞬間、沖の頭に、突然ひとつの閃《ひらめ》きが走った。

そのすぐあとを衝撃が駆け抜ける。

「情報漏れ、か――」

呟いた。

「何だと？　どういうことだ？」

柏木が訊き返す。声が高くなってしまうのを抑えているため、かすれていた。

だが、電話の向こうの貴里子は、既に同じ結論に達していた。

「私もそう思うわ。一昨年の十一月に辻蔵克俊が磯釣りの最中に死亡したのを、溝端さんは本当に事故なのかと疑ったのよ。で、それがきっかけとなって、そのおよそ八ヶ月前に自殺と判断された榊原謙一の死も調べ始めた。そして、榊原の娘の瑠奈の線で、江草徹平という若者が轢《ひ》き逃げで死んでいることを突きとめた。亡くなる前、溝端さんは、きっとこの三件の事件の結びつきを調べていたんだわ。榊原謙一も辻蔵克俊も、二課の捜査対象だったにちがいない。おそらく、逮捕が近かったんじゃないかしら。だけど、榊原謙一は、二課の手に落ちる前に自殺をした。これだけならば、榊原が警察に捕まることへの不安や心労から、自ら命を絶ったことも考えられる。でも、やはり捜査対象だった辻蔵克俊が、今度は磯釣りの事故で亡くなった時、彼女はきっと閃いたのよ。日本東西建設の裏金、闇献金にまつわる捜査情報が相手に漏れていて、重要証人となる人間の口が塞《ふさ》がれているのではないかと」

「溝端さんが単独捜査を行った理由は？」

ぼんやりとした答えを予想しながら、沖は次の質問を放った。

貴里子は答えることを躊躇《ためら》わなかった。むしろ、その口調には、何かに取り憑《つ》かれたような雰囲気があった。

「それは、彼女が情報漏れの元を、自分自身ではないかと思ったからよ。自分がつきあった男たちの中に、日本東西建設の側に通じ、自分が不用意に漏らしてしまった情報を相手に流している人間がいると疑ったんだわ。だから彼女は責任を感じ、ひとりでそっと捜査を続けた。そして、江草徹平の轢き逃げ事件を掘り下げることが、最も近道だと悟ったのよ。江草は、神尾瑠奈と藤浦慶のふたりから、死んだ瑠奈の父親のことで相談を受けていた。瑠奈の父親の榊原は、会社の裏金の詳細を示すメモか何かを、愛人である瑠奈の母親に残していたと考えられる。きっと溝端さんもそのことに気づいたんだわ。そして、そのメモを入手すれば、日本東西建設の本丸を攻められると思った。もしかしたら、彼女はその秘密のごく近くにまで近づいたのかもしれない。だからこそ、彼女自身が、自殺や事故に見せかけて殺された。――どう、そう思わない、幹さん」

「ええ、確かにあり得る線ですね。ばらばらに見えていたピースが、繋《つな》がってきた感じがある」

沖は半ば自分に呟《つぶや》くように言った。

「彼女から聞いた情報を相手に流していた男が、彼女がひとりで事件を調べ始めたことに気づいたのかもしれないわ。で、単独捜査の進行具合に、目を光らせていた。そして、重大な秘密に近づくのを危ぶみ、殺したのよ。自分では手を下さなかったのかもしれない。そうだとしたら、鷹木興業か助川組を使ったのかもしれない」

貴里子の口調が益々《ますます》熱を帯びることに、沖は何か危ういものを感じた。

「だが、ちょっと待ってくださいよ。俺も二課の情報が漏れていた可能性は、充分に考えられると思います。しかし、それならばなぜ二課全体が動かなかったんでしょうね」

「だから、それは自分が情報漏れの元かもしれないと危ぶんだ溝端さんが、自分だけで調べようと囲い込んだためよ」

「チーフは彼女のことを良く知っていた。だから、きっと彼女がそういうデカだったことはわかります。しかし、俺が今言ってるのは、溝端さん本人の話じゃない。もしも榊原謙一と辻蔵克俊が二課の捜査対象になっていて、逮捕の直前に自殺をしたり事故で死んだのだとしたら、溝端さん以外の人間だって彼女と同じことを推測したはずだ。だが、溝端刑事が単独で動き回っていたことは、我々の捜査で既に明らかです」

「それはそうね――」

貴里子は話の腰を折られて不服そうな声を出したが、すぐに続けた。

「そうか、わかったわ。榊原謙一は、二課の捜査対象には入っていなかったのかもしれない。でも、溝端さんは何らかの個人的な情報網で、彼が日本東西建設の闇献金の責任者だったことを知ったのよ。もしかしたら、逆かしら。辻蔵克俊が捜査対象外だったのかもしれない。いずれにしろ、二課全体がふたりの死を繋いで考えることはなかったんだわ。でも、彼女だけは違った。そして、持ち前の責任感と、情報漏れに関わってしまったかもしれないという罪悪感とから、単独捜査を始めた。これなら、どう」

——そうか、確かにそれならばあり得る。

沖は自分を見る柏木と平松を見つめ返し、ふたりがほぼ同意見なのを確かめた。

「今度のヤマの本筋は、どうやらその線でしょうね。しかし、そうするとやはり二課の動きが気になる。尾美管理官は、いったい何のために我々の捜査を妨害しているんでしょう」

「何か外部にゃ出せない事情がある。そういうことか」

柏木が呟くように言ったのち、沖の手から携帯を取った。

「二課は今度のヤマについて、何かを隠蔽《いんぺい》してるんだ。外部に漏らすと都合の悪い何かをですよ。あそこの秘密主義は今に始まったことじゃないが、それは連中が、進行中の捜査が容疑者にばれれば、いつ捜査そのものを潰《つぶ》されるかわからないような人間を相手にしてるからだ。だが、てめえの課の刑事が捜査の途中で消された可能性があるのに、何らかの理由でそれに関連した事柄を隠蔽してるんだとしたら、それは許されることじゃない。そうでしょ、チーフ」

「同感よ、カシワさん。徹底的にやりましょう」

柏木がにやっとした。

満足げに携帯を返して寄越そうとするのを、沖は押し留めた。

「まだ話が済んでねえだろ。鷹木興業と助川組の手打ちの時期と、藤浦がゲロした内容について、矛盾してると思われる点をチーフに報告してくれ」

柏木は沖の目を見つめた。

頷き、改めて携帯に話し始めた。

2

助川岳之は、巨漢とともに組の玄関に現れた。助川自体はそれほど小さな男ではないが、この男の隣では小柄に見える。

ふたりのすぐ後ろには幹部らしき男たちが続き、周囲を下っ端たちが取り囲んでいた。

「助川と一緒にいるのが、花輪だ」

柏木が小声で囁《ささや》いた。

「助川の前を歩いていたなら、野郎のボディーガードだと思っただろうぜ」

沖も囁き返し、改めて花輪に目をやった。

幾分意外な感じがした。花輪は先代の助川とは異なり、所謂《いわゆる》そろばん勘定が達者な経済ヤクザだと聞いていたので、最近のヤクザ幹部にありがちな、一見優男《やさおとこ》風の男を想像していたのだ。

だが、これなら外見的には立派な武闘派で通る。

額が狭く、目が小さい。鼻と唇はどっしりと存在感を示している。厚い唇には、今、先代の助川に対する愛想笑いが浮かんでいるが、それでもなおどこか酷薄な感じのする男だった。こんな表情をしているより、唇を不機嫌に引き結び、相手を睨《ね》めつけていたほうが似合う顔つきだ。

花輪がずっと左手を握りっぱなしでいることに、沖は程なくして気がついた。おそらく小指がないのではないか。それを気にする場合、ああして往来では手を握り続けるケースが多い。

花輪は腰を低く落とし、助川に向けて頭を垂れた。

組の玄関前に駐車された黒塗りのベンツを勧めるが、助川にはそれを受ける気配がなかった。

片手をひょいと上げ、歩き出す。

花輪たちは、助川が充分に離れるまで、全員が一幅の絵のように頭を垂れて固まっていた。

柏木が沖を促した。

「行こうぜ」

助川は沖たちを見て顔を顰めた。

言問通りに出たところだった。先回りをして待ち受けていたのだ。

足をとめ、それ以上近づいてこようとはしない助川に、沖たちのほうから近づいた。

「坊主があんなところで何をしてたんだ？」

柏木が言った。

「あんたらには関係ないだろ。ここは天下の往来だぜ。通してくれ。それとも、何もしていない善良な市民をしょっ引くのか」

「まあ、そうとんがるなよ」沖が言った。「ちょっと話をしようや、助川。色々と、あんたに聞かせて貰《もら》いたいことがある」

助川は何も答えず、ただ黙って微《かす》かに唇の端を動かした。

寺で会った時とは明らかに雰囲気が違う。

いや、身に纏《まと》った匂いが違うのだ。この男は、何かを心に期している。それが、体の奥底に染みついた極道の本性を、今、再び強く匂い立たせている。

「何がおかしい」

柏木が声を荒らげた。

助川は道の先を見つめ、沖とも柏木とも視線を合わせようとはしなかった。

「別に何も」

「おかしくもないのに、薄ら笑いをするのか」

「そう見えたのなら、謝りますよ」

「じゃあ、答えて貰おうか。何の用事で助川組を訪ねた。花輪に何の用だったんだ？」

「古巣を訪ねちゃいけませんか。旧交を温めてきただけです」

「おまえ、何か勝手に動こうとしてるんだったら、ただじゃおかねえぞ。知ってることを、洗いざらい喋《しゃべ》るんだ」

「そう言われましてもね。俺にはいったい、何のことだか。俺は浅草駅へ向かうんです。デカさんだって、こんなところで人をとめる権利はないはずだ。行きますよ」

浅草駅は、言問通りを横断し、浅草寺を横切った向こうだ。助川は、沖たちの脇《わき》をかすめて行こうとした。

柏木が肩に手をかけて引き止めた。

「職務質問だ。俺たちにゃ、その権利があるんだよ」

助川が、どこか芝居がかった仕草で両手を頭の横に上げる。人を食ったような薄ら笑いをやめようとはしなかった。

「じゃあ、身体検査でも何でもしてくれ。質問は何だ？　本籍から話そうか」

通行人が何人か、好奇の目を向けて行き過ぎる。

「だから、花輪に何の用だったと訊いてるだろ」

柏木が一層声を荒らげた。

「言ったでしょ。ただ世間話をしに寄っただけですよ」

「《あや》へは何で訪ねたんだ？」沖が質問役を替わった。「別れたかみさんと会うのは、何年ぶりだ？　江草徹平の葬式じゃ、綾子に追い返されて焼香もできなかったんだろ」

助川は沖の顔を見つめた。

「別れたかみさんを訪ねちゃならないってことはないでしょ。やっぱり世間話ですよ。信号が変わるんで、行きますよ。用があるなら、歩きながらにしてくれ」

横をかすめて信号へと向かおうとする助川には、どこかそわそわした雰囲気があった。話を切り上げたがっている。

沖と柏木は、ちらっと目を見交わした。そろそろ攻めに出ることにしたのだ。

「おい、助川、息子を殺したのが誰かを調べてるんだな」

沖が呼びとめて言うと、助川は足を止めて振り返った。

薄ら笑いが消え、凍りついたような無表情になっていた。

「俺にゃ息子などいねえよ。俺のような人間が、父親になれるわけがなかろうが」

声にも凍えるような冷たさがあった。

沖はニヤッとした。「綾子にそう詰《なじ》られたか。だが、徹平はあんたに憧《あこが》れていた。だから、母親に内緒で、あんたの下に潜り込んだんだ」

助川は何も答えなかった。

ただ、暗い目でじっと沖を見つめ返す。

こういう男は、一筋縄ではいかない。沖はすぐに次の手札を切ることにした。

「今日、志穂さんと会ったよ。野口志穂さんだ。知ってるな」

「――――」

「故郷で花屋を開くそうだ。だが、今でも徹平のことを忘れられずにいるようだ。話を聞きたいと、向こうの所轄を通じて連絡をしたら、わざわざこっちに出てきてくれたよ」

「こっちにだと――」助川が聞き咎めた。「あんたらが、強引に呼び出したんじゃねえのか。昔のことなど、忘れるべきなんだ。あの娘のことは、放っておいてくれ」

「捜査に協力したいと、自分で来てくれたんだよ。嘘《うそ》じゃねえ」

助川は何か言いかけ、呑《の》み込んだ。

信号に目を戻したが、歩行者信号は既に赤に替わり、車が流れ始めていた。小さく舌打ちする。

「江草徹平は、轢き逃げで殺される前、あんたに何を相談したんだ?」

柏木が訊いた。「江草が死んだ晩、ふたりだけで話したと言ったよな。その時、どんな相談を持ちかけられたんだ？」

助川の顔を、翳《かげ》りが占めた。

無言で再び歩行者信号に目をやると、苛立《いらだ》たしげに歩道を歩き出す。

それが答えだった。

沖は確信した。——神尾瑠奈と藤浦慶が、瑠奈の父親の件で徹平に相談を持ちかけたことを、あの夜の時点では、この男は何も聞いてはいなかったのだ。

そうなると、あの夜、組長である助川と、下っ端のチンピラに過ぎなかった徹平がふたりきりで会った理由は、やはりひとつしか考えられない。

「おい、どこへ行くんだ。信号はまだ赤だぞ」

沖と柏木は助川を追った。

「あんたは、何も聞いていなかったんだな」

左右から挟み込むようにし、まずは柏木が声をかけた。

「野口志穂から徹平が自分の息子だと教えられたあんたは、あの最後の夜、徹平とふたりきりで話し、ヤクザから足を洗わせようとした。だが、やつの携帯に誰かから電話が入り、出ていった。そして、徹平はそのまま轢き逃げに遭ってしまった。そうなんだな」

続けて沖が言うと、助川は足をとめ、両側からつきまとう刑事たちを振り払うように両手を拡《ひろ》げて振った。

「やめろ――。その話は、やめてくれ！」

図星を突いたのだ。

沖は助川の目を見据えた。

「手が当たったぜ。おまえはデカを押し退《の》けようとした。公務執行妨害だ」

「俺をしょっ引いて何の得がある。俺は何も喋らんぞ。喋れるようなことなど、何もねえんだ」

「それは、これからひとりで調べて回るって意味なのか？」

「どうとでも勝手に解釈しろ」

「なあ、助川、抱え込まずに話してみろよ。おまえ、何をどこまで知ってるんだ？　おまえだって、なぜ徹平が殺されたのかを知りたいんだろ。悪いようにはしねえ。俺たちに手の内を明かせよ」

「放っておいてくれ。極道が警察の手を借りるようになっちゃ、終《しま》いだぜ」

「おまえはもう極道じゃない。一年間の修行を無にしても構わねえのか」

沖は吐きつけた。

助川がまた歩き出す。

沖たちはそれに歩調を合わせ、左右にぴたっとくっついた。

「無駄だ。話す気になるまでは、つきまとうぞ」

柏木が言う。

「人権蹂躙《じゅうりん》だ」

「今日、綾子から何を聞いた？　彼女と別れたあと、組を訪れるまでの間、どこで何をしてたんだ？」

沖が問いつめる。

助川はふたりの追及から逃れるようにして車道に寄り、走ってきたタクシーの空車を停《と》めた。

「浅草駅へ行くんじゃなかったのか？」

そう声をかける沖を無視し、後部シートに収まった。

後続のタクシーを捕まえた柏木が合図を寄越し、沖は走った。

「前の車を追ってくれ」

ふたり並んで後部シートに体を押し込むなり、柏木が警察手帳を呈示して運転手に告げる。

沖のほうは、携帯電話を抜き出し、平松にかけた。

「どうだ、大丈夫か？」

「ああ、後ろを走ってるよ」

沖の問いかけに、平松が答えた。

「じゃあ、手筈《てはず》通り、野郎が俺たちを撒《ま》きにかかったら、あとを頼むぞ」

「了解」

沖は威勢のいい平松の声を聞いて通話を切った。

一旦《いったん》こっちが撒かれた振りをし、その後、柏木が平松と連絡を取り合い、ふたりで助川を追い続ける手筈になっていた。沖のほうは浅草に戻り、貴里子と合流し、今度は花輪に揺さぶりをかける。さっきの電話の最後で、貴里子がてきぱきとそう指示を出したのだ。

助川を乗せたタクシーは、馬道通りを右折して浅草駅前へと向かった。

浅草から地下鉄に乗られたら厄介だと思ったが、さすがにそんなに短い距離で車を降りることはなく、さらに浅草通りへと右折して上野方向へと向かい始めた。

「ある情報屋から聞いた。野郎はな、仏の助川と呼ばれてたそうだ。なんでかわかるか？」

フロントガラスを睨んだままで、柏木が言った。

「いや、なんでだ？」

「野郎の独特の癖のためだとさ。猛烈な怒りに襲われると、薄ら笑いが浮かぶんだそうだ」

沖は柏木に目をやった。助川に声をかけた時の、あの薄ら笑いを思い浮かべていたのだ。

「さっきのが、それじゃなけりゃいいんだがな」

柏木が言う。

沖はスキンヘッドを平手でしごくかのように擦《こす》りながら、首を振った。

「いいや、そうだったほうがいいのかもしれんぜ。野郎が激怒してたんだとしたら、その原因は何だ？」

柏木は横目で沖を見た。

「なるほど、花輪の野郎だな」

3

タクシーは、上野駅のロータリー前を左折して昭和通りに入った。

春日通り、蔵前橋通りに至る度、一瞬ウインカーを出すものの、じきにやめて直進した挙げ句、万世橋で外堀通りへと右折した。

行き先を迷ったわけじゃない。沖たちが尾行していることをわかっていて、弄《もてあそ》んでいる。

そんな感じは、助川の乗ったタクシーが東京ドームシティの周辺をわざわざ二周回ってから、白山通りを素早く右折するに及び、違った手応《てごた》えへと替わった。撒きにかかっている。

沖たちは、なおしばらくはこれ見よがしな尾行を続けたのち、まんまとしてやられたふうを装って自分たちは後方に下がり、平松の車と入れ替わった。

そこで一旦タクシーを降り、平松と連絡を取り合った柏木が、別のタクシーであとを追う。

沖が浅草に取って返すと、貴里子はもう先に来て待っていた。

重い風邪でも引いているのかと思わせるような声の男だった。だが、喉《のど》を痛めた様子はなく、これがこの男の地声だと知れた。漁師や市場の卸売り人などを連想させるような声であり、それもまたこの男が所謂今風の経済ヤクザであるという評判を裏切るものだった。

ただし、話し始めてからの雰囲気は違った。

「最近は、随分と美しい女刑事さんがいるんですな」

花輪は言い、にんまりと笑いつつ、貴里子の体にねとつくような視線を巡らせた。わざとそうすることで、まずは女刑事のほうを挑発してかかる腹なのか。

「ま、どうぞ。坐ってください。K・S・Pのことは、時々噂《うわさ》で聞いてますよ。歌舞伎町を専門に取りしまる分署ができたと、我々の業界じゃあそれなりに評判だ」

巨体を折るようにして沖たちに応接ソファを勧める仕草は、車の販売店のセールスマンのように滑らかだった。

「歌舞伎町を専門に、というのは間違いです」貴里子が言った。「新宿で多発する犯罪に、幅広く対応するために作られたと理解してください」

花輪は「ほお」と言うように頷いたが、実際にそんな言葉が口を出ることはなかった。

「さて、じゃあ早速本題に入るがな。さっき、助川がここに来たのは、何の用だったんだ？」

沖がすぐに切り出した。

「昔のよしみですよ。近くに来たんで、顔を出してくれました」

「おいおい、出家して坊主になった人間が、ヤクザの組に顔を出して旧交を温めるのかよ」

「ヤクザだって人の子です。助川さんは、うちの先代だ。出家されても、関係は途切れませんよ。人間ってのは、そういうもんでしょ、刑事さん」

この男は武闘派なんかじゃない。――いくつか言葉を交わすだけで、そう確信するには充分だった。

もっとずっと慎重で、常に用心深く相手の出方を窺《うかが》っており、自分の本心は丁寧に奥底へと隠しておこうとするタイプの人間だ。

少し揺さぶりをかけてみて欲しいといった意味を込め、隣の貴里子に目配せした。

貴里子が改めて口を開く。

「江草徹平のことは覚えてるわね」

花輪は微笑《ほほえ》み、頷いた。

「もちろんですよ。先代のお子さんだった」

「だけど、助川は、江草が死ぬ直前まで、自分の実の子だとは知らなかった。そうでしょ」

「ええ、まあ。色々あったようですね。だけど、親子のことはわかりませんや。そうでしょ、女刑事さん」

沖は花輪を前にしていると苛立つ理由がわかった。この男は、一言多いのだ。

「村井です。名前を覚えてくれないかしら」

貴里子はぴしゃりと言ってのけた。「でも、助川が知らないことを、あなたはその前から知っていた」

「いや、それは誤解です。俺だって、徹平がまさか先代の息子だなんて。知ったのは、やつがあんなふうに亡くなってしまってからですよ」

すらすらと言ってのける口調は滞りがなく、その分、真実味に乏しかった。

「江草の面倒を見ていたのは、誰なのかしら？」

「そりゃあ、まあ、若いもんの誰かですが、今ちょっと急に言われてもね」

「もしかして、杉野宏一や奥山和人といった辺りかしら」

黙ってやりとりを聞きながら、沖は秘《ひそ》かに感心した。

面白い切り込み方をする。自分ならば、このふたりの名を出すのは、もっとあとにするだろうが、貴里子には何か違う思惑があるのだ。

花輪は再び唇の両端を持ち上げたが、今はもうそれは微笑みというより、酷薄さを奥に隠した愛想笑いしか生まなかった。

この男は、組の表まで助川を送りに出た時も、こんな表情をしていたのだ。

「女刑事さん——あ、いや、失礼。村井さん。なんであなたがそのふたりの名前をおあげになったのかわからないが、杉野は気の毒な事故で命を落とし、奥山は組が嫌になったのか、どっかに行方を晦《くら》ましてしまった。こいつらが徹平と親しかったのかどうかは、ちょっと俺にはわかりませんな。なんでそんなふうに思ったんです?」

「このふたりの身にも、江草徹平の轢き逃げ事件と関連して、何かが起こったのかもしれないと思ったからよ。事故や行方不明となってるだけで、もしかしたら殺されたのかもしれない」

花輪は小さな両目を見開いた。

「——凄《すご》い想像をする方ですね。驚きましたよ。わたしには、なんで刑事さんがそんなふうに想像するのか、てんで見当がつきませんが」

「あなたはそうは思わなかったの？　街でも、杉野たちは組の間のもめ事で消されたんじゃないかって噂があるみたいよ」

「初耳ですよ。街の噂にゃ、疎いんでね」

「もしもふたりが誰かによって消されたのだとしたら、あなたとしては見過ごせないわね。どうするつもり？」

「そんな仮定の質問には答えられない。用件がこれだけならば、そろそろお引き上げいただけませんか。もしも杉野や奥山の身に何かが起こったと考えているのなら、きちんとした捜査をお願いしますよ。それは、警察の仕事でしょ」

「随分と冷たいんだな」沖は言い、せせら笑った。「てめえのとこの組員が、敵対してた組にやられたかもしれねえんだぞ。それとも、その組とはおまえがもう手打ちを済ませたんで、過去のつまらないごたごたは敢《あ》えて蒸し返したくないってわけか」

「どこの組のことを言ってるんです？　刑事さんたちは、何か思い違いをしているんでしょ。帰ってくれませんか」

「さっき助川は、大分気分を悪くして帰ったようね」

貴里子は引き下がらなかった。花輪を見つめ、冷ややかに言った。

「とんでもない。それは村井さんの誤解ですよ。なんで先代が、俺と会って気分を悪くするんですか」

「そうね。例えば、過去の出来事について、あなたが何か大事な隠し事をしていたとか、助川が組長だった時には、あなたが嘘をついて欺き続けていたとか。それが、今になって助川にばれたというのはどう？」

すっと口を閉じ、貴里子は黙って花輪を見つめた。

花輪が暗い目で見つめ返す。

貴里子には気圧《けお》される様子はなかった。

花輪は応接ソファから立つと、自ら戸口に歩いてドアを開けた。

隣の部屋には、組の若い人間たちが、こっちを睨んで控えていた。

「刑事さんたちがお帰りだ。お送りしろ」

貴里子と並んで部屋の戸口へと歩きながら、沖はふと今も花輪の左手が堅く握られ、小指が隠されていることに気がついた。

屋外だけじゃない。組の部屋の中でも無意識にこうするほどに、この男は小指をなくしたことを気にしているのだ。

——組長にのし上がってまで、なぜなのだ。

閃きが走る。この男は、外見を上手く利用して武闘派を装い、その陰で器用に立ち回り、用心深くシノギを展開しているわけではないのかもしれない。自分の本質を裏切る外見が、この男のコンプレックスになっているのだ。

引き上げる前にもう少し、そこを突いてみることにした。

「その小指は、助川に言われて詰めたのか?」

投げつけるように訊くと、案の定、花輪は頰《ほお》をひくつかせた。

「極道にとっちゃ、親の言うことがすべてだ。指を詰めろと言われれば詰めて差し出すし、命《タマ》を寄越せと言われりゃ、そうせにゃならない時もある。それが俺たちの生き方ですよ」

花輪は言った。言葉とは裏腹に、目には怒りを押し殺した鈍い光がある。

「いつ詰めたんだい?」

「忘れましたね。若気の至りってやつですよ。もう、昔の話だ」

「だが、あんたはもう、そんな前近代的なことは、自分の子供である組員たちにさせるつもりはねえんだろ」

沖が言うと、今度は黙って唇を引き結んだ。

なぜこんな話題を振られたのか、もしかしたら何かの罠《わな》ではないかと考えているのだ。

沖はもう一歩押すことにした。

「若いうちにゃ、誰だって間違いのひとつやふたつはある。しかし、そんな時にゃきちんと筋目を説いて聞かせりゃいいだけの話だ。なあ、そうだろ」

「ああ、まあな」と応じながら、花輪は部屋に並ぶ子分たちにちらっと目をやった。

沖は持ち上げることにした。

「あんたの評判は聞いてるよ。やり手だそうだな。頭が良い。それに、従来のやり方に囚《とら》われない発想で、組織を運営しようとしてる。改革者ってやつさ。謙遜《けんそん》しなくたっていい。助川のようなヤクザの時代じゃねえ。そうだろ。こっちも、長いことデカをやってるんでな。俺にゃ、あんたの気持ちがわかるよ。あんたは、なくした指を惜しんでるんじゃないんだ。ただ、これから組の改革を推し進め、何もかも現代的なやり方に変えていきたいと思ってるのに、小指がないのはいかにも体裁が悪いと悔やまれるんだろ」

花輪は表情を緩め、右手の人差し指で鼻の脇を掻いた。

「先代を悪く言うつもりはねえさ。あの人には、あの人のやり方があった。それで良いんだ。御子息をあんなふうに亡くされて、気の毒だったとも思ってる。だけどな、今、組の頭を取ってるのは、俺だ。俺にゃ俺のビジネスのやり方がある。そうだろ。それにとやかく口を出されちゃ、こっちだって引けねえってことさ」

「だけど、助川は、亡くした息子の話をしに来たんじゃないのか。それは、やつ自身が組の頭だった頃の出来事だ。それとも、あんたのビジネスと、江草徹平の死と、何か関係してるのかい？」

沖がそう話を振ると、花輪は苦々しげに唇を噛《か》み締めて睨んできた。

一気に警戒を強めたのがわかる。触れられたくない点に触れたのだ。

「邪魔したな。また来る」

沖は言い、ひょいと片手を挙げた。

花輪は苦り切った顔で何も答えず、形ばかり頭を下げた。

二人並んで表に出ると、言問通りの方角へと歩き出す。

「なぜ指の話題を出したの？」

二人並んで表に出ると、貴里子がすぐに訊いてきた。

「花輪の助川に対する気持ちを確かめたかったからですよ。やつは、助川を憎んでいる。間違いありませんよ。あの男は、経済ヤクザとしてスマートにやっていきたかったんだ。それなのに、先代の助川が、古色蒼然《そうぜん》としたやり方で花輪にけじめを取らせ、左手の小指を詰めさせた。やつは、そのことで助川に憎しみを抱いている」

貴里子は沖の指摘を面白そうに聞いた。

「ちょっとした心理学者ね」

「よしてくださいよ、からかうのは」

ふたりは助川組の事務所が見渡せる物陰に至ると、素早くそこに身を隠した。

声を潜めて、話し続ける。

「感心してるのよ。さて、そうすると、どうなるかしら？」

「例えば、自分が助川のあとを継ぎ、新しい組長になるためにならば、助川の実子である江草徹平を殺すぐらいは何とも思わなかっただろうってことです」

沖はそっと顔を出し、助川組の様子に目を光らせながら言った。

貴里子が隣に並び、同様にそっと顔を突き出す。

「ちょっと待って。江草は助川組内部の人間に殺されたと思ってるの？」

「俺はやつと会ったことで、そう確信し始めてるんですがね。だって、そうでしょ。鳰木興業と助川組は手打ちをし、現在は兄弟分の関係にある。一方、江草徹平が神尾瑠奈たちから相談を受け、強請りをかけようとしていた日本東西建設の裏には、鳰木興業がついていた。このふたつを合わせて考えたら、そういう可能性が当然出てくるはずだ」

「そうか、そうね」

「江草徹平は、自分の親父《おやじ》である助川には日本東西建設の件を相談できなかったが、誰か親しい兄貴分、あるいは幹部だった花輪には相談を持ちかけていたとしたらどうでしょう。下っ端の江草が、組長とふたりだけで口を利くのは難しい。だから、そうするのは自然だと思うんです。だけど、相談を受けた花輪は、徹平が摑《つか》んでいる榊原謙一のメモを入手すれば、鳰木興業に恩を売れると考えた。しかも、徹平は、自分が恨みを抱いている助川の息子だ。助川には内緒で、こっそりと始末してしまえば、溜飲《りゅういん》も下がる。どうです。こんな線は？」

「あり得るわね」

「チーフはさっき、花輪のやつに、杉野と奥山が徹平の面倒を見ていたんじゃないかとぶつけましたね。あれは、なんでです？」

「ごめんなさい。唐突な思いつきだったかしら。でも、時期的に見ても、状況から見ても、このふたりが鸓木興業と助川組の争いによって始末されたとは考えにくいわ。ふたつの組は手打ちをしていたわけだし、もしも出入りで殺されたのなら、失踪《しっそう》後に土左衛門《どざえもん》で見つかるとか、失踪したままというのは、ヤクザのやり方らしくもない」

「なるほど、だから杉野と奥山のふたりが始末されたのだとしたら、別の理由があると思ったんですね」

沖は頷き、言った。この点については、柏木とも議論し、同じような結論にたどり着いている。

「ええ、そう。でも、あの質問はただ咄嗟《とっさ》に思いついただけなのだけれど、確かにあなたの指摘はあり得るわね。杉野と奥山のふたりは、江草徹平の口から、神尾瑠奈の父親である榊原謙一の件を聞いた。そして、それを、当時は幹部だった花輪の耳に入れた。花輪は今あなたが言ったように、江草を殺し、榊原謙一のメモを入手すれば、日本東西建設と鸓木興業に恩を売れると考えた。しかも、恨みを持っている助川の実の息子である江草を殺せば、溜飲も下がる」

「だが、その後、杉野と奥山のふたりの口を塞ぐ必要が生じた。おそらく、溝端刑事が調べて回ることで、江草の事件をただの轢き逃げではないと見る人間が出始めたんじゃないですかね。人の口に戸は立てられない。幸い、元組長の助川は、溝端刑事がこの件を調べていた時は修行で寺に籠《こ》もっていて、何ひとつ知らなかったが、いつか耳にする可能性だってある。だから、花輪は先に杉野たちの口を塞ぎ、秘密が漏れないように念を入れた。実際に殺したのは、花輪の部下の誰かかもしれないが、手を下した連中には、ふたりを始末する本当の理由など話していないことは充分に考えられる。だとすると、秘密はその後、花輪の胸ひとつにずっと収まったままだ」

貴里子がはっとした表情で沖を見つめ返した。沖の言いたいことを悟ったのだ。

「江草徹平を轢き逃げして殺した実行犯は、杉野と奥山のふたりだと言いたいのね」

「念を入れてこのふたりの口を塞いだのならば、理由はそれでしょ。轢き逃げのホシは、江草のすぐ傍にいたんだ」

「でも、ちょっと待って。徹平は助川の息子なのよ。それを殺すなんて、いくら幹部の花輪に命じられたとしても、奥山たちはびびってやらなかったんじゃないかしら」

「息子だなんて知らなかったんじゃないですかね。助川がそれを知ったのだって、徹平が死ぬ三日前ですよ。奥山たちが何も知らなかった可能性は充分にある」

「しかし、花輪だけは、それを知っていたと?」

「やつは助川の跡目を狙《ねら》っていたんですよ。そして、あの図体にもかかわらず、目先が利き、細かいことにも気が回る」

「そうね」と、貴里子はゆっくり頷いた。着実に頭を整理しようとしているのだ。ちらっと沖に顔を向けた。「でも、実行犯は口を塞がれてる。あなたの言う通り、あとは秘密を知るのは花輪ひとりだとしたら、証明は難しいわ」

「ええ、証明はね」

沖は貴里子に視線を投げ返した。

「何？　何を考えてるの？」

「助川のことですよ。やつも、おそらく俺たちと同じように考え始めたんだ。そして、寺を抜け出し、それを確かめようとしてる。やつには、証明は要らない。確信さえ持てば、動くでしょ」

「幹さん、助川というのは、どんな男なの？　もしも花輪が糸を引いて江草徹平を殺したのだと確信したら、どう動くと思う？」

「その手で花輪を殺すでしょうね」

自分で思うよりもあっさりと答えが口を突いて出た。

寺で会ったあの男の印象を、忘れたわけではなかった。江草徹平が自分の実の子だとわかった僅《わず》か三日後に、轢き逃げで徹平を失った痛みは、あのヤクザの組長の人生を大きく変えたにちがいない。

そして、極道としての生き方を捨て、出家した。

沖は話すか話すまいか、少し考えてから言葉を継いだ。

「俺は先日、やつが修行に入ったと言っていた福井の寺に電話し、その言葉がほんとかどうか確認したんです。その時、助川の修行ぶりを知る僧侶《そうりょ》とも話せたんですが、真面目《まじめ》で一本気に精進していたらしいですよ。高円寺の寺で会ったやつの印象も、ひとりの修行中の坊さんだった。俺もカシワも、野郎に揺さぶりをかけつつ、どこか疚《やま》しい気分を引きずったぐらいです。善良な市民を、ただその過去だけを取り上げて、いたぶっているような気がしてね」

「だけど、それでも助川は、真実を確認したら、その手で花輪を殺すと思うのね」

「そう思います」

「なぜ？　極道は、結局いつまでも極道だということ？」

「違う。そういうわけじゃない。俺にゃ上手《うま》く説明できないが、デカの鼻ですよ。あの男が極道から抜け出したかどうかじゃないんです。あの男は、そういう男だということだ。今日、《あや》で綾子と会ったあと、花輪の元に出向くまでの間も、おそらくは昔のコネを使い、あれこれと話を聞いて回っていたんでしょう」

目を向けると、貴里子の顔がすぐ傍にあり、沖は内心たじろいだ。

貴里子のほうが先に目を逸《そ》らし、助川組の事務所に一瞥《いちべつ》をくれたが、どこかその目は弱々しく、逃げ場を探す小動物のようにも感じさせた。

「何としても、助川をとめなければ」

「ええ、容疑者を殺させるような真似《まね》は、絶対にさせませんよ」

「杉野と奥山のふたりが、花輪の命令には唯々諾々と従うような連中だったのかどうかを確かめましょう」

「カシワのほうは、昨日から、助川組の周囲を主に訊き込んでる。やつなら、その辺の情報ももう摑んでるかもしれませんよ」

そう言った時、貴里子のポケットで携帯が振動した。

貴里子は携帯を抜き出したあと、沖に事問いたげな眼を向けた。それで沖も気がついた。貴里子の携帯のディスプレイに、円谷の名前がある。

貴里子はどこか躊躇いがちな様子で通話ボタンを押した。円谷をとめきれずに長野へ行かせたことを悔やんでいるのかもしれない。

沖は貴里子の右側に回り、携帯に耳を寄せた。

貴里子が「村井です」と名乗るのも待ちきれない様子で話し出す声が聞こえてきた。

「円谷です。牧島に会いましたよ。ブン屋だけあって、溝端刑事の死体が見つかったニュースはちゃんと知ってまして、えらく驚いてました。そして、遅かれ早かれ自分の所にも、刑事が事情を訊きに来るかもしれないと思ってたそうです」

「では、つきあっていたことはすぐに認めたの？」

貴里子が訊いた。

「ええ、案外とあっさり認めました。一昨年の十二月、彼女の行方が知れなくなって心配し、彼女の携帯に何度か電話をしたことも含めてね」

「長野支局への異動については、何と？　何か溝端さんの事件と関係がありそうかしら」

「いや、それなんですがね。それについては、違うようですね。関係してると言えばしてるんですが、我々が追ってる線とは違います」

円谷は、珍しく不明瞭《ふめいりょう》な言い方をした。

「何？　どういうこと？　何が言いたいの、マルさん」

「この先の話は、俺とチーフの間だけにしといて欲しいんです」

貴里子が沖を見た。

「沖刑事も一緒なの。今、隣で話を聞いてるわ。私たち三人の秘密ってことでどう？」

「わかりました。それで結構です。長野支局への転勤は、自分で願い出たそうですよ。しかし、正確には、願い出るように強要されたんです」

「誰に強要されたの？」

「門倉ですよ。やつが溝端刑事に対して、ある種ストーカー的な愛情を持っていたことは、昨日、会ってわかったでしょ」

「じゃあ、それで牧島を脅したの？」

「ええ、簡単に言やあ、そうです。東京を去らねば、溝端刑事との不倫を社にばらすと脅したそうです」

「なぜそんなことを……？　待って。それに、門倉だって妻帯者じゃなかった？」

「そうですよ。でも、自分は何もかも清算し、職場も辞めて妻と別れる覚悟もあると迫ったそうです」

「そんな――」

「門倉の件は、これ以上は訊かないで貰えませんか。やつは昔の後輩ですから、私が責任を持って諭します」

「わかったわ。じゃあ、マルさんに任せます」

沖は「ちょっと良いですか？」と貴里子に囁いた。

貴里子が携帯を差し出す。

「沖だ。御苦労さん。門倉が牧島を脅したのは、いつなんです？」

「去年の年明けの一月だったそうです。で、牧島は健康上の理由を言い立て、四月の異動で長野に移りました。やっこさん、当分は東京に戻れないだろうと凹んでましたわ」

「一月ならば、溝端刑事が行方不明になった翌月ですね。門倉と牧島は、その時、何か彼女の足取りや立ち回りそうな先について、話さなかったんでしょうか？」

「相変わらず、良いところを突いてきますな。その質問は俺もぶっつけましたよ。そしたら、実は興味深い話が出たんです。門倉は、牧島を脅しつけたあと、溝端さんとつきあっていた妻子ある男が、他にもまだもうひとりいたはずだ。それが誰か知らないか、としつこく訊いたそうなんです」

沖と貴里子は顔を見合わせた。

昨日、門倉から聞き出した話をたどり直す。やつは、溝端悠衣が複数の男とつきあっていたことを知っていたが、それが誰を指すのかは、尾美に邪魔されてはっきりと確認が取れなかった。昨年の一月の時点では、門倉は中町彬也の存在は知らず、ただ漠然と牧島以外にも男がいると感じていたのだろうか。それとも、牧島と中町のことは知っていて、このふたり以外にも、誰かまだもうひとり男がいる可能性を考えていたのか。

それは門倉のただの思い過ごしに過ぎないのか。

あるいは、溝端悠衣とつきあっていた第四の男が、本当に存在するのだろうか。

――大至急に割り出す必要がある。

「牧島は、何か知ってたんですか？」

「いや、やつは何も知りませんね。この点については、厳しく問いつめたから、確かです。ただし、溝端悠衣に複数の男がいること自体は、門倉が自分の前に現れる前から、薄々気づいていたそうですよ。彼女の部屋で会うことが多かったらしいんですが、歯ブラシがね、何本も立っていたそうなんです」

「歯ブラシが……」

「どうなんでしょうね、複数の男とつきあってることを、隠すつもりもなかったんでしょうかね。男のほうにだって、家庭がある。自分が複数の男とつきあって何が悪い。そんなとこでしょうか」

「――」

沖は円谷の推測に何とも答えられないまま、すぐ傍で携帯に耳を寄せている貴里子の顔を窺い見た。この話を、どんな気持ちで聞いているのだろう。

「ちょっと待ってくれ」と円谷に言い置き、携帯の通話口を手で塞いだ。

「円谷に、溝端刑事が二課の情報漏洩《ろうえい》をひとりで調べていたことと、その対象のひとりが地検の中町であることを告げましょう。その上で、もう一度門倉の聴取に当たらせるんです。門倉は、二課への突破口になります。円谷なら、上手くやつを口説きますよ」

「駄目よ。あの人は、今は正式な捜査員じゃないのよ。私が門倉さんと会うわ」

「チーフが動けば、管理官の尾美がまた邪魔に入るでしょ。円谷なら、門倉とこっそり会うことが可能だ。この件は、やつに任せましょう。門倉だって、円谷が相手のほうが、話しやすいと思うんです」

「でも――」

「やつはもう、こうして捜査に加わってるんですよ」

「あの人には休養が必要だわ」

「あいつがデカの仕事を立派にこなせる状態にあることは、もう牧島への聴取でわかったでしょ。それに、牧島が情報漏れの張本人ではないとは、まだ完全には断定できないんですよ。門倉だという可能性だって残っている。円谷の捜査能力が必要だ。やつにちゃんと手の内を明かし、情報を共有しておきましょう」

「幹さん」と、円谷が電話の向こうから呼びかけてきた。「何かそっちで揉《も》めてるようだが、牧島は、中町彬也の存在を知らないですよ。相手はブン屋だ。中町の名前を出して確認することはできませんでしたけれど、やつは溝端さんに複数の男がいたと感じていただけで、それ以上のことは何も知らないです」

沖は驚き、貴里子と顔を見合わせた。

「誰から中町の名を聞いたんです？」

円谷に訊いた。

「まあまあ、蛇の道は蛇というでしょ」

お得意の台詞《せりふ》だ。

「門倉のほうは、中町の存在も知ってるでしょ。今度こそは、やつが知ってることを全部訊き出してきますよ」

しゃあしゃあとそう続けるのを聞き、沖は思わず苦笑した。食えない男だ。最初からそのつもりだったのだ。

「それから、もう一点、牧島はちょっと妙なことを言ったんですよ」

「何を言ったんです？」

「溝端刑事の行方が知れなくなったあと、牧島のところに、男の声で、彼女の行方を知らないかと尋ねる電話が入ったそうなんです」

「相手は名乗らなかったんだな」

「ええ」

「門倉がかけた可能性は？」

「いや、門倉じゃありませんよ。電話が入ったのは、牧島が門倉に脅されたあとだ。またそんなことをする理由がないし、門倉の声ではなかったと、牧島がはっきり否定しています」

「中町なのか……」

「あるいは、さらにもうひとり、別の男がいた可能性も考えるべきでしょ」

結局、この男は、こっちと同じことを考えている。

「電話を貸して」

貴里子が沖の手から電話を受け取る。

「マルさん、牧島と溝端さんがつきあっていた期間は、いつなのかしら？」

そう訊くのを聞き、沖はなるほどと思った。榊原謙一や辻蔵克俊が亡くなった時に、牧島と溝端悠衣が交際していなかったのならば、牧島から情報が漏れた可能性は完全に払拭《ふっしょく》できる。

円谷には、あくまでも手の内は明かさないつもりなのだ。

沖は携帯に耳を寄せた。

「牧島と溝端刑事がつきあい出したのは、一昨年の四月からだそうです。ただし、夏の終わり頃からは、段々とふたりきりで会うのを拒まれるようになったそうでしてね。これは、彼女が、自分が妊娠したことを悟ったためじゃないでしょうか」

「牧島は、溝端さんが妊娠したことは何も知らなかったのね」

「ええ。私から聞いて、驚いてましたよ」

携帯に電子音が紛れ込んできた。キャッチフォンだ。

「マルさん、電話が入ってるわ。かけ直すから、待ってて」

「わかりました」

貴里子は電話を切り替えた。

「カシワさんよ。ちょうど良いわ」

電話を口元に留めたままで沖に言ったあと、かすれ声を漏らした。

「何ですって。助川を、見失ったですって……」

張り込み中で、大きな声を出すのを堪《こら》えた分、そんなふうに声がかすれたのだ。

沖も驚き、再び貴里子の携帯に耳を寄せた。助川に勝手に動き回られては、一気に事態が切迫する。

「すみません」と詫《わ》びる柏木の声が聞こえた。興奮で声が高くなっており、携帯の通話口からでかでかと漏れてくる。大して耳を近づける必要はなく、むしろ表の路地にまで漏れ聞こえるのが心配なくらいだ。

「だけど、言い訳するわけじゃないが、野郎はおそらく、ヒラの尾行にもずっと気づいていたんです。俺が合流して、間もなくでしたよ。九段下でタクシーを捨て、地下鉄に降りた。ヒラのほうは車を駐車できず、遅れました。で、俺がタクシーから飛び降り、慌てて追ったんですが、あの野郎、発車間際のドアに体をねじ込みましてね。動き出した車内から、俺を見てにやっとしたんです。くそ、助川の野郎め。誓います。こんなドジは、二度としませんよ」

沖のほうの携帯が鳴り、ディスプレイに平松の名があった。

「幹さん、そっちはチーフと一緒か。面目ない、地下鉄に潜り込まれ、助川を見失った。カシワさんともはぐれたままだ」

「ああ、今、チーフとカシワが電話中だ。カシワはホームのどこかだと思うぜ。探してくれ」

沖のやりとりが聞こえたのだろう、貴里子が柏木に現在地を訊き、「五番ホーム。都営新宿線の新宿方面よ」と耳打ちする。

沖はそれを平松に伝えた。

「わかった。合流する。で、どうする、この先？」

沖は「ちょっと待て」と言い置き、貴里子を見た。この先どうするかを決めるのは、自分じゃない。チーフである彼女の役目だ。

「カシワさんとヒラさんは、助川組に張りついて貰うわ」

貴里子はそう指示を出し、少し前に沖とふたりで検討した話を、柏木に手短に聞かせた上で断言した。

「江草徹平を殺させたのが花輪だと確信したら、助川は必ず花輪を殺しに現れるはずよ。カシワさん、宜しく頼みます。助川組については、あなたが責任を持って捜査のイニシアティブを取って欲しいの」

「俺はどうします？」

沖は沖で、平松に状況と貴里子の命令を告げた。

携帯を切って、貴里子に訊いた。

「できれば先手を打って、助川の行方を見つけたいわね。立ち回りそうなところを炙《あぶ》り出せないかしら」

「やってみます。まずは別れた女房の綾子ですよ。助川と綾子のふたりは、どこかでまだ気持ちが通じ合ってる気がするんです。それに、今日、助川は綾子を訪ねてる。もう一度話を訊きに行けば、何か手がかりがあるかもしれない」

「わかったわ。お願い」

「で、チーフ、あんたは？」

「助川に勝手な真似をさせてはならないし、花輪をパクれば、それも捜査の突破口になるでしょう。だけど、まだ本筋からは遠い。そうでしょ、幹さん」

「ええ、確かにそうだが」

「捜査の本筋を貫くわ。私はこれから、地検の中町彬也を訪ねます。あなたもさっき、マルさんが言うのが聞こえたでしょ。新聞記者の牧島と溝端さんがつきあっていたのは、一昨年の四月からだった。その年の三月に榊原謙一が亡くなった時の情報漏洩は、牧島からではあり得ない。それに、つきあい出したあとも、夏以降はあまり会っていないと言っていたでしょ。一昨年の十一月に辻蔵克俊が事故死した時も、溝端さんから牧島を経て情報が漏れた可能性は低い。そうなると、今のところ、残るのは中町彬也だけよ。時期尚早ってことはないわ。この男が情報漏洩の張本人なら、こっちの動きは既に耳に入っているはずだもの。溝端さんの携帯に名前が残っていたことをぶつけ、揺さぶりをかけます。そして、相手の出方を窺いましょう」

「しかし、水を差すわけじゃないが、第四の男が存在した可能性も忘れてはいけないし、門倉から情報が漏れた可能性だって、まだ除外されていないですよ」

「その点の解明については、マルさんに任せましょう」

「しかし」と再び言いかける沖に、貴里子は頷いて見せた。

「これから、円谷刑事に捜査の進捗《しんちょく》状況をすべて説明するわ。あとで広瀬さんにも了解を取ります」

「円谷を、現場に戻すんですね」

「そうよ」

「よし、そうこなくっちゃ」

貴里子はほんの短く微笑んだのち、すぐに真顔に戻った。

「相手がたとえ検事や二課でも、このヤマには必ず決着をつけてやる。ここからが勝負よ。そうでしょ、幹さん」

4

平松と柏木に助川組の張り込みを引き継いだ貴里子は、都営浅草線で浅草を離れた。東銀座で日比谷線に乗り換え、霞ケ関へ向かうつもりだった。東京地検は、警視庁や警察庁と同じく霞が関にある。

シートに腰を落ち着け、俯きがちに眼を閉じていると、事件のことを考えようとしても、思いはちぎった紙吹雪《かみふぶき》を撒くかのようにあちこちに飛んだ。

こんなことは、滅多になかった。学生時代、親しい友人のひとりから、あんたは本当に物思いに耽《ふけ》ることがないね、と笑われたことがある。ひどいことを言わないでと笑い返しはしたが、内心では当たっていると思っていた。くよくよと思い悩んだり、意味のない物思いに耽るよりも、自分の進むべき方向を見定め、そのためにやらなければならないことを着実に済ませていくような生き方が好きだった。

そして、そんな自分の傾向は、刑事になってからは一層強まった気がしていた。男社会である警察の中で生き残っていくためには、そうする必要があったのだ。

だが、高層ビルの植え込みで、白骨化した先輩女刑事の死体を発見して以来、心がざわついて妙だった。かつてはなかったような思いが、小さな泡のようにふつふつと湧《わ》き上がってきて、心の表面を波立てる。

円谷から聞いた歯ブラシの話が、なぜか胸に染みついて離れなかった。悠衣はなぜ無造作に、男たちの使った歯ブラシを、同じ場所に立てていたのだろうか。

勝手な思い込みかもしれないが、貴里子には彼女がそうすることで、男たちに助けを求めていたような気がしてならなかった。

いや、複数の男たちと並行してつきあうこと自体、本当は助けを求める行為だったのではないだろうか。

しかし、婚約者を失うことで生じた心の穴が、そんなことで埋められたとは思えない。それがわからなかったわけがないのに、なぜ彼女はそんな暮らしを続けていたのだろう。続ける以外の手がなかったのか。

亡くなる前の悠衣は、キャリアの新米刑事だった自分の教育係をしてくれた頃の彼女とは、まったく別の女になっていたのだろうか。それとも、あのままの彼女の中に、そんな心の闇が拡がっていたのか。

そう考えることは、貴里子を堪らなく不安な気持ちにさせた。

自分もまた、そんな弱い女のひとりに過ぎない。

だが、警察という組織の中で、思い切り突っ張って生きるしかないのだ。

円谷を捜査に加える決断をしたことについて、後悔はなかった。近いうちに警察手帳を取り上げられる円谷にとって、今度の捜査が最後の仕事になる公算が大きいのだ。事件解決のために、自分たちは円谷の刑事としての力を必要としているし、円谷自身、内勤で警察官としての人生を終えることは、決して本意ではないだろう。

むしろ、今にしてみればわからないのは、なぜこうした判断を、もっと即座にできなかったのかということだ。自分はいったい、何を恐れていたのだろう。

円谷のことを考えるうちに、思いは自然に沖へと向いた。あの男は、円谷を辞めさせる決定も、K・S・Pを廃止する動きも、自分の力で阻むつもりでいる。なぜかあの男ならば、それをやってのけるような気がする。しかし、それには余程強引な手を使わねばならないはずだ。そんなことをして、果たして大丈夫なのだろうか……。

沖のことを考え始めた時の胸騒ぎが嫌で、貴里子は思いを胸から締め出し、地下鉄の車輪が線路の継ぎ目を越える音を数え始めた。

貴里子より一足先に浅草をあとにした沖は、浅草橋で総武線に乗り換え、錦糸町に向かっていた。

そうしてひとりで移動を始めるとともに、円谷から聞いた話の中の一点が、やけに気になっていることがはっきりした。

――第四の男、だ。

まだ捜査線上には浮かんではこない第四の男が、実は溝端悠衣のすぐ傍にいた可能性を、早急に本気で調べるべきではないのだろうか。

ひとりになって頭を整理する間に、この点が気になってならない理由にも思い至っていた。

門倉基治、牧島健介、中町彬也の三人を、溝端悠衣の携帯の最後の着信記録に何度か名前があったという理由で、彼女と交際があった相手だと割り出したのだ。

それ自体に誤りはなく、その後、悠衣が複数の男と並行してつきあっていたことも明らかになったわけだが、この三人の中に悠衣を殺害した犯人がいると考えた時には、ひとつ、大きな疑問が生じる。彼女を殺害したホシが、その後、彼女の携帯に電話をかけるだろうか。

この点については、きちんとした点検がなされないまま、捜査がここまで進んできてしまったのだ。

何か電話をかけざるを得ない理由があったのだろうか。例えば、悠衣が本当に死んだのかどうかを、ビルから突き落としたあとで確かめる必要が生じた、といったようなことが。

その特別な理由が見つからない限りは、電話をかけたこと自体が、この三人は悠衣を殺害した人間ではない事実を示していることになる。情報漏洩をしていた人間と、溝端悠衣を殺害した人間は別だと考えるべきなのかもしれない。

だが、もしもそうならば、情報漏洩の線を追うだけでは、殺人犯のほうは、捜査圏内に引っかかってこないことになる。

平松が向島の産婦人科で聞き込んだ、妊娠した悠衣に一度だけつき添って現れた男とは、いったい何者だったのか。

この男が、悠衣の子供の父親だった可能性が考えられるが、現在の捜査状況で判断する限り、牧島はこれには当てはまらない。もしも情報漏洩の張本人が、東京地検の中町だとしたら、この男が産婦人科につき添ったりするだろうか。父親かどうかは別として、門倉がある種のストーカー的な愛情から、彼女につき添ったのか。いずれも可能性は低いように思われた。

悠衣が行方不明になったのちに、牧島に匿名で電話をかけ、彼女の行方を知らないかと問いつめた男は誰だったのだろう。この男と、産婦人科につき添った男は同じ人間なのだろうか。

考えれば考えるほどに、沖の勘は、このふたりが同一人物であり、そして、悠衣のお腹の子の父親にちがいないと告げ始めていた。

例えばこの男には妻子があり、子供をどうしても産みたいと主張する悠衣の存在が邪魔になったとしたらどうだろう……。

しかし、それでは牧島に匿名で電話をかけた意味がわからない。自分で殺害した女を、その後わざわざ捜すはずがない。まだ見えてこない何かがあるということか……。

いずれにしろ、もしもこの第四の男が悠衣殺しのホシだとしたら、自分たちはこの数日の間、間違った方向を目指して捜査を進めていたことになる。

不吉な予感は、錦糸町の駅で降りて人混《ひとご》みを歩き出してからもなお、沖の体を離れなかった。

「もう、いい加減にしてくださいよ、刑事さん」

表の路地に面した窓の隙間《すきま》から覗いた沖に気づき、綾子はさすがに嫌そうな顔をした。客商売には、決して歓迎されないのだ。

五時を回ったところでまだ客はいないが、既に暖簾《のれん》は表に出していた。働き者の女なのだ。

沖は入り口に回り、暖簾を潜《くぐ》った。

「協力してくれりゃ、これっきりだ。だから、教えてくれ。今日の昼前、助川とここで、どんな話をした？　助川は、何の用であんたを訪ねて来たんだ？」

「用なんかありませんよ。あったとしたって、私が聞くもんか」

顔を背けて、綾子は答えた。

「綾子さん、俺は真剣に訊いてるんだぜ。どうしても、大至急、助川の居所を見つけなけりゃならねえんだ」

その声の切迫した空気を感じたらしく、ちらっと沖を見た。

「なぜです？」

料理の手をとめないままで、訊いてきた。

どう話すべきか、少し考える必要があった。この女は、一昨年、息子を殺害された母親なのだ。だが、それが身近な人間の仕組んだものである可能性については、何も考えてはいないだろう。

「息子さんの轢き逃げ事件について、あの男はひとりで調べて回っているんだ」

結局、そんな程度の言い方を選んだ。

「なんだ、そうですか。でも、警察が調べたって犯人が見つからなかったんですよ。前に別の刑事さんから聞いたことがありますよ。轢き逃げ事件は、早い時期に解決しないと、お宮入りしちまうことが多いんでしょ。こんなに時間が経った今になって、あんな男がひとりで動き回ったところで、それでどうなるって言うんですね。放っておいたらいいんだ」

「単純な轢き逃げ事件じゃなく、江草徹平を狙って殺した可能性が浮上してると話したろ」

綾子は初めて手を休めた。

「じゃあ、誰が徹平を狙ったのか、助川には何か心当たりがあったと？」

「――いや、それはまだどうかわからねえが」

そう言葉を濁す沖の前で、綾子の顔を様々な感情が通り過ぎた。

最後に彼女は、はたと何かを思いついたようだった。

「助川のせいなんですね。あいつがヤクザの組長だったから、徹平が殺されたんだ。そうでしょ、刑事さん。徹平を、助川の息子だって知った誰かが、助川を狙う代わりに狙ったんだ」

話すうちに益々《ますます》感情が高ぶったらしく、綾子は顔をくしゃくしゃにして涙をこぼし始めた。

「落ち着いてくれ、女将《おかみ》さん」

「ちきしょう、これが落ち着けますか。あの子はやっぱり、父親のせいで死んだんだ。父親が極道だったばかりに、殺されたんだ。私が育てた子供ですよ。私がお腹を痛めて産み、私がひとりで面倒を見て育てたんだ。それなのに、ヤクザになんか憧れて、こっそり父親の傍に行ってしまった。だから、こんなことになったんだ」

「事情はあんたが思うような、そんな単純なことじゃないんだ。息子さんが殺されたのは、決して助川のせいじゃない。それはわかってやってくれ。だが、このままじゃ、助川はたぶん自分の手で決着をつけようとするはずだ」

「――あの人が、何かしでかすと言うんですか？」

綾子は涙を拭《ぬぐ》って訊き返した。

しっかりとした声に戻っていた。芯《しん》の強い女なのだ。

「俺はそれを危惧《きぐ》してる。助川がそういう男だってことは、あんたが一番よくわかってるんじゃないのか」

綾子は何も応えなかった。

「綾子さん、やつの立ち回りそうな先を教えてくれないか。今日、あいつは何を話しに来たんだ？」

「だから言ったでしょ。話なんかありませんよ。ただ、あの子のお仏壇にお経を上げたいって来たんです。でも、私がそんなこと、許すもんですか。出家なんか、冗談じゃないよ。あの男だけ、それで気持ちが救われた気になってるかもしれないけれど、いくらそんなことをしたって、あの子はもう帰らないんだ。——そう言ったら、何も言わずに引き上げたんですよ。表にゃ、あんたがいたからでしょ、裏口からね」

「——それだけかい？」

「ええ、それだけですよ。嘘なんか言わないわ」

くそ、無駄足だったらしい。

「助川が立ち寄りそうな先に、何か見当はつかないか？」

念のためにもう一度そう確かめてみたが、綾子は小さく首を振った。

「つかないわ」

「助川のやつが、今でも頼りにしてるような人間を知らないか？」

「ごめんなさい、わからない。長いこと、何も話していないんですよ」

「誰か共通の知人は？」

そんなふうにしばらく粘ってみたものの、当たりは何も出なかった。

「邪魔をしたな。もしも助川がまた現れたら、連絡をくれるだろ」

「ええ、わかりましたよ」

「そうだ、徹平の墓は、近くなのか？」

思いついて、最後にそう訊いた。仏壇で経を唱えるのを拒まれ、墓に足を運ぶ気になったかもしれないと思ったのだ。

だが、そこで会える望みは少ないだろう。

「ええ、すぐそこですよ」と答え、綾子は寺の名前を告げた。

暖簾を潜って出ようとすると、背後から呼びとめられた。

「刑事さん、まったく、極道はいつまで経っても極道だ。そうでしょ。報復で人を殺して、そんなことで死んだ徹平が喜ぶとでも思ってるんでしょうかね。あきれ果てた男ですよ」

沖は振り返って綾子を見つめた。

口調にも顔つきにも、ひとりで居酒屋を切り盛りしてきた女らしい気の強さが表れていたが、目の表情だけは小娘のように怯《おび》えていた。

東京地方検察庁の受付で中町彬也への面会を頼んだ。内線に取り次いだ受付嬢が、すぐに本人が降りて来ると答えるのを聞き、貴里子はいくらか拍子抜けした気分だった。

門前払いを喰《く》わされた場合に備え、手を尽くして中町の顔写真を入手し、予《あらかじ》め面を押さえていたのだが、堂々と会いに出てくるつもりなのか。

たとえ刑事といえども、検察官の顔写真を表立って入手することは難しい。それで、中町の出身大学と卒業年を調べた上で、貴里子自身の大学の友人のツテをたどり、その年の卒業アルバムを借り出したのだった。

十分と待たされることなく、中町は受付に現れた。

エレヴェーターから降りた男は、大学時代とほとんど変わっていなかった。卒業年からして、そろそろ四十歳になるはずだが、体質なのか、節制の結果なのか、顔の肉づきが若い頃とほとんど同じに見える。それに、一言でいえばなかなかのハンサムだ。

顔を知っていることを悟られたくないので、自分から声をかけずにいた貴里子に、中町のほうから近づいてきた。

「中町です。村井さんですか？」

その声は、穏やかなバリトンだった。

貴里子は丁寧に頭を下げた。

「はい、村井と申します。お忙しいところ、ありがとうございます」

「なあに、退任が決まって、今は大して忙しくなどないんですよ。辞めていく検事に、仕事を割り振る上司もおりませんのでね。私が辞めることは、御存じなんでしょ」

質問を真っ直ぐ投げつけられて、貴里子は対応を瞬時に判断しなければならなかった。

「ええ、聞いておりました」そう答えたのち、ひとつ間を置き、「なぜそう思われたんです？」と逆に切り返した。

中町はそれには答えず、西日が眩《まぶ》しい玄関の表を指差した。

「中にお通しすることはできないが、幸いこの陽気だ。歩きながら話しましょうか」

先に立って地方検察庁の入った合同庁舎の建物を出ると、ちょうど車の流れが途切れていた表の通りを横断し、日比谷公園の中へと入った。

まだ公園樹の葉が疎《まば》らな遊歩道を、噴水のある広場を目指して進む。

「答えていただけますか。なぜ私が、中町さんの退任を知っていると思われたんです？」

大股《おおまた》で歩く中町になんとか歩調を合わせて横に並び、貴里子はもう一度訊き直した。

中町は微笑んだ。穏やかな感じの中にもふてぶてしさが混じり込んだような笑みだった。

「なぜって、こうして訪ねて見えるということは、私のことはもう調べているんでしょ」

「私がなぜ訪ねて来たか、見当がついているんですね」

「溝端悠衣さんのことですね。他に何かありますか」

「なぜ警察が訪ねて来ると思っていたんです？」

「彼女の死体が見つかったニュースが報じられましたから、当然でしょ」

貴里子は歩調を緩め、中町の顔をまじまじと見つめた。

「溝端悠衣刑事とつきあっていたことは、認めるんですね」

だが、そう訊くと、中町は逆に訝《いぶか》しげな顔をした。

「あなたは歌舞伎町特別分署の所属と伺いましたが」

「ええ、そうです」

「本庁とは別に捜査をなさっている？」

「そうです。それが何か？」

「いや、何でもありません。どうぞ、質問を続けてください。私にお答えできることでしたら、何でも包み隠さずにお話ししましょう」

そう言ったのち、中町は足を完全にとめて貴里子に向き直り、改めて口を開きかける彼女を手で制した。

「ただし、それには条件があります。今ここで質問に答えたら、もうこれ以上はつきまとわないでいただきたい」

貴里子はピンときた。中町が悠衣とつきあっていたことをあっさりと認めたのは、以前にも別の刑事が来て、既にそのことを認めさせられているからだ。

「本庁の刑事が来たんですね」

中町は表情を僅かに動かした。

穏やかそうな雰囲気はまだその顔に残っていたが、今は微妙にそう装っているような感じがある。こういった雰囲気を整った顔に漂わせることを、この男は処世術として身に着けてきたのだ。

「ええ、以前にね」

「いつです？　昨日ですか？」

中町は、眉間《みけん》に微かに皺《しわ》を寄せた。

貴里子は訝った。目の前の男は、何か事問いたげにしている。

「そういったことは、警察内部で確認されたらどうです」

結局、そんなはぐらかすような答えを口にしただけだった。

「ここでお答えいただくことに、何か不都合があるのでしょうか？」

と、貴里子は食い下がった。

「私には何も不都合などない。あるとしたら、お宅ら警察のほうにでしょ」

今度は幾分腹立たしげな口調だった。

貴里子はゆっくりと呼吸をすることで間を取り、改めて訊いた。

「本庁の刑事が訪ねて来たのは、いつです？」

「去年の一月。彼女が行方不明になっておよそ二週間ぐらいが経った時でしたよ」

中町の答えを聞き、唾を呑み込んだ。喉に引っかかるような感じがした。

――どういうことだ。

——門倉なのか。あの男は、ストーカー的な愛情で悠衣につきまとっていた。新聞記者の牧島健介を脅して、支局へと転出させたほどだ。中町と悠衣の関係も把握し、彼女の行方が知れなくなったあと、この男を訪ねた可能性は確かにある。

だが、貴里子の直感は、何かそれ以上のものの存在を感じていた。

「二課の刑事ですか？」

「そうです」

「名前は？」

「管理官の尾美さんですよ」

「尾美は、ひとりでしたか？」

「ええ、ひとりでしたね。内密に話を訊きたいと、気を遣ってくれたんです」

「何を訊きに来たんです？」

尋ねると、中町は初めてあからさまに嫌そうな顔をし、再び歩き始めた。目を合わせて話したくないのかもしれない。

「今言ったでしょ。気を遣ってくれたと。ひとつは、私と溝端さんの関係を訊きに来たんですよ。私には妻子がある。ましてや検事と刑事がそういう間柄になるのは、色々と問題がありますからね」

「他には？」

「彼女の行方を知らないかと。知りませんでした」

「中町検事、あなたは溝端刑事の行方が知れなくなったあと、彼女の携帯に何度か電話をしていますね」

「そうか、そこから私にたどり着いたんですね。ええ、心配して何度か電話しましたよ。だが、結局、彼女とはもう話せなかった」

「具体的に教えてください。何を心配したんです？　あなたは、彼女がどんな事件を調べ、どういった事情に巻き込まれていたかを御存じだったんですか？」

「事件ですって？　いや、私が心配したのは、彼女の精神状態ですよ。あの人は、追いつめられていた。おそらく女としても刑事としても追いつめられ、そして、それを誰にも相談できずにいたんです」

「だけど、あなたには相談したと？」

「全部ではないでしょう。だが、ある部分は聞きました。私たちは、ただ体の関係だったわけではないんですよ」

　中町は歩調を緩め、こちらをきちんと見つめて言った。

　その口調の底に、男としての自信が漂うのを感じ、貴里子は言うに言われぬ嫌悪感を覚えた。それでは、どんな関係だったというのか。結局、この男は悠衣に何をしてやったというのだ。

「どんな悩みを打ち明けられたんです？」

　自分でも気づかぬうちに、言葉に棘《とげ》が出ていたのかもしれない。貴里子がそう訊くと、中町は一瞬鼻白んだような間を置いた。

「主に職場での人間関係です。警察というのは、女性にはきつい職場だ。それは、私が見ていてもわかる」

「他には、どんな悩みを？」

　中町はまた足をとめた。噴水広場の端に着いたところだった。円形の広場の中心に噴水が設置され、周囲を花壇とベンチとが囲む。

　だが、近くのベンチに坐ろうとするわけではなく、中町は立ちどまった位置から動こうとはせずに訊き返してきた。

「村井さん、そんな質問に何の意味があるんです。さっき申し上げたはずだ。私がこうして時間を取ることにしたのは、もうあなた方警察につきまとわれたくないからだと。だから、何か捜査に役立つならばと思って、こうして協力してる。しかし、今さら彼女の悩みを知って、それでどうなるんです。自殺した人間が戻るわけじゃないでしょ」

「待ってください。彼女は自殺などしていない。もう、上辺だけの嘘はいい加減にして欲しいわ。二課の情報が漏れていた。私は、そのことを訊きに来たんです。尾美も、去年の一月、それを確かめに来たんじゃないですか」

半ばはったりだったが、ぶつけた。

「またその話なのか。もう、その件は彼に話した。一年以上も前に、私の嫌疑は既に晴れている。これ以上、その件で取り沙汰《ざた》されるのは迷惑なんだ。後悔してるよ。危ない火遊びだった。しかも、その秘密のつきあいが明らかになってしまった挙げ句、何ひとつ身に覚えのない情報漏洩疑惑の嫌疑までかけられ、警視庁の二課から聴取を受けた。検事としての私に未来はない。出世の芽は、綺麗《きれい》に摘まれてしまったんだ。それをまたもや蒸し返されて、誠に不愉快です。どうやらお宅の署は本庁と別に動いているようだが、何か訊きたいことがあるのならば私に訊くのではなく、身内できちんと確かめたらどうです。これ以上、何も話すことはありませんよ」

これがこの男の本性なのか。体の関係だけではなかったと言い放った女の死体が発見されたというのに、それはこの男にとっては、煩《わずら》わしい過去を蒸し返されるだけに過ぎないらしい。悠衣とのつきあいは、人生の汚点に過ぎないのだ。

貴里子は中町への怒りを体の底へと押し込め、目の前に投げ出された疑問に全力で向かおうと努めた。

――年の一月の時点で二課の尾美が情報漏洩疑惑に気づき、その捜査をしていたとは、いったいどういうことなのだ。

沖と検討したように、榊原謙一と辻蔵克俊の死に疑惑を覚え、そこから情報漏洩の可能性に思い至ったのは、悠衣ひとりではなかったのだろうか。尾美を含む二課全体がこの疑惑に気づきながらも、彼女の単独捜査を黙認したのか。まさか、いくらなんでもそんなことが……。

あるいは、悠衣の行方が知れなくなったのち、彼女が単独捜査をしていた事実と目的とを知り、その後追い捜査を行ったと見るべきか。

しかし、それだけのことなら、二課は何を隠しているのだろう。

胸の中でそう問いかけた時、天啓のように閃くものがあった。

――第四の男だ。

捜査線上にはまだ浮かんでいない第四の男が、存在したとしたらどうだろう。その男こそが情報漏洩の張本人であり、しかも、警察内部の誰かだとしたら……。

尾美は、それを探られることを恐れているのではないのか。聴取、逮捕と運ぶはずだったふたりの重要容疑者が謎の死を遂げた原因が、二課からの情報漏れにあり、しかもその漏洩には悠衣の他に、さらにもうひとりの警官が関わっているとしたら、間違いなくそれは大きな警察スキャンダルになる。

――尾美は去年の時点でそのことを調べ上げ、そして、封印を試みているのではないのか。

貴里子の口の中に、苦いものが拡がった。

悠衣が行方不明になったにもかかわらず、できるだけ騒ぎが大きくならないように努めた理由のひとつは、確かに彼女の品行にあったのかもしれない。しかし、それよりもずっと大きな理由は、尾美も含む警察の上層部の誰かが、情報漏洩疑惑が大きな騒ぎになることを恐れ、それを揉み消そうとしたためではないかと思い至ったのだ。

「それじゃあ、話はこれで宜《よろ》しいですね」

中町が言った。貴里子が黙りこくったことで、勝手に話を切り上げる気になったらしい。

「待ってください、中町さん」

貴里子は足早に引き返そうとする中町を必死で引きとめた。もっと詳細を訊き出さねばならない。

咄嗟の機転でこう続けた。

「失礼はお詫びします。溝端刑事は、実は私が刑事になった時の教育係だったんです」

中町が足をとめ、ゆっくりと貴里子を振り返る。

貴里子はその顔を縋《すが》るように見つめた。

こういう男には、泣き落しが有効だろうと思われた。女のそんな武器を使うなど、普段ならば思いつきもしなかっただろうが、今は抵抗が少なかった。

「私にとっては、彼女は理想の女警察官でした。長い間、私はずっと、彼女に追いつきたくて努力していたんです。それが、まさか自分が白骨化した彼女の死体に出くわし、その捜査をするはめになるなんて……。ほんとは私、いつもはこんなじゃないんです。でも、正直言って今回ばかりは、毎日、足が地に着かないような状態が続いてしまって――」

中途半端に言葉を切り、込み上げるものを堪えるような顔をしてみせる貴里子に、中町は戸惑いがちな視線を注いだ。

いかにも思慮深げに眉間に皺を寄せ、何度か呼吸を繰り返した。

「そんな事情があったんですか。私も、いくらか感情的になってしまったようだ。申し訳ない」

穏やかで優しげな声だった。

「彼女は、結婚の約束をしたフィアンセを亡くしているんです。御存じでしたよね」

「ええ、噂で知りました」

「――本人からは？」

「そんな不躾《ぶしつけ》な質問はできませんでした。いつか、彼女自身が話す気になる時があれば聞くつもりでしたが、たぶん、誰にも話したくなかったのではないでしょうか」

――そうかもしれない。

ちくりと痛みを覚えたが、貴里子はそれを脇へ押しやった。もう一度強く心に思う。この男から、必要なことを訊き出すのだ。

「ところで、女としては訊きにくいことなんですけれど、溝端さんは同時に複数の男性とつきあっていたようなんです。そのことも、御存じでしたか？」

「ええ、私は彼女から色々と相談を受けていましたからね」

あくまでも自分だけは特別な存在だったと考えていたらしい。たぶん、どんな男でもそうなのだろう。貴里子はそこにつけ込むことにした。

「どんな相手とつきあっていたか、名前を御存じじゃありませんか？」

だが、この質問はすぐに警戒を招いてしまった。

「なぜそんなことをお知りになりたいんです？　情報漏洩先を突きとめるおつもりですか？　それとも、彼女はあくまでも自殺ではなく誰かに殺されたとする考えを変えるつもりはないのでしょうか？」

「私が知る彼女は、自殺するような人じゃありません」

「だが、あなたの知る溝端さんは、あなたが新人刑事だった頃の彼女だ。人は、変わるものなんですよ。彼女が自殺ではないという証拠が何かあるのですか？」

「いいえ、今のところはまだ。しかし、自殺だという証拠もありません」

「で、私も容疑者のひとりになったわけですね」

中町はわざわざそう口にし、冷ややかに唇を歪めた。

「あなたのお気持ちはわかるが、私には御協力できることはないと思います。二課の尾美さんと話してみるんですね」

一筋縄ではいかない男なのだ。

「ところで、御支障がなければ教えていただきたいのですが、退任されたあとどうされるのかは、もうお決めなんですか?」

貴里子がさらに食い下がると、中町はゆったりと微笑んだ。

「身上調査ですか。別に隠している話ではないので、そんなに気を遣ってお訊きにならなくても結構ですよ。弁護士の友人から誘いを受けてまして、しばらくは彼の事務所で厄介になろうと思います。そして、ある程度の顧客を摑んだら、独立しますよ。これからは、今までのようにはいきません。それなりに暮らしのことを考えなければ。さて、お会いできてよかったです」

一旦そこで言葉を切りかけたが、思い直したようにつけ足した。

「死後一年以上が経過している。彼女が生前に服用していた薬の検出は、不可能でしょう。しかし、彼女の持ち物や周辺をもっとよく探してみれば、安定剤が見つかるはずです。あるいは、医者の診察券や薬局のカードを探してみることですよ」

「――溝端さんが、精神安定剤の常用者だったと仰《おっしゃ》るんですか?」

「私は彼女が大量に持っているのを見たことがある。それを咎《とが》めて、喧嘩になったんです。それから、もうひとつ。私がもしも彼女を殺害したのだとしたら、彼女の携帯に電話をしたりすると思いますか。そんな間抜けな犯人などいない。そうでしょ」

貴里子が日比谷駅に向かった時には、辺りには薄く夕闇が漂い始めていた。

中町と別れたあと、公園内をゆっくりと歩きつつ、頭の整理を試みたためだ。

中町が最後にした指摘は、もっともだと言うしかなかった。ホシが悠衣の携帯電話に電話をしてくるのは、確かにおかしい。しかし、偽装ということも考えられるし、何か電話をせねばならないやむにやまれぬ事情があった可能性もある。

だが、現実に携帯電話に記録があった門倉基治、牧島健介、中町彬也の三人は、現在のところは容疑者としては考えにくい。やはり第四の男を探すべきなのではないか。

それと、もう一点、気になってならないことがあった。精神安定剤の件だ。大至急、裏を取る必要がある。悠衣の死体とともに見つかったバッグの中には、そんなものはなかったが、財布とともに誰かが持ち去ったのかもしれない。悠衣の両親にもう一度当たり、心当たりがないかを確認してみるべきだろう。

何か見過ごしたことがある気がしてならず、公園を出て晴海通りを歩く間もなお、貴里子はひたすら考え続けた。

地下鉄の階段を下りかけたところで、携帯電話が鳴った。

有楽町や銀座の繁華街を目指して上がってくる人の流れから体を避け、携帯を抜き出した貴里子は、ディスプレイに分署の直通番号が表示されているの見て微かな戸惑いを感じた。署長の広瀬の直通だった。

通話ボタンを押す前に、呼吸を整えるための間を置いた。平常心で話そうと努めなければ、いつ本格的にぶつかってしまうかわからない相手だ。

「広瀬だ。話がある。至急、こっちに戻りたまえ」

通話ボタンを押して耳に運ぶと、すぐに広瀬の不機嫌そうな声が耳に飛び込んできた。署長の席に坐ってからは、物言いが高飛車になっている。

「――現在、捜査の最中なんです。どういった御用件でしょうか？」

広瀬は貴里子がそう応対するのを聞き、鼻でせせら笑うような音を漏らした。

「用があるから戻れと言っているんだよ。電話で用件を言ったら、意味がなかろうが。至急戻りたまえ。村井君、これは命令だ」

5

江草徹平の墓は、《あや》から徒歩で十分とかからない距離の寺にあった。暖簾を上げているのにいいのかい、と確かめる沖に、「いいんですよ。夜は、私がいなけりゃ、勝手にビールを出して飲んでるような常連ばかりなんですから」と笑い、綾子が案内してくれた。

彼女には、無理をして陽気に振る舞っているような節があり、店を出てからは何か思い詰めたような顔で歩き続けるだけだった。

ビルの間に埋もれるようにしてある寺は、本堂と墓の上だけ空が広かった。狭い参道から本堂の脇を回った。

「あの墓ですよ」

綾子がそう指し示す前から、墓の前に供えられた大きな菊の束が目を引いていた。

沖は綾子をちらっと見た。

だが、綾子は目を合わせようとはせず、先に立って墓に近づいた。

確証はなかったが、助川がしたのだろうという気がした。やつは息子の墓に挨拶に来たのだ。益々嫌な予感が強まる。

綾子は少し後ろで立ちどまっている沖を振り返ったが、目が合うと逃げるように前を向いた。この女も同じことを感じているのだ。

息子の墓に手を合わせる彼女の横に並び、沖も倣って目を閉じた。

墓には名前がふたつ並んでいることに気がついた。花もふたつ供えてある。

「最初の子の時も、ここで供養をして貰ったんですよ」

綾子が低い声で言った。

「最初の子って――?」

「発育不良でした。僅か二十日ほどしか生きられなかった。やっぱり、男の子だったんです。私が悪かったんですよ。体には自信があったんで、妊娠中も労《いたわ》ろうとしなかった。だけど、それで強い子を産めなかったと認めるのが辛くて、あの人に当たったんです。組が縄張りのことで揉めてる時でしたからね。あんたの仕事が、お腹の子供に障ったんだって」

「それもあって、徹平が生まれるとともに助川と別れたのかい？」

「怖かったんですよ、何もかもが……。ヤクザに愛想が尽きるような出来事も、いくつもありましたしね。つまらない昔話を聞かせてしまって、申し訳ありませんね」

「いいや」

綾子は顔だけそっと沖のほうに向けた。

「刑事さん、あの人、ほんとに心から信心を始めたんでしょうか？」

「やつが籠もっていた福井の寺の坊さんと話したよ。熱心に修行していたらしいぜ」

「そうですか――」

「あんたと同じで、ヤクザの世界にゃ愛想が尽きたんだろうな」

「どうでしょうね……。無駄足をさせちまって、すみません」

綾子はまだ何か言いたそうな様子をしたが、結局ただそんなふうに応じて頭を下げた。

沖は背中を向けかける綾子を呼びとめた。

「助川を見つけたら、何か伝えることはあるか？」

「別にありませんよ。あの人はあの人、私は私だもの。そうだ、御住職に話を訊いてみたらどうです。何かわかるかもしれない」

綾子がそう言うのを聞き、内心落胆した。住職に話を聞いたところで、おそらくは何もわかりはしまい。それにもかかわらず、彼女がこう言い出すのは、いよいよ自分では助川の行方に見当がつかないということだ。

どうすべきか。地道に助川組の縄張りを聞き込みしようにも、助川は二年近く街を離れている。現れそうな場所が、すぐに割れるとは思えなかった。

墓の前を離れようとすると、背後から声をかけられた。

「暖かくなってきましたな」

振り返ると、坊主が穏やかな目でこちらを見ていた。七十近い老人で、痩身《そうしん》だが矍鑠《かくしゃく》とした感じがする。

綾子が丁寧に挨拶をした。

「この花は、その……」

曖昧に尋ねる彼女に、心得顔で頷いた。

「別れられた御主人です。時々来られては、こうしてお子さんたちの供養をされてるようです。拙宅へ顔を出されることはないのですが、時々、お姿を見かけていましたよ。今日は、庭先を掃いている時にばったり出くわしたので、お茶でもどうですかと誘ったんですけれどね。自分のようなものが、と、そのまま帰られました。出家なさったのだから、もうそんなふうに仰る必要はないと思うんですけれどね」

話からして、どうやら助川の素性にも詳しいと感じられた。

「あの人は、これからどこへ行くとか、そういったことは？」

綾子が沖の訊きたかったことを尋ねたが、住職は首を振った。

「さあて、そういったことは尋ねませんでしたので」

しかし、すぐに何か思いついた様子で目を上げた。

「ああ、ただ、どこかで徹平君の婚約者だった女性と会うようなことを言っていましたな」

「婚約者って、志穂ちゃんのことですか？」

「そうです。野口さんも、昼前に息子さんの墓にお線香を上げに参られました。そして、私のところにも、御挨拶に見えたんです」

綾子は頷いた。

「ええ、ええ、それは知ってますよ。その後、店のほうに顔を出したんです。だけれど、あの人と会う約束があるなんてことは、一言も——。嫌だ、きっと私に気を遣ったんだわ」

「いや、それは違うかもしれませんぞ」住職が言った。「実は、野口さんは元気がなく、何か心に引っかかりがあるようだったので、私がそのことを助川さんに話したのですよ。そうしたら、連絡を取って、一度会ってみようかと言っておられたんです」

「助川と話したのは、何時ぐらいでしたか？」

沖は話に割り込んで訊いた。

「いや何、ほんの二時間かそこら前ですよ」

そう答えながら、住職はちらっと沖の頭に目をやった。

まさか、坊主と勘違いされたのかと思い、むず痒《がゆ》くなる。

無意識にスキンヘッドを撫《な》で回しながら、考えた。やつは花輪と会う前に、徹平の墓前に花を供えに来た。亡くした息子の墓の前で何を思ったのかと想像すると、益々嫌な予感が強くなる。

それからもうひとつ。花輪と会ったあとの助川に揺さぶりをかけた時、野口志穂の話になり、やつは彼女が東京に出てきているのを初めて知ったように振る舞ったが、実際にはもう知っていたのだ。食えない野郎だ。

だが、そうしてとぼけたのは、志穂と会うつもりだったからにちがいない。

住職に礼を述べ、綾子を促してその場を離れた沖は、すぐに訊いた。

「志穂さんと連絡を取りたいんだ。携帯の番号はわかるかい？」

「ええ、私の携帯に入ってますよ」

綾子はそう答えて携帯電話を出した。操作し、番号を読み上げる。

沖がその番号にかけると、志穂はすぐに電話に出た。

「ああ、刑事さんですか。先ほどはどうもありがとうございました」

神尾瑠奈の部屋を教えてやったことを言っているらしい。

「今、徹平君のお墓があるお寺に来てるんです」と、沖は早速切り出した。「で、御住職から伺ったんですが、今日、どこかで助川と会う約束をしていますか？」

「――ええ、約束しました。刑事さんには早く帰れと言われましたけれど、今夜は私、こっちに一泊することにいたしまして」

「助川とは、どこで何時に待ち合わせてるんでしょうか？」

「有楽町マリオンの時計の前で、七時です。でも、それが何か？」

沖は考えた。七時なら、大して時間のロスにはならない。何か小細工をして助川に気づかれる危険を冒すより、志穂には何も告げず、その場でやつを押さえたほうが良い。

「いや、何でもないんです」

そう言葉を濁して電話を切ろうとすると、「私にも話させて貰っていいですか」と綾子が望んだ。

自分たちが助川の行方を捜していることには触れないようにと釘を刺した上で携帯を渡

すと、綾子は電話の向こうの志穂に対し、息子の徹平のことはもう忘れ、故郷での新しい生活のことだけを考えるようにと、ゆっくりと噛んで含めるように話して聞かせ始めた。

店に戻る綾子に礼を言って別れ、錦糸町の駅を目指して歩きながら、沖は携帯で貴里子に報告を入れた。

「わかったわ。今、署長に呼ばれているの。それが済んだら、私も幹さんに合流し、マリオンの時計前に張り込みます」

「署長が何の用です？」

「わからない。用件を訊いたのだけれど、直接会って話すということで、何も答えてはくれなかったの」

「中町彬也はどうでした？　会えましたか？」

「会えたわ」

貴里子は答え、中町との会話の中身を掻《か》い摘《つま》んで聞かせた。

「第四の男ですね。やはり、四番目の男を捜すべきだ」

沖はそう感想を述べた。

「ええ、そうね。二課の尾美さんは、警察内部の誰かを庇《かば》っているのよ。その男が情報漏洩の張本人ではないのかしら。でも、どうすれば――」

本庁二課の壁は厚い。いくら表から当たったところで、頑として崩れはしないだろう。

「門倉がもっと何か知ってるかもしれない。マルさんがやつの口を割らせることに期待しましょう」

キャッチフォンが入り、沖はやりとりを切り上げることにした。

「電話が入りました。では、七時に」

「わかったわ」

通話ボタンを押して耳に運ぶ。

「枝沢です」と名乗る声が聞こえ、沖ははっとして顔を顰めた。捜査が大きく動き出しそうなことへの高揚感に、水を差されたような気がしていた。神竜会の枝沢英二だ。男としては高い部類の声が神経に障る。

錦糸町駅前のターミナルに着いていたが、人の流れを避けて道の端に寄った。

「わざわざ電話をかけてきて、何の用だ」

「これはひどい言いようだな。同僚を助けたいなら、そろそろデッド・リミットが迫っているだろうと思ってね。気を遣って一報したまでですよ。どうですね、沖刑事。取引の材料は何か揃《そろ》ったのかい？」

「揃ったらこっちから連絡を入れる。待ってろ」

枝沢の笑い声が、また神経に障る。

「何がおかしい」

「そんな悠長なことを言っててていいのかい。懲戒審査委員会の日取りが、来週に決まったろ。いよいよ円谷に引導が渡されるな」

「――なんでそんなことを知ってる？」

「そう訊き返すところを見ると、あんたはまだ何も聞いてないらしいな。教えてやる親切に感謝しろよ。証人を黙らせるなら、取引には相応のネタが必要だぜ」

「待ってろと言ったら、待ってろ。切るぞ」

沖は吐き捨て、電話を切った。

大声を出したためだろう、付近を歩く人々がちらちらとこちらを見ている。カッとし、携帯電話を地面に投げつけそうになった沖は、そういった視線に晒《さら》されることで辛うじて怒りを押し鎮めた。

島村幸平の携帯にかけ、苛立ちを抑えて繋がるのを待った。

「俺だ、沖だ。電話にはすぐに出ろと言ってあるだろ」

電話に出た島村を叱《しか》りつける。

「すまない。近くに人がいたものでね」

「懲戒審査委員会の日程が決まったのか？」

「ああ、そうだ。私も少し前に知ったんだがね、週明け早々に開かれる」

「なぜすぐに報《しら》せねえ」

「今、電話をしようとしてたところだよ」

「言い訳はいい。あんた、この情報を神竜会に流してるんじゃねえだろうな」

沖は単刀直入に斬《き》り込んだ。

「――馬鹿な。そんなことはしない」

相手の声にどれだけの動揺があるか、注意深く探る。

「また悪い癖が出たんだろ。そして、神竜会にその尻尾《しっぽ》を摑まれた。違うのか？」

この方面本部長には、幼児プレイを好む特殊な性癖があるのだ。

「違うよ、信じてくれ。もう、私は懲りてるんだ」

「もしも嘘をついてたら、承知しねえぞ」

沖は島村に脅しをかけて、電話を切った。

無意識にたばこのパックをポケットから抜き出したが、そこで激しい喉の渇きを覚え、自動販売機へと歩いて缶コーラを買った。

――不気味だ。

枝沢英二というヤクザは、非常に強《したた》かな男なのかもしれない。口車に乗って取引に応じたら、泥沼の底へと引きずり込まれかねないのではないか。

だが、円谷を救うには、何らかのネタを探して枝沢に差し出し、円谷が違法な発砲を行ったと言っている牛島というチンピラの証言を取り下げさせねばならない。

タブを開け、沖はコーラを喉に流し込んだ。

喉の粘膜にひりひりと染みた。

6

署長室のドアをノックして開けた貴里子は、驚いてそのまま動きをとめた。

部屋の応接ソファに、深沢達基が坐ってくつろいでいた。ついこの間まではこの部屋の主だった男で、今は警務部人事二課長の地位にある。そして、沖から聞かされた情報に間違いがなければ、この男はK・S・Pを葬ろうとしているのだ。

「戸口でどうしたんだ。遠慮なく入ってかけたまえ。忙しいところを、呼びつけたりして悪かったね」

事務机に坐った広瀬が言い、貴里子を手招きした。

珍しく機嫌がいい。貴里子は広瀬の態度にそう思いかけ、別のことに気がついた。この男は、深沢の前で、自分が部下に鷹揚《おうよう》なところを見せたいだけかもしれない。

貴里子はまだ躊躇いを捨てられないまま、後ろ手にドアを閉めて部屋の中に歩み入った。

応接ソファ以外には、腰を下ろす場所がない。

仕方なく深沢の向かいに腰を下ろし、黙って頭を下げた。

「本題に入る前に、ひとつ話がある。つい今し方、連絡が入ったんだがね、地方検察庁の中町検事に面会したそうだね」

広瀬が不機嫌そうに吐きつけながら近づいてくる。やはり機嫌が良いと見えたのは間違いだった。いつものように口調をあからさまに荒らげないのは、深沢の目を意識しているのだろう。だが、高飛車で一方的な物言いには変わらない。

結局は如才ない応対に終始した印象しか残らなかった中町のことを思い出し、貴里子は改めて苦いものを嚙み締めた。穏便に別れたように見せつつ、署への抗議は怠らなかったわけだ。

だが、中町に対する怒りはなかった。

あの男と別れてからずっと、どこか胸の奥深いところに、ひとつの思いが染みついて消せないだけだ。

門倉基治、牧島健介、中町彬也。亡くなった悠衣の携帯に電話をかけてきた三人は、誰も揃って大した男ではなかった。それに、悠衣の幸せを心から願い、彼女とつきあっていたようには到底思えなかった。そんな男たちとばかり、しかも一遍に並行してつきあうことで、悠衣は心の穴を埋められたのか。

彼女の白骨体を見つけてからずっと引きずってきた虚《むな》しさが、ここに来て大きさを増していた。

「ええ、お話を聞いてきました」

貴里子が頷いて答えると、広瀬は目を三角にした。

「なぜ私の了解を取らなかったんだ」

深沢の隣に坐り、喉を詰めたような声で告げた。こんなふうな喋り方も、署長になる前にはしなかったものだ。たぶん、深沢の仕草を真似ている。

「通常の捜査です。一々署長の御意向を伺う必要はないと思いました」

貴里子は自分がいつもよりもどこか捨て鉢で、そして冷ややかな応対をしていることを感じた。そうする自分をとめられなかった。

「村井君、駆け出しの刑事のようなことを言っては困るよ。相手は地検の検事だぞ。しかも、特捜部に属している」

「彼は亡くなった溝端さんの携帯に電話をしています。関係者として話を聞いたんです。そして、当時彼女とつきあっていたことを認めました」

「で、何か怪しい点は出たのかね？」

「いえ、特にはそれは」

精神安定剤の件を持ち出して悠衣が自殺した可能性を指摘されたことや、悠衣が行方不明になった直後に本庁二課の尾美が彼を訪ねていたことなどは伏せておくことにした。

「それならば、きみの勇み足ということじゃないか」

「関係者に聴取をしただけです」

苛立ちを隠しきれずに言い返すと、広瀬は一瞬虚を突かれたような顔をした。反発されるとは思っていなかったらしい。

深沢はふたりのやりとりを黙って聞くだけで、何も言おうとはしなかった。

そんな深沢をちらっと見やり、貴里子はわかった。そうか、自分がいつもよりも冷ややかで刺々《とげとげ》しいのは、この男がこうして一緒にいるせいだ。私は深沢にこそ反発している。

「とにかくだ。今後、私への報告はもっとこまめにするように」

広瀬はそう吐き捨てると、ぷいと顔を背け、これ以上何か言い返すことは許さないといった態度を示した。

「で、本題だが」目を合わせようとはしないままで、言葉を継ぐ。「来て貰ったのは、他でもない。円谷刑事の懲戒審査委員会の日取りが決まった。週明けの月曜日だ」

貴里子は唾を飲み下した。

驚いたわけではなかった。ここに来る道すがら、沖から電話が来て、そのニュースは既に知っていた。

それでもこうして正式に告げられることで、怒りを抑えられなかった。

「待ってください。まだあの現場に居合わせた警察官全員に、話を聞いていないのではないですか。それに、円谷刑事本人への聴取自体が、まだのはずです」

貴里子がそう言い返すと、初めて深沢が口を開いた。

「もう充分に聴取は行った。あとは、委員会で本人にじっくりと話を聞いてみるだけだ」

話を聞くなどは、方便に過ぎない。もう円谷の処分は決まったも同然だ。懲戒審査委員会を開くとは、そういうことなのだ。

「委員会は、本人に話を聞いてからにしていただけませんか？」

「きみに我々の調査のやり方を云々《うんぬん》されるのは、心外だね」

「円谷刑事が発砲したと主張しているのは、神竜会の牛島というヤクザひとりだけです」

「だから何だね。証人がひとりでは足らないなんて言い出したら、世のあらゆる裁判は成り立たないよ」

この男と話していると、固い壁を前にしているような気分になる。何を言っても押し戻して来る。重い疲労感がのしかかってくる。

それにしても、と、貴里子は改めて考えた。なぜ深沢がここにいるのだろう。懲戒審査委員会の決定自体は、署長を通じて通達すればそれで事足りる。

貴里子は深沢から広瀬に顔を戻した。

「私からもひとつお話があったのですが、円谷刑事を捜査に戻す許可をお願いします」

「何を言ってるんだ、きみは？　今の話が耳に入らなかったのかね」

広瀬が喰《く》ってかかる。

「懲戒審査委員会が開かれるまでは、処分が決まったわけじゃありません。円谷刑事は、既に充分な休養を取りました。上司として、現場復帰を提言します」

「村井君、今日のきみはどうかしてるぞ」

広瀬が甲高い声を上げた。

――確かに私はどうかしている。こんな話を持ち出したところで、通るわけがない。それに、来週の月曜日までの数日を、彼を刑事として過ごさせることに、何か意味があるのだろうか。

だが、冷静にそう考えようとしても、自分を抑えられなかった。

深沢への反発だけじゃない。おそらく、この事件を調べるうちに、いつかしら自分のどこかがすさみ、そろそろ手に負えなくなり始めている。

もしかしたら、こうした気分のどこか先に、悠衣が目にしたような光景があるのかもしれない。

「広瀬さん、お願いします。今度の捜査には彼がぜひ必要なんです」

貴里子は頭を下げた。

「いくら頼まれても、そんなことは不可能だとわからんのかね。この話は終わりだ。それから今日は円谷君は休みを取っているようだが、懲戒審査委員会の話は、私から直接彼に話す。きみは気にしなくていいよ」

広瀬は冷たく吐き捨ててから、ちらっと深沢に視線を送った。

相手が話を切り上げる気になっているのを感じ、貴里子は腰を上げた。これ以上、何を話しても無駄だ。

「わかりました。捜査に戻ります」

深沢が掌で貴里子を制した。

「待ちたまえ、慌てないでくれ。私の用件が、これからだよ。わざわざ足を運んで来たのは、きみに内々に訊きたいことがあってね」

貴里子は仕方なく腰を下ろし直した。

「何でしょうか――?」

「うむ、実は小耳に挟んだんだが、警視庁の捜査二課が、きみらの捜査に必要な情報を囲い込み、捜査の行く手も阻んでいるというのは、ほんとかね」

「――ええ、確かに本当です」

「それは、けしからんな。いくら本庁とはいえ、進行中の捜査を妨げるような真似が許されるわけがない。なぜ情報を表に出せないのか、はっきりとした理由の説明はあったのかね?」

「いいえ、はっきりとは」

「きみらで、理由に見当はついたのか？　やはり、溝端悠衣という女性刑事が、仕事上でつきあいのあった複数の男たちと関係を持っていた点が引っかかっているのだろうか？」

「いえ、違います。それもあるかもしれませんが、二課が隠したがっているのは、捜査情報の漏洩です」

深沢は特徴的なギョロ目をさらに大きく見開いた。

「情報漏洩だと。それは、どういうことなんだ。詳しく話してくれ。場合によっては、私がきみらの捜査に協力できるかもしれん」

貴里子は迷った。警務部の深沢が動けば、二課の壁を切り崩せるかもしれない。悠衣とつきあっていた四人目の男の存在を確かめることの他に、尾美が持って行って返さない悠衣の手帳を返却させることも、深沢ならば可能ではないか。

しかし、この男をこうして前にしていると、信用するのはいかにも危ないと思えてならなかった。何をどう利用するか、油断がならない。

「どうなんだね、貴里子君。黙っていては、わからんだろ」

広瀬が声を荒らげた。苛立ちを隠しもせず、左膝が行儀悪く小刻みに揺れている。

――悠衣ならば、どうするだろう。

貴里子はふと、そう考えている自分に気がついた。

そうだ。自分は刑事として迷った時、いつでも心のどこかでこう考えていた。――悠衣ならば、と。

だが、それはあり得ない問いかけなのか。

教えを受け、目標にしてきたような女刑事は、フィアンセの死とともに消え失《う》せてしまったのかもしれない。その後は、つまらない男たちとその場限りの関係を続け、いつかしら情報漏洩にすら関わるようになっていたような情けない女がいただけだ。

いや、違う。彼女は踏みとどまり、最後までひとりでホシを追い続けた。

「広瀬君、それは不快だよ。貧乏揺すりはやめてくれないか」

深沢に指摘され、広瀬は慌てて掌で自分の膝を押さえつけた。

深沢はゆっくりと貴里子に顔を戻した。

「どうだろうね、村井君。この私ならば、二課の手の内を探れると思うんだ。連中は、溝端刑事が情報を漏洩していると踏んだ。そして、それを隠蔽しにかかっている。そうなのかね」

「違います。情報を漏洩していたのは、溝端さんじゃありません。おそらく彼女は、利用されただけです」

「では、情報漏洩の張本人は？」

「わかりません。それを今、追っているところです」

「携帯の通話記録が残っていたうちの誰かということではないのかね」

「いいえ、そうではありません」

「その点については、今までのきみたちの捜査で確認が取れたと理解していいんだね」

「そうです」

「――つまり、彼女の男絡みで情報が漏れていたとすると、四人目がいるということか」

深沢は手許に目を落として呟いた。

その口調には、悠衣に対する蔑《さげす》みが感じられ、貴里子は何も応えなかった。

「二課は四人目の男の存在に気づいていて、それを隠しているときみは考えているのか？」

「その可能性があります」

「なぜ？」

「たぶん、身内の誰かだからです」

「だから庇っていると言うんだね」

そう言いながら目顔で頷く深沢を見て、知った。この男は、元々似たようなことを考えていたらしい。

「それが誰か、きみのほうで特定できたら、すぐに私に報せてくれたまえ」

「知る手があります」

「何だね？」

「二課の尾美管理官が持っていって返さない、溝端刑事の手帳です」

「ああ、手帳の件なら、広瀬君からも聞いたよ。きみとふたりで大分抵抗したそうだが、尾美管理官に押し切られたそうだね」

「はい」と貴里子は広瀬のほうを見ないようにして答えた。尾美が乗り込んできた時、広瀬は署長として何の抵抗をすることもなく、大切な手がかりである手帳を渡してしまったのだ。

「手帳のことは、心配するな。私が二課から回収するつもりだ」

「ほんとですか」

「警務部の正式な内部調査だよ。嫌とは言わせんさ。だから、きみももう手帳のことは考えんでいい。その他の線から、溝端刑事の四番目の男、すなわち内部情報を外部に漏らしたと疑われる人間が浮上した時には、私のほうに報告するんだ。いいね」

貴里子は、手帳の回収は任せろと言われて緩めかけた頰を硬くした。

「すみません。仰る意味が、よくわからないのですが……?」

「貴里子君、きみは少し疲れているようだね。やはり、きみらしくないな。私は難しい話をしているつもりはないぞ。情報漏洩の捜査については、私のほうで進めると言っているんだ。溝端刑事の手帳は、その捜査の証拠として私が押収する」

体が震えるのを感じた。

それを悟られたくなくて、両手に力を込める。

「尾美さんに代わって、今度は警務部のあなたが手帳を押さえると仰るんですか」

怒りで声が震えるのは、とめられなかった。

「おいおい、村井君。誤解を招くような言い方はやめてくれ。私は、手帳を証拠として押収し、捜査を行うと言っているんだ。きみの言い方では、まるで押さえて隠蔽するように聞こえるじゃないか」

——狙いは何なのですか？

喉元まで出かかったそんな言葉を、貴里子は辛うじて呑み込んだ。

「この第四の男が、溝端刑事を殺害した可能性があります」

冷静になろうと努めつつ、言い返した。

「だから、何だね？」

「本人が手を下したのか、もしくは既に私たちの捜査で浮かび上がっている複数の暴力団のどこかに依頼したのかを含め、いずれにしろ溝端刑事がつきあっていた四人目の男を見つけることが、このヤマの本筋になるはずです」

「きみの言い分はわかった。だが、私は何も容疑者を捜すなと言ってるわけじゃないぞ。見つけたら、私に報告しろと言っているだけだ。この件は、うちで引き取る。これは決定事項だ」

「しかし――」

「察したまえ、村井君。もしも警察内部の人間が情報を外部に漏らしていた挙げ句、それに絡んだ同僚の刑事を殺害したとなれば、どんな騒ぎが起こると思うね。これは、分署のきみらに任せられる案件じゃない」

「警察スキャンダルを恐れ、私たちには立ち入らせないということですか」

「村井君、失礼じゃないか。口を慎みたまえ」

広瀬が怒りに顔を真っ赤にして立ち上がった。

「話は以上だ。下がって結構だよ」

深沢の声は、対照的に静かだった。

その静かな声にこそ、胸を深く抉《えぐ》られた気がした。

貴里子は俯き、腰を上げた。

唇を噛んでいた。これ以上何かを言い返せば、その時点で組織の一員としての自分は終わる。

「村井君、繰り返すが、内部情報を漏洩している容疑者が、きみのほうの捜査ではっきりした時には、必ず私に報せるんだぞ。これは、正式な命令だ。もしもきみのほうで余計な手出しをするようならば、それは命令違反と見なす」

深沢はドアに向かう貴里子をわざわざ呼びとめ、最後にもう一度念を押すことを忘れなかった。

一旦特捜の部屋に戻った。

怒りと敗北感が治まらず、このままの気持ちで捜査に戻りたくなかった。

尾美も深沢も、溝端悠衣の死にまつわるあれこれを、できるだけ隠蔽したがっているという意味では変わらない。同じ穴の狢《むじな》だ。女刑事の死それ自体には、大した注意を払っていないように感じられることも共通している。

いや、深沢の場合はただ隠蔽するだけではなく、この件をまた何らかの形で自分を利するカードに使うつもりではないのか。あの男は、何か狙っている。――本人を前にして得た直感が、今では確信と呼べるほどに強いものになっていた。

しかし、自分には何もできないのか。唯々諾々と従わなければ、命令違反になる。

貴里子は机の鍵《かぎ》の掛かる抽斗《ひきだし》に入れてあるたばこのパックを抜き出し、火をつけた。酔った時、ごくたまにメンソールたばこを喫う習慣がある程度だったが、ここにこうして大切に仕舞われているのは、ニコチンの強いセブンスターだった。

コーヒーを飲みながら、煙を肺の奥深くまで染み込ませた。

なぜ捜査が自由に進められないのか、歯痒い思いを追いやるには、何度もそうしなければならなかった。

携帯が鳴り、物思いが中断された。

ディスプレイに柴原の文字を確認し、貴里子はたばこを携帯用の灰皿に揉み消した。

「柴原です、手がかりがわかりましたよ」

通話ボタンを押して耳に運ぶと、意気込む声が聞こえてきた。

「何――？」

「漆田信二、通称ウルさんの居所ですよ」

一気に話し始めようとして、柴原ははっとしたらしかった。

「どうかしたんですか、チーフ。声が変ですよ。電話のまずいシチュエイションですか？」

「いいえ、何でもないの。続けてちょうだい。ウルさんはどこ？」

「横浜です。先々週まで、市民病院に入院してたとわかりました。ウルさん、結石持ちだったようですね。激痛で倒れ、担ぎ込まれたそうです」

「横浜にどんな縁があったのかしら。疑うわけじゃないけれど、確かに漆田信二本人で間違いないのかしら」

神奈川県は警視庁の管轄外だ。一刑事の柴原が、上司の許可なく捜査に出向くことはできない。電話で確認を取っただけで、まだ直接出向いたわけではないのだ。

「年格好が一致しますし、それに、看護師に、元々は新宿を塒《ねぐら》にしてたって話をしたそうです」

「ハマに流れた理由は？」

「それは、電話じゃわからなかったです。ただ、横浜に移ったのは、昨年の一月頃だったというのは、やはり看護師が覚えてました。これって、溝端刑事が亡くなった翌月ってことですよね」

偶然かもしれない。しかし、悠衣の転落死を目撃した結果、何らかの理由で新宿には居辛くなり、塒を横浜に移したとも考えられる。

いずれにしろ、漆田は、今のところ悠衣が死亡した時の様子を目撃した可能性のある唯一の人間だ。

「二週間前まで入院してたっていうと、その後の居所は？」

「電話では埒が明きませんでした。ですが、同室だった患者の誰かに何か話してるかもしれませんし、横浜のドヤを当たれば見つかるかもしれません。出張の許可をいただけますか？」

柴原の声には張りがあった。

「もちろんよ。すぐに飛んでちょうだい。ヒラさんは、漆田と面識があるわ。彼は今、カシワさんとふたりで、助川組の花輪に目を光らせているけれど、どうやら私と幹さんで助川のほうを押さえられそうなの。ヒラさんと合流し、なんとしても漆田を見つけ出して」

「わかりました」

「いい、もしも漆田が溝端さんの鞄から何か盗んでいても、それは不問に付すという条件を提示しても構わない。だから、彼女が何を持っていたか、詳しく訊き出して欲しいの。亡くなる前の溝端さんが、精神安定剤を常用してたという情報が入ったのよ。それと、彼が転落する溝端さんを目撃していないかどうかも、慎重に確認して」

「はい、大丈夫です」

貴里子は、電話を切ろうとする柴原を呼びとめた。

「待って、ヒロさん。よくやったわ」

「チーフ、誉《ほ》めるのは、ウルさんを見つけ出してからにしてくださいよ」

今度の口調はどことなく照れ臭げで、そして、誇らしげでもあった。

署の表階段を降りたところで、足をとめた。

駐車場に停まった公用車の脇に深沢が立ち、こっちを見ていた。待ち受けていたのだ。

――まだこの上、いったい何の話があるというのか。

貴里子は挑むような気持ちで近づいた。

「僅《わず》かな間に、きみも頼もしくなったね」

深沢は言い、大仰に微笑んだ。

「沖君たち、強者《つわもの》を部下に持ったせいかな」

貴里子は何と応じればいいかわからず、口を噤んだ。

「広瀬君のことは気にするな。彼は、ああいう男だよ」

そう言われ、深沢を見つめ返した。広瀬の何倍も扱いにくい相手だ。それに、何倍もの警戒が必要なはずだ。

「どういった御用でしょうか？」貴里子は静かに訊いた。

「まあまあ、そう話を急ぐな。広瀬君もいずれ異動する。次は、きみという目も充分にある。いや、むしろ、私はそうなって当然だと思っているんだよ」

「何のことを言ってるんです？」

「署長に決まってるじゃないか。きみの年齢で新宿のような難しい街を管轄する署の女署長になれば、大抜擢《だいばってき》だ。この先のキャリアにも、大きく箔《はく》がつく。違うかね。ましてやK・S・Pは上層部の肝いりで始まった分署だ。そこの署長に収まれば、きみも大きく注目を集めるぞ」

「――――」

貴里子は地雷原を前にしたような危うさを感じた。

迂闊《うかつ》に足を踏み出せば、ドカンといく。

「私はね、きみのことを買っているんだよ」

耳元で囁かれ、背筋がぞくっとした。何か言い返してやりたいのを堪え、しばらくは様子を見ることにした。

「ありがとうございます。それは、人事二課長の正式なお言葉と受け取って宜しいんですか？」

貴里子は自分が鼻先に突きつけられたニンジンに興味を持っているように見えることを祈りつつ、実際には別の点に興味を持っていた。

——深沢が自分を懐柔しようとするのはなぜだ。

——この男の目的は、いったい何だろう。

「私はいい加減なことを言う人間じゃないさ」

深沢は頷き、ゆったりとした笑みを浮かべた。「だから、馬鹿なことを考えたり、いつまでもどうでもいいようなことにこだわり続けるのはやめたまえ」

「何のことを仰っているのか、わかりませんが」

突っ慳貪な口調になってしまう貴里子を、深沢は静かに見つめた。

「わからんわけがなかろう。円谷君は、容疑者を狙って違法な発砲を行った。溝端刑事は、情報漏洩に荷担していた。ともに、きみが肩入れするような相手じゃない」

「溝端さんは、私が刑事になった時の指導員でした。それに、円谷は優秀な刑事です。彼を失うことは、大きな損失だと思います」

無駄だと思いつつ、つい言い返した。

「だが、彼は間違いを犯した」

「刑事を辞めなければならないほどの間違いでしょうか」

「ホシを狙って物陰から発砲したんだよ。当然だろ」

「彼を辞めさせるのは、他の狙いがあってのことじゃないんですか？」

こんなやりとりを始めてしまったことを後悔した。話したところで、何も変わらない。

「きみは何を言っているんだね」

案の定、深沢は貴里子の表情を窺うような目になり、慎重に訊いてきた。

「深沢さんは、この分署を廃止に追い込もうとしているという噂を聞きました」

深沢は僅かに表情を動かしたが、すぐに失笑を漏らした。

「おいおい、そんな噂を、いつ誰から訊いたんだね。そうか、それでそんな顔をしていたんだね。だが、安心したまえ。廃止するつもりの署の署長に、きみを推すわけがなかろうが」

「じゃあ、K・S・Pを廃止するような動きはないんですね」

「そんなもの、ありはしないよ。生まれてまだ二年目の分署を封鎖するなど、あり得ないだろ。私は何も知らないし、もちろんそんな画策に関わってなどいない。だが、仮にだよ。もしも仮に、どこかでそんな画策があり、きみがそれに対して異を唱えたいならば、やはり署長になることだろ。違うかね。きみが、この分署の成績を引き上げればいい。ここを潰したいと思っているような連中にも、有無を言わせないような実績を上げれば良いんだ。そして、それを踏み台にして本庁に来たまえ。女性のキャリアは、まだまだ数が少ない。きみはチャンスに恵まれてるんだよ。わかるだろ。そして、それこそがきみのなすべき仕事だ。不祥事をしでかした部下や同僚に肩入れし、そんなことのために自分のキャリアを地に落とすんじゃない」

「――――」

深沢は貴里子の顔を覗き込み、にんまりした。

「署長室での私との会話に不服なのは、手に取るようにわかった。なぜ自由に捜査ができないのかと、苛立っていたんじゃないのかね。だが、はっきり言うぞ。そんな不満を押しやるには、出世するしかない。それ以外には手はないんだ。ちょっとこっちに来たまえ」

深沢は貴里子を手招きし、駐車場の端の欅《けやき》の下へと連れて行った。

「知ってるね。これは、私が植えさせたものだ」

「ええ、もちろん存じてます」と、貴里子は応じた。

深沢がK・S・Pに新署長として赴任した朝、署の玄関先に当たるこの場所で、狙撃《そげき》事件があった。

狙撃犯に撃たれ、三人の警官が命を落とした。

うちのひとりは容疑者を連行中の刑事だったが、あとの二人は、深沢がろくろく状況を確かめようともせずに命令を出したことで、狙撃犯から狙い撃たれたのだ。

「命を落とした警官たちのことは、決して忘れたことがない。これは、私が自分を戒めるために植えたんだ」

貴里子はこの発言に鼻白んだ。殉職した警官の遺族たちは、慰霊碑の建立を望んだが、それを深沢が巧みに立ち回ることで、いつの間にやら分署前の緑化に話をすり替えてしまったというのが専《もっぱ》らの噂だ。

「私はね、貴里子君。部下に好かれようと思って仕事をしたことは、一度もないんだ。だからこそ、警察に多くの貢献ができたし、そして、今、この役職にいるとも思っている」

「――――」

「きみは優秀な刑事だよ。だから、ひとつ忠告するぞ。警官としての資質が問われているような部下や同僚に、必要以上にこだわるのはやめたまえ。きみの仕事は、そんなことではないはずだ。貴里子君、のし上がるんだよ。きみがどう考えようと、警察は組織だ。きみがその手で理想の捜査を行うことを追い求めたいなら、澄んだ水だけ飲んでいようとしては駄目だ。苦い水も、汚れ水も、たとえ反吐《へど》が出そうな気がしてもすまして飲み干すんだ。ホシを追うだけが刑事の仕事じゃないよ。それで済むのは、沖君のようなノンキャリの兵隊だけだ。だがね、我々は違うんだよ。のし上がりたまえ。それが、キャリアであるきみの務めだ。今のきみは、私の言うことが気に入らないかもしれん。だがね、これから十年仕事を続ければ、わかる。きみ自身が上に行かなければ、何も変わらないとね。しかし、十年後に気づいたところで、遅いんだよ。そのことだけ、どうしてもきみに言っておきたかった。上を目指したまえ、貴里子君」

深沢はそう言って話を切り上げ、公用車に戻って遠ざかった。

大久保通りの車の波へと消える車影を見送り、貴里子はもう一度考えた。深沢の狙いは何だ。何のためにここで自分を待ち受け、こんな話を聞かせたのだろう。

だが、狙いが何であれ、ひとつだけははっきりしていた。

——深沢が口にしたのは、正論だ。

自分が上に行かない限り、状況は何も変わらない。

7

「神竜会の枝沢の通話記録か。今日の分だけでいいんだな」

話を聞いた平松は、電話の向こうで沖の言葉を反復した。

「ああ、携帯の受信記録だけでいい。その中に、円谷の懲戒審査委員会が週明けに決まったと、やつに御注進した野郎がいるはずだ。例のツテで調べて、教えてくれ」

沖は物陰からマリオン前の人混みに目を光らせながら、低く抑えた声で言った。

ここへ来る前、馴染《なじ》みの情報屋の許《もと》を回っていたので、時刻はあと十分ほどで七時になろうとしていたが、貴里子はまだ来ていなかった。署長の広瀬とやり合っているのかもしれない。

助川の姿もまだなかった。

通話記録を正式に取り寄せるには、当然ながら捜査令状が要る。捜査令状を請求するには、どうしても貴里子に話を通さねばならない。だが、この件に関しては、彼女に打ち明けるわけにはいかなかった。あの女を巻き込みたくない。

それで平松に頼むことにしたのだ。やつは数ヶ月前から電話会社の女性社員と親しくなり、時にはこういった融通を利かせて貰える間柄になっていた。

「島村じゃないんだな？」平松が訊いた。

「ああ、やつじゃない。あいつはもう懲りてるよ。別の誰かだ。枝沢の野郎、俺に脅しの電話をかけて来た。だがな、それが勇み足だってことを思い知らせてやる」

それが枝沢の電話を受けしばらくして、沖が出した結論だった。

嫌な匂いのする相手だし、口ぶりからして、沖たちが前の筆頭幹部だった西江一成を脅しつけていたことにも薄々気づいている節が感じられる。迂闊に動けば、こっちが足を掬《すく》われかねないだろう。

だが、躊躇っている余裕はない。

「なあ、幹さん」平松が言った。「だが、それでどうするんだ?」

「俺に任せとけ」

「――だけど、懲戒審査委員会の日程までもう決まったんだぜ」

「だから、どうした。まだ打つ手はあるはずだ」

平松は一瞬、言葉に詰まったような感じで黙り込んだ。沖にもまだ確たる手段など見つかっていないことを感じ取ったにちがいない。

「ヒラ、俺たちはチームだ。そうだろ。こんなつまらねえ形で、円谷を辞めさせてたまるか。必ず懲戒を覆してやる」

「ああ、そうだな。わかったよ。通話記録がはっきりしたら、連絡をする」

平松はそう応じたあと、少し前に柴原から連絡が入り、漆田が横浜にいるらしいと判明した、貴里子の命令で、これからふたりで向かうところだと告げた。

漆田信二が見つかれば、溝端悠衣が亡くなった時の状況が詳しくわかるかもしれない。

「他に、何か俺にできることはないか?」

その後、改めてそう訊いてきた。

「いや、今はそれだけだ。連絡を待ってるぜ」

沖は答えて、電話を切った。

マリオンの時計は、毎時間毎に左右に開き、中から出てきた人形が、メロディーとともに踊る仕掛けになっている。晴海通りに面した時計前の広場は、待ち合わせに利用する人間たちと、そんな仕掛け時計を見物する人間たちとでごった返していた。

人混みに貴里子を見つけ、沖は小さく合図を送った。

こういった場所の張り込みで陣取る場所は決まっている。そんな場所に順に視線を飛ばした貴里子は、じきに沖に気がついた。

「ごめんなさい、署でちょっと手間取ってしまって」

走り寄り、小声で言った。

「署長とやり合いましたか？」

「ええ、ちょっとね。それに、深沢さんも来ていたの」

「深沢が……。何でです？」

「尾美管理官が持っていった溝端さんの手帳は、今後は警務部の手に渡りそうよ。内部情報を漏らしていた容疑者がわかっても、直接手出しはしないようにと釘を刺されたわ」

貴里子は沖の目を見ないようにして、口早に答えた。

怒りを抑え込んでいる様子が見て取れる。

「――もしもそいつが、溝端さんを殺害してたとしてもですか？」

「ええ、そうよ」

「スキャンダルを恐れてるってわけか」

吐き捨てるように言う沖の口元辺りに、貴里子はちらっと目をやった。

「それもあるかもしれないけれど、もっと何か奥があるのかもしれない」

「どういうことです？」

「私の勘に過ぎない。ごめんなさい、今はこの話はよしましょう。ヒラさんから連絡があった。漆田が横浜にいるそうよ。ヒロさんとふたりで向かって貰ったわ」

貴里子はそう話題を切り替えた。怒りが深く、今は話す気分にならないらしい。

「ええ、今、俺も平松から聞きましたよ。漆田が、何か見てるといいですね」

七時になった。

メロディーが流れ、時計が動き始める。

広場の誰もがそれを見上げる中に、男がひとり足早に現れた。

助川だった。

まだ、野口志穂のほうは現れていない。

「志穂が来る前に押さえましょう」

小声で言って歩み出そうとする沖を、貴里子がとめた。

「ちょっと待って。何か様子が変よ」

助川はきょろきょろと周囲を見回していた。

そのうちに携帯電話を抜き出してどこかにかけ、やりとりを始めた。

やりとりは二、三分で終わった。

志穂が姿を現さないまま、時刻は七時十分に、そしてやがて十五分になった。

助川がマリオンの時計前広場を横切り、タクシー乗り場に向かおうとするのに気づき、物陰から様子を窺っていた沖と貴里子は急いで走り寄った。

近づく足音に気づいた助川がこっちを振り向き、微かに眉間に皺を寄せた。

「野口志穂さんと待ち合わせてんだろ。彼女が現れないうちに、どこへ行くつもりだ？」

沖が吐きつける。

助川は顔を背けた。

「放っておいてくれ。あんたら、暇だな。なんでこんなところにいるんだよ」

「放っておくわけにはいかんな。おまえに話がある」

「またにしてくれ」

「そうはいかんよ。どうしても拒むなら、こっちも力尽《ず》くになるぜ」

「志穂が消えたんだ」

助川は沖を睨むように見つめ、言葉を押し被《かぶ》せるように言った。

この男にしては珍しく落ち着きがなかった。

「消えたとは、どういうことだ？」

沖はちらっと貴里子と顔を見合わせてから訊いた。

「彼女が昔勤めてた花屋の女主人から、少し前に電話が来た。俺も知ってる女でな。今日、夜は俺と会って飯を食う約束があることも話してたらしい。その前に、その店を訪ねると言ってたのが、現れないままでこんな時間になったので、心配して俺んところに電話をしてきたんだ」

「待て待て。その店主でも、おまえでも、野口さんの携帯には連絡してみたのか？」

「無論したさ。店主がかけたが、電源が切ってあるってことだった。俺も電話を貰ったあとかけたら、確かに切れてる」

「だけどな、なんで彼女が行方不明になるんだ。もうちょっと待ってみようぜ。遅れて来るかもしれんだろ」

「昔の店を訪ねなかったのは、なんでだ。約束を破るような女じゃないし、もしも何かよんどころない事情がある時には、必ず連絡をしてるはずだ。それに――」

と言いかけ、助川は慌てて口を閉じた。

何か言いたくない話があるらしい。

「それに、何だよ？　助川、おまえはここから車でどこへ向かうつもりだったんだ。さっき、どこに電話してた？」

「志穂の携帯だよ」

「嘘をつけ。それは花屋から連絡が来たあとの話だろ。おまえが今かけてたのは、どっか別のとこだな」

「――――」

「正直に話せ、助川。もしもほんとに野口さんの身に何かが起こったのだとしたら、おまえひとりじゃ手に負えねえぞ」

その言葉が心を動かしたらしい。

「別れたかみさんに電話して、瑠奈が今暮らす住所を調べてくれと頼んだんだ。浅草らしいとは聞いたので、先に移動してるつもりだった」

「だが、そこを訪ねてどうするんだ?」

「決まってるだろ、志穂のことを訊く。あの娘が瑠奈に会いに行ったのはわかってるんだ」

沖は思案し、口を開いた。

「俺は昼間、野口志穂に会ったと言っただろ。瑠奈の暮らす貸しマンションの近くで出くわしたんだよ。彼女をマンションに案内してやったのは、俺たちだ。だが、瑠奈は留守だった。今からそこを訪ねたところで、何がわかるわけでもあるまい」

「瑠奈が戻ってるかもしれないだろ」

「瑠奈とはもうとっくに別れてたらどうする。行く先など、何も知らんかもしれないぞ」

「とにかく俺は、瑠奈を摑まえる必要があるんだ」

沖は助川の言い方に、この男がまだ何か隠しているのを感じた。瑠奈の携帯番号ならば、彼女と藤浦が働く吉原のソープで確かめればわかるはずだ。だが、それを隠したままで、もう少し押すことにした。

「助川、おまえらしくねえぞ。少し落ち着け。もう一回訊くぞ。おまえはなんでそんなに志穂の身を案じてるんだ。まだ何か話してないことがあるだろ。もしかして、問題は志穂じゃなくて瑠奈なのか？」

「――両方だよ」

「なぜ神尾瑠奈のことを気にする？」

助川は目を逸らした。答えるべきかどうかを考えている。

「助川」

「昔、ちょっと面倒を見たことがある野郎が報せてきたんだが、花輪の手下が、藤浦と瑠奈のふたりを探し回ってるらしい。もしかしたら、志穂もそれに巻き込まれたのかもしれん」

「花輪がなんで藤浦と瑠奈のふたりを探し回ってる。理由は何だ？」

「それはわからん」

「おい、助川よ」

「ほんとだよ。まだ見当がつかん」

無意識だろう、助川は「まだ」という言葉を使った。探ろうとしているということだ。それで信じることにした。

「志穂が巻き込まれたと考えるわけは？」

「ない。だがな、極道で上にいると、勘働きがよくなるんだ。それだけは、今も変わらねえ。虫の知らせってやつだ。何か嫌な予感がするんだよ。さっきも言ったが、あの娘は、連絡もなしで約束をすっぽかすようなことはしない。花屋にも現れず、ここにも来ないのは、きっと何かが起こったからだ」

「藤浦慶の携帯番号がわかるわ」

ずっと黙って沖と助川のやりとりを聞いていた貴里子が、初めて口を開いて言った。

携帯と手帳を抜き出し、番号を押す。

だが、すぐに携帯を耳元から離した。

「だめ、電源が切られている」

「なんでデカさんが藤浦の携帯番号を知ってるんだ？」

助川が訊いた。

答えたものかどうか、沖は貴里子の判断を待つつもりで視線をやった。

「今日、藤浦を引っ張って取り調べたわ」

貴里子が自分で答えた。

「何の件でだ?」

「それは言えない」

助川は暗い目で貴里子を見つめた。

「花輪が藤浦たちを探させてるのは、野郎が警察で何かつまらねえことを喋ってねえかどうか、取っ捕まえて確かめる腹かもしれんな」

そんな目のまま、呟くように言った。

沖も貴里子も何も答えなかった。ただそれだけならば、瑠奈まで探す必要はないはずだ。志穂が巻き込まれることもあるまい。

沖は携帯を抜き出し、瑠奈と藤浦が働く店の番号を押した。

すぐに電話は繋がった。営業トークを始めようとする男に、警察のものだと名乗り、「神尾瑠奈と話したい。今、いるか?」と訊くと、ろくろく返事もせず逃げるように電話口を離れた。

「もしもし、電話を替わりました」

じきに聞き覚えのある声がした。

店を訪ねた時、藤浦と一緒にいた五十年輩の男だ。この男が店長らしい。

「さっきは騒がせて悪かったな。瑠奈と話したいんだが、まだいるか?」

「ああ、さっきの刑事さんですか。瑠奈は、もう帰りましたよ」

「仕事もしねえでか。これからが稼ぎ時じゃねえか」

「ええ、でも、帰ったんです」

「いつ帰ったんだ？」

「刑事さんが訪ねて来たあと、じきでした」

「藤浦はどうした？」

「――いや、やつはあの後は顔を出してないですが」

「藤浦に呼ばれて帰ったのかい？」

「さあ、どうでしょうね。私はちょっと。申し訳ないんですけれど、はっきりとは」

相手の口調にある種の緊張を嗅《か》ぎ取った沖は、そうやって根掘り葉掘り質問を続けながら、虚をつくタイミングを測っていた。

「そういや、瑠奈を訪ねて若い女がそっちに行っただろ」

吐きつけると、店長は「えっ」と声を漏らした。

「こんなとこに、若い女の客などあるわけがないじゃないですか。刑事さん、馬鹿なことを言わないでください」

その通りだ。だが、それでも確信した。野口志穂は、神尾瑠奈に会いに行ったのだ。そして、そこで何かが起こった。

沖は礼を言い、瑠奈や藤浦から何か連絡があったら報せて欲しいと頼んで電話を切った。

「野口志穂は、瑠奈と藤浦が勤めてる吉原のソープを訪ねてるな。だが、店長は口を噤んで喋ろうとしない。これから直接出向くぞ」

助川に言った。

「藤浦の野郎、瑠奈をソープに沈めてやがったか。あの界隈《かいわい》なら、うちの組の息がかかってる。店長が何も喋ろうとしねえのは、たぶん、組から瑠奈たちのことはサツに喋るなと押さえが入ってるからだ」

「でも、待って」貴里子が言った。「野口志穂は、瑠奈がそこで働いてるとどうやって知ったの？　確か、瑠奈が一緒に暮らす母親は、彼女がどこで働いてるか知らなかったはずでしょ」

沖にはもうその答えはわかっていた。

志穂と会った時、平松が瑠奈たちの部屋があるビルの一階に入った焼鳥屋で、神尾瑠奈の勤め先を訊き出してきた。志穂はそれを遠目に見ていて、自分も同じことをしたにちがいない。

店長は、沖の顔を見て顔を顰めかけたが、その隣に並んだ助川を見るとはっとして居住まいを正した。

「これは、組長。御無沙汰《ごぶさた》してました。あの節は、色々とお世話になりまして」

と丁寧に礼を述べて深く腰を屈めた。

恐れ忌み嫌いつつ遜《へりくだ》る人間の態度ではなかった。それで助川がこういう商売の人間とどんな風に接するヤクザだったのか、沖にも薄々見当がついた。

助川は苦笑した。

「組長はやめてくれよ。聞いてるかもしれんが、この通り、今は出家の身だ」

そう言いながら、剃《そ》り上げた頭を平手で擦る。

沖は店長がそんな助川からこっちのスキンヘッドへと視線を移すのに気づき、気づかぬ振りをした。

「時間は取らせねえ。天野さん。だから、ちょっとそこで話させて貰っていいかい？」

助川は相手の苗字を呼び、女たちが屯《たむろ》する隣の小部屋を顎で指し示した。

天野と呼ばれた店長は、困惑を表情に滲《にじ》ませたが、同時にそれを押し隠そうとする努力も見えた。

「ええ、どうぞ。汚えとこですが、お入りになってください」

沖と貴里子は、助川に続いて小部屋へと歩いた。

貴里子はいくらか表情を硬くしていた。大部屋に屯した女たちが、視線の端に彼女を捉《とら》え、敵意を抱いているのを感じるのだ。

小部屋に入ると、助川と天野が粗末な応接ソファに坐り、沖と貴里子はドアの脇に立った。二人しか坐る余裕がない。話を訊くのは助川に任せると、予めそう申し合わせていた。

沖がそっとドアを閉めるのを待って、助川は徐《おもむろ》に口を開いた。

「天野さん、俺がここに来た理由はわかってるだろ。何か知ってるなら、聞かせてくれ。この通りだ。もしかして、あんた、花輪に気を遣って、このデカさんたちにゃ何も話さないようにしてるんじゃねえのか。もしもそうなら、野郎のことは気にするな」

助川に頭を下げられ、天野はいよいよ戸惑いを露わにした。

「ここに若い娘が訪ねて来たな」

助川はそう畳みかけた。

「――ええ、来ました。最初は瑠奈の携帯に電話があったんです。で、どっか近所で会おうって誘われてたみたいでした。でも、拒んだんですよ。あんたになんか何の用もないみたいに、声を荒らげてね。それで終わったと思ったら、驚いたことにまあ、ここを訪ねて来たんです」

「それは、どんな娘だったんだ?」

との問いかけに答えて天野が告げた特徴は、野口志穂に一致した。

「いつのことだい?」助川が訊く。

「電話があったのは、その刑事さんが連れてここを出た瑠奈が戻ってきてから間もなくでしたよ。でも、娘がここに来たのは、今から二時間前ぐらいだったかな」

瑠奈の携帯の番号は、部屋にいた母親から聞いたにちがいない。

「その時、藤浦もやはりここに戻ってたんですか？」

貴里子が口を出して訊いた。

「ええ、ちょうどやつが戻って間もない頃でした」

助川は戸口に立つ沖と貴里子に視線を投げてから、上半身を天野のほうへと突き出した。

「なあ、天野さん、あんたを責めるつもりなどねえから、正直に答えてくれ。あんた、組から、藤浦が戻ったら報せるようにと言われたんじゃねえのか？」

天野は鋳型にでも塡《は》められたみたいに体を硬くし、頷いた。

「ええ、そう言われてました」

「で、あんたは連絡をした。そして、組の人間が三人を連れてった。そういうことだな」

助川にそう指摘されると、今度は猛烈な勢いで首を振った。

「違う。それは違います、助川さん。藤浦と瑠奈は、その娘を連れて出て行ってしまったんです。仕方なく俺は、そのことだけ正直に組に伝えました」

「娘を連れて出て行った時、瑠奈たちはどんな様子だったんだ？」

今度は沖が口を挟んで訊いた。

「いや、俺はよくわからんのですよ。あっと思った時には、もう出て行ってしまったあとでしてね。あんた、こんなとこへ何しに来たんだいって、瑠奈がそう怒鳴る声は聞こえたんですが、それが、何で一緒にここを出ることになったのか――」

「あんたに何も言わずに帰ったのか？」

「いや、一応は断りに来ました。瑠奈がこの部屋に来て、藤浦ともども早退させてくれって言ったんです。その時、藤浦とその娘はもう表に出たあとでした」

「その時の瑠奈の態度は？」

「慌ててましたよ。それに、今から思うと、ちょっと顔が青かったような……」

「他の女たちなら、もっと詳しく知ってるかもしれんな」

沖がそう言って部屋を出ようとすると、助川が素早くそれを制した。

「待ってくれ、沖さん。あんたとそっちの女刑事さんは、ここを一足先に出ててくれねえか」

「何だと？」

「わかってるだろ。この商売の女は、扱いが難しいぜ。ましてや、女の刑事さんにゃ、最初から構えてかかる。少し先に、昔っからやってるサ店がある。古い日本家屋だ。すぐわかる。そこで待っててくれ。あんたらがしゃしゃり出ないほうがいい」


十分とかからなかった。

仕舞屋《しもたや》風の喫茶店でコーヒーを飲んでいると、助川が現れた。ここの店主とも顔見知りのようで、ドアを開けるとすぐに「コーヒー」と声をかけ、空いた店内を横切ってテーブルに寄ってきた。

「どうも妙なことになってきたぜ」坐るなり、顔を寄せて小声で話し始めた。「女のひとりが目撃してたんだがな、どうやらこの件に関しちゃ、花輪は無関係だ。志穂を無理やり拉致《らち》してるのは、藤浦と瑠奈のふたりらしい」

助川は「拉致」という言葉を躊躇いなく使った。

「拉致したってのは、確かなのか？　どんな話を聞いたんだ？」

沖が訊く。

「店の近くから車に乗せて連れ去るのを、たまたま女がひとり目撃してた」

「志穂は嫌がってたのか？」

「――ああ、抵抗してたそうだ。それに、聞いた話を繋ぐと、志穂を無理やり連れ回してるとしか思えんよ。店を訪ねてきた志穂に、最初は瑠奈はけんもほろろの応対をし、すぐに追い返そうとしたってのはさっき聞いたろ。折悪《おりあ》しくそこに藤浦が戻ってきて、どうも悪知恵を授けたようだな」

助川はそこまで話すと、一旦躊躇うように口を閉じた。

「ここの女たちも言ってたが、藤浦にゃ、博打《ばくち》の借金があちこちにあるらしいじゃねえか。

どうせサツでも摑んでるんだろ」

「ああ、それは俺らも知ってたよ」沖は頷き、すぐに訊き返した。「じゃあ、その借金を返すために、志穂の金を引き出すつもりだというのか？」

志穂の元には、江草徹平の保険金がある。

そして、そのことを、瑠奈と藤浦のふたりは知っているはずだ。

「——別れたかみさんから聞いたんだが、志穂のやつは、どうやらその借金のことを知ってたようだ」

助川が言った。

少し間を置き、続けた。

「それに、実を言うとな、電話で俺にも、漠然とだが、瑠奈が困っている噂を聞いたので放っておけない。だから、故郷に帰る前に一度ちゃんと会っておきたいと、瑠奈に会う理由をそう話してたんだ」

「だけど、待って。藤浦がだめな男だってことは、私もわかってる。でも、神尾瑠奈は、かつて江草徹平とつきあってたのよ」

貴里子が言った。

「だから、何だ？　何が言いたい？」

「そんな女が、金を目当てに、やっぱり彼とつきあっていた女を酷《ひど》い目に遭わせるかしら。

まして、好きだった男の保険金を奪い取ろうなんて……」

　助川は鼻でせせら笑った。

「女刑事さん、あんた、いい女だな。だが、あんたはまだ女のほんとの辛さってもんを知らねえようだ。惚《ほ》れた男のためなら、苦界《くがい》に身を沈めもするし、犯罪にだって手を貸す。それが女の性《さが》ってもんじゃねえかい、刑事さん」

「私は女の性の話をしてるんじゃないの。誇りの話をしてるのよ」

　貴里子がぴしゃりと言い返すと、助川は唇から薄笑いを消して引き結んだ。

　コーヒーカップを盆に載せた店主が、テーブルの間を近づいてきた。

　かなりの老齢に見え、足取りもどこかぎごちない。だが、この男の手によるコーヒーがとびきり美味《うま》いことは、沖も貴里子も既に充分わかっていた。

「久しぶりですね。生きていらして、嬉しいですよ」

　自身が他人から言われたほうが適当に思えるようなことを助川に言いながら、テーブルにコーヒーカップを置いた。

　シュガーもクリームも盆に載ってはおらず、代わりに琥珀《こはく》色の液体を満たしたショットグラスがあった。

　それをコーヒーの隣に並べておくと、老人は軽く会釈をして去った。どうやらこれが、助川好みの飲み方らしい。

「だけど、私もあなたの言うことを否定はできないわ」

貴里子が話を再開した。

「すぐに野口志穂さんのカードの利用照会をしましょう。藤浦たちが、金目当てに彼女を拉致したのなら、この近くで預金を下ろすか、彼女のカードでローンを組むかしてるはずよ」

沖が頷き、すぐに続けた。

「この時間じゃ、コンビニのATMでしょう。それと、ふたりが志穂を押し込めた車ですよ。連れ回すには、必ず車が必要だ。だが、借金を抱えてる藤浦が、自分の車を持ってるとは思えない」

「そうか、どっかで調達したんだな」

コーヒーカップを唇から離した助川が言った。ショットグラスの酒はコーヒーに注ぐことなく、そのままテーブルに残っていた。

沖は助川を見た。

「おい、助川。おまえはもう一度店に戻り、近くで誰か藤浦に車を貸しそうな野郎に見当がつかないか、女たちに訊いてくれ。野口志穂を表に連れ出し、例えばどっか近くで瑠奈が人生相談を持ちかけるような振りでもして引き止めてる間に、藤浦のほうが車を調達してきた。たぶん、そういうことだろう」

「そうか、で、調達先は近辺ってわけか。デカってのは、あんたのようなごり押しタイプに見えても、結構頭が回るんだな」

助川は余計な一言を口にすると、腰を上げかけた。

だが、すっと動きをとめてショットグラスを見つめた。

手を伸ばして指先で摘んだが、気が変わったらしく沖のほうにグラスを押した。

「沖さん、良かったら、あんた、飲め。ここの店主は、昔、俺が立ち寄ると、いつでもこうして一杯出してくれたんだ。安バーボンだが、俺の好きな銘柄をちゃんと知ってやがってな」

「酒をやめたのか？」

「やめるもんか。だが、今夜は飲まないほうがいい」

そう告げ、店を飛び出した。


数分後、店の入ったビルから出てきた助川は、そこに立つ沖を見つけて小走りで近づいた。

そして、「おい、わかったぞ」と、携帯で電話中の沖に囁いた。

沖のほうは、ここで助川を待ちつつ、付近のレンタカー・ショップに電話をしているところだった。藤浦が車を借り出していないことを確かめて礼を言い、携帯を切った。

「そこのNTT裏にあるラーメン屋の息子が、藤浦と博打友達で、よく連《つる》んでるそうだ。達也って名だ。やっぱり借金を抱え、今でも親の目を盗んじゃあ、レジの金をちょろまかしてるような半端者らしい。やつなら、小金と引き替えに車を貸すだろうとさ」

「よし、行ってみよう。案内してくれ」

ラーメン屋はすぐにわかった。

夕食にはもう遅い時刻に差し掛かっているが、店は結構繁昌《はんじょう》していた。いらっしゃいと威勢良く声をかけてくる夫婦者らしい初老の男女が、カウンターの中に立っている。

「達也君はいますか?」

カウンターの客たちの手前を考え、警察手帳を出さずに訊くと、ふたり揃って睨んできた。こっちはふたりとも頭を剃り上げている。何者なのかと訊かれるかと思ったが、夫婦ふたりはちらっと目を見交わしただけで、男のほうが答えた。

「上で酒でもかっ喰らってテレビを見てるか、いなけりゃ向かいのスナックだろうよ。二階にゃ、店の横から上がれる。勝手に見てくれ」

親が汗水垂らして働いてる時に、そんなことをしているのだとすれば、こんな捨て鉢な口調で吐き捨てられても仕方があるまい。

二階を確かめたが無人だったので、ラーメン屋の斜め向かいにあるスナックのドアを開けた。

大音響のカラオケが充満する店内をざっと見渡したあと、すぐ横のカウンターの中に立つ店の男に近づき、「達也はどいつだ？　向かいのラーメン屋の倅《せがれ》だ」と小声で訊いた。男が指差したのは、カラオケの機械のすぐ真横に陣取り、店の女の肩に馴れ馴れしく手を回して酒を飲んでいる茶髪の男だった。

並んで近づく沖と助川に気づき、一瞬ぎょっとしたらしい。それはこの男の両親と同様、ふたりの容姿からの反応だろう。

「ちょっと訊きたいことがある。表へ顔を貸せ」

目を逸らし、関わるまいとしている様子の達也に沖が吐きつけた。

「なんだよ、俺にゃあんたらに用なんかないぜ」と突っ張ったが、一睨みすると腰を上げ、すごすごと後ろからついてきた。

「ダチの藤浦に車を貸したな」

表の路地に出るなり振り向き、訊いた。

「車ァ」と語尾を伸ばしてから、「知らねえな」とそっぽを向く。

達也の胸元を、沖はいきなり摑み上げた。

「あんたら、何だよ。どこの組なんだ？」

「馬鹿野郎、警察だ。おまえ、藤浦が何の目的に車を使うか知ってて貸したんだろうな」

「何の目的って、何だよ?」

「野郎はおまえの車で今、女をひとり拉致してる。金を引き出した上で、女をどうするつもりか、わかってるのか、この野郎」

「馬鹿言え。ラチったなんて、作り話だろ……」

そっぽを向いて嘯《うそぶ》くが、既に声が震えていた。

「達也。時間が経てば経つほど、野郎の罪は嵩《かさ》むんだ。そうなりゃ、警察だって検事だって、逮捕者を増やしたくなる。おまえ、共犯でパクられたいのか」

「待ってくれよ、刑事さん。俺は何にも知らずに、ただ車を貸しただけだよ。急ぎの用ができたっていうんでさあ」

「やつはひとりでおまえんとこへ来たのか? それとも、連れがいたのか?」

「ひとりだよ。ほんとさ」

「車種と色、それにナンバーは?」

沖は達也が言うのを書き留めた。

「行き先について、野郎は何か言ったか?」

「いや、それは何も。ほんとだ」

「慌ててる時ってのは、土地鑑のある場所へ向かうもんだ」

助川が横から言うのに、沖は頷いた。

ふたりは達也に背中を向けた。

だが、二、三歩歩いたところで助川が足をとめた。

「ちょっと待ってくれ、沖さん」と言って、達也の元に戻る。

「おい、おまえも借金があるそうだな。藤浦と同じ所から借りてるのか？」

「──ああ、ダブってる線もある」

「おまえらが金を借りてる中で、最もやばい業者を教えろ」

「えっ、しかし……」

「大丈夫だよ。おまえから聞いたなんてわからんさ。金が入ったら、藤浦が真っ先に返しに行くと思えるのはどこだ？」

「寿《ことぶき》の《ユーアイ・ファイナンス》だよ。取り立てが半端じゃねえ。それに、後ろにゃ助川組がついてる。あすこと手を切れるなら、俺だって何でもやりてえぐらいさ」

助川組の名前が出て、助川はふっと息を吐き落とした。

「寿町のことだな？」と確かめる。

「ああ、そうだよ」

「親孝行をしろよ。馬鹿息子」

吐き捨て、相手の視線を拒むように背中を向けた。

近づいてくる助川を見て、沖は秘かに感心した。

金貸し業者を当たるという線は、うっかり見逃していた。だが、借金に困って野口志穂が持つ江草徹平の保険金に目をつけたのだとすれば、金を引き出した藤浦は、必ず金貸しの所へ向かうはずだ。しかも、締めつけのきつい業者を、真っ先に完済しようとするのは間違いない。闇金の取り立てのすさまじさは、経験したことのない人間の想像を絶する。

「俺がその業者は締める。あんたは、車の線を当たってくれ」

助川が言った。

沖は頭を振った。

「馬鹿野郎、冗談を言うな。一般人のおまえを、ひとりでそんなとこにやれるか。一緒に動くんだ。車についいちゃ、チーフに手配を頼む」

それに、一緒に行動し、この男から目を離さないようにする必要がある。

携帯を抜き出し、貴里子に報告を上げようとしたところで呼び出し音が鳴った。

貴里子だった。

「村井です。わかったわ、既に三台のATMから現金を引き出してる。そっちはどう、車は割れた?」

「わかりました」と応じ、沖は車種とナンバーを告げた。

「すぐにナンバーを手配するわ」

「それと、車を貸したダチから、藤浦が借金をしてる闇金業者を訊き出しました。浅草の寿町にある《ユーアイ・ファイナンス》ってとこで、バックには助川組がついてるようです」

「幹さん、藤浦たちが最後に金を引き出したのは、寿二丁目のコンビニにあるＡＴＭよ」

貴里子が幾分声を高めて言った。

藤浦たちは、金貸しに金を返しに行ったのだ。

「時間は？」

「三十分ほど前」

間に合うか。

――間に合ってくれ！

「俺たちは《ユーアイ・ファイナンス》に向かいます」

沖は携帯を切り、「行くぞ」と助川を促し、タクシーが捕まえられる大通りを目指して走り出した。

「藤浦が、金貸しの傍のＡＴＭで金を出してるんだな」

助川が訊く。

「ああ、そうだ」

「金貸しの電話番号を調べてくれ。俺が脅しつける。三十分前じゃ、今から駆けつけたところで間に合わんかもしれん」

「既に藤浦がそこに行って帰っちまってるなら、電話で脅しつけたところで、どうにもならねえだろ。それに、坊主がどうやって闇金業者を脅すつもりだ」

沖は吐き捨てるように言い、タクシーを停めた。

寿町まではほんの一走りだ。

《ユーアイ・ファイナンス》は、浅草通りから一本裏手に入った雑居ビルの二階にあった。この時間でも、事務所に煌々《こうこう》と灯りがある。

沖と助川は狭い階段を並んで上がり、磨《す》り硝子《ガラス》に店名の書かれたドアをノックもなしに開けた。

中には男がふたりいた。ともに三十代の前半で、ひとりはラフなジャケット姿で頭はスポーツ刈り、もうひとりはヨットパーカにジーンズ姿で、髪を真っ赤に染めていた。

「どっちが上司だ？」

沖が訊いた。

「人の事務所にノックもなしに入ってきて、いきなりそんな質問とは、お客さんたち、借金の申し込みじゃないですね」

スポーツ刈りのほうが言った。

沖はその男にずかずかと近づき、目の前に警察手帳を呈示した。

「警察だ。ここに藤浦が来たか？　おまえらにゃ一切手は出さん。だから、正直に答えろ」

スポーツ刈りと赤毛はちらちらと目を見交わした。

「顧客のことは話すなと言われてるんですよ。そういった捜査は、社長がいる時に出直して貰えませんか？」

また、スポーツ刈りのほうが言った。下手《したて》に出た喋り方ではあっても、ふてぶてしいことこの上ない。

前に出かかる助川の二の腕を、沖は慌てて強く握った。

タクシーの車内で既に、この先は余計な口を利くなと釘を刺していた。もしも相手を脅しつけるようなことを口にしたら、容赦なくぶち込むと言ってあったのだ。

助川は、沖をちらっと見て動きをとめた。

「簡単な質問だろ」沖はスポーツ刈りに吐きつけた。「藤浦は金を返しに来たのかどうかって訊いてるんだ。だが、答えないなら、おまえらを引っ張る。それで社長が喜ぶのか？」

スポーツ刈りと赤毛は、再び顔を見合わせた。

狼狽《ろうばい》が見て取れる。しかし、案外とその原因は、無言で相手を威圧している助川にあるのかもしれない。

「もう来て、帰りましたよ。ちょっと前です。二十分かそこらしか経ってない」

スポーツ刈りが答えるのを訊き、沖は思わず舌打ちした。やはり最寄りのＡＴＭで金を下ろし、真っ直ぐここに来たのだ。

「やつは借金を完済したんだな？」

「ええ、耳を揃えてね」

「いくらだ？」

「三百万ほどでした」

「ひとりで来たか？」

「ええ」

「くそ」突然助川が声を上げ、傍の机の脚を蹴りつけた。

スチール製の机がけたたましい音を立てる。

「だから俺が言ったんだ。さっき、わかった時点でこいつらに電話をして脅しつけてりゃ、引き止めることもできたのかもしれねえってのに。どうすんだよ、魚は網の目から逃げたんだぜ」

言い返そうとした沖は、内心、ぎょっとした。

助川の顔には、微笑みに似た表情が浮かんでいた。

いや、紛れもなく微笑んでいる。これが柏木の言っていた「仏の助川」の笑みだ。

「おい、おめえら。今から藤浦に電話しな」

青ざめたスポーツ刈りと赤毛に向き直り、助川は静かな声で言った。

「――電話して、どうするんです？」

「決まってるだろ、ここに呼びつけるんだよ」

「金はもう返してると言ったでしょ。呼びつける理由がない」

「理由はおまえが考えろ。一分だけやる」

「無茶言わんでくださいよ、あんた、ほんとに刑事なんですか？」

いつの間にか丁寧語を使い出しているのは、助川の放つ雰囲気に危険な匂いを感じているからだろう。

「俺は――」と言いかける助川を押し留め、沖は目を見つめて黙って首を振った。

ここは俺に任せろという言葉を視線に込めつつ、フル回転で頭を働かせていた。

なぜ藤浦は車を調達したのか、という点を改めて考えていたのだ。志穂を拉致するのに、車が必要だったのは確かだ。だが、やつが志穂と会った吉原からこの寿町は、大した距離じゃない。やつが咄嗟に車を調達したのは、目的地としてこんな近場ではなく、どこかもっと遠い所を思い浮かべたからではないのか。

そうか、藤浦は、車で志穂の故郷である群馬に向かうつもりだ。

そして、彼女の通帳から何からすべてを奪い、手にできる限りの金を入手する腹だ。

志穂が受け取り、店の開店資金のために蓄えておいた江草徹平の保険金を、藤浦と瑠奈のふたりはそっくり奪う気でいるのだ。

三人を群馬にやってはならない。

デカとしての経験からわかった。——志穂は、危険な状態にある。

藤浦はただの小悪党だし、瑠奈はそれに引きずられているだけだろう。しかし、金を手に入れるという現実的な欲望が心を占めた瞬間から、残虐性が表に剝《む》き出しになる。それが人間というものだ。

まして、野口志穂は、神尾瑠奈にとって、江草徹平を自分から奪った女なのだ。

本当に危険なのは、その点に対する嫉妬《しっと》や怒りが、瑠奈の中で大きく弾《はじ》けた時なのかもしれない。


歩き回っている分にはまだしも、一カ所にじっと立ちどまっていると、夜風が沁《し》みた。じきに体の芯が冷えてきた。そういえば、溝端悠衣の死体を発見した日は、春一番が吹き荒れていたのだ。だが、その後は寒さがぶり返したような日が続いている。

沖と助川のふたりは物陰に身を隠し、道の先にある《ユーアイ・ファイナンス》の入った雑居ビルの様子を窺っていた。

貴里子は応援を要請して配備した覆面パトカーの中で、全体の指揮を執っている。

結局、藤浦に車を貸した達也も抱き込んだ。刑事をひとりつけ、決して藤浦からの連絡に答えるなと厳命した上で、闇金業者に藤浦の携帯へ連絡させた。

そして、達也が飛んだので、やつの借金をすぐに払いに来いと脅しをかけさせたのだ。初め藤浦の携帯は電源が切ってあったが、二度三度と脅しを入れさせているうちに、向こうから連絡が来た。思った通り、電源を切ってはいても、時折留守電をチェックしていた。

藤浦が電話の向こうで泣き言を言っているのは聞かずともわかったが、闇金業者の脅しに屈するのに時間はかからず、三十分でこっちに来ると約束させられた。

その約束の時間に、そろそろなる。

闇金業者のオフィスにも刑事を張りつかせてあった。

藤浦たちが現れた時には、ビルに入る前に片をつけるつもりで、周囲には貴里子の指揮の下で大勢の刑事が張り込んでいる。

「瑠奈もパクることになるのか――？」

腕時計に目をやったのち、助川が訊いた。低く抑えた声だった。こうして陣取ってからずっと何も言おうとはせずにいた男が、最初に発した言葉だった。

沖は目を闇金業者が入ったビルへと戻してから言った。

「状況によるさ。野口志穂がどんな状態かが、一番心配だ」

「そうか、……そうだな」

「寺の住職にゃ、ちゃんと連絡を入れたのか？」

いきなり尋ねると、しばらく何も応えなかった。

「何と言やあいいんだよ」やがて、吐き捨てるように言った。「さんざん世話になったのに、顔を潰しちまった」

沖は今度はいくらか長く助川を見ていた。酸《す》いも甘いも嚙み分けた男だ。それなのに、性格のどこかは、今でもなお古臭い極道のままだ。言い訳をするより、黙って責めを負おうとする。

「正直に話して、詫《わ》びればいいだろ」

「――――」

「それとも、詫びきれないようなことをするつもりか？」

まだ何も応えようとはしない助川に、沖は突然大きな苛立ちを感じた。

「おい、助川」

「違う人生があったんじゃねえか。そう思ったんだよ」

「――何だ？」

「あんた、この間、寺を訪ねて来た時に、訊いたろ。なんで出家をしたんだと。俺はな、沖さん。てめえの息子の顔がわからなかったんだ。俺を慕い、名前を変えてこっそりと組に入っていたガキが、てめえの息子だってことに気づかなかった」

「組長が、一々下っ端の人間の顔など覚えまい」

助川は唇を微かに歪《ゆが》めて苦笑した。

「威勢の良い若い野郎が入ったと思ったさ。こいつは、いつか使えるとな。組にゃ、兵隊が必要なんだ。男らしさに憧れた馬鹿がな。俺はな、推し量ったことがあるんだよ。この野郎なら、いずれ鉄砲玉に仕立てる度胸があるかもしれん、とな。てめえの息子に対して、そんなことを考えてたんだ。まともな人間じゃねえ」

「――――」

「やつがまだ幼い時分だった。一度、幼稚園の運動会を見たことがあるんだ。会いたくなって覗きに行ったら、たまたまその日が運動会だったのさ。柵《さく》の外から、ちらっとでも見られればいいと思っていたんだが、今みたいにセキュリティーがどうしたなんて時代じゃなかったんだろう、他の父兄たちに混じって、園内にまで入り込むことができた。俺はワクワクして息子を探した。だが、小さなガキの顔が、皆、あんなふうによく似て見えるとは思わなかった」

「息子が赤ん坊の時に、かみさんが連れて行ったと言わなかったか。それじゃ顔がわかるわけねえだろ」

「写真を送ってくれたんだよ。あいつは、口はきついが、根は優しい女なんだ。だけど、いくら探してもどうしてもわからねえ。すべてのガキが徹平に見えた。懸命に探しているうちに、俺は突然、たまらなく怖くなったんだ」

助川はふっと口を閉じ、たった今もその恐怖がぶり返したかのように唇を引き結んだ。

「何がだ？」

沖はしばらく待ってから、小声でそう促してみた。

「何がかな。わからんよ——。だけど、志穂に教えられ、やつが息子だと知った夜、なぜかその時のことを思い出した。あの時と同じだと思ったのかもしれん。てめえの前にいるてめえの息子を見つけられなかった、あの時と。俺の息子は、どこか違う世界で、立派な男に育ってるはずだ。いつでもどこか心の片隅で、そう思って生きていたんだ。あんたならわかるだろ。極道を十年もやってりゃ、もうしがらみだらけだ。くだらねえ義理や人情に縛られて、身動きひとつ取れやしねえ。てめえらしく生きてたはずが、いつの間にやら組織の歯車に成り下がってた。だけどな、こんなくだらん男にも、息子がいる。どこかで立派に育っている。そう思っていられることが、俺には小さな誇りだった。救いと言うべきかもしれん。だが、俺は、その息子が自分の目の前にいることを知ったのさ。いい男に育っていたよ。だけど、それから何日もしないうちに、あいつはあっけなく車に轢き逃げされて死んじまった。何もかもが嫌になるまで、それから長い時間はかからんかったよ」

沖は珍しく雄弁になった助川の横顔をそっと見つめた。

——今のこの男には、人は殺せない。

デカの勘と言うしかなかったが、話を聞いている間にそんな気がしていた。

しかし、到底人など殺せないような人間が、ふとした弾みで他人を殺《あや》める可能性がある。

——それが人間というものだ。

させてはならない。花輪に対して、手を出させてはならないのだ。

それをした時、この男はいよいよ地獄を見ることになる。

携帯が振動し、抜き出して耳に当てた。

貴里子だった。

「藤浦たちが来たわ。ナンバーから、達也が藤浦に貸した車だとはっきりした」

「乗ってるのは、何人です？」

沖は抑えた声で訊いた。

「三人よ。後部シートにふたりいる。でも、窓にカーフィルムが貼《は》ってあって、顔はよく見えなかったわ」

沖のいるところから、ビルの谷間の裏通りに入って来た車が見えた。距離があってナンバーの確認はできないが、車種が達也の車と一致する。

「いいか、藤浦たちの逮捕が済むまで、おまえは決してここから動くんじゃねえぞ」

沖は助川に言い置くと、死角を走って《ユーアイ・ファイナンス》が入ったビルの入り口近くへと移動した。ビルのエントランス内には、既にふたりの刑事が陣取っている。

車が間近に近づき、沖はハンドルを握る藤浦の姿を確認した。後ろにいるふたりは、女だ。ぼんやり輪郭が見えるだけだが、瑠奈と志穂だろうと推測できた。

エントランスに陣取った同僚ふたりに目で合図を送った。彼らの位置からは、まだ車内は確認できない。

車が停まり、エンジンが切られた。

運転席から下り立った藤浦が、リモコンキーで車をロックした。

沖は物陰で頭を低くし、後部シートの様子を窺った。女ふたりが後部シートに残ったのは厄介だった。瑠奈が志穂を人質にしないとも限らない。

藤浦がビルの階段を駆け上がる。

その時だった。車のクラクションがけたたましく鳴り響いた。

後部シートの女のひとりが、前部シート越しに上半身を乗り出し、ハンドルに右手を伸ばしている。

女は体勢を戻すと、後部ドアを引き開けて藤浦を呼んだ。瑠奈だった。

「慶、警察よ。周りにサツがいる。すぐに戻って」

階段の上部で立ちどまった藤浦は、驚いて車を振り返ったあと、忙《せわ》しなく周囲に視線を飛ばした。

階段を走り降り、車へと急ぐ。

「気づかれた。藤浦を押さえます。車内に女がふたり。瑠奈と志穂だ」

沖は通話のままにしておいた携帯で貴里子に告げて走った。

運転席に走り寄る藤浦に横合いから飛びつき、重なり合って地面に倒れる。

サイレンが鳴り響いた。脇道に車体を隠していた覆面パトカーや、傍に駐車して無人を装っていたデカたちの車が、一斉に動き出して迫ってくる。

沖は藤浦を俯《うつぶ》せに押さえつけ、右腕を捻《ひね》り上げた。

「大人しくしろ。おまえがやったことは全部わかってるんだ」

素早く右手首に手錠を塡める。

「くそ、放せ」

藤浦が大声で喚く。

「彼を放して！　放さないと、この女を殺すわよ」

甲高い女の声がそれに重なった。

瑠奈だった。彼女は車から片足だけ下ろし、自分の男を取り押さえた沖を睨んでいた。己の体に巻きつけるようにして志穂の上半身を抱え込み、その首筋にぴたっとナイフを当てている。

捜査陣の間に動揺が走った。

瑠奈は興奮で目が吊《つ》り上がり、血の気の失せた青白い顔をしていた。

「放せよ。人質が殺されてもいいのかよ」

ふてぶてしげに言い放つ藤浦の腕を、沖は力一杯にねじ上げて黙らせた。

貴里子が刑事たちの群の中から前に出た。

「馬鹿な真似はやめて、瑠奈さん。あなたは、藤浦に唆されて手を貸しただけなんでしょ。自分でこれ以上罪を重くしないで」

瑠奈が貴里子を睨み返す。

「あんたに何がわかるの。すぐに慶を解放させなさいよ。この女がどうなっても構わないの」

「あんな男のために、自分の人生を台無しにしないで」

貴里子は言いつつ、さらにじりっと近づいた。

「来ないでよ。人質を殺すわよ」

「野口志穂さんは、徹平君の彼女だったのよ。あなたに、そんな女性が殺せるの」

貴里子がそう重ねるのを聞き、沖は内心でまずいと思った。この点を指摘するのは逆効果で、ただ瑠奈の憎しみを煽《あお》るだけではないのか。藤浦の左手首にも手錠を塡め、体を引きずり上げて立たせる。

瑠奈は益々興奮を増した様子で、志穂の首筋に絡ませた手に力を込めた。

「つべこべ言うと、この女を殺すわよ。私は、慶のためだったら何でもするんだ。あんた、慶の手錠をすぐに外しなさいよ」

途中から、沖に顔を転じて来た。

沖は志穂の顔に痣《あざ》を見つけた。両手を背中で縛られているらしく、何も抵抗できずに怯えている。

口を開こうとする沖を、貴里子が身振りではっきりと制した。ここは自分に任せろと言っている。沖は迷ったものの、従うことにした。現場指揮官は彼女だ。

「瑠奈さん」

貴里子は、改めて呼びかけた。

「あなたは、藤浦慶に騙《だま》されてるのよ。徹平は組の内部抗争に巻き込まれた挙げ句、轢き逃げを装って殺された。あなた、そんなふうに聞いてたんでしょ。でも、実際には違うの」

「そんなことはわかってるわ」瑠奈が貴里子の言葉を遮るように大声を上げた。

「ほんとは、私たちが持ちかけた頼み事が原因で殺《や》られたんでしょ。そんなことは、わかってたわよ。でも、認めるのが怖かったの。だから、慶ちゃんがそう言うのを聞いて、私が自分で信じようとしただけ。あんたなんかに、女の何がわかるのよ」

目を激しい憎悪が占めている。今夜、彼女が働く吉原の店を訪ねた時に居合わせた女たちの視線を煮詰めると、きっとこんな目つきができ上がる。貴里子が同性であるが故に、憎しみが何倍にも大きくなっているのだ。

　だが、貴里子は怯まなかった。

「それならば、この話はどう。藤浦慶は、あなたには内緒で、あなたの父親が残したメモを鵬木興業に売り渡したのよ。あなた、そのことは知っていたの？」

「嘘だ。出鱈目《でたらめ》を言うな」

　喚く藤浦の背後に回り、沖は二の腕でその首筋を締め上げた。

　貴里子は藤浦を見ようともしなかった。

「嘘じゃないわ。昼間、この男を取り調べたのは私よ。なぜこの男が僅か半日で出られ、あなたの元に戻れたのだと思うの？　徹平が死んだ時に何があったのかを、洗いざらい私に喋ったからよ。この男は、江草徹平の死後、すっかり怖《お》じ気づいた。そして、到底自分の手には負えなくなったので、あなたのお父さんが残した大事なメモを、ほんの端金《はしたがね》で鵬木興業に渡し、それで何もかもなかったことにした。瑠奈さん、男をきちんと見極めなさい。江草徹平は、もう二度と戻らないのよ。そして、藤浦慶なんて男は、決して江草徹平の代わりにはならない。そのことは、あなた自身が一番よくわかってるはずよ。そうでしょ。自分に嘘をつかないで。男を見る目を誤魔化さないで」

　瑠奈の目が膨らんだ。

　事問いたげに藤浦を見つめる。

「瑠奈、騙されるんじゃない。そんなサツの女の口車になど乗らず、俺を信じるんだ」

だが、藤浦が言う途中で目を逸らした。

その目の先に、助川がいた。

瑠奈はその姿にはっとしたのち、大きな目に涙を浮かべた。体が小さく震えてくる。

ナイフを握った右腕が垂れ、その指先からナイフが落ちる。

捜査員が一斉に駆け寄り、瑠奈を人質から引き離して確保した。

「捨てられたな、藤浦」

沖が耳元で囁くと、藤浦の体から力が抜けた。

8

野口志穂は、その場から救急病院へと運ばれた。間近に見ると顔の痣は予想したよりも遥《はる》かに酷く、唇の端が切れていた。手の甲にはたばこを押しつけられた痕《あと》があり、ショックと恐怖ですっかり憔悴《しょうすい》しきっていたのだ。

沖が運転し、貴里子が助手席にいた。志穂の隣で、彼女をそっと抱きかかえる助川は、どこか実の父親のようにも感じさせた。

電話で予め連絡を取っていたので、病院の搬送口には看護師が待機しており、覆面パトカーを降りた志穂をそのままストレッチャーに乗せてくれた。

沖が車を駐車場に納めて戻ると、治療室前の待合室の長椅子に、貴里子と助川が並んで腰掛けていた。

「肋骨《ろっこつ》が痛むらしいの。藤浦に、かなり強く蹴られたらしいわ。お医者さんは、罅《ひび》が入ってるかもしれないって」

沖を見て立ち、貴里子が説明した。

顔の傷やたばこを押しつけられた痕については、おそらく瑠奈の仕業《しわざ》にちがいないと、三人とも既に悟っていた。車中で、貴里子が尋ねても、志穂は何も答えなかったのだ。

「俺がついてる。あんたらは仕事だろ」

助川が言った。沖たちを見ず、治療室のドアにじっと目をとめていた。

沖と貴里子は、そっと顔を見合わせた。助川から目を離すこともできない。

「うちの署の人間をひとりつけるわ。志穂さんの状況を、きちんと把握しておきたいし」

貴里子が言うのを聞き、助川は唇の片方を吊り上げた。

「俺を監視する必要があるんだろ。はっきり言ってくれよ、女刑事さん。だけどな、さっき沖さんからも訊かれたが、俺は花輪を殺りにいったりしねえよ」

今度は沖たちを真っ直ぐに見上げて言った。

沖たちはまた顔を見合わせた。言葉を鵜《う》呑《の》みにすることはできない。

沖の携帯が鳴り、ディスプレイを見ると平松からだった。

「ちょっと失礼します」

待合室には、携帯電話の通話禁止がでかでかと謳《うた》ってある。これ幸いと、沖は貴里子に言い置いて廊下に出た。

足早に遠ざかりつつ、通話ボタンを押して口元に運ぶ。「どうだ。わかったか？」

「ああ、わかったよ。それがな、神竜会の枝沢に御注進してたのは、現職の警察官じゃねえな」

「OBってことか？」

天井灯を弱く落として暗いロビーの端に立ちどまり、落とした声で訊いた。

「ああ、そうだ。それも、驚くなよ、日本東西建設に企画部長として入ってる、宮崎武郎《みやざきたけお》って男だ。武郎の『お』は一郎次郎の郎を書く」

――これはいったい、どういうことだ。

偶然であるわけがない。デカをやっていれば、わかる。どこかで線が複雑に絡まり合っている。

「その宮崎って男の、警察内の経歴は？」

「最後は本庁の一課だった。親しくしている婦警に頼んでデータを当たって貰ったら、五年前に四十五歳で退職し、日本東西建設に移ってる」

「退職の理由は？」

「いや、それは一身上の都合ってことしかわからなかった。こっちはハマでウルさんを探すのに手一杯で、この先を調べる余裕はねえんだ」

「わかった。その先は俺が引き取る。で、ウルさんのほうはどうなんだ？」

「それが、駄目だな。ホームレスの溜《た》まり場だけじゃなく、ドヤも当たったし、地方自治体やＮＰＯの運営する宿泊施設も調べてみたんだが、見つからない。そろそろ人探しでものを尋ねるにゃ難しい時間だから、一旦引き上げようって言ってるんだが、ヒロの野郎がすっかり燃えてやがって引かねえんだ」

昨日お灸《きゅう》を据えたのが効き過ぎたのかもしれない。

だが、もう日付が変わる。人を尋ね歩くのは無理だ。

「チーフに電話を入れてくれ。で、判断を仰ぎ、命令を出して貰えば良い」

平松とこうしてやりとりしていることは、貴里子に知られたくなかった。神竜会関係の調べをこっそり進めていることは内緒なのだ。

「わかった。そうするよ」

携帯を切ってポケットに戻した沖は、通用口の方向から廊下を足早にやって来る見知った人影を見つけた。

向こうでも沖に気づき、小走りに近づいてきた。向島署の田山貴明だった。

「ああ、沖さん。やはりここでしたね。野口志穂の具合は、いかがです？」

髭《ひげ》が濃い男で、目の前に立つと、午前中には目立たなかった髭が顎を苔《こけ》のように被っていた。頭髪はいかにも猫っ毛で軽く見え、生え際には頭皮が透けている。

「今、治療を受けているところですよ。やはり、連れ回される間に、いくつか傷を負ってました。よく事件がわかりましたね」

「うちの管内にも、手配が回りましたから。事件が解決したと知って、こちらから詳しい状況を問い合わせたんです。それにしても、藤浦はいざ知らず、神尾瑠奈まで一緒になって志穂を拉致するなんて」

ふたりは元の待合室へと廊下を戻りながら話した。

「野口志穂の傷のいくつかは、瑠奈の手によるものでしたよ」

「――なんてこった。志穂が列車に乗るところまで、私がきちんと送るべきでした」

「徹平の墓に参ったり、旧友と連絡を取ったり、彼女も久しぶりの東京で色々とやることがあったようです」

沖はなぜ野口志穂が瑠奈と藤浦に会ったのかは曖昧《あいまい》にしたままで、そう応じた。

田山はちらっと沖を見たが、何も訊こうとはしなかった。別の署が管轄する事件だ。その点については、わざわざ訊かないほうがいいと悟ったらしい。

「ところで、江草の轢き逃げ事件の捜査は、その後どうです。進んでいますか？」と、別のことを訊いた。

「やはり、私が申した通り、単純な轢き逃げではないとはっきりしてきましたか？」

「ええ、まあ」

「ええ、どうやら組同士の抗争が絡んでいるようですね。亡くなった溝端刑事も、その辺りに気づき、あの事件を調べ直していたようです」

この件については、田山に協力して貰っている。今度は完全に言葉を濁すわけにもいかず、沖はとりあえずそう答えた。

「そうですか、溝端さんはやはりその観点で捜査を……」

治療室前の待合室が近づくと、入り口に立つ貴里子が見えた。携帯電話で何かやりとりをしている。

話しながら沖を見つめた。平松が連絡をしているのだろうと思いつつ横を擦り抜けようとすると、貴里子が二の腕に触れてとめた。

「じゃあ、待ってるわ」と言い置いて通話を終え、目で田山に軽く会釈をしただけで、忙《せわ》しなく沖を押し戻すようにして耳元に口を寄せてきた。待合室の助川に聞かせたくないのだ。

「マルさんからだった。二課の門倉に当たり直して、上手く口を割らせたそうよ。でも、第四の男のことは何も知らなかった。というより、四番目の男などいないってことらしい」

「つまり、情報漏れは別の線だということですか？」

声を落として訊き直す。

「詳しいことは、電話で話せないので、こっちに来るってことだった。今、新宿なので、車を飛ばせば二、三十分でしょ」

沖は黙って頷いた。

貴里子が田山と改めて挨拶《あいさつ》を交わす。「報告が入ったところでして、失礼しました」と述べてから、先日の礼を口にした。

三人して待合室に入ると、助川が田山を見て軽く会釈した。顔見知りらしい。

野口志穂は、最初に医者が見立てた通り肋骨に罅が入っていたが、内臓には傷はなかった。

外傷よりもむしろショックによる憔悴が激しい。一晩病院でゆっくり休み、翌朝改めて様子を見る必要があるが、それで帰宅して支障なかろう。——そういった説明を医者の口から聞いている時に、円谷が待合室の戸口に姿を見せた。

貴里子が手配した警官は、まだ到着していなかった。沖が田山を物陰に呼ぶと、自分がしばらく志穂につき添っていると、田山のほうから請け負ってくれた。助川からも目を離さないようにして欲しいと頼んだ上で、沖たち三人はその場を離れた。

先程のロビーに入り、通用口へと続く廊下に一番近い場所に立って顔を寄せた。ここに陣取っていれば、万が一助川が病院を抜け出そうとしても見咎められる。

「それで、門倉は四人目の男のことは知らないの？　それとも、いないと断言したの？」

貴里子が電話の報告では曖昧に思えた点をまず尋ねた。

「門倉が彼女をつけ回していた限りに於《お》いて、そんな男は見つからなかったということです」

そう答えた円谷の口から、アルコールの匂いが漂った。

沖と貴里子の反応から、円谷自身がそれに気づいた。

「なあに、門倉の口を柔らかくするために、新宿で飲みに誘ったんですよ。だが、俺はビールしかやってない。大丈夫です」

滑らかな口調でそう説明し、さらに続けた。

「ストーカーとはいえ、やつはデカです。他人を尾《つ》けるのにも、その周辺を調べるのにも慣れている。その男が断言するのですから、溝端さんがつきあっていた男は、牧島健介と中町彬也、それにこの門倉の三人だけだったと考えて良いのではないでしょうか」

「――でも、それならば、妊娠した彼女につき添って産婦人科に行った男は誰なの？」

「今のところは、ただの友人のひとりだったと考えるしかないのでは。それよりも、チーフ、私はね、どうも二課の情報は、まったく別の線から漏れていたんじゃないかという気がし始めてるんですよ」

「どういうこと？　なぜそう思ったの？」

「新聞記者の牧島が妙なことを言っていたのが、あとになって気になりましてね。やつは、支局に異動になる前、政治家の灰原大輔《かいばらだいすけ》の選挙事務所が行った、政治資金収支報告書の虚偽記載を調べていたそうなんです。覚えてるでしょ、この事件のことは。捜査の入り口自体は、目黒区の一等地を購入した資金の出所がわからない、といった程度のことだったが、その背後には、灰原の汚職疑惑があった」

「ええ、もちろんその事件ならば、私だって覚えてるわ。東京地検の特捜部が自ら着手したヤマね。でも、結局は秘書を起訴しただけで、灰原本人はするりと捜査の網から逃げてしまった」

「ええ、仰る通りです」

「だが、あの事件がどう関係してると言うんだ」沖が口を挟んだ。「まさか、牧島って男は、ほんとは自分があの事件絡みで飛ばされたとでも思ってるのか？　だとしたら、それはやつの妄想に過ぎないだろ。灰原大輔を調べていたのは、何も牧島ひとりじゃない。新聞各社とも、巨大な取材チームを作っていたはずだ。待て待て、それに第一、やつは門倉に脅され、自ら異動を願い出たんじゃなかったのか」

「しかし、実質的には飛ばされたようなもんだと言うんですよ」

「それにしろ、野郎は自分が不倫絡みで飛ばされたと思いたくなくて、そんな話をあんたにしただけじゃないのかい、マルさん」

「俺もそう思いましたよ。いや、野郎自身だって、自嘲《じちょう》気味にそう話しただけで、ほんとは不倫が元で飛ばされたと思っていたんでしょ。だけどね、幹さん。今度の事件全体を、ちょいと角度を変えて見てみると、俺にゃこの一見妄想じみた話が、段々とリアルなものに感じられてきたんですよ」

沖と貴里子は顔を見合わせた。

「なぜなの？　説明して、マルさん」

貴里子が言う。

「ある筋から聞き込んだんですがね、チーフは知ってましたか。鸓木興業や助川組が背後で繋がってると思われる日本東西建設には、警察のＯＢが何人か就職してるんです」

円谷の指摘を聞き、沖は内心でどきっとした。

こいつはやはり、食えない野郎だ。神竜会と繋がりのある宮崎武郎の存在も、当然押さえているにちがいない。

しかも、日本東西建設に退職後の身柄を保証して貰っている警官は、宮崎以外にも複数いるというのか。

「いいえ、それは初耳だったわ」

貴里子が応じる横で、沖は黙って頷いた。

「だけど、なぜあそこに？　先を聞かせてちょうだい」

「憶測も交えて話しますよ。何しろ、私に残された時間は限られているのでね」

円谷はそう前置きしてから、普段のこの男らしからぬ率直さでひとつの名前を口にした。

「チーフは、石森恒志郎《いしもりこうしろう》の名は御存じですね」

「ええ、もちろんよ」

もちろん、沖も知っていた。

警察官僚から政治家に転身した大物議員だ。

警察官時代は主に公安警備畑を歩き、警備局長、警察庁次長などを経て警察庁長官に就任。その後、政界に転じたのちも、官房副長官などの党内要職と、いくつかの大臣職を務めてきた。

警察と政界とを結ぶキーパーソンと言える。

円谷は一拍置いて、話を続けた。

「十年前、日本東西建設は、タイのトンネル工事で事故を起こしている」

「ええ。その事件は私も当たったわ。この時、海外事業本部の東南アジア担当課長だったのが、あとで自殺した榊原謙一、つまり神尾瑠奈の父親よ」

「その通りです。チーフも当たっていたなら話が早い。榊原は、おそらくその責任を取って左遷されたにもかかわらず、自殺した時には再び海外事業本部に、しかも副本部長という役職で戻っていた。そして、おそらくは日本東西建設の裏金作りに携わっていたと思われる。そうですね」

「ええ、そうね」

「つまり、十年前のタイでのトンネル工事事故は、ある意味、日本東西建設が裏金で政界とパイプを作ることになっていく最初のきっかけだと見ることができる。この年の外務大臣と法務大臣は、誰だと思います？」

貴里子は記憶をたどるような顔をしつつ沖を見たが、沖には答えられなかった。現場で悪党を追っているデカには、政治の世界は縁遠い。

ただし、その当時、本庁の二課にいた円谷にとっては違うはずだ。

「外務大臣は灰原大輔、法務大臣は石森恒志郎ですよ。ともに民自党最大派閥の大物だ」

「マルさん、あなた、何が言いたいの——」

貴里子が押し殺した声で訊く。

円谷は周囲を見回し、人の気配がないことを改めて確かめた。

「タイでトンネル工事の事故を起こして窮地に立たされた日本東西建設は、この件をできるだけ穏便に収め、今後の仕事に支障が起こらないように、ふたりの政治家と関係を深めた。灰原と石森です。このふたりが同じ派閥で、年齢も大差ないことからすると、この関係は別々に始まったものではなく、灰原か石森のどちらかがもう一方に日本東西建設を紹介し、初めから一本の線で繋がるものだったと推測して良いのではないでしょうか」

「ちょっと待って、マルさん。つまりあなたは、二課の捜査情報は、溝端刑事の男関係などからじゃなく、警察組織の伏魔殿の中を経て、警察ＯＢであり政界との繋ぎ役のキーパーソンである石森恒志郎から流れたと言いたいの？」

「ええ、そう思います。仮に石森本人ではなかったとしても、その周辺の誰かが必ず絡んでいる」

円谷は一旦口を閉じ、貴里子と沖の反応を窺うように見つめてきた。

貴里子は下唇を前歯で噛み、体の左右にだらっと垂らした両手をきつく握っていた。内心の動揺を隠そうとする時、無意識にこんなふうにする女だと、沖にはわかっていた。

自分自身はどうなのか……。沖は胸に問いかけた。

警察組織を信じられた幸福な時代は、警官になった最初の数年でとっくに終わっている。特にデカになってからは、組織と対立することを繰り返してきたとさえ言えよう。今度も、派閥の勢力争いによってＫ・Ｓ・Ｐが廃止に追い込まれようとしている。こうした出来事に出くわす度に、胸の底で冷たい塊が大きくなった。

「マルさん、まだ続きがあるんだろ。新聞記者の牧島健介が支局に左遷されたことについて、あんたの考えを聞かせてくれ」

沖は、そう口にする自分の声を聞いてはっきりと悟った。

——俺は今、腹の底が煮えくり返っている。

警察が、警察組織として、捜査情報を漏洩していたというのか。

その事実を隠蔽した挙げ句に、溝端悠衣というひとりの女刑事が殺害されたのだとしたら、自分はこの先、何を信じてデカを続ければいいのだ。

「俺が考えてるのは、こうですよ。牧島が支局に飛ばされたこと自体は、門倉というストーカーが牧島と溝端さんとの関係を騒ぎ立てたためでしょう。だが、そうやって牧島が支局に出され、灰原大輔の政治資金収支報告書虚偽記載の取材チームから外れることを喜んだ人間が、警察内部にいたということです。虚偽記載は、検察捜査の入り口に過ぎなかった。検察の本当の狙いは、灰原に流れている違法献金ルートにメスを入れることでした。だが、結局そこは闇の中に隠されたままだった」

「日本東西建設か。ここが海外の支社を使って作った裏金が、灰原に流れていたと言うんだな」

「灰原たち、ですよ。民自党の有力議員が、何人かずらっと名前を連ねるはずです。その中に、石森恒志郎も入っている。だから、警察組織の中でこの石森に繋がる連中は、本庁の二課が日本東西建設の捜査に着手したことに、戦々恐々となったはずです。それに加えて、その捜査に携わる刑事のひとりが、灰原の事件を取材する新聞記者と不倫をしていた。

日本東西建設への捜査が進む中で、もしかしたらこの女刑事から情報が漏れ、新聞記者がこの裏金と灰原の結びつきに気づくのではないか。それを恐れたにちがいない」

「だから、門倉が騒ぎ立てることで、牧島が左遷同然に支局に移るのを、ほっと胸を撫で下ろしつつ喜んで見てたというんだな」

「私はね、幹さん。尾美さんがなぜ門倉のストーカー行為に目を瞑《つむ》っていたのかってことが、ずっと気になってたんですよ。あの人は、厳密で厳格な男だ。そんな部下を許すわけがない。さらに言えば、部下の不倫もです。だが、あの人が門倉に一言の注意もしなかったことは、門倉から聞いています。それればかりか、溝端悠衣刑事の死体が発見されるまで、何一つしようとはしなかった」

「ねえ、検事の中町彬也はどうなのかしら」

しばらく黙って沖と円谷のやりとりを聞いていた貴里子が、言った。「中町は、溝端さんとの関係が取り沙汰《ざた》されることで出世の道を絶たれ、ついには検事を辞めて弁護士に転職することになったと話していたわ」

円谷が頷いた。

「溝端さんの死体が見つかったことと、やつが検事を辞めることとは、タイミングが合い過ぎてる。到底、無関係だとは思えません。もしかしたら、その裏には、地検の特捜部が進めていた灰原の捜査との関連が何かあるのかもしれない。例えば、上層部の誰かが中町と溝端さんの不倫に気づき、警察組織の一員である彼女に中町から情報が漏れることを疑った」

「そうだわ、きっと不倫が原因で出世の道を絶たれたのではなく、情報漏洩に関わった可能性を上層部に疑われたのよ」

「かもしれない。だが、今はそれを調べても遠回りです。攻めるべき本丸は、我々のもっと近くにある。賭けてもいい。二課の情報は、溝端さんの上司である尾美脩三から漏れていたんですよ。それも、日本東西建設に直接流れたわけじゃなく、もっと上層部の何人かが関わっている。さらに言えば、それは警察ＯＢである石森恒志郎の意思にちがいない」

「マルさん、あなたは昔、尾美さんと一緒に働いていたわね」

わざわざそう確かめる貴里子の声は、緊張でいくらかかすれていた。

「ええ、元の上司ですよ」

「彼は、どんな男なの？」

円谷が暗い目で貴里子を見つめ返す。

貴里子の訊きたい意図を悟ったのだ。

「ちょっと前に申し上げたでしょ、厳密で厳格な男ですよ。部下に対しても、自分に対してもね」

「それなら、部下の女刑事を手にかけることはあり得ない？」

「ええ、私はそう思います」

「でも、例えば情報漏洩について調べ回っている溝端刑事のことを煩《うるさ》がった誰かが、鷹木興業や助川組などを使って彼女を始末させたことに、気づいていて気づかぬ振りをするというのはどう？」

円谷の瞳に暗さが増した。

「言ったでしょ、あの人は、厳密で、厳格なんです」

「だから――？」

貴里子が挑むように促す。

「だから、警察の威信を損ねかねない出来事については、たとえ何か気づいていても、口を噤み続けるかもしれない。彼は、そんな警察官ですよ」

沈黙の下りたロビーに、靴音が響いた。

誰かが廊下を走ってくる。

「沖さん、どこです？」

病院への配慮でいくらか抑えた声ではあったが、静まり返った廊下に反響した。田山の声だ。すぐに本人が廊下の角から現れた。

「どうしたんです、田山さん？」

沖のほうからも近づく。

「すみません、助川が消えました。小便に行くと言って野口志穂の病室を離れたまま、いつまで経っても帰ってこないので、トイレを覗きに行ったら窓の鍵が開いてたんです」

「しまった」

沖は思わず声を上げ、背後の貴里子を振り返った。

「花輪の所には、カシワが？」と確かめる。

「ええ、応援を頼んだので、うちのマル暴担当たちと数人で張ってるわ。至急、カシワさんに連絡します」

そう言った時にはもう、貴里子は携帯電話を抜き出していた。

「すみません、私が目を離したばかりに――」

恐縮して頭を下げる田山を前に、沖は首を振った。

「とんでもない。田山さんの責任じゃありませんよ」

――それにしても、助川はなぜ姿を晦《くら》ましたのだ。

沖には自分の勘が外れたとは思えなかった。あの男はもう極道じゃない。きちんと修行を積み、仏の道を究めようとしている坊主だ。体に染みついた極道の気質は抜けきっていないかもしれないが、人としての本質が、息子を亡くした時に変わったのだ。

それが、今夜、血を吐くようにして本心を吐露したあの男から受けた印象だった。

だが、今また、話を聞いた直後に感じたのと同じ恐れが頭を擡《もた》げていた。

——それでも人ってやつは、人を殺しかねない。何かのきっかけで、誰もが殺人者に転じかねないことを、これまでのデカとしての経験が嫌というほどに教えている。

沖は胸の中で祈るように助川の名を呼んだ。

電話を終えた貴里子が沖を見た。

「今は組の事務所じゃなく、花輪の屋敷に張りついてるそうよ。場所は向島よ」

隅田川を渡った向こうだ。ここから、車でならば大した時間はかからない。

「行きましょう」

沖は田山に礼を述べて貴里子を促した。円谷が黙って続いた。


助手席に坐る貴里子の携帯が鳴ったのは、車が言問橋に差し掛かった時だった。

「カシワさんよ」

ハンドルを握る沖に断り、貴里子はすぐに携帯を口元に運んだ。後部シートから円谷が身を乗り出して耳を寄せる。

「え、何ですって。なぜ通したの？　——そう、わかった。仕方ないわね。ええ、こっちも言問橋よ。すぐに着きます。わかった。水戸街道を左折で、向島三丁目を越えて最初の一通を右ね」

携帯を切り、沖を見た。

「道筋は聞こえたでしょ」

「ええ、大丈夫。それより、助川が現れたんですか？」

「ええ、花輪の屋敷に入ったらしいわ」

「何だって。くそ、カシワのやつ、何でとめなかったんです？」

「無論、とめたわ。でも、ただ訪問しに来ただけだと言われて、仕方なかったって」

「身体検査は、もちろんしたんでしょうな？」

円谷が口を挟んで訊いた。

「丸腰だったそうよ。そうでなけりゃ、捕らえてるわ」

――何のつもりなんだ。

――何かを摑み、それを直接花輪にぶつける腹なのか。

夜の隅田川を渡り、沖は最初の信号を左折した。向島三丁目を越えると、顔を見知った分署のマル暴担当刑事が、路地の入り口に立っていて合図を送ってきた。かつて柏木が二課長だった頃の部下だった男だ。曲がり、男の脇に車を停めた。

「ふたつ目を左です。曲がるとすぐ、大きな家なのでわかります」

後部ドアを開けて円谷の隣に滑り込み、早口で告げた。

沖はすぐにまた車を出したが、はっとし、思わず助手席の貴里子に視線を投げた。

銃声が聞こえたように思ったのだ。

「銃声かしら――」貴里子のほうでも自分の耳を信じ切れないらしく、呟くように言った。

その直後に、今度ははっきり、しかも続けざまに聞こえてきた。銃声特有の乾いた破裂音だ。

路地を左折すると、壁に囲まれた大きな屋敷の玄関前に、柏木たちが集まっていた。

沖たちの車に気づき、柏木が手招きする。

沖はその鼻先に車を停めた。

「銃声です。踏み込みましょう」

車を飛び出した貴里子に、柏木が告げる。

「行きましょう」

貴里子が頷くと、柏木は玄関前の男を振り返った。

「呼び鈴を押せ。門を叩け」

巨大な門を蹴破ることは不可能だ。塀は高く、乗り越えるのも難しかろう。

「そうだ、裏木戸だ。勝手口に潜り戸があった」柏木が言った。「沖、来い。おまえもだ」と、沖たちの車を呼びに来た若手の刑事に顎をしゃくる。

一緒に動こうとする円谷を、貴里子が慌ててとめた。

「待って、マルさん。あなたは私と一緒にいて。命令よ」

円谷は貴里子を見つめ返し、黙って頷いた。

「他の連中は門を叩き続け、警察が来たことを中に報せるんだ」

柏木が言った。待機していたのは全員がマル暴担当の刑事で、かつての部下ばかりだ。自然に仕切る形になっている。

裏木戸を目指して走り出す柏木に、沖が続く。

壁に沿って曲がると、確かに潜り戸があり、すぐ横にインターフォンがついていた。柏木が通話ボタンを押した。

「警察だ。何があったんだ。すぐにここを開けろ」

返事はなかった。

「緊急事態だ。やるぞ」

沖は柏木を手で横に避けさせ、右足で潜り戸を思い切り蹴りつけた。

銃を抜き、鍵が壊れた戸を潜る。

勝手口のドアも蹴破って入ると、キッチンは灯りが落ちていたが、その先の廊下が明るかった。

「警察だ。入るぞ」

沖は声を出し、銃を構えてキッチンを横切った。興奮状態にあるヤクザは、誰彼構わず撃ってくる可能性がある。

廊下に顔を出すと、向かいが広いリビングで、左手には玄関ホールが見えた。右手奥に向かい、廊下が長く続いている。

「どこだ、助川、花輪」

沖は呼んだ。

「おい、おまえは玄関を開けろ」

柏木に命じられた若手の刑事が玄関ホールへと走る。

リビングに入った沖は、床に倒れた男を見つけた。廊下からでは、ソファの陰でわからなかったのだ。周囲に血痕《けっこん》は見えなかった。沖は近づき、男の傍らに片膝を突いて首筋の動脈を探った。

生きている。気を失っているだけだ。

男の右手のすぐそばには銃が転がっていた。意識を失い、倒れた拍子に手を離れたのか。

物音がし、はっとして顔を上げた。リビングの奥の壁には襖《ふすま》が閉め立ててある。奥が和室らしい。物音はそこからした。

沖と柏木は目と目で合図を送った。

「警察だ。出てこい」

離れた場所に立つ柏木が言い、沖が低い姿勢で襖を開けた。ふたりとも、慎重に銃口を中に向けていた。

開け放たれた襖の向こうに、大男が呆然《ぼうぜん》とした様子で立っていた。花輪だ。右手に銃を持っている。

「銃を置け。警察だ」

沖たちは花輪に狙いを定めた。

「俺じゃねえ」

花輪は子供がむずかるように首を振り始めた。

「違う、俺が悪いわけじゃねえ。先代が——、あいつが俺を殺そうとしたからだ」

血の匂いが鼻を突く。

助川が、和室の畳に俯せで倒れていた。

体の周囲は血の海だった。

「銃を捨てろ。花輪、銃を置くんだ」

沖たちはじりじりと近づいた。

「聞いてくれ、沖さん。やつは俺を殺しに来たんだよ。これは、正当防衛なんだ」

「話は銃を置いてからだ。花輪、てめえだってケツの青いチンピラじゃねえんだろ。血を見ていつまでも騒ぎ立ててるなど、みっともねえと思わねえのか」

沖の恫喝《どうかつ》を受け、いくらか自分を取り戻したのだろう、花輪は銃を畳に落とした。

「よし、手を頭の後ろで組め。動くんじゃねえぞ」

柏木が怒鳴り、花輪に迫る。

手を背中に回させて手錠をはめる。

足音が近づき、円谷やマル暴担当の刑事たちを引き連れた貴里子が姿を現した。

「玄関ホールに、ひとり男が倒れてたわ」沖を見て、言う。

「そうなんだよ」花輪が声を上げた。「聞いてくれ、先代が武器を持って乱入してきて、ボディーガードをのしたんだ。そして、俺に銃を突きつけた。だから、やむなく俺は撃ったんだ」

「いい加減なことを言うんじゃねえぞ」柏木が声を荒らげた。「俺たちはな、おまえんとこに入る前の助川に、ボディーチェックをかけてるんだ。やつは、丸腰だった。だから通したんだ。助川は呼び鈴を押しておまえを訪問してるだろ。武器を持って乱入してきたと言うんなら、その武器はどこなんだ。見せてみろ」

花輪は苦虫を噛み潰したような顔で黙り込んだ。

柏木が言うのを聞くうちに、沖ははっとして奥歯を噛み締めた。

——俺は花輪を殺りに行ったりしねえよ。

病院で助川が口にした言葉を思い出していた。

あれは、こういう意味だったのか。やはり睨んだ通り、助川はもう他人の命を奪うことはできない人間になっていた。花輪を殺すつもりなどなかった。やつは、最初から自分が殺されるつもりだったにちがいない。

花輪は見かけ倒しの男だ。巨大な体軀《たいく》で相手を威圧して幅を利かせつつ、先代の助川とは異なるやり方で経済ヤクザを気取って来たが、一皮剝《む》けば、小さな肝っ玉しか持ち合わせていない。助川がいきなり乗り込み、脅しをかければ、必ず恐ろしさで過剰な反応をする。たとえ自分がそれで殺されても、それで警察が花輪にワッパさえかければ、あとはいくらでも埃が出る。きっとそう踏んだのだ。

くそ、馬鹿な真似をしやがって。

血の海に俯せで横たわる助川を見下ろした沖は、喉仏が僅かに動くのを目にして息を呑んだ。

駆け寄り、飛びつくようにして首筋の脈を取る。微かだが、指先に触れる鼓動があった。

顔を上げ、大声で叫んだ。

「救急車だ。カシワ、すぐに救急車を手配してくれ。助川はまだ生きてるぞ」

9

翌朝、沖がK・S・Pに着いたのは十時頃だった。

明け方までずっと病院につき添い、助川の手術が終わるのを待ち続けていた。

助川は、野口志穂が入院したのと同じ病院に運び込まれた。外科手術に対応可能な最寄りの救急病院は、そこだけだった。運び込んですぐ、江草綾子に電話を入れた。彼女はまだ店におり、電話の背後には酔客の話し声が聞こえた。

「勝手に死なせてくださいよ。なんて馬鹿なんでしょう、そんなことをして」

沖がざっと事情を話した上で病院の場所を告げると、綾子は吐き捨てるように言って電話を切ったが、それから一時間と経たないうちに病院に現れた。

あとは自分がついているから大丈夫だと言う綾子と一緒に、手術室前の廊下でずっと過ごしたのだ。

手術は長い時間を要し、明け方になってやっと終わった。マスクを外すとさすがに疲労の色を浮かべた医者が、傷の手当ては済んだ、あとは本人の心臓がどこまで持つか、体力次第だという説明をした。助川岳之の体には、弾が三発入っていた。

助川のベッドに寄り添う綾子と別れ、沖はタクシーで西新宿のマンションへ帰った。一時間でいいから眠りたかった。えらく長い一日だったのだ。

だが、部屋に入るや否や、無性に汗を流したくなり、熱いシャワーを浴びた。

ベッドに入ってしまうと、起きられなくなる気がし、落語のＤＶＤをゆったりと観るために買ったカウチで火照《ほて》った体を冷ましているうちに、ふっと眠りに引き込まれ、気づくともう署に戻らねばならない時間が迫っていた。

トーストだけ焼き、それをコーヒーで流し込んで飛んできたのだ。

署では貴里子と柏木のふたりが、既に花輪の取調べを始めていた。

その様子を、隣室からしばらくマジックミラーで確認したのち、沖は取調室のドアを軽くノックして開けた。

貴里子が出てきて、ふたりして隣室に移動した。

「すみません、シャワーを浴びて体を冷ましてたら、そのままうっかり眠っちまいまして」

沖はスキンヘッドをごしごしとやりながら詫びた。頭の手入れに当てる時間も取れないので、伸び始めた頭髪が掌に当たる。

「いいのよ、気にしないで。それよりも、助川はどう?」

「一応、手術は無事に終わりました。ですが、なにしろあれだけの傷ですから、あとは心臓が持つかどうか。本人の体力次第だということです。三発喰らってましたよ」

「普通なら、死んでるわ」

「ええ。でも、まだその可能性もあるし、花輪には手術が上手くいったことは伏せておきましょう。先代を自分の手で殺しちまったんだと思わせておいたほうが良い」

「待って、それはどうかしら。相変わらず花輪は、助川に襲われたと主張してるのよ」

「懲りねえ野郎だな」

「ああいうタイプは、案外と往生際が悪いみたいね。助川が死ねば、その辺りをあやふやにできると踏んでるんじゃないかしら」

「で、どうです。野郎は？」

貴里子は首を振った。

「駄目。江草徹平殺しなど知らぬ存ぜぬだし、日本東西建設社長の室田光雄や鷹木興業の田之上敬の名前を出してぶつけてみたのだけれど、薄ら笑いを浮かべてる」

「徹平殺しの実行犯は、おそらく杉野宏一と奥山和人のふたりで、ともにもう口を塞がれてる。室田や田之上と花輪が関わってるという確かな証拠もない。花輪の野郎は、こっちが何も確証を摑めないと踏んでるんでしょ」

貴里子は顔を曇らせた。

「実際、今のところはそうだもの」

彼女の顔にも疲労が濃かった。やはりほとんど眠っていないにちがいない。

沖は笑いかけた。

「野郎は見かけ倒しの男だ。証拠さえ出れば、落ちますよ。円谷は？」

「朝から組の事務所を探ってるわ」

やつも同じことを考えている。きっと何か出るはずだと踏んでいるのだ。

「花輪って男は、女を舐めてる。しばらくあなたとカシワさんで脅しつけて貰ったほうがいいと思うの。取調べを代わってちょうだい」

「任せてください」

沖は頷き、出口へ歩いた。

その時ドアにノックがあり、署長の広瀬が顔を覗かせた。入り口付近の沖と目が合ったが、すっと逸らし、背後の貴里子に声をかけた。

「村井君、ちょっと話がある。来てくれ」

「わかりました」

貴里子は沖に「よろしく」と言い置き、部屋を出た。

沖は取調室へと移動した。軽くノックし、ドアを開ける。柏木と目で合図を交わし、花輪を見やった。

「手間を取らせてるようじゃねえか。往生際をよくするのも、ヤクザにゃ大事だと思うがな」

花輪は大仰に微笑んだ。

「俺は先代に襲われたんだ。正当防衛さ」

どうやら一晩豚箱に泊まることで、すっかり落ち着きを取り戻したらしい。

「笑っていられるのも、今のうちだぜ。刑事がひとり殺されてるんだ。俺たちだって検察だって、とことんやる。先に洗いざらい喋っちまったほうが身のためだぞ」

「刑事が、だと？　何のことだ？」

「溝端悠衣刑事だよ。一昨年、おまえの身辺も調べていただろ。で、煩くなっておまえが誰かに殺させたんだ。それとも、そうするようにと誰かから命じられたか」

花輪は背筋を伸ばした。「おい、いい加減にしろよ。刑事殺しなど、何の心当たりもねえぞ。でっち上げではめるつもりなら、他を当たれ」

「まあ、そうしていつまで高を括ってられるか、見物だな」

「それより、助川さんはどうなったんだ？」

「先代のことが心配か？　死ねばお勤めが長くなる。それとも、やつの口から、おまえが武器も何も持たない人間に発砲したことがばれるのが怖いのか」

花輪がそっぽを向く。

「俺たちを舐めるなよ。徹底的にやるぞ」

吐きつけ、取調デスクに近づこうとした時、背後のドアの向こうに響く女の怒鳴り声を聞いた。

貴里子だ。──そうわかるまでに、一瞬、タイムラグが生じた。彼女の声だと思っても、彼女であるわけがないという気持ちがそれを打ち消していた。

「ここは頼む」

沖は柏木に言い置き、慌てて廊下に飛び出した。

エレヴェーターホールとの境目で、貴里子と広瀬が顔を突き合わせて睨み合っていた。

K・S・Pの庁舎は、倒産した都銀の建物を使っており、貸金庫や金庫室だった地下を改装して留置場と取調室に当てている。場所によっては、声が大きく反響するのだ。

「捜査の範囲を限るとは、どういうことですか。わかるように説明をしてください」

沖が小走りに近づくと、貴里子が広瀬に向かって捲《まく》し立てていた。

「落ち着きたまえ、村井君。何も範囲を限れと言ってるわけではないだろ。ただ、今回、花輪はあくまでも狙われたほうで、捜査の主軸は助川に置くべきだと述べてるだけだ」

広瀬も負けずに大声を出すものだから、取調室が並んだ廊下に響き渡る。

沖は走り寄って貴里子たちをとめた。

「ふたりとも、何をしてるんですか。取調べ中の容疑者が目と鼻の先にいるんですよ」

そう言いながら、手振りで貴里子と広瀬をエレヴェーターホールまで押し出した。

普段は歩行の邪魔にならないように開けっ放しになっているドアを後ろ手に閉める。

「話にならんよ」広瀬は貴里子に吐きつけながら、沖に同意を求める視線を送ってきた。

「花輪の屋敷に、あんな深夜に乗り込んだんだ。誰が考えたって、不自然だろ」

「助川は完全な丸腰でした。それは、うちの刑事がボディーチェックをして確認しています」

貴里子は引かなかった。

「わからないように隠し持っていたのかもしれないし、屋敷内の誰かが助川に内通していたのかもしれない。だから、まずはそこを調べろと指示してるんだ」

「花輪は武器を持たない訪問者を撃ったんですよ。明らかな過剰防衛です」

「だから、ほんとに丸腰だったかどうかをもう一度調べたまえ」

「我々は花輪が助川を撃った現場に踏み込んだんです。はっきりしてます」

「わからんだろ」

「捜査範囲を限るよう、どこかから指示が来たんですね。花輪のバックを探るなと、圧力がかかっているんじゃないですか」

広瀬は顔を引き攣《っ》らせた。

「何を言うんだ、きみは。勝手な憶測でものを言うのはやめたまえ」

「広瀬さん、刑事の白骨死体が見つかったんですよ。この数日、我々はその捜査をしてきたんじゃないですか。そして、助川組の花輪に行き着いた。バックには、溝端刑事が調べていた驫木興業や日本東西建設がある。徹底的にやらせてください」

「それだって、きみの推測に過ぎんだろ」

貴里子は開きかけた口を、閉じた。これ以上、この男と議論をしても無駄だと悟ったらしい。

「――いずれにしろ、花輪は過剰防衛に加えて、銃刀法違反です。自宅と事務所を捜索するのは、当然の捜査だと思います」

「もう話は終わりだ。沖君、これじゃ署内に示しがつかないよ。やはり特捜のチーフは、きみにやって貰うべきかもしれんな」

薄ら笑いを浮かべた広瀬を、沖は睨み返した。

「チーフは村井さんだ。俺はすべて、彼女の命令に従うだけですよ」

広瀬はたじろぎ、目を逸らした。

そうしてしまったことが不快そうに、すぐに肩を怒らせた。

「とにかく、私は命令したし、忠告もした。このことは、記録に残しておくぞ」

「どうぞ、御自由になさってください」

言い返す貴里子の声を拒むように背中を向け、足早に遠ざかる。

沖は取調室に戻ろうとする貴里子を引きとめた。

「待ってくれ、チーフ。あんたは熱くなり過ぎてる」

貴里子は振り向き、沖を睨みつけた。

「よして。私は冷静よ」

「冷静な人間が、署長と怒鳴り合いますか」

「堪忍袋の緒が切れたの。今のは反省してる。でも、私は冷静だわ。花輪は女を舐めてかかってると判断し、取調べをカシワさんとあなたに任せたでしょ。捜査の流れを見失うようなことだってないわ」

剣幕に押され、引き下がるしかなかった。今は何を言っても無駄らしい。

「そうですか、それならばいいんだが」

「余計な心配だわ」

貴里子は言い、再び背中を向けかけたが、途中で思い止《とど》まり、振り向いた。

ちらっと眩しそうに沖の顔を見上げる。

「つまり、何というか……、私は大丈夫。でも、心配してくれてありがとう」

目を逸らしてスキンヘッドをごしごしやっていると、慌ただしく階段を駆け下りてくる足音がした。

踊り場に柴原が姿を現し、「チーフ」と貴里子に呼びかけた。

「見つけましたよ。ウルさんをやっと見つけました。横浜から湘南《しょうなん》に移ってましてね。海岸沿いの防風林の中に、掘っ建て小屋を建てて暮らしてたんです。直接話して貰ったほうがいいと思って、連れて来ました」

貴里子が顔を輝かした。

数日ぶりに見せる明るい表情だ。

「ありがとう、よくやったわね、ヒロさん。で、ウルさんはどこ?」

「特捜の部屋です。平松さんが一緒です」

だが、どうしたことか柴原の口調には、何日間も探し歩いた末に貴重な証人を捜し当てた誇らしさの向こうに、妙な戸惑いが見え隠れしていた。

漆田は思ったよりもこざっぱりとした格好をしていた。髪の毛も、ホームレス仲間同士でお互いに切り合うのだろう、短くきちんと整えられており、髭もちゃんと剃ってあった。

「見ていない？　溝端刑事がビルの屋上から落ちた時、他には誰も見えなかったの？」

柴原に促されて漆田が話し出すとじきに、貴里子がそれを押し止めて訊き返した。

「そう、他には誰もいなかったよ」

「あなたには見えなかったって意味ね？」

貴里子がそう確認するのに対し、漆田が首を振る。

「違うさ。あの時、他には屋上に誰もいなかったと言ってるんだ。それに、女は悲鳴も上げずに落ちてきた」

貴里子の表情が動く。漆田の言おうとしていることを察したのだ。

沖は隣で話を聞きながら、思わず柴原と平松の顔を見つめた。

柴原がさっき、戸惑いを見え隠れさせていた理由を悟っていた。

――そういうことなのか。

「じゃあ、あなたは、あれは自殺だと言うの？」

問いかける貴里子の声には、怒気が含まれていた。

「ああ、間違いない。自殺だね。俺はまだ目が上がっちゃいねえ。遠くも近くもきちんと見える。あの夜、ビルの屋上に人が立つのが見えた。それで、なんだろうと思って目を凝らしてたら、落ちたのさ」

「ちょっと待ってくれよ、ウルさん」

沖が話に割って入った。「あのビルはかなりの高さがあった。下からじゃ、屋上の様子が見えなかったんじゃないのか？」

漆田は不快そうに顔を顰め、柴原のほうに顔を向けた。

「おい、ヒロさんよ。おまえさんの先輩たちは、揃いも揃って失礼じゃねえか。話を聞かせてくれって言うから、俺はわざわざやって来たんだぜ。東京なんか、もううんざりなんだ。排気ガスで汚れてるし、人情が薄い。その点、湘南はいい。あっちは天国だぜ。それなのに、あんたが頼むからこうして来たんだろ。それを、寄ってたかって俺を嘘つき呼ばわりかよ」

「まあまあ、そう腹を立てないでくれ」

沖は漆田を宥め、たばこのパックを差し出した。

漆田は一本を抜き取って唇に運ぶと、パックをそのままポケットに入れた。

沖は唇のたばこに火をつけてやった。

「ウルさん、あんたを疑ってるわけじゃねえんだ。だが、事実関係をはっきりさせなけりゃならない。なにしろ、一年以上前の出来事だし、あんたが今のところたったひとりの目撃者なんだ」

漆田は小刻みに頷きつつ、美味そうに煙を吐き上げた。

「俺は陸橋の上にいたんだよ。女が落ちたビルからはちょっと距離があった。だから、ビルの端っこに立つ女が見えたんだ。えらく寒い夜だった。こんな寒い夜に、あんな所で夜風を受けて物好きな女だと思ったよ。次に、あれ、まさかって思ったんだが、その時にはもう飛び降りてたんだ」

「夜で、距離があったんだろ。なぜ女だと判断できたんだ?」

「髪が長かった。もっとも、はっきり女だとわかったのは、落ちた場所に駆けつけてからさ」

「女が落ちた場所は?」

「ビルの東側の植え込みの中だ」

「女の衣服は?」

「コートを着てた。ええと、それにスカートじゃなくズボンだった。な、はっきり覚えてるだろ」

沖は口を閉じ、横目で貴里子を見た。

貴里子はじっと一点を見つめ、両手を固く握り締めていた。

見慣れたそんな姿が、今はどこか頼りなく見えた。

「ウルさん、バッグの中身のことを話してくれ。大丈夫だ。約束した通り、何も咎めはしない」

平松がそっと促した。

「――ああ、そのことか。同じ植え込みの中に、女のバッグが落ちてたんだ。で、財布の金と薬を少々いただいた」

そこまで言い、漆田は慌てて口を閉じた。

貴里子が刺すような目で漆田を見ていた。

「いいから、続けろ」沖が促す。

「金を取って悪かったよ。だけど、えらく寒くて、食い物もなくてさ」

沖は漆田を手で制した。「金のほうの話はいい。薬について聞かせてくれ。市販薬か？」

「いいや、ちゃんとした病院の薬さ。結構たくさんあったぜ。俺らの仲間じゃ、薬は貴重品なんだ。風邪や熱がある時に、抗生物質がありゃあ助かるだろ。で、貰って行って、仲間内の詳しいやつに見せたのさ。ホームレス仲間にひとり、医学部に行ってたやつがいてな。国家試験に通らなかったんで、医者にゃなれなかったんだが、薬の知識はある。だけど、そいつが言うにゃ、それは熱冷ましでも抗生物質でもなくて、抗鬱剤《こううつざい》だったんだ」

　貴里子が息の塊を吐いた。

「もう良いわ。貴重な証言をありがとう。ヒロさん、ウルさんの証言を記録に残して。小会議室を使ってちょうだい」

「了解しました」

「平松刑事は、マルさんと連絡を取って合流して」

　貴里子はてきぱきと命令を出した。

　柴原が漆田を促して廊下に消える。

　続いて平松も部屋を出たが、すぐに柴原が再びドアの隙間に顔を覗かせた。

「すみません、チーフ。こんなことになるなんて……」

　力なく自分の事務机の椅子に坐りかけているところだった貴里子は、しゃんと背中を伸ばして柴原を見た。

「何を言ってるの。あなたは、よくやったわ。目撃者を捜し当て、真実を見つけたのよ。刑事には、それ以外の仕事などないわ。御苦労様。早くウルさんの証言を記録してちょうだい」

　柴原が消えたドアを、貴里子はじっと見つめていた。

　立ったままで机の抽斗を開けると、たばこを出して唇に運んだ。

「禁煙だけれど、一本ぐらい良いわね。どう、幹さん。あなたも?」

「ええ、貰います」

沖は近づき、貴里子の手からパックを受け取った。ニコチンの強いセブンスターだ。

ライターの火を差し出してやり、貴里子が顔を寄せてきた。

それで唇のたばこを挟んだ指先が、微かに震えていることに気がついた。

貴里子ははっとした様子で体を引いた。たばこを唇から離し、両手をだらっと体の左右に垂らす。戦闘態勢の時の姿勢だ。そうやって、いつでも自分を前へ前へと押しやろうとする。

だが、今は大きな効果があるとは思えなかった。

「幹さん、自殺だなんて……。信じられない、悠衣さんが自殺をしたなんて……」

沖には黙って貴里子を見つめているしかできなかった。

貴里子が力尽きたように椅子に坐る。

人差し指と中指の二本を眉間に当て、俯いた。

「ごめんなさい、しばらくひとりにしてちょうだい」

顔を見せないようにして言った。

「わかりました。捜査に戻ります」

沖は押し殺した声で応じた。どうすればいいかわからなかった。

だが、背中を向けようとすると呼びとめられた。

「待って。やっぱり、ここにいて。わからないのよ、幹さん。私には、わからないの……。あの人は私にとって、最初に刑事の姿を見せてくれた人だった。女性の教育官としてじゃない。刑事の先輩として、あるべき姿を見せてくれたんだわ。私は、あの人を目標にしていた。キャリアとしてのつまらない自意識など捨てて、あの人を訪ね、あの人の意見を訊けばいいと思ったことが何度かあった。でも、しなかった。しない間に、あの人は大きく変わってしまっていたのかしら。それとも、新人の私には見せなかっただけで、あの頃からもう心に様々な闇を抱えていたのかしら……。幹さん、私にはわからないの。なぜ悠衣さんみたいに優秀な女刑事が、自分の仕事の中で出会った男たちに、その場限りのようなつきあいを求め続けたのか。なぜ抗鬱剤をこっそりと服《の》みながら捜査をしていたのか。なぜ真冬のビルの屋上から飛び降りる気になったのか……。あの人の心に空いた穴がわからない……。そして、怖くなるの。私の心にもいつか、同じような闇が巣くうのではないかと。もう、既にどこかが蝕《むしば》まれ始めているのではないかしらと……。幹さん、彼女はもしも刑事ではなかったなら、自殺などしなかったんじゃないのかしら——」

貴里子の視線が眩しくて、沖は思わず目を逸らした。

「俺にはわからない……」

声がかすれてしまった。

沖は口の中を湿らせ、改めて口を開いた。

「彼女が刑事ではなかったら、自殺などしなかったのかどうか、俺にはわからない。だが、彼女はデカだったんだ」

言ってしまった瞬間、自分が愚かなことを口にしたと気がついた。

目の前の女は慰めを必要としている。

こんなことは、今まで一度もなかった。彼女と出会ってから初めての出来事ではないか。

そして、この俺は、なんとかしてこの女を慰めたいと思っている。

——それなのに、「彼女はデカだった」だと……。

貴里子が立った。

火をつけていないたばこをごみ箱に投げ捨て、出口へと向かう。

だが、ドアの前で立ちどまった。

「花輪の取調べに戻りましょう」

沖に背中を向けたままで言った。

取調室に戻ると、柏木と花輪が睨み合っていた。

ドアを開けた沖を見やり、花輪は大きな笑い声を上げた。

「内輪もめは済んだのかい？」

沖は近づき、両手の掌を机の表面に叩きつけた。

「肝っ玉の小さい悪党が、いっぱしのツラして時間を取らせてるんじゃねえぞ。おい、花輪。てめえなんぞ、極道でも何でもねえ。極道ってのは、先代の助川のような男をいうんだ。おまえ、江草徹平を殺させたな。てめんとこの組員だった徹平を、やはり組員だった杉野と奥山のふたりに命じて殺《や》らせただろ。その挙げ句、杉野たちの口も塞いだ。それが組長のやることなのか。杉野たちふたりを殺ったのは、先代の助川が怖かったからだろ。もしも徹平を殺らせたのがおまえだとわかったら、助川は必ずおまえのタマを取りに来る。おまえはな、それが怖くて怖くて仕方がなかった。だから実行犯の杉野たちの口まで、手っ取り早く塞いだんだ。この臆病者の腐れ極道め」

何の計算もなく花輪を締め上げ始めてしまっていた。こんな取調べでは、駆け出しのデカと同じだ。だが、今の沖には自分をどうすることもできなかった。

取調室に入ってこの男の顔を見た瞬間、自分の中で何かが切れ、感情が暴走を始めていたのだ。

いや、それはこんな半端ヤクザのせいではなく、溝端悠衣が自殺だった事実を知ったためにちがいない。

自殺では誰の責任も問えない。

自殺は、事件ではないのだ。

溝端悠衣の死が、警察の暗部と結びついていたことは間違いない。もしかしたら、彼女自身、情報漏れのルートに警察の上層部が組織立って関与していることにまで気づいたのかもしれない。

だが、彼女の死はあくまでも自殺であって、法的には誰の責任も問うことはできない。新宿の高層ビル街で溝端悠衣という女刑事の白骨死体が見つかった事件の捜査自体は、ここが着地点なのだ。

情報漏洩を隠蔽したい人間たちが、もうすぐにでも捜査の終結を求めてくることは目に見えている。既に署長の広瀬を抱き込み、花輪の取調べは範囲を限って行うようになどと、見え透いた圧力をかけてきているぐらいだ。

貴里子もこの点に思い至っているのだろう。彼女は、腹の据わった本物のデカだ。それがあれほど取り乱したのは、先輩刑事への思いだけが理由であるわけがない。

「あんた、随分と空想好きな刑事さんだな」

花輪が嘯いた。「だが、デカだったら、証拠を揃えてものを言えよ。何かひとつでも証拠があるのか」

沖は花輪の坐る椅子を蹴りつけた。

不意を喰らって床に倒れた花輪を引き起こし、腕を捻って壁に鼻面《はなづら》を擦りつけた上で、背後から肝臓の場所を狙って殴りつけた。

花輪が悲鳴を上げた。

「訴えてやるぞ。警察がこんなことをしていいのか」

慌ててとめに入ろうとする柏木に目で合図を送り、沖は花輪の耳元に顔を寄せた。

「俺を舐めるんじゃねえぞ。やるべきことをやるデカだ」

マジックミラーの向こうから、じっと取調べの様子を見つめる貴里子の視線を感じていた。

なんとしてもこの野郎を落とさねばならない。

「気持ちはわかるが、まずいぞ、沖。やり過ぎは」

柏木が顔を寄せて小声で囁く。

「大丈夫だ。わかってる」

沖は頷き、囁き返した。

「弁護士を呼べ。ちきしょう、人権蹂躙で訴えてやる」

花輪がまた喚き始めた。「どうせ助川はくたばったんだろ。最初に手を出してきたのは、野郎のほうだ。俺は正当防衛だ。おまえら下っ端のデカに、何ができるっていうんだ。これ以上、何も話すことはねえぞ。弁護士を呼べ」

「何が弁護士だ。馬鹿野郎！　てめえらに人権なんかねえんだ」

花輪の体をひっくり返し、胸ぐらを摑んで締め上げた時、沖の脳裏をふっと何かが過ぎった。

自分でも何だかわからない、強《し》いていえばただの影のようなものだった。空高く飛ぶ鳥が、地上に落としていく小さな影。

だが、この影に目を凝らさねば、鳥の位置はわからない。

「おまえ、さっき俺が入ってきた時も、助川の容態を気にしてたな。なんで野郎がくたばったかどうかをそんなに気にするんだ？」

花輪は目を逸らし、唇を引き結んだ。

その反応が、沖に教えた。正しい場所を突いたのだ。ここがやつの泣き所だ。

――だが、なぜだ。

助川が死ねば、自分が正当防衛だったことを主張し易《やす》くなる。――そうとばかり思っていたが、花輪のこの狼狽《うろた》え方は、何か違う。

たとえ助川が生きていたとしても、この男は正当防衛を主張したはずだ。さりげなく、しかし助川が死んだことを確かめたがっているのには、何かもっと違う理由があるのではないか……。

閃きが走った。

死人に口なし。悪党が、誰かの生死を気にするのは、その誰かが知っている何かを他人に喋られたくないからだ。

助川はただほんとに自分が進んで撃たれることだけを狙い、単身で花輪の屋敷に乗り込んだのだろうか。丸腰だったのだから、撃たれることは覚悟の上だったにちがいない。自らが撃たれることで、花輪を警察にパクらせるつもりだったことは間違いない。

しかし、助川は何か具体的なことを知り、それを花輪に確かめるつもりだったのではないのか。

「ここを頼む」

沖は花輪を突き放すと、柏木に告げて取調室を飛び出した。

隣室のドアを開け、貴里子に言った。

「一緒に来てください」

「どこへ？　いったい、どこへ行くの」

「留置場です。藤浦慶に訊きたいことがある」

そう言うなり廊下を小走りに進み出した沖のあとを、貴里子が慌てて追って来る。

「なぜ？」

歩調を速めながら訊く。

「覚えてるでしょ。花輪は昨夜、組員たちに命じて藤浦を捜させてた。今までうっかりしてたが、その理由が知りたくなったんです。花輪たちが藤浦に接触する前に、俺たちがパクった可能性が高い。つまり、藤浦は口止めを食ってない。上手くすりゃ、やつは話しますよ」

「どういうこと？　つまり、藤浦は、何か花輪の秘密を知ってるって言うの？」

「ええ、きっとそうだ」

沖は短く答えると、気持ちが逸《はや》って先を急いだ。

K・S・Pの留置場は、取調室と同じ地下一階にある。

廊下を抜け、留置管理の担当者に入り口のロックを解除させ、檻《おり》の前を歩く。

藤浦慶と神尾瑠奈は別々に留置してあった。ふたりを引き離しておいたほうが、取調べがし易いとの配慮からだ。

沖は檻の前に立つと、奥の壁に背中をつけ、膝を抱えて坐る藤浦を見つめた。

「鍵を開けてくれ」

担当者に頼み、施錠を外して貰って中に入る。

貴里子がすぐ後ろに続く。

「何の用だよ」

顔を背け、沖たちを見ようとはしない藤浦の前に、沖は膝を折ってしゃがみ込んだ。

「藤浦、訊きたいことがあるんだ。おまえ、昨日、助川に会ってるだろ」

「助川さんに――？　何だよ急に。会ってねえよ」

「嘘をつけ。助川と会って、何かやつに話したはずだ」

「会ってねえって。嘘じゃねえよ。あんたらに昼間パクられたじゃねえか。釈放されて店に戻ったあとは、野口志穂を連れ回してたんだぜ。会う時間なんかねえだろ」

——確かにそうだ。

それでは、花輪を前にして閃いた気がしたのは、ただの思い違いだったのか。

「じゃあ、一昨日だ。とぼけるんじゃねえぞ、チンピラ。最近、どこかで助川に会い、何か話してるはずだ」

沖は諦め切れずに問いつめたが、藤浦は面倒臭そうに首を振るばかりだった。

「会ってなんかないって。あんた、何を言ってるんだよ、刑事さん」

「違うわ」

後ろにいた貴里子が呟くように言った。

振り返った沖を見つめ、続けた。「助川は、この藤浦から聞いたんじゃない。たぶん、野口志穂さんから聞いたのよ。昨夜、私たちがロビーで話してる間に、助川は彼女から何かを聞き、そして、病院を抜け出して、花輪の元へ向かったんだわ」

「そうか。そうだ、きっとそうにちがいない」

沖は頷き、藤浦に顔を戻した。「おまえ、志穂に何を話した?」

「何だよ……。いったい何の話だよ。よくわからねえよ。だいたい、俺は何も知っちゃいないって。知ってることはもう、昨日、この女の刑事さんに何もかも話したじゃねえか」

「もっとよく考えろ」

貴里子はそう言いかける沖を制した。

「幹さん、私にやらせて」

沖の隣に並び、藤浦の前で膝を折る。

彼女の目には、何かを確信したと思わせる強い光があった。

「藤浦、あなたは昨日の取調べで、二年前に江草徹平が亡くなったあと、あなたの手許にあった神尾瑠奈の父親のメモを、鷹木興業に売り渡したと言ったわね」

「――ああ、そうだよ」

「具体的には、誰に渡したの？　鷹木興業を恐れてたあんたが、直接向こうと取引したわけじゃあないんじゃないの？」

「――違うよ。だけど、別に、怖じ気づいたからじゃないぜ」

「言い訳はいいから、メモを渡した相手を言いなさい」

「助川組の杉野さんと奥山さんが仲立ちしてくれたんだよ」

沖は胸の中で手を打ち鳴らした。

「もういいわ。改めて取調べるまで、ここで待ってなさい」

貴里子が言い、沖と並んで腰を上げる。

「おい、何なんだよ、今のは――。俺が話したことが、何か役に立ったのなら、罪を軽くしてくれよ。なあ、ずるいぞ、行かないでくれ」

声を上げる藤浦を無視して、沖たちは留置場を飛び出した。

ふたり揃い、駐車場を目指して走る。

「神尾瑠奈の父親である榊原謙一が認《したた》めた、日本東西建設から政治家への金の流れを示すメモは、鷵木興業の田之上の元には渡っていない。花輪の手許にあるんだ」

出口を飛び出し、沖が言う。

「鷵木興業と友好的な関係を続けつつも、花輪は入手したメモを盾に取って、水面下で日本東西建設に独自の斬《き》り込み方をしたにちがいないわ。やがて、自分が鷵木興業に取って代わるつもりでいるのかもしれない」

貴里子が応じた。

「経済ヤクザを気取ってる花輪が考えそうなことだぜ。その挙げ句、手先として使って事の成り行きを何もかも知り、しかも江草徹平殺しの実行犯でもある杉野たちを殺して口を塞いだ」

沖は言いながらリモートキーで車のロックを外し、運転席に飛び乗った。

貴里子が助手席に滑り込む。

「だけど、せこせこと立ち回ったことが、あの男の命取りになるのよ。必ずメモを見つけ出してやる。メモが出れば、日本東西建設の室田と政界とを繋ぐ汚職ルートが解明できるわ」

「それに、藤浦が杉野たちに渡したと言ってるメモが花輪の元から出れば、殺人を裏づける大きな証拠にもなりますよ」

沖はエンジンをかけた。

思いつき、さらに続けた。「事務所じゃない。たぶん、花輪の屋敷ですよ。屋敷のどこかに、秘密の隠し場所があるんだ。助川もそう察したか、あるいは何かを具体的に知っていたから、昨夜、花輪の屋敷を訪ねたにちがいない。村井さん、助川組の事務所の捜索は、マル暴担当の連中に任せればいい。円谷とヒラに連絡して、ふたりも屋敷のほうに回らせましょう」

「わかったわ」

貴里子は言い、すぐに携帯を抜き出した。

10

表の車寄せに車を停め、沖たちは屋敷の玄関に走り込んだ。

廊下に上がり、リビングと隣接していた和室を目指す。昨夜、花輪は和室で助川に銃を向けたのだ。第六感が告げていた。ふたりがリビングではなく和室にいたのには、何か理由があるはずだ。

リビングの入り口にたどり着くと、和室との境の襖が開け放ってあり、その奥に立つ円谷と平松が見えた。

「どうだ、何か出たか？」

訊きながら近づいた沖は、和室の壁の一部が外してあるのを見つけた。

壁はどこも、畳から五十センチぐらいの高さを境に、上下で色が変えてある。上はホワイトで、下は砂目模様の入った黄土色だ。

その黄土色の壁の一部が、左右一メートル程の幅に渡ってすっぽりと外れ、穴が開いていた。

「以前、耐震強度を誤魔化してた建築業者を取調べた時に、合間の無駄話で聞いたことがあるんですよ。ヤクザに頼まれ、壁と土台との間に空洞を作れと頼まれたことがあるとね。そこに武器を隠し、出入りの時、壁を壊せばすぐに取り出せるようにするつもりだったそうです」

円谷が言い、男物の黒革の手帳を摘んで見せた。

「穴の中に、武器に混じって隠してありました。詳細なメモです。日本東西建設の室田から政界への金の流れが、克明に記されてます。灰原大輔や石森恒志郎の名前もありましたよ」

「やったわね。やったわ、マルさん、ヒラさん。そして、幹さん」

貴里子が声を上げ、名前をひとつずつ順番に呼ぶのを、沖はこそばゆい気持ちで眺めていた。

円谷と平松もまた、どこか擽《くすぐ》ったそうな顔をしている。こんなに喜びを露わにする彼女を目にするのは、初めてなのだ。

「見せて、マルさん」

貴里子が円谷から手帳を受け取り、ページを捲る。

「これを花輪に突きつけて、知ってることを何もかも吐かせましょう」

沖は脇からその手許を覗き見て言った。「やつが吐かなくても、これだけ詳細な記述があれば、室田にもすぐお札《ふだ》を取れますよ」

「轟木興業を出し抜いて、日本東西建設に茶々を入れてたことがばれりゃ、花輪はもう終わりだな」

平松が言い、他の三人を見渡した。

その時、玄関の方角で大勢の人間の気配がし、忙しない足音が廊下を迫ってきた。

リビングの入り口に、尾美脩三が姿を見せた。何人もの部下を連れていた。

「何です？」

貴里子が両脚を肩幅に開き、尾美のほうに向き直った。

だが、手帳を持った右手は背中に回し、小さく上下に動かして合図を送っていた。

すぐに意図を察した沖が、貴里子の手から手帳を受け取り、素早く上着の内側に隠す。

「家宅捜索だ」

尾美が言った。

「それはうちが行ってます」貴里子が応じた。相手に劣らず尖った声だった。「こっちが終わるのを待ってください」

「うちは別件だよ。協力して行おうじゃないか。探すものが違うんだ。構わないだろ」

懐柔するような口調で近づいてきた尾美は、和室の壁の一部が取り外されていることに気づいて目を向けた。中に隠された銃器類が見える。

「ほお、そちらは既に大収穫じゃないか。これだけのブツが出たんだ。あとは、うちに譲ってくれて構わんだろ」

「馬鹿なことを言わないでください。現場先乗りに優先権があります」

あとに引かずに言い返す貴里子から離れ、沖はさりげなく和室を出た。

リビングを横切ろうとしたところで、背後から尖った声が追ってきた。

「おっと待ちたまえ。我々がここに来た時に、上司の村井君からこっそりと受け取ったものを、出して見せるんだ」

沖は振り返り、尾美を見つめた。さすがに目聡《めざと》く気づいていたのだ。

「うちの押収品です」

静かに言った。

「こちらの捜査の証拠かもしれん。何を持ってる?」

沖が適当にいなそうかと迷っていると、代わって貴里子が口を開いて言った。

「神尾瑠奈の父親である榊原謙一が認めたと思えるメモです」

口調は静かだった。だが、その声には、あとには引かないという強い決意が満ちていた。

そうか、この女はいつでも正攻法で立ち向かおうとするのだ。

「村井警部」と、尾美は貴里子にわざわざ階級名をつけて呼んだ。「では、それをこっちに渡して貰いたい」

「冗談じゃありません。これは、私たちの事件の証拠です」

「我々が追い続けてきた汚職事件の証拠だ。きみらとは関係ない」

「そうはいきません。このメモの存在故に、江草徹平が殺され、助川組先代の助川岳之もああして撃たれた可能性がある。それに、亡くなった溝端刑事だって、このメモのことを探っていたと考えられます」

「助川組の江草徹平は、轢き逃げで死んだのではなかったのかね。昨夜、助川がここで花輪に撃たれたのは、ヤクザ同士の喧嘩だろ。それに、溝端刑事は、正に我々二課の職務で、榊原のメモを追っていたんだ。あらゆる意味で、榊原のメモはこちらに渡すのが正当だと思わんかね」

「あなたがたは事件を追ってなどいない。隠蔽しようとしてるだけだわ」

貴里子の言葉に、尾美だけではなく、周囲の刑事たちも色をなした。

「何を言い出すんだね、きみは。言って良いことと悪いことがあるぞ」

尾美が声を尖らせる。

同じように眦《まなじり》を吊り上げて言い返そうとする貴里子を、円谷がそっととめた。

「尾美さん」円谷が言った。「あんたはそんな男だったんですか？　あんたはいったい、何を守ろうとしてるんです」

「おまえに話してもわからん」

「私は自分の思ったように捜査を進め、その結果、あなたから追い出された人間ですからね。だが、警察組織の都合で、捜査を歪めるようなことはしなかった」

尾美は顔を背けた。

「おまえに何がわかる」

「わかりませんね。あなたは我が身が可愛いだけだ」

「マル、俺が保身でやっていると思うのか？」

「じゃあ、何です？　警察組織のためなんて言葉は、もう聞き飽きた」

「ふん、もう聞くこともないだろ。おまえはもう、警察の人間ではなくなるんだ」

円谷は何か言い返そうとして、やめた。

尾美は冷笑を浮かべたが、しかし、沖にはわかった。円谷は言い負けたわけじゃない。かつての上司を、今はもう話す価値のない男だと見極めたのだ。

「さあ、証拠のメモを出せ。渡して貰うぞ」

尾美は沖に顔を戻し、そう言いつつ部下の男たちに合図を送った。

背広姿の男たちが三人、近づいてくる。

沖は連中を冷ややかに見つめた。

「おいおい、坊ちゃんたち。力尽くってのは、やめたほうがいいぜ。頭脳犯ばかり相手にしてる二課のデカに、この俺が押さえられるのか。手を出したやつは、怪我をするぜ。いいな、警告したぞ」

三人は沖の脅しに呑まれ、足をとめてちらちらと目を見交わした。

「村井君」尾美が声を荒らげた。「私からも警告するぞ。きみらがそうして突っ走ろうとすればするだけ、分署は孤立するんだぞ。今、きみらの分署がどういった立場に置かれているか、わかっているのかね」

「警告は承《うけたまわ》りました」

「ここでは話にならない。お宅の署長も交えて、ゆっくり話そう。一緒に来てくれ」

尾美は貴里子を促そうとしたが、彼女は断固として動かなかった。

「話はもう済みました。ここの家宅捜索をしたいのならば、うちはもう終わりましたので、譲ります。行きましょう、沖さんたち。我々の捜査を続けるわよ」

沖たちを促して歩き出そうとする貴里子の前へと尾美が回る。

「村井君、そうして誰彼構わず嚙みついていると、警察内部で居所がなくなるぞ」

「そう言って溝端刑事も脅したんですか？」

尾美は、初めて戸惑いを滲ませた。「何をきみは……」

「彼女が自殺と判明して、さぞ溜飲を下げているんじゃないですか？」

「言っていいことと悪いことがあるぞ」

「図星のはずです。もしも彼女の事件が殺人ならば、あなたは自分がやってきたことを正当化できなくなる。溝端刑事の行方が知れなくなってからずっと、そのことを恐れてきたはずです」

尾美の表情が強《こわ》ばった。顔色が青白い。怒りが一定ラインを超えると、そんな顔色になるタイプの男らしい。

「失礼します」

貴里子は頭を下げ、出口へ向かった。沖たち三人が続く。

「待て、村井君」背後から尾美が呼びとめた。「きみはキャリアだろ。その点をよく考えて行動したらどうなんだ」

「私は刑事です」

「いつまでそんな青臭いことを言っていられるか、よく考えるんだな。かつての署長にコナをかけ、手助けを求めているようだが、そんな手が通用すると思ったら、大間違いだぞ」

　あとも見ずに歩き出す貴里子について、沖たちも順に部屋を出た。


「花輪を落としましょう。幹さん、榊原のメモを精査して、すぐに花輪にぶつけるわよ。さっきヒラさんが言った通り、花輪は鳳木興業を恐れてるはずだわ。榊原の手帳を切り札にして、日本東西建設に食い込んでいたことを鳳木興業にばらすと脅せば、ハチを割るでしょ。マルさん、カシワさん、ヒラさん。三人には手分けして、大至急榊原のメモの裏を取り始めて欲しいの。ヒロさんも連れて、二班に分かれてちょうだい。大詰めよ。手がかりを揃え、一刻も早く、社長の室田光雄のお札を取りましょう」

　車寄せに出るなり、貴里子は沖たちを前に一気に捲《まく》し立てた。

　何かに取り憑かれたような感すらある。

　沖はそんな彼女を前に、一抹の不安を覚えざるを得なかった。

　自分と同様に、昨夜はほとんど眠っていないはずだ。この数日間、先頭に立って捜査の指揮を執り続けてきたが、神経は既に疲労困憊《こんぱい》し、古タイヤのようにあちこちに小さな亀《き》裂《れつ》が走っているのかもしれない。

「慎重に立ち回らないと、尾美たちにすぐに巻き返されますよ」

やんわりと指摘すると、険しい目で睨んできた。

「だから何なの？　私は引かないわ。たとえひとりだって、とことんやってやる」

「違うぞ、それは。ひとりじゃない。俺たちはチームだろ。みんな、あんたと一蓮托生《いちれんたくしょう》だ」

柏木が言った。どこか腹立たしげな言い方だった。言わずもがな、と思っているのだ。

平松と円谷が黙って頷く。

「ああ、そうさ。俺たちはチームだ。みんなあんたについていく」沖が言った。「だが、尾美は組織の側に立ってる。すぐに手を打ってくるはずだ。うちの署長がどっちに味方するかは、考えるまでもないでしょ」

言い終わらぬうちに、携帯電話が鳴り出した。

貴里子のものだった。

彼女は唇を引き結び、黙って携帯を抜き出した。

ディスプレイに、署の直通番号が表示されていた。広瀬だ。

貴里子が挑むように全員を見渡す。

通話ボタンを二度、それも二度目は長く押した。手ぶらモードに切り替えたのだ。

スピーカーから、広瀬の声が流れ出してきた。

「もしもし、村井君。いったいきみは、何を考えてるんだね。本庁の二課から、猛烈な抗議が入ったぞ。向こうさんの証拠を、強引にきみらが囲い込んでるそうじゃないか。大至急、こっちへ戻りたまえ。もしもし、聞いているのか!?　もしもし、村井君」

一気に捲し立て、スピーカーから唾が飛んできそうな気がする。

「拝聴してます」貴里子の声は冷ややかだった。「うちの捜査の証拠です」

「二課がずっと追ってきたヤマの証拠だ」

「署長、あなたはどちらの味方なんですか？」

「どちらもこちらもない。私は常に、正しい側の味方だよ」

平松が思わずという感じで吹き出し、慌てて口を塞いだ。

「もしもし、今のは何だ。村井君、きみは私からの電話を、全員で聞いて笑っているのかね。きみの勤務態度には問題があるぞ。とにかく、大至急こっちへ戻れ。大至急だ。わかったな」

広瀬は吐き捨てるように告げ、貴里子の返事も待たずに電話を切ってしまった。

「すみません、つい――」と平松が頭を掻く。

「いいのよ」首を振って携帯をポケットに戻す貴里子は、険しい顔を崩さなかった。

状況の深刻さを理解したのだ、と沖は思った。

「困りましたな」円谷が言い、沖や貴里子の気持ちを代弁するように話し始めた。「本庁の二課にゃ、榊原の手帳を証拠として請求するだけの正当な理由がある。実態がどうであれ、連中が日本東西建設絡みの汚職事件を追っていたのは事実です。一方、我々の捜査の取っ掛かりは、溝端悠衣刑事が白骨死体で見つかったことだが、この件は自殺であることが判明し、ひとまず片がついている」

「おいおい、冗談じゃないぜ、マルさん」平松が声を上げた。「あんた、どっちの味方なんだよ」

円谷は渋い顔で首を何度も左右に振った。

「ヒラさん、俺は事実を述べてるだけだ。現状では、本庁の二課に証拠をかっさらわれる」

そう言いながら、視線を貴里子のほうに転じた。

平松が何か言いかけ、思い止まり、やはり黙って貴里子を見つめる。

沖と柏木も同様にし、彼女のチーフとしての判断を待った。

「そうね、K・S・Pに戻ったら、手帳を差し出さねばならないわね」

貴里子は目を伏せ、呟くように言った。

目を上げ、全員を見渡して続けた。「私に考えがある。あなたたちはそれぞれ、先ほどの方針通りに動いてください」

「チーフ、あんたはどうするんだ?」

沖が訊いた。

「幹さん、さっき渡した榊原謙一の手帳をちょうだい」

「答えてくれ。どうするつもりなんだ?」

「いいから、私に渡して。それから、車のキーも。悪いけれど、一台は私が使うわ」

沖は貴里子の目に逆らいがたいものを感じ、黙って手帳とキーを差し出した。

「解散よ。各々、目の前の仕事をして。私のほうの結果は、あとで教えます」

手帳をポケットに仕舞いながら言い、背中を向けて歩き出す。

「おい、チーフの右腕はおまえだろ。俺たちゃ、捜査に戻る。彼女を補佐してやれ」

柏木に小声で急《せ》き立てられ、沖は慌てて貴里子を追った。彼女が乗る車の助手席へと滑り込む。

すごい顔で睨みつけられた。

「どういうつもり、沖さん。降りてちょうだい。これは命令よ」

「嫌だ。従えない。俺も一緒に行きます」

「私ひとりのほうがいいの」

「村井さん、あんた、何をしようって言うんだ?」

「車を降りて。命令よ」

「命令なんか、糞喰《くそく》らえだ」

「幹さん、お願い。私の言う通りにして！」

沖は言い返そうとして、はっとした。

貴里子の瞳に、うっすらと涙が滲んでいる。

彼女はそれを見られたことが悔しそうに顔を背け、しばらく呼吸を整えていた。

「深沢さんと会うわ」

ぽつんと吐き落とすように言った言葉には、震えはなかった。

「深沢と……。何でです？」

「彼と交渉する」

「馬鹿な。あんな野郎に縋ろうっていうのか」

沖は喚いた。

この名前を聞くと、冷静ではいられないのだ。

「大きな声を出さないで。縋るんじゃないわ。交渉するの」

沖は口を開きかけ、閉じた。

冷静になろうと努めつつ、考えた。――確かに彼女の狙いには、一理あるかもしれない。

このままでは、本庁の二課に証拠をかっさらわれてしまうことは、火を見るよりも明らかだ。

一旦かっさらわれてしまえば、その先はもう二度と戻ることはないだろう。二課の厚い壁の向こうに留め置かれ、警察組織本丸の伏魔殿の奥で、もう決して現場のデカの手の届かない所に眠り続けることになる。

警務部の深沢ならば、この事態を覆せるかもしれない。

――だが、大丈夫なのか。

どう出るか予想がつかないという意味では、尾美と同じ、いやおそらくはそれ以上の曲《くせ》者《もの》だ。

「わかったら、さあ車を降りてちょうだい」

貴里子は沖を追い立てた。「彼は、あなたとは何も話さないわ」

「――しかし」

「他に何か手があるなら、言って。あなたの助言なら、聞くわ。でも、私にはこれしかないと思えてならない。どう、幹さん？」

貴里子は言い、沖をじっと見つめてきた。

11

「こんな所に呼び出して、何の用だね」

日比谷公園内の遊歩道を、いつものせかせかとした足取りで近づいてきた深沢は、オープンカフェのテーブルで待つ貴里子の向かいに坐るなり、単刀直入に訊いてきた。

「すみません。ですが、ふたりきりで内々に話したかったもので」

そう応じる貴里子の顔を、目を細めて見つめる。

やって来たウエイトレスにホットコーヒーを頼み、やんわりと笑顔を浮かべたが、目から油断のならない光が消えることはなかった。

「正直言って、驚いたよ。きみからこんなふうに連絡が入ろうとはね。さて、私に何の相談だね」

貴里子は続けざまにそう畳みかけられ、今さらながら怖じ気づきそうになるのを感じた。

自分の選択は、本当に間違っていないのだろうか。

この男に相談を持ちかける以外、現状を変える方法が見当たらないのは事実だ。だが、その結果、新たな災いが降りかからないと言えるだろうか。

そんなふうに思い悩んでいた貴里子は、深沢の額の生え際に微かな白いものを見つけた。屋内で会うことが多かったので今までは気づかずにいたが、どうやら全体に頭髪を染めているらしい。

そう思うとともに、なぜだか自分でもよくわからないが、すっと気持ちが楽になった。

たとえ思い通りにならなかったとしても、事態がこれ以上悪くなることはない。一発逆転のチャンスに賭けよう。この男の懐に飛び込み、交渉するのだ。

「日本東西建設社長の室田から政界へと流れた金の道筋を示すメモがあります」

一息に言った。我知らず早口になっていた。

「ほお、それは――。今、きみの手許にかね？」

「そうです」

「どこで入手したんだ？」

「助川組組長の花輪が、隠し持っていました」

「昨夜の一件だね。あれをきみらが担当したことは、知っている」

口でそう言いながら、頭では違うことを考えている。この先の展開を思い描き、どうすれば相手を自分に有利な場所へと誘い込めるかを考えているのだ。

深沢は、運ばれてきたコーヒーにゆっくりとミルクを注いだ。

ウエイトレスが充分に離れるまで待ってから、改めて口を開いた。

「――で、なぜ私にそのことを？　収賄事件の究明は、二課の仕事だ」

「本庁の二課が、証拠を至急渡すようにと言ってきています。それを、阻止していただきたいんです」

「おいおい、どういうことだね、村井君。きみは何か思い違いをしてないか」

貴里子は内心の焦燥と苛立ちをできるだけ押し込め、目の前の男に気づかれないように努力した。こののらくらぶりが、深沢の手だとわかったのだ。

「深沢さん、昨日あなたは、二課に掛けあい、溝端悠衣刑事が亡くなった時に身に着けていた手帳を押収すると仰いましたが、上手くいきましたか？」

単刀直入に訊き返した。

花輪の屋敷で尾美が漏らした言葉から、深沢が二課に既にアプローチをかけたことは明らかだった。

しかも、尾美の自信満々の様子からすると、二課はそれを適当にいなすか、隠蔽の根幹に触れるような部分は隠して見せなかったのではないか、という気がしていた。

深沢は表情を奥に沈めた。

注意深く貴里子の様子を窺っている。

「警務部の調査の進捗具合を、一々部外者のきみに打ち明ける必要はないよ」

ぴしゃりとはね除《の》けるようにして言ったが、狙い通りにいったのならばこんな言い方はしないはずだ。

貴里子は手の内を晒すことにした。互いの腹のうちを探り続けていても仕方がない。切り札を切った上で、深沢の出方を窺うのだ。

「二課の捜査は信用できません」

そう話の口火を切り、一息に続けた。

「昨日申し上げた情報漏洩疑惑について、日本東西建設の汚職ルートを示すメモを詳しく追っていけば、すべて明らかになるはずです。溝端悠衣刑事は、それに気づいたんです。日本東西建設の関係者である辻蔵克俊と榊原謙一のふたりが不審な死に方をしたのも、情報漏洩が原因だと思います」

深沢はゆっくりと目を瞬《しばた》いた。

「不審な死に方とは、何だね？」

「日本東西建設の汚職疑惑を解明するに当たって、辻蔵と榊原のふたりは、ポイントとなる人間でした。ですが、捜査の手が伸びる直前に、ふたりとも死んでいます」

貴里子はそう言ってから、ふたつの事件の詳細を語って聞かせた。

深沢はコーヒーを啜《すす》りながら、彼女の話を黙って聞いた。

話し終えてもなお、しばらくはカップに目を落として何も言わなかったが、それは今聞いた内容を咀嚼《そしゃく》しているためというよりも、自分が口を開く効果的なタイミングを窺っているように感じられた。

「きみの話はわかった。確かに、私の出番のようだね」

深沢は低い声で言い、すっと右手をテーブル越しに差し出した。

「わかった、私が引き受けよう。榊原の手帳を渡したまえ」

貴里子は自分が最初のステップを上がったことを感じた。相手は食いついてきたのだ。

だが、ここで喜んでいるわけにはいかなかった。次の扉を開けるのが、大きな危険を伴うことはわかっていた。一歩間違えれば、この捜査が頓挫《とんざ》するだけではなく、警察官としての自分の人生も終わるだろう。

ひとりで深沢に会いに来たことに、突然激しい後悔を感じた。沖が一緒にいてくれれば……、彼とふたりならば、乗り越えられる気がする。

だが、貴里子は怖じ気を振り払った。これは自分ひとりでやらねばならないことだ。沖を巻き込むわけにはいかない。特捜のチーフは、私なのだ。

「待ってください。榊原の手帳は、いわば私の切り札です。これをただあなたにお渡しするわけにはいきません」

「何を言ってる？　それはいったい、どういう意味だね？」

「お渡しする代わりに、私の希望を聞いていただきたいんです」

「どんな希望だ？　言ってみたまえ」

「ふたつあります。ひとつは、K・S・Pが廃止されないように働きかけてください」

「で、もうひとつは？」

「円谷刑事に対する懲戒審査委員会を中止してください」

深沢は、この男の特徴であるギョロ目を見開き、貴里子の顔を凝視した。

「村井君、きみはやはり、何か誤解しているね。きみは、日本東西建設への捜査を有耶無《うやむ》耶《や》にしたくないんだろ。だから、切り札の証拠が本庁の二課の手に渡るのを阻止したくて、私のところへ来た。違うのかね？」

「そうです」

「ならば、なぜそれを差し出すのに、きみが条件をつけるんだ？」

「この切り札があれば、K・S・Pを廃止する必要はなくなるはずです」

「どういう意味だね？」

自分で始めてしまったことだが、貴里子はこの先の話に立ち入ることに、本能的な恐怖を覚えた。

「メモの中には、警察OBで元法務大臣だった石森恒志郎の名前もあります」

深沢は顎を引き、僅かに表情を動かした。

秘書としてすぐ傍につき添っていた頃の経験から察しがついた。これは、この男が驚愕や困惑を表に出すまいと押し込めている時の顔つきだ。

いや、歓喜を押し込めているのかもしれない。石森恒志郎は、警察内で、一貫して警備公安畑を歩いてきた男だ。今回の情報漏洩疑惑をつけば、現在、深沢の上司である間宮慎一郎との間で次期警視総監の座を争っている警備部の畑中文平にとっては、大きな痛手になるはずだ。

畑中本人や、そのすぐ周辺の誰かが、この情報漏洩に関わっている可能性すら考えられる。

「それは確かなんだね」

深沢は、落ち着いた静かな声でそう確かめた。

「確かです。それから、日本東西建設には、警察OBが就職していることもわかっています」

「――つまり、二課の情報は、警察OBを通じて、日本東西建設へ流れている可能性が高いと言うんだな」

「そして、情報がOBに渡る手前では、本庁の中枢部の人間たちを介しているはずです。警務部がこの事件の全体像を解明すれば、深沢さんだけではなく、その責任者である間宮慎一郎警視監の株も大きく上がります。ところで、次期警視総監は、警備公安畑の畑中文平警視監と、警務部の間宮慎一郎警視監の間で争われるだろうといった噂を聞いていますが、いかがでしょうか？」

「さあ、どうだろうね。私は、そういったことには疎いのでね」

深沢はしゃあしゃあと言ってのけた。

貴里子は続けた。

「新宿に多発する凶悪犯罪に対処するため、K・S・Pを立ち上げることを強く主張したのは、畑中さんだと伺っています。これは仮定の話ですが、たとえ間宮さん一派が、畑中さんを追い落とすためにK・S・Pの廃止を企てていたのだとしても、日本東西建設にまつわる情報漏洩疑惑を解明することによって次期警視総監レースで大きくリードすれば、もうそんな必要はなくなるのではないですか？」

「もういい、やめたまえ。そんな話を聞くのは不愉快だ。村井君、ひとつ忠告するぞ。自分の大先輩に当たる方たちの人事を、きみのような下っ端の人間があれこれ推し量ったり、ましてや自分がそれに対して何らかの影響力を行使できるように錯覚するなど、笑止千万だよ。相手が私だから、今回だけは大目に見るが、次はないと思いたまえ」

「私は――」

「いいから、黙って話を聞くんだ。K・S・Pについては、確かに廃止の可能性を検討する声もあったよ。それは、私があそこの署長だった時から、折に触れては耳に入っていたことでもある。だけどね、考えてみたまえ、K・S・Pは東京都知事の意向などもあって設けたものの、あくまでも試行段階にあったんだ。廃止の可能性を探るのも当然で、むしろ健全なことだと思わんかね」

「ええ、確かにそれはそうですが……」

貴里子は相手の話がどう転がるのか見当がつかず、とりあえず曖昧に応じた。こんなふうに感じること自体、既に深沢の話術に乗せられてしまっているのだろうか。

「しかしだ。きみらはほんとによくやっているよ。K・S・Pは、発足以来、非常に高い検挙率を誇り、新宿の犯罪を減らして治安を守ることに一役買っている。特に、特捜部の活躍は素晴らしい。謙遜《けんそん》しなくていいよ」

深沢は貴里子が口を開きかけるのを手で制し、さらに続けた。

「ましてや、今度のヤマは大手柄じゃないか。K・S・Pは当然、存続するさ。ただし、それは私がきみとの取引を呑むからだなどと誤解しないでくれたまえ。今日、こうして私ときみが会ったことと、K・S・Pが存続することとは、何の関係もないのだ。いいね」

この男は言質《げんち》を取られまいとしているのだ。それはわかったが、何かもっと別の含みがあるようにも思える。

「――存続という話は、確かなんですね」

「確かさ。私を信じてくれていい。さあ、榊原謙一の手帳をこちらに渡したまえ」

「約束してください。手帳を渡せば、K・S・Pを必ず存続させると」

「わかった。約束しよう」

「円谷刑事の件はどうなるんです?」

「それは論外だよ、きみ。彼は容疑者に向けて、物陰から発砲したんだぞ。私は何か間違ったことを言ってるかね。いくらきみでも、反論はできまい。部下を庇って、自分の警察官としての職務を誤るんじゃないぞ、村井君。さあ、証拠の手帳を私に渡すんだ。一緒に、この情報漏洩疑惑を解明しようじゃないか。私なら、捜査を続行できる。それがきみの望みだろ」

貴里子はバッグから手帳を抜き出す自分の手を、誰か他人の持ち物のように感じた。まだ渡すべきじゃない。深沢に言いくるめられてはならない。深沢はただ、円谷を切り捨て、K・S・Pの存続だけを交換条件として手帳を入手しようとしているに過ぎない。

頭のどこか片隅ではそう思うのに、もっと大きな声が頭の中心に響いていて、きちんとした判断を堰《せき》とめてしまっていた。

——私は、警察官として正しいことをしている。

声はそう言っていた。

深沢は貴里子から受け取った手帳をぱらぱらと繰ったのちに上着の内ポケットに納め、満足げな笑みを浮かべた。

唇の端を僅かに吊り上げた程度の微かな笑みを目にした瞬間、貴里子は自分が取り返しのつかない過ちを犯したような気がした。それは猛烈な後悔と、さらには不吉な予感となって、彼女の胸の底をぐらぐらと揺さぶった。

だが、もうどうにもならないのだ。

切り札は切った。あとは、この線で突き進むしかない。

「念のために訊いておくが、コピーの類はないだろうね？」

「ええ、ありません」

貴里子は乾いた声で応じた。

ひとり店を出、公園地下の駐車場に降りるために遊歩道を歩き出した貴里子は、しばらくしてはっと足をとめた。

遊歩道脇の公園樹の幹に寄りかかった沖が、じっと彼女を見つめていた。

その顔を見て心が安らぐのを感じ、そんな自分が嫌で貴里子は顔をしかめた。

腹立たしげな足取りで沖へ近づくと、本当に段々と腹立たしくなってきた。

「尾けたの？」

冷ややかに吐きつけた。

「なあに、本庁のデカと内密に話そうとすれば、大概はここですからね」

「嘘」

「すみません、尾けましたよ。タクシーを使ってね。車は地下でしょ。俺が運転する。だが、その前に少し歩きませんか」

そう言って心字池《しんじいけ》の方角へと歩き出す沖に、貴里子は仕方なく従った。

「で、どうでしたか、深沢は？」

彼女が横に並ぶとすぐに、沖はそう訊いてきた。

「捜査の継続とＫ・Ｓ・Ｐの存続を交換条件にして、榊原謙一の手帳を渡してきた。でも、マルさんの懲戒免職を撤回させる件は、駄目だった」

沖はちらっと貴里子を見た。

「そうでしたか。しかし、やつはK・S・Pを廃止しないことまでは確約したんですね」

「確約したわ」

貴里子はそう応じ、沖の答えを待った。自分の取った行動とその結末について、この男がどんな感想を口にするかを知りたかった。

花壇沿いの道を抜けて、池の畔《ほとり》に出た。そこから池の周囲を歩いた。

「あなたはよくやった。俺があなたの立場だったとしても、同じようにしたでしょう。しかし、俺だったならば、K・S・Pの存続を確約させることなど到底できなかったでしょうよ。円谷の件は、仕方がない。やつは物陰から容疑者を狙って発砲してるんだ。深沢だって、それをなかったことにするとは言えないでしょ。あなたの責任じゃない」

「でも、胸がすっきりしないの。私は、マルさんを見捨てたのよ」

「そんなふうに考えちゃいけない」

沖の声は激しかった。

その後、静かに続けた。「村井さん、あんたはチーフとして、できるだけのことをやったんだ。これで日本東西建設絡みの汚職事件について、ある程度の風穴を開けることはできるだろうし、それにあんたは、俺たちの分署を守ったんですよ」

貴里子は沖の横顔を盗み見た。

心字池の水面の照り返しが映え、その横顔を景色の中から浮かび上がらせていた。

この男に触れたい。——突然、そんな気持ちが激しく湧《わ》き上がり、戸惑いに襲われた。予期しなかった不意打ちの感情だった。だが、それはずっと前からもうわかっていた気持ちではないか。

「——ほんとにそう思う?」

貴里子は自分の声の僅かなかすれが、艶《なま》めかしい内面を伝えてしまわないかと不安だった。

「ええ、もちろんですよ。ところで、深沢に渡したのは、手帳ですか? それとも、コピーのほうですか?」

沖はさりげなく訊いてきた。

貴里子はここに来る途中で、通り道の所轄に寄り、身分証を呈示してコピー機を借りた。そして、榊原謙一の手帳をすべてコピーしていたのだ。完全に深沢を信じ切ることはできない。あとを尾けた沖は、貴里子が取った行動を察したらしい。

「コピーにしたかったのだけれど、現物を要求され、従わざるを得なかった」

「そうでしょうね。あの男なら、断固としてそうしたでしょ。だが、こっちはコピーでも充分ですよ。分署に戻り、早速花輪を落としましょう。あれは見かけ倒しの男だ。賭けたっていい。こうして証拠が見つかったんだ。あとは長くは保《も》ちませんよ」

「私もそう思うわ」

「じゃ、賭けになりませんね」

沖が珍しく軽口を利くのは、たぶん自分が沈んで見えるせいだろうと、貴里子は思った。

「コピーを精査したい。車に戻りましょう」

「待って、幹さん」

貴里子は沖を呼びとめた。

「どうしたんです？」

「――幹さん、これがほんとに刑事の仕事なのかしら。警察組織の中で取引しなければ、捜査を続けられないなんて……。私が刑事になったのは、こんなことをするためじゃない」

沖ははっとした様子で貴里子を見つめてきたが、熱いものにでも触れたかのように慌てて目を逸らした。

「チーフ、いや、村井さん。なぜ刑事を犬と呼ぶか、聞いたことがありますか？」

目を逸らしたままでそう言ってから、言葉を咀嚼するような間をあけた。

「犬のように街を嗅ぎ回るからだというやつもいるが、昔、デカになり立ての頃、ある先輩から聞かされたことがある。デカを犬と呼ぶのは、獲物に一旦喰らいついたら、決して放さないからだとね。事件には、必ず気の毒な被害者がいる。その被害者の無念を晴らしてやれるのは、俺たちだけだと教わりました。村井さん、俺たちはデカなんだ。俺たちの仕事は、何としてでもホシを追い詰め、パクることですよ。そのためなら、俺は何でもやる。嚙まない犬は、デカじゃない」

12

思った通り、証拠のコピーを突きつけられた花輪剛毅は、もう長くは保たなかった。一旦ハチを割り始めると、この手の男は早い。日が暮れる頃には、泣きを入れ始めていた。夜になり、夕食で取調べが中断すると、沖はK・S・Pをこっそり抜け出した。

「幹さん――」

声をかけられて振り返ると、円谷太一が立っていた。

神竜会の事務所は、新宿二丁目の裏通りにある。ゲイバーや小さな飲み屋が連なるメイン通りから、一丁目方向に幾筋か逸れた辺りだ。

「ここで何をしてるんです?」

円谷が先に訊いてきた。

「あんたこそ、何をしてるんだ？」

沖は答えず、ただそう訊き返した。

円谷は黙って沖の右手に視線を下げた。

「その鞄《かばん》の中身は何です？」そう問いかけたものの、答えを待たずに自分であとを続けた。「貴重な証拠品を、ヤクザになんか流しちゃいけませんよ」

沖は反射的に鞄を体の陰へと隠しかけ、やめた。

「こっちの動きが、神竜会の枝沢に漏れてました。それで、やつの携帯に電話をした人間を調べたら、御注進してやがったのは、日本東西建設に天下りしてるOBのひとりだった。誰からそのOBに情報が漏れたのかの詮索《せんさく》は、今はやめましたよ。やったところで、切りがない。マルさん、俺は今度のことじゃ、腑《はらわた》が煮えくり返ってるんだ」

沖はそう話の口火を切ってしまってから、自分が本音を吐露しようとしていることに気がついた。こんなことは、今までなかった。同僚相手に、本音を吐いたところでどうなると、いつでもそう思ってひとりで突っ走り続けてきたのだ。

身振りで円谷を促し、人気《ひとけ》の少ない裏路地を歩き出した。立ち話は、人目につく。

円谷は沖につきあって歩き始めたが、何を考えているのかはわからなかった。

「しかし、これではっきりしたことがひとつある」沖は続けた。「神竜会の枝沢は、日本東西建設に興味を持っているってことです。たとえ今度の汚職捜査がある程度まで進められたとしても、すべての膿《うみ》を出しきるのは不可能だ。だから、日本東西建設は、神竜会にとって、この先もまだ美味い汁を啜り続けられる相手ってことになる」

「その先は言わないでくれ、幹さん」

「いや、聞いてくれ。だから榊原謙一が金の流れを細かくメモした手帳のコピーは、枝沢にとって大きな価値があるはずだ。これを渡せば、連中は日本東西建設をしゃぶり尽くすにちがいない。その代償として、服役中の組員がひとり、刑事の発砲を見たなどと証言するのをやめさせるぐらいは、何でもない」

「だが、それはあんたがやることじゃない」

円谷は言うと、コートと上着の前を開け、ズボンのベルトに挟んだ大型の事務封筒を引き出した。

驚く沖を前に、唇の端を歪めた。

「花輪の屋敷に先に着き、あんたたちが来る前に手帳を発見したのは俺たちですよ。屋敷のコピー機を使い、コピーするだけの余裕がありました。ヒラさんには、口止めをした。責任はすべて俺が持つ。だから、何も見なかったことにしてくれと頼んだんです」

「――――」

「幹さん、これは俺の問題だ。あんたには色々世話になったが、これ以上、巻き込むわけにはいかない。ヤクザに情報を流すんだ。これは、デカのやるべきことじゃない。あんたは、踏み越えちゃいけないんだ。だが、俺は自分がこのまま警察を辞めさせられるのは、どうにも我慢がならない。朱栄志は、必ずまた日本に舞い戻るはずだ。その時、俺が必ずこの手で決着をつけてやる。それまでは、絶対にデカを辞めませんよ。殺されたのは、俺の妻と子供です。たとえどんな手を使ってでも警察に居坐り、必ずこの手で片をつけます。だが、それは俺個人の問題だ」

「それなら、一緒に行きましょう。俺もあんたを辞めさせるつもりはない。マルさん、神竜会の枝沢は曲者だ。この先、どんな手に出てくるかわからない」

円谷は再び唇を歪めた。さっきよりも寂しげに見えた。

「幹さん、あんたは強面を装ってるが、ほんとは優し過ぎるんだよ」

「マルさん――」

「いいから、黙って聞いてくれ。あんたの友情には感謝する。だが、俺にゃわかるが、あんたは根っからの刑事馬鹿だ。一線を踏み越えた自分を、許せるんですか。自分で自分に誇れるデカでなくなった時、あんたにはどんな生き方が残っているんです」

「――――」

「わかったら、あんたは帰ってくれ。道を踏み外すのは、俺ひとりで充分だ。俺はね、物陰から朱栄志を狙った時、もう既に踏み外してるんですよ。ただ、今夜のことは、何も見なかったことにしてください」

返す言葉が見つからない沖に背中を向け、円谷は道を戻り始めた。

だが、ふっと足をとめ、ただ見送るしかない沖を振り向いた。

「幹さん、また署で」

どこか照れ臭げに言って、片手を上げた。

沖は黙って右手を上げ返した。


助川岳之の意識が戻ったと報せが入ったのは、翌朝のことだった。

沖は連絡をくれた綾子に礼を言い、署に出る前に助川を見舞うことにした。

地下鉄を乗り継いで病院に着き、病室のドアをノックして開けようとすると、ちょうど中から人が出てくるのと出くわした。見覚えのある痩せた老人だった。

頭を下げて道を譲り、老人の背中を見送った時に、その老人が誰かを思い出した。

病室には、綾子がつき添っていた。

彼女がいるところで切り出すかどうか、ここに来るまでは迷いがあったのだが、包帯で体をぐるぐる巻きにされてベッドに横たわる助川と、そのすぐ横に寄り添った彼女とを見た瞬間に、気持ちが決まった。

「花輪をパクったぞ」挨拶もそこそこに、沖はそう切り出した。「野郎の屋敷から、江草徹平が鳳木興業に渡したはずのメモが見つかった。花輪はもう、うたい始めてる」

助川は、僅かに表情を動かした。たぶん、笑おうとしたのだ。

「野郎は、気の小さい男ですよ」かさついてはいても、死にかけた男としては案外にしっかりとした声で言った。「デカさんたちに責められて、いつまでも保つわけがないと思ってました」

「で、それを狙い、丸腰でやつの屋敷を訪ねたってわけか」

助川の目が微かに泳ぐ。

「何を言ってるんだい、旦那。俺はただ、昔話のひとつもしようと訪ねただけさ」

「だけど、相手が勝手に撃ってきたってか」

「ええ、そうです」

「丈夫な男だぜ。普通なら、死んでる」

「それだけが取り柄でね」

説教のひとつもするつもりで来たのだが、やめにした。綾子は結局、店を休みにして、別れた亭主につき添い続けていたのだ。たぶん、この男にはそのことが、最も苦い薬になったはずだ。

「今帰ったのは、寺の住職だろ」

「ええ、そうですよ」

答えてから、助川は僅かに躊躇った。

代わって綾子が口を開き、告げた。

「体が快復したら、寺に戻るようにと言ってくださったんです」

沖は小さく何度か頷いた。

「そうか。そりゃ、よかったじゃねえか」

「俺の手で、ずっと息子の供養を続けるつもりだ」

吐き落とすように言う助川の顔は、決して明るいものではなかった。

沖は部屋を出た。怪我人と長く話しているのは気が引けたし、それにもうひとり、会っておきたい人間がいた。

会ってどうなるのかという気持ちは消せなかった。


江草徹平の轢き逃げ現場に花を供えた。同じ場所に、真新しい花がふたつ、既に供えられていた。

沖は手を合わせたのち、周囲を見渡し、思いついて荒川の土手へと上った。

そこに立って河川敷を見渡すと、さほど遠くないところに目当ての人影を見つけた。向島署に電話をしたところ、ここだと聞かされてやって来たのだ。

田山貴明のすぐ隣に、見知った女の後ろ姿を見つけ、沖は田山がここに出向いてきた理由を知った。彼女がここで話したいと望んだにちがいない。だが、それならば自分が来る必要はなかったのではないか。

田山が沖の姿に気づいて顔を向けた。隣の貴里子もそれでこちらを向いてしまい、沖はこっそりと引き上げるタイミングを失った。

ある種の覚悟を決めて、土手を下った。

「署に電話をしたら、こちらだと教えられたものですから」と、田山に告げて頭を下げた。

「そうでしたか――」

田山は眩しげに瞬きを繰り返しながら頷いた。昨日までの肌寒さとは打って変わり、今日はすっかり春めいた暖かさで、川原には柔らかな日射《ひざ》しが溢れていた。

「申し合わせて来たわけではないんです」

そう告げる貴里子を押し止めるような身振りをし、田山は首を左右に振った。

「いいんです。でも、沖さんもおそらく、村井さんと同じ用件のようですね。申し訳ありませんでした。最初に、お話しするべきだった。少なくとも、彼女が自殺だったと知った時に、私のほうからお宅の署を訪ねて、打ち明けなければならなかった。だが、その勇気がなかった……。村井さんにも今、打ち明けたところですが、二年前、最後に悠衣君の相談に乗っていたのは、私です」

沖はちらっと貴里子を見た。自分がこうしてここに来る前、どこまでどんな話をしていたのだろうか。

細く長く息を吐き、田山は続けた。「彼女とは、以前に浅草署で一緒でした。彼女が刑事になった時、私が教育係を務めたんです」

「ええ、そのことは調べました。で、もしやと思ったんです」沖は言った。「溝端さんとはいつ再会したんですか？」

「彼女が亡くなる半年ほど前でした」

「すると、江草徹平の捜査がきっかけだったわけではないんですね」

貴里子がそう確かめると、田山は静かに首を振った。

「いえ、彼の捜査がきっかけでした。ただ、その時には、深く掘り下げた捜査は行われなかった。これは私の推測ですが、おそらくは瑠奈の父親の榊原謙一が不審な自殺を遂げたことについて、周辺捜査を行っていたのでしょう。偶然の再会でした。その数日後に、彼女のほうから電話が来て、相談したいことがあると言われ、一緒に飯を食ったり酒を飲んだりするようになりました」

「彼女が妊娠していることを知って、産婦人科につき添ったのも、あなたですね」

貴里子が訊いた。

「ええ、そうです。躊躇っていたので、私がつき添いました。放っておけなかった。彼女の中で、何かが壊れかけているのがわかったんです。あの人は、強い女性だった。私が担当してデカのイロハを叩き込んだ時も、再会した時も、そうだった。彼女がフィアンセを亡くしたことは聞いていたけれど、そんな影は微塵《みじん》も感じさせなかった。だが、それは表面に過ぎなかった。深くつきあうようになって、初めてそれがわかったんです」

「赤ん坊の父親は、田山さん、あなたですか？」

「いや、違う」

田山は目を剝き、すぐに否定した。だが、それから弱々しく顔を伏せた。

「違うと思います。彼女もそう言っていた」

「では、誰の子だと？」

そう問う貴里子の口調には、怒りが押し込められていた。

「それはわからない。彼女は……、悠衣は何も語りませんでした……。もしかしたら、彼女自身にもわからなかったのかもしれない」

田山がかすれ声でつけ足した瞬間、貴里子の顔に怒りが満ちた。

「そんな馬鹿な。そんなことはあり得ないわ。あなたたちは、皆、それが自分の子だと考えたくなかっただけよ」

田山は目を見開いた。長年デカをやった人間には、どこか共通した匂いがある。最初に会った時から、この男もそんな匂いを感じさせた。

しかし、突風がそれを掻き消すようにして、一瞬、無防備で哀《かな》しげな、別の人間の顔が現れた。五十を前にし、どこか疲れた男の顔だった。

「――すみません。私ったら、失礼なことを」

慌てて詫びる貴里子を、田山は両手で押し止めた。

「いいえ、村井さん。あなたの仰る通りだ。私も、他の男たちと一緒です。自分だけは彼らとは違う。俺だけは彼女から頼られて、相談に乗っているだけだ。そう思い、自分自身を騙し続けてきたんでしょう」

「堕胎を勧めたんですか？」

沖は訊いた。自分が残酷な気分になっているのを感じた。胸に秘めた刃を、思い切り振るいたいと思っている。しかし、それは目の前の男に向けられた感情ではないのかもしれない。もっと別の何かに苛立ち、そして、それに刃向かいたいと思っている。この気分は、そんなことではないのか。

「いや、そんなことはしませんでした」

田山の声は静かだった。「私から勧めたことはありません。ですが、彼女自身が悩んでいました。産めば、自分の刑事としての人生は終わる。そう漏らしたことがあります。だが、私はその時、何も言ってやれなかった。本当は否定すべきだったのかもしれない。刑事だって、未婚の母になって悪いわけがない。そう言ってやるべきだったんでしょう。――しかし、私には言えませんでした。私には、彼女があれほど苦しんでいたことを、あの時にはわかってやれなかった。彼女と連絡が取れなくなって、慌てました」

「だけど、亡くなった悠衣さんの携帯には、あなたの携帯番号は残っていませんでした」

沖は敢えて指摘した。

「公衆電話からかけました。同じ課の同僚がストーカー行為を続けていると聞いていましたので、ですから、連絡はできるだけ公衆電話からのほうがいいと、彼女からそう言われていましたし」

田山の答えは、どこか言い訳がましい匂いがした。

確かに二課の門倉にストーカー行為を受けていたことは、この男に相談していたのだろう。だが、公衆電話からだけ悠衣の携帯にかけた理由は、保身以外の何ものでもないはずだ。ベテランのデカならば、何か事件が起こった時、携帯の通話記録が真っ先に調べられることぐらいはすぐに想像がつく。

田山は自分と悠衣との関係を、何か純粋なものと考えたがっているようだが、そんなものはこの男の頭にあるだけのお伽噺《とぎばなし》に過ぎない。

この男もまた、他の連中と同じように、溝端悠衣の行方が知れなくなっても、ただ保身だけを考え、どんな動きも取ろうとはしなかった。彼女の失踪を驚きながらも、何もせず、ただ時が経つのを待っていた。

そして、溝端悠衣は新宿の高層ビルの足下で、誰に気づかれることもなく白骨と化したのだ。

沖は貴里子に視線を投げた。

もう引き上げ時だ。この男とこれ以上話していたところで、意味がない。

「最初にお会いした時、あなたは溝端さんが調べている内容については、彼女から何も聞いていないと仰いましたね。あれは、本当ですか？」

貴里子が訊いた。

「本当です。彼女は、何も言わなかった」

田山は答えて一度口を閉じかけたが、すぐに言い足した。

「そろそろ行かなくては……。ありがとうございました。彼女の死体が見つかり、死因がはっきりし、私もほっとしました。彼女もきっと、喜んでいると思います」

どこかそわそわした態度だった。化けの皮が剝がれ、自分のほんとの姿を見透かされ始めたと、本人がそう気づいたのだ。

「そうでしょうか。喜んでいるんでしょうか」

貴里子が言った。

田山は視線を左右に揺らし、何か言葉を探した結果、結局ただ重たそうに頭を下げた。

「それでは、仕事がありますので、私はこれで失礼します」

歩き出そうとする田山を貴里子が呼びとめた。

「田山さん、なぜだと思いますか？　なぜ溝端さんは、多くの男たちと……」

貴里子の生真面目さがさせた質問だろう。だが、最後まで言い終えずに声が途切れた。

田山は悲しげに目を瞬いた。

「それを、私に訊くんですか……？」

「――――」

貴里子は唇を引き結んだ。

「わからない。それは、私にはわからない……。村井さん、あなたのほうがわかるんじゃないですか。警察組織にいる女同士として」

田山が気まずそうにもう一度頭を下げ、遠ざかる。

沖は黙ってその後ろ姿を見やったのち、貴里子のことを促した。

「我々ももう行きましょう。今日は忙しくなるはずだ」

これ以上、ふたりでここにいたくなかった。

しかし、貴里子はまだ動こうとはしなかった。

「科捜研からの報告が来たわ。胎児は母親との分離が進んでいなくて、分析に時間がかかったけれど、やっとＤＮＡ解析が済んだそうよ。誰が父親か、毛髪一本ではっきりする」

「だが、誰も進んで提供しようとはしないでしょうね。そして、それを強制することもできない」

「ええ、わかってる」

貴里子が黙って歩き出す。沖は歩調を合わせて隣に並んだ。

「ありがとう、幹さん」

何と話しかければいいかわからない沖に、貴里子が小声でそっと礼を言った。

「何がです？　俺は別に何もしていない」

「お礼を言い忘れていたので、言ったのよ。日比谷公園で、励ましてくれたでしょ。刑事の心構えがわかったわ。私も、喰らいついたら離れない犬になる」

沖は黙って貴里子を見つめた。誇り高く、そして、くじけない女だ。

土手に上ったところで携帯電話が鳴った。貴里子の携帯だった。

通話ボタンを押して口元に運ぶ。

会話は、長くはかからなかった。

すぐに合流すると答えて通話を終えた貴里子は、息を大きく吸い込んで吐いた。振り向いて河川敷の景色を見渡したのち、沖にしっかりと視線を据えた。

「日本東西建設社長の室田への逮捕状請求が通った。お札が下りたわよ。これが、突破口になる」

沖は右手の拳を左の掌に打ちつけた。

「よし、やった。行こう、チーフ。徹底的にやりましょう」

そう言ったのち、刑事になってから数限りなく接してきたこの言葉を口にしかけ、ふといくつもの思いが過ぎるのを感じた。

それを呑み込み、沖は改めて口を開いて言った。

「逮捕だ」

解説

東えりか

物心ついたときには、テレビが家族だんらんの中心にあった世代である。チャンネル権は父親がいるときは、子供の思うようにはさせてくれなかった。夜は八時に布団に行かされ、その後の大人の番組が見たくて仕方がなかった。

そんな時代から、ドラマの主流に刑事ものが存在していた。『七人の刑事』の芦田伸介が私の中の最初の刑事像だ。時代時代で流行《はや》った警察ドラマのタイトルを聞くと、自分が何をしていたか鮮やかに記憶が蘇《よみがえ》る。現在でも連続ドラマの何本かは常に警察官や犯罪ものの作品が並ぶ。いわばエンターテイメントのドル箱ネタであることは間違いないだろう。

そんななかで、特に印象に残っている番組がふたつある。それは『キイハンター』と『太陽にほえろ！』だ。どちらも小学生から中学にかけて夢中で見ていた。

説明するのも恥ずかしいが、『キイハンター』は高度成長期の日本で、警察の手に負えない国際犯罪を解決するために作られた国際警察特別室が舞台となる。その捜査員がキイハンター。外国の組織とやりあう場面が多く、国際的な匂《にお》いが魅力的だった。

かたや『太陽にほえろ！』は日本らしい組織主義と、家族のように仲間を思うチームワークの番組だった。新宿区七曲《ななまがり》署のボス（石原裕次郎）を頭に奇抜なニックネームの署員たちが殉職するまで闘い続ける。マカロニ刑事の萩原健一の犬死のような殺され方や、ジーパンと呼ばれた松田優作の腹を押さえて「なんじゃこりゃぁ」と叫ぶ姿は、今でも伝説のように語り継がれている。どちらの番組も五年以上続いた人気番組で、だからこそエピソードが積み重ねられてスケールの大きな話になっていったのだ。

香納諒一がシリーズものの警察小説を書き始めた、と聞いたときにはちょっと違和感を持った。香納の小説の印象は「一冊入魂」。濃密な人間ひとりが、一つの小説の中で生活し恋をして、トラブルに巻き込まれ、何らかの結末を見る。派手なアクションシーンより、緻密な描写を通して登場人物を浮き上がらせていく。それが青春小説であれＳＦであれ、香納諒一スタイルであり、崩さないものだと思っていたのだ。

しかしＫ・Ｓ・Ｐ（Kabukicho Special Precinct 警視庁歌舞伎町特別分署）シリーズ第一巻『孤独なき地』を読んで度肝を抜かれた。なにしろ冒頭、新宿のどまんなか、大久保通りの仮庁舎前で、容疑者二人と連行していた刑事二人が狙撃され刑事と容疑者それぞれ一名が即死。残った刑事も搬送された病院で射殺されるという、華々しいものだったからだ。

二巻目『毒のある街』では一巻目の最後に殺された中国マフィア「五虎界《ウーフジェ》」のボス

「朱《チュー》・徐季《スーチー》」の用心棒「朱栄志《チュー・ロンジー》」が復讐を誓い、爆弾魔の女とともにK・S・Pメンバーを翻弄《ほんろう》していく。ドカンドカンと人間が爆発していく様は、今までの香納の小説というばかりでなく、あまり類を見ない作品だと思う。

本人も文芸評論家・細谷正充のインタビューで、彼の初のシリーズ化の狙いを尋ねられてこう答えている。

一巻一巻がおもしろい話。もうひとつ意識しているのは、組織のなかではうまく生きられないけど、自分は正義を担っているんだと思っていた主人公が、だんだん正義っていうのが何だかわからなくなっていく。人間としてある意味こなれてくるけど、ある意味では壊れていく。そういう過程を、十冊通して書きたいなと思っているんです。（問題小説２０１１・２月号）

ここでいう主人公とは、沖幹次郎という特捜刑事。一巻目ではチーフだが二巻目では警視庁キャリア警部の村井貴里子の下に付く。スキンヘッドの強面で、チャイニーズマフィアとも互角に戦うごつい男だ。情に厚く、仲間には隠しているが大の落語好きで、暇を見つけては寄席に通う。その日の気分で落語家を聞き分けるほどのマニアである。阪神ファンでゴールデン街に馴染《なじ》みの店を持つ。敵になるのは古くから新宿の縄張りを争うヤクザと西から進出を狙う新興ヤクザ、そして彼らに絡む中国人マフィア。

この手あかにまみれたような舞台装置をあえて選び、スピード感あふれるストーリー展開である。今まで、香納諒一の小説って、スピード感があればもっと人気が出るのに……と思ってきた私としては大変うれしい変身であった。かつて私の好きだったちょっとバタ臭い『キイハンター』と浪花節的な『太陽にほえろ！』を足して二で割ったような、警察小説のど真ん中を突いてきたのだ。

さて本書『噛む犬』はこのシリーズの第三弾となる。前年の秋、妻子が殺されたK・S・Pメンバーのひとり、円谷太一も内勤ながら職場復帰を果たしている。

ある日、新宿駅西口のいわゆる副都心と呼ばれるエリアの植え込みから白骨死体が見つかった。所持品から警視庁捜査二課の溝端悠衣という女性警部補であることが判明する。彼女はK・S・P特捜部部長、村井貴里子が刑事の手ほどきを受けた先輩であった。彼女の生存が確認されたのは一昨年の十二月。たったひとりで、あるひき逃げ事件を追っていた。白骨化した遺体の腹部には小さな骨が残っていた。彼女は妊娠していたのだ。溝端刑事は自殺か、他殺か。

今までと比べると『噛む犬』はおとなしめだ。二巻目の陰の主役ともいえる朱栄志は海外逃亡したままで、新宿の地下抗争はひとときだけ平穏を取り戻している。前署長の深沢達基は警視庁警務部人事二課長に栄転し、隠然とした力を持ち続けているが、彼が抜擢《ばってき》した村井貴里子は女性キャリアでありながら部下の信頼を得つつある。

そんななかで発見された女性刑事の白骨死体を調べていくうちにヤクザ内部の勢力抗争

と、それを利用した政財界がらみの案件が浮き彫りにされてくる。

　地を這うようにという形容詞がふさわしい地道な捜査を綴《つづ》る本作品は、私が馴染んできた今までの香納諒一の読み心地に一番近い。身近でよく知っていると思っていた人が、実は思いもかけない秘密を抱えていたことを知って、動揺する姿は人間臭く共感を覚える。

　もちろん本作の主人公も沖幹次郎だが、私は女性の登場人物に思いを馳せる。男女雇用機会均等法や社会構造の変化の中で、女性はどんな職業にでも進出できるようになった。しかし、厳然とした男社会は存在する。警察の機構の中で女が生き抜いていくのは簡単なことではないだろう。貴里子はまだキャリアであることで、優位に立つことが出来るが、死んでしまった溝端は、男と肩を並べるためにどれだけの努力が必要であったのだろう。

　少しずつ心を病みながら、複数の相手と夜をともにすることで危ういバランスを保っていたところに、大きく吹いた突風が人生を終わらせてしまう。かつて大きな事件となり、最近ＤＮＡ鑑定によって犯人とされた外国人が釈放された「東電ＯＬ殺人事件」をどうしても思い起こしてしまう。男が中心の仕事では、女はどこかで「無理」をしている。その「無理」を何で解消するかは、人によって違うだろう。

　村井貴里子もまた相当な無理を強いられている。沖を筆頭に捜査員たちは陰に日向に彼女をかばっているが、上層部の人事抗争の圧力に耐え、残虐な事件解決の指揮を執る彼女にも支えが必要だ。大人の恋がどうなっていくのか、続巻への期待は大きい。

K・S・Pシリーズ第四巻『女警察署長』では、タイトル通りにいよいよ貴里子が署長となる。行方をくらましていた朱栄志も新宿に舞い戻り、謎であった彼の出自が明らかになっていく。このシリーズの特徴でもある、派手なアクションシーンに息つく暇もない。恨みと復讐に搦《から》め捕《と》られた人間が、道を踏み外していく。香納諒一の挑戦は中盤に入った。ヒートアップするK・S・Pシリーズの続巻を期待せずにはいられない。

二〇一二年九月（徳間文庫初刊再掲）

本書は二〇一一年一月に単行本で刊行され、二〇一二年十月に徳間文庫化されたものの新装版です。

本作品はフィクションであり、実在の個人・団体等とは一切関係がありません。

徳間文庫

噛《か》む犬《いぬ》

K・S・P

〈新装版〉

2023年10月15日 初刷

著者 香《か》納《のう》諒《りょう》一《いち》

発行者 小宮英行

発行所 株式会社徳間書店

東京都品川区上大崎三―一―一 〒141―8202
目黒セントラルスクエア

電話 編集〇三(五四〇三)四三四九
販売〇四九(二九三)五五二一

振替 〇〇一四〇―〇―四四三九二

印刷 製本 大日本印刷株式会社

ISBN978-4-19-894899-3 (乱丁、落丁本はお取りかえいたします)